金魅殺人魔術

新日嵯峨子 著

目錄

壓軸

曲終

後記

附錄

推薦序

優秀的類型小說，從來就不止於應用類型元素敘述故事

文／臥斧（文字工作者）

倘若翻開《金魅殺人魔術》的讀者嗜讀推理小說，或許會在開場不久就產生某種熟悉感受。獨棟大宅裡連續發生失蹤事件，失蹤者在類似密室的空間中消失，現場僅餘頭髮與衣物，加上大宅主人的商賈身分，讓旁人聯想起地方上「富人供養金魅當成勞動力，但金魅每年需吃人」的傳說——這非但是古典推理當中常見的設計，也是日本「妖怪推理」大師京極夏彥的拿手好戲。大抵說來，這類故事的最後會讓讀者發現：真正動手謀殺的仍是人類，看似超自然力量介入的現場只是應用了某種詭計，而傳說中的妖異，並不存在於現實世界。

但《金魅殺人魔術》的野心不止如此。

一如《臺北城裡妖魔跋扈》及《帝國大學赤雨騷亂》，作者將《金魅殺人魔術》的場景設定在日治時代的臺北城，不過故事獨立，未讀其他兩部作品並不影響。在該時空當中，日本政府成為臺灣的政治領導階級，除了積極滲入教育、扎根皇民思想及培養認同日方統治的知識分子之外，也開始在商業民生等層面發揮影響力。如此一來，原來已經在臺灣發展商辦管道的西方各國貿易商行，為了保衛自身利益、延續社經地位，都必須要有因應之道。

現實層面有各方勢力的算計，非現實層面也有不同團體的考量。

臺灣除了原有的原住民信仰之外，也有許多經移民帶入的宗教體系，加上民間產生的傳說，交織成複雜的信仰系統。日本成為臺灣的殖民母國之後，日方的信仰隨之移入，與臺灣本土原有的信仰系統相互傾軋。而每個信仰系統當中，都有自己的神、妖，以及能夠與這些神妖溝通、成為神祇代言者或妖怪降伏者的人類。而且種種不同團體成員都有為私己、為團體，或者為了所謂「大局」而生的盤算，彼此之間的利害關係就更為繁雜。

在如此場景當中置入的推理故事，自然與上述的推理小說不同。

對於推理小說的諸多刻板印象當中，包括「詭計不得使用超自然力量」——這當然是個誤會。古典推理中不使用這類元素，有其創作的時代背景因素，但只要原初設定已然說明，讀者知道故事裡的確存在包括仙魔妖鬼或超能力者之類角色，那麼在解謎過程裡，將超自然力量置入思考脈絡並無不妥。京極夏彥的作品，則大多將這類元素解釋為文化變遷及人類心理的外顯，神妖的力量當然存在於人類的精神層面，因此可能也會出現在犯罪動機或犯行解釋當中，但真正執行謀殺事實的仍是人類，手法也不牽涉法術異能。

作者並未沿用這些方式，而是將這個場景變成描述眾生樣貌的舞臺。

故事伊始，讀者並不確定「金魅」這種傳說中的妖怪是否存在，但詭異的失蹤事件已然引起本土神祇的注意，因此指定凡間代表前往調查。不同神祇對於降妖有不同看法，日方介入的神靈代表及各式妖怪也都自藏心機，加上這些角色大多具有人間的另一個身分，而這些身分隸屬的階級或團體，又會牽扯出必要的責任歸屬與政商關係。再者，角色之間，也會有大到國族意識（包括殖民母國管制、日本與歐美的權力爭鬥、本土人士對外者的仰賴與排擠，以及抗日心態）小到個人感情（包括友情與愛情）的種種關連。在這種情況下，作者得要一一說清角色間從政治、商業、國族到自身利益與情感的種種關係，才能合理地闡明案件是誰做的、為什麼這麼做，以及是怎麼做的。

看來千絲萬縷，但罪行的核心，其實相當單純，而且有力。

優秀的類型小說，從來就不止於應用類型元素敘述故事——奇幻不僅是繽紛眩目的魔法鬥爭，推理也不僅是解開謎團和指出真凶；它們可以反應某個時空的社會現實、挖掘深埋底層的人性肌理，讓讀者在享受奇妙情節之後，反思現世情狀、對人間種種產生不同角度的看法，最終明白：人世的一切，皆由人心的愛憎痴怨凝聚，所有人間觀察，都由此而生，也收結於此。

巧妙結合奇幻與推理元素的《金魅殺人魔術》，便是一例。

如果我們以小說進行臺灣民俗學的建構——讀新日嵯峨子《金魅殺人魔術》

文／楊双子（歷史百合小說家、大眾文學觀察者）

日本娛樂性讀物以民俗學者為主角的作品不在少數，如漫畫《宗像教授異考錄》、《民俗學者八雲樹》，主角群以考察日本各地鄉野傳說為契機，展開歷險與推理，如《百鬼夜行抄》，可視妖異之物的主人翁因緣際會進入民俗學系就讀，有助理解妖異世界的運作邏輯；也如小說，橫溝正史（1902—1981）運用民俗學為推理小說添增風味，京極夏彥（1963—）青出於藍，取材民俗為小說主題，奠定個人特色。

至於臺灣？臺灣民俗學是冷門的學問，高教體系沒有民俗學系所，所謂「臺灣民俗學的建構」在當前實是一個緩慢的進行式。正因如此，臺灣娛樂性讀物，亦即大眾文化文本裡面，民俗學者總是缺席的。

我不是民俗學者，但根據前述，實際上我不需要是一名民俗學者，就可以提問：如果我們以小說進行臺灣民俗學的建構，那會是什麼模樣的小說？

斷裂的臺灣文化，斷裂的臺灣民俗學

「民俗學」是近世成形的學科。以亞洲來說，「日本民俗學之父」柳田國男（1875—1962）長期進行民俗採集，探索民間傳承，孜孜矻矻直到戰後，日本民俗學才成為獨立學科，可見一斑。臺灣民俗學的系譜與日本密切相關，不僅是柳田國男曾經訪臺，也不僅是《民俗臺灣》雜誌（1941年7月—1945年2月）明顯受到柳田國男民俗學的影響，更為直接的濫觴，應屬人類學家兼民俗學家伊能嘉矩（1867—1925）踏查臺灣的人文研究巨作《臺灣文化志》（1928）。

「民俗」指涉的範圍究竟多寬廣？所及者眾，當代臺灣民俗學者林承緯野心之作《臺灣民俗學的建構》直言：「本書著眼於臺灣民間社會各種傳承文化面向的考察分析，透過行為傳承、信仰傳承、文化資產三大議題共十二篇章的研究展開，掌握從清領、日治、戰後到當世的民俗文化傳承、受容（reception）、變遷等動態的文化變貌，從中理解臺灣的民俗文化本質及特徵，進而思索建構臺灣民俗學這門獨立學科的可行途徑。」[註1]

先於林承緯之前的臺灣民俗學的可能建構，正是日治時期的《民俗臺灣》雜誌。戰後，臺灣民俗學學科建立的可能性迅速斷絕，如同臺灣歷史的斷絕，臺灣文學的斷絕，臺灣文化的斷絕。說到底，一切肇因於臺灣主體性的斷絕。

然而，卻也是同樣的道理，說明了我們今日為什麼重新談起臺灣民俗學的建構。是同樣的道理，說明了我們今日為什麼誕生日治時代背景的娛樂小說。

當然，這裡我說的是《金魅殺人魔術》。

娛樂小說存在之必要，《金魅殺人魔術》存在之必要

《金魅殺人魔術》的主角並不是民俗學者，主題也並非民俗，這部創作的發想緣起、作者新日嵯峨子，乃至跨越類型元素的小說本體，基礎架構的核心都繫於娛樂性，是明確面向讀者的娛樂小說，可它卻又確實

地令（普羅大眾認為枯燥無趣的）臺灣民俗躍上檯面。

以明治三十三年（1900）的臺北滬尾為故事舞臺，主角群像展現彼時族群駁雜的歷史現場，滬尾漢人、英國洋商、來臺日人——以及，臺灣本土神異與日本外來妖怪。正是這樣的舞臺與角色，適足以嶄露臺灣民俗變容的端倪，提供民俗內涵展演的空間，並且不留絲毫調動民俗材料的痕跡。比如小說的「卷頭語」，便是不慍不火的一筆：

金魅是一種魔物。據說領臺前，到底都有祭祀金魅的人家。現在年青人漸漸沒聽過金魅之名了。六十歲以上的爺爺奶奶大概還記得，說到金魅就會想起「啊！是代人工作的金魅，吃人的金魅。」

——民俗臺灣 第二卷第二號

這是文字的魔術。卷頭語就是整場魔術的第一個掩護手法。從此開始，魔術師新日嵯峨子為我們帶來的，並不只是金魅殺人魔術，更是金魅甦生魔術。

《金魅殺人魔術》透過人物的各方角力，起疑、爭辯、推理吃人的「金魅」是／否存在，從而調度一九〇〇年的滬尾地景、族群、信仰諸多樣貌。在這樣的過程裡，如同我們逐漸認識「金魅」之為物，促成「金魅」在意義上回魂復甦，臺灣民俗、歷史、文化也同樣一一回魂於世：那是媽祖婆與大道公的恩怨，是西仔反戰役，是滬尾通商口岸的存在與變化，是日本領臺之初的人事更迭……。

這是娛樂小說的魔術，使得理解「日治初期的臺灣面貌」一事變得容易。更進一步說，變得容易理解的事物，並不止於此。正因為是追求娛樂性的小說，在諸多障眼法撩亂讀者雙目、勾著讀者追索結局的時候，才可能偷渡許多可大可小的東西進去，比如推理與奇幻如何可能雜揉於一體，比如殖民議題的複雜內涵，比如臺灣民俗考據——新日嵯峨子以閱讀樂趣讓讀者陷落圈套，渾然不覺自己就是開啟「臺灣主體還魂魔術」機關的關鍵人物。

娛樂性是魔術，使小說創作得以成為建構台灣民俗學的一種方法。

所以，如果我們以小說進行臺灣民俗學的建構，那會是什麼模樣的小說？

我想那就是《金魅殺人魔術》。

註1
林承緯，《臺灣民俗學的建構：行為傳承、信仰傳承、文化資產》（臺北：玉山社，2018），頁17。

推薦序

推理與奇幻的協奏曲

文／瀟湘神

「這是遊戲之作——」

新日嵯峨子這麼說著，將《金魅殺人魔術》初稿寄給我。我花了半天的時間看完，雖不確定她說的「遊戲之作」是何意思，卻琢磨出一些有趣的想法。

從傳統的角度看，這或許是一部「推理小說」；淡水英國洋商的大宅裡，發生了連續密室失蹤事件，從現場留下的痕跡看，還是根據傳說進行的「模仿犯案」，濃濃的本格推理小說風情。但就是這個「根據傳說的模仿犯罪」，使《金魅殺人魔術》的立場有些不可思議。

為什麼呢？首先得說明一點：實務上，模仿傳說可是吃力不討好的。且不論殺人，想要脫罪，犯人就得想個詭計，在這之上，居然還要裝飾現場來達到模仿的效果！裝飾犯罪現場可不是彈個響指就能辦到，是需要額外成本的，而增加成本，往往意味著提高失敗率。既然如此，為何還要模仿傳說或歌謠？

常見的理由有二。其一，透過模仿來彰顯某種意圖。最早採用模仿童謠的小說，或許是阿嘉莎．克莉絲蒂的《童謠謀殺案》，童謠中的人物盡數死去，暗示在場眾人已被死神纏上，這給他們帶來死亡的恐怖。又或是透過模仿來暗示犯罪動機。譬如，犯人為了一件當年的惡行，向犯下惡行的人們展開報復，殺人之餘模仿了與當年事件有關的元素，那些人看到可能就心裡有數了。這種模仿除了帶來恐懼，也隱含著「你們死有餘辜」的指責。

其二則是為了脫罪。模仿民俗中的神怪，多屬此類。在科學觀念發達前，民間相信的超自然實體，不但被奉為真實，還帶著禁忌；因此當人們認為「被害人是遭到某某魔怪作祟而死」，禁忌背後的恐怖感會使他們不敢追究，甚至三緘其口，形成對調查的阻礙。換言之，犯人透過嫁禍於超自然實體來脫身，並有一定的機率透過社會氛圍為難調查者。

當然還有其他千奇百怪的動機，在此略過。無論如何，在嚴肅的文本裡，「模仿」要付出成本，所以必有某種目的，不會只是好玩。

值得一提的是，根據傳說的模仿犯罪，多半是以「傳說」的落敗收尾。其實這理所當然，畢竟所謂的「模仿」，就是在隱而不宣地架空模仿對象，否認其與事件的關係，甚至否認其存在。這也吻合推理小說的發展脈絡。直到現在，京極夏彥仍說「世上沒有不可思議的事」，推理小說的一項任務，就是彰顯整個世間的合理性，因此必將以推理的理性之光，降伏怪力亂神。在推理小說中，「傳說」與「推理」的戰鬥，幾乎不存在真正的張力，因為推理故事的前提保證了「推理」不可能敗北。

古典推理小說，本就有著否定傳說、否定超自然實體的性格。

所以《金魅殺人魔術》才奇妙。要是讀者熟悉新日嵯峨子筆下的「臺北地方異聞」，想必知道那是神怪存在的世界觀。不但存在，神怪還招搖過市、橫行霸道！既然如此，那在熟悉此事的讀者眼中看來，既然被害人看來是被某種魔怪作祟，那他就是被某種魔怪作祟了，根本沒有懷疑人類模仿犯案的必要。

在深入討論這點前，或許要先討論「奇幻」與「推理」能否並存，或是能並存到什麼程度。畢竟如前所說，古典推理小說本就有否定超自然的性格，那在有超自然現象存在的奇幻世界底下，真的能推理嗎？

答案是可以。

前提是，這部奇幻小說確實是容許「推理」這種狹隘的立場。說「推理」狹隘，可以從古典推理小說的〈十誡〉、〈二十則〉看出。在這些戒律中，推理小說居然排除中國人、拒絕複雜的機關、不允許無人知道的毒藥存在，人們連談戀愛都不行，傭人甚至不被允許犯罪！當然，我們可以理解為何有這樣的設計，簡言之，這是為了給讀者提供一個徹底公平的舞臺，但受限於公平性的結果，就是看似現實的推理小說世界，其實比現實世界更狹隘。

小野不由美的《東京異聞》，是豪快、痛快反擊「推理小說」的一項嘗試。若讀者把該書當成推理小說，最後想必會驚駭於那推理的反高潮，痛罵「這才不是推理小說」吧？但作者刻意模仿推理小說的格式，並將舞臺選在象徵文明開化的明治時代，我認為是傳達一種批判：你以為這是推理小說？為何世界非得照推理小說的路數發展？世界就是世界，根本不會受你限制。

《東京異聞》揭露了推理的「侷限」。雖有推理，卻沒有公平的意圖，甚至刻意反其道而行。故事中，日本並未文明開化，反而百鬼夜行，陷入永夜，這是嘲諷推理的無力。有趣的是，對「有限的推理小說」來說，奇幻世界跟現實世界或許等值；現實世界從不考慮公平性，多的是未破解的懸案，無數的線索石沉大海，要不就是不知該怎麼正確解讀，就算摸著線索過河，也可能辦成冤案。即使世界是合理的，也絕不仁慈。對將公平性奉為圭臬的推理小說來說，現實世界實在是太「蠻不講理」了——奇幻世界的不講理，跟現實世界僅有程度之別。

但正因如此，在奇幻世界進行推理才可行。

現實世界是霸道的。但只要展示智力遊戲的公平性，現實世界就會服膺推理世界的法則，推理小說於焉成立。奇幻世界也一樣。就像在三津田信三的「刀城言耶」系列，即使推理否定事件是神怪作祟，也不表示神怪不存在，更無法否定神怪能夠作祟。這是合乎邏輯的。

其實在奇幻故事中推理，或推理小說容許超自然現象，在當代並不罕見。從這點看，《金魅殺人魔術》也是在奇幻世界發生可供推理的事件，沒這麼奇妙，但在此模仿神怪犯罪，確實挑戰了推理讀者心中的常識；如前所說——讀者沒有懷疑這是人類模仿犯案的道理。

古典推理小說中，看似神怪作祟的表象，幾乎都是犯人模仿而成。對推理讀者來說，這種思考已是一種生物學上的反射動作。如果讀者閱讀《金魅殺人魔術》時，也理所當然覺得「這一定是犯人模仿的」，最好捫心自問這樣的想法有沒有合理的根據；要知道，根據奧坎剃刀原則——簡單的理論是較好的理論——既然神怪真的存在，比起人類犯案採用的複雜詭計，簡單純粹的神怪作祟豈不是更好的理論嗎？

在《金魅殺人魔術》中，這項推理的常識被挑戰了。

說奇幻故事「可以推理」，其實是委屈了奇幻世界：奇幻不得不勉強自己配合推理的法則，迎合推理讀者的想像。換言之，在推理至高無上的框架底下，奇幻是受貶抑的。但在神怪世界裡模仿神怪犯罪，這樣多此一舉的事，卻挑戰了推理讀者對於模仿犯罪的常識；理性的讀者必須思考，或許這真是神怪所為？否定神怪作祟的可能，真的有道理嗎？從這個角度看，新日嵯峨子是在理論層級上，將奇幻拉到與推理同等的位置。

即使是配合推理框架，奇幻仍不失自己的主張。在《金魅殺人魔術》中，奇幻與推理可說是保持著這種奇妙的張力，如雙人舞一般進退，這是我覺得最有意思之處。

不過讀完本書，我卻有一個不解之處。熟悉「臺北地方異聞」世界觀的讀者，想必清楚作者「新日嵯峨子」的真實身份；但本書的結局，彷彿對日本有些批判——這使我困惑不解。於是我在社交軟體上詢問，卻得到這樣的答案：

「您竟會問出這樣無聊的問題，還真是令我意外！」

接下來無論怎麼問，新日嵯峨子都不再回應了。看來我真是沒慧根，竟問出這種惹惱人的問題！這個答案的後續，是幾天後才沒頭沒尾地在社交軟體上收到的。

「或許我確實薄情——不過對自由來說，這是必要的。」

這是新日嵯峨子最後的回答。雖然愚駑如我，實在不能參透，但這回答就提供給讀者作為參考吧！雖然不是我，不過讀者諸君中，或許有人能瞭解這個答案的意義。

人物介紹

高思宓大宅

溫思敦・高思宓　高思宓洋行的創始者，因醜聞纏身自殺。
白翠思・高思宓　溫思敦之妻，臺灣人，嫁給溫思敦後改用洋名，於去年底過世。
柯佬得・高思宓　溫思敦長子，現在高思宓洋行的實際掌權者。
霏・高思宓　柯佬得之妻，臺灣人，身體貧弱。
吉悉嘉・高思宓　柯佬得之女，與母親同樣身體貧弱。
呂尚源　高思宓家的管家，臺灣人。
韓莘　吉悉嘉的褓母，臺灣人。疑似被妖怪金魅所吃，行蹤不明。

滬尾人

邵年堯　滬尾商家「廣春行」繼承人的弟弟，曾受高思宓家恩情。
盧順汝　十八歲少女，具有神通，被稱為「媽祖娘娘的化身」。
步泰承　高思宓洋行的老員工，疑似被妖怪金魅所吃，行蹤不明。
陳國安　高思宓洋行的工人，大道公三屆爐主之子，與神明有緣。
畢翠兒　高思宓洋行的工人，步泰承的姪子。

日本商人

阿求渡　坂澄會社的社長，與高思宓洋行關係惡劣。

夏目海未　坂澄會社的副社長，以年輕女性的身份擔任此職務，頗為罕見。

鐵賀野風　自稱阿求渡的保鑣，玩世不恭的男子。

外來者

杉上華紋子爵　日本華族，熱愛偵探小說，溫思敦的朋友。

曹懷芝　艋舺望族白家的僕役，受日本華族杉上華紋青睞。

加賀京二郎　滬尾辦務署的巡查，負責調查高思宓大宅的怪事件。

萬馬堂　溫斯敦．高思宓的摯友，與高思宓家往來多年。

白頌　白翠思的弟弟，與高思宓家多年未聯繫，溫思敦過世後忽然出現。

黃斗篷怪客　自稱高思宓家的遠親，以詭異裝扮出席溫思敦的喪禮。

神異

媽祖娘娘　赫赫有名的天上聖母，海神。滬尾的重要廟宇福佑宮即是主祀媽祖。

大道公　保生大帝，在滬尾、三芝一帶由八庄輪祀，民間故事中與媽祖有嫌隙。

言語道斷　被抓到臺灣的日本妖狐。無論其意志，是日本人用來控制臺灣人的工具。

平面圖

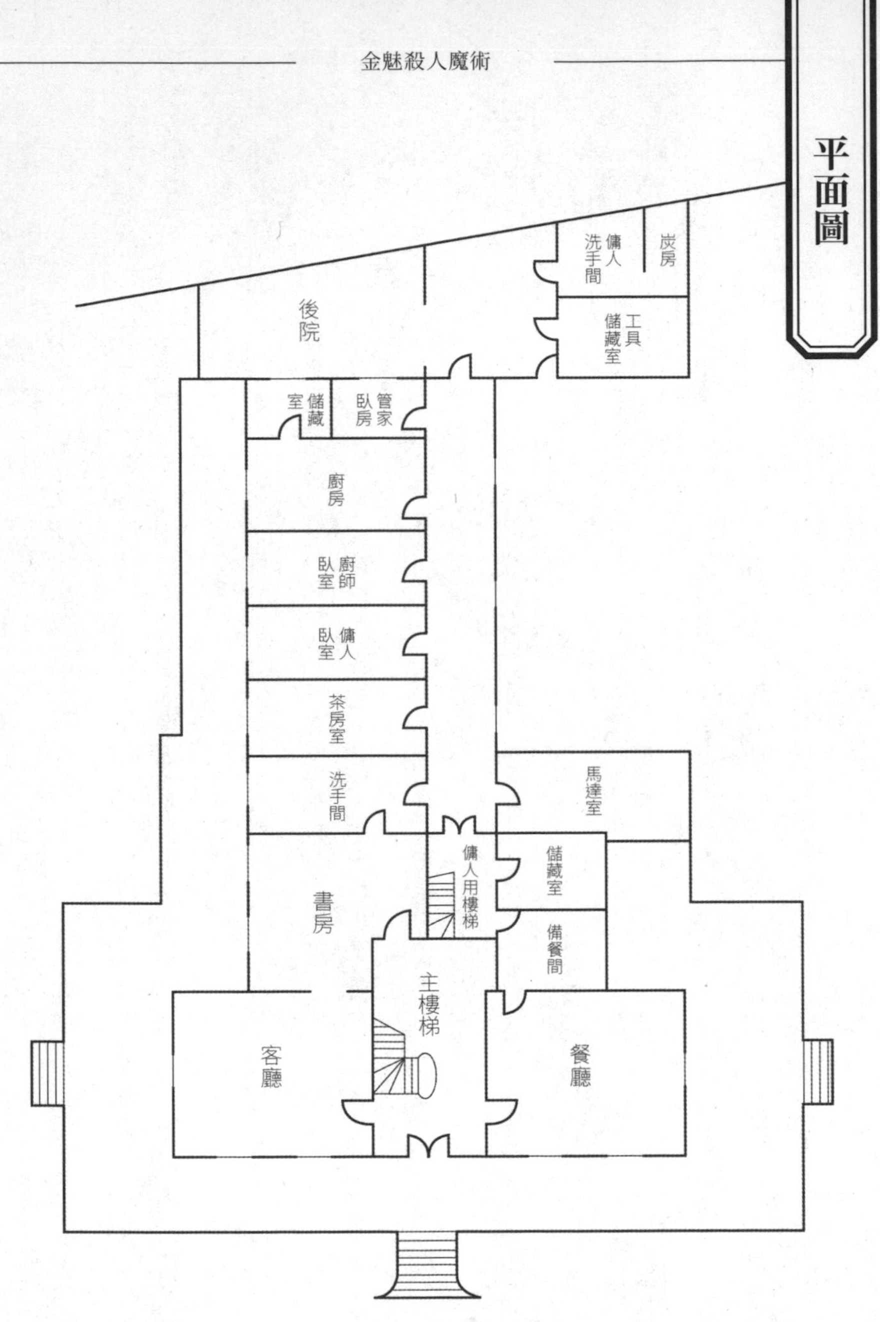

後院
傭人洗手間
炭房
工具儲藏室
儲藏室
管家臥房
廚房
廚師臥室
傭人臥室
茶房室
洗手間
馬達室
書房
傭人用樓梯
儲藏室
備餐間
主樓梯
客廳
餐廳

高思宓大宅一樓

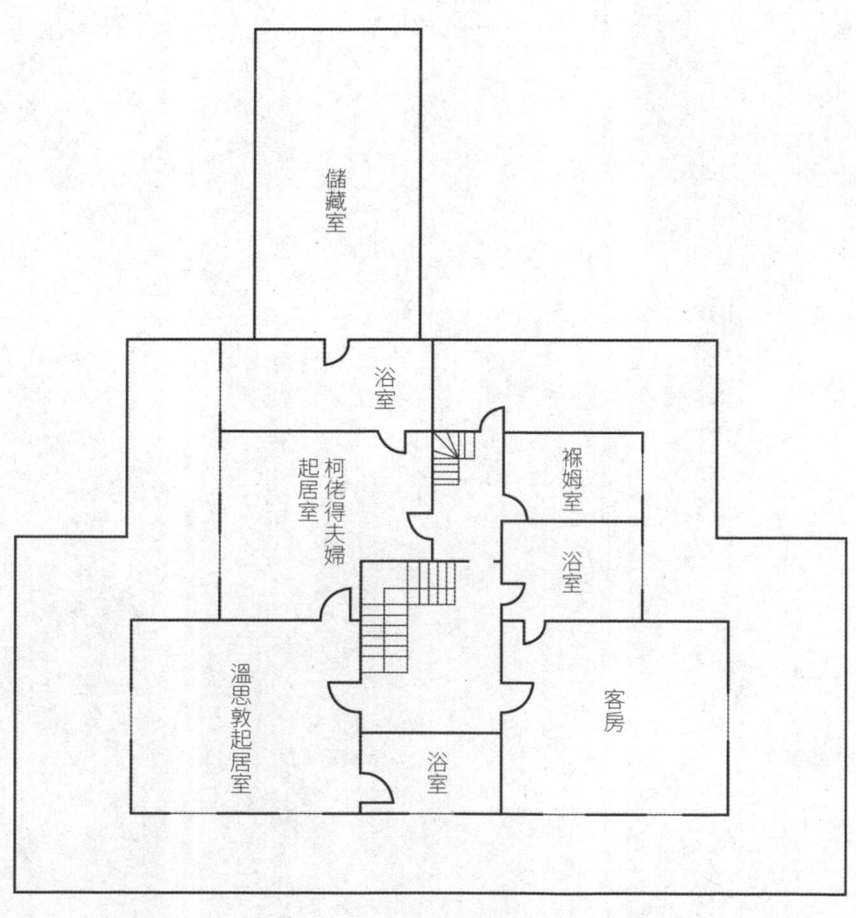

高思宓大宅二樓

金魅是一種魔物。據說領臺前，到底都有祭祀金魅的人家。現在年青人漸漸沒聽過金魅之名了。六十歲以上的爺爺奶奶大概還記得，說到金魅就會想起「啊！是代人工作的金魅，吃人的金魅」。

——民俗臺灣第二卷第二號

入座

一、洋商之死

聽說高思宓老爺過世的事，是明治三十三年新曆七月初下午。那時，我正與阿兄帶著工人到公館口接大稻埕來的貨物。

正午過後的渡船頭，到處都是降下帆布的紅頭船，水洩不通。船桅隨著潮水起伏，像搖曳的竹林，一波又一波，船身碰撞發出沉悶的「咚咚」聲，像和尚敲著木魚。十幾個工人將船上的貨物扛起，穿過又短又窄的碼頭，一袋袋、一箱箱的貨物扔在拉車上。他們的吆喝聲與汗臭，比淡水河的浪濤與鹹味還猛烈。

灰色雲影下，淡墨般的河水滾向下游。我清點貨物，卻情不自禁盯著河水。不遠處，淡水河豁然展開，一時分不清哪邊是河、哪邊是海。海天之際，幾個螞蟻般的黑點浮在水面，是洋人的輪船。

它們看來如此渺小，近看的話，卻會被它們的宏偉嚇到；船上煙囪噴出白色煙柱，有時發出低沉的長吟，實在震撼人心。認識的洋老爺說，長吟是某種大型笛子發出的，英文稱為「威思妥」。這景色有「滬口飛輪」之稱，楊雪滄曾以詩誦之——頃刻花開十丈蓮，嘘空歷歷眼中煙——對我來說，卻是自小熟悉的風景。

這些輪船之所以出入滬尾，聽私塾振文社的先生講，是清國戰敗後跟好幾個國家簽訂天津條約所致，那已是我出生前好幾十年的事。現在，下游的烽火街是洋人根據地，大半的洋行與倉庫聚在那，石頭砌成的碼頭羅列，整齊乾淨。越過這些碼頭，淡水河便與「世界」連在一起。唉，「世界」，這字眼離我多遠啊！就算見過這麼多輪船、認識烽火街上的洋面孔、甚至知道那些輪船前往哪些城市，我卻連離開滬尾的機會都沒有。

這個港，大概是我命運的極限。

「頭家，我聽人講，那洋番高思宓死了，真的嗎？」

我猛然回頭。這話是撐船人說的，他坐在船尾，正把斗笠當作扇子搧風，漫不經心，彷彿說的只是微不足道的小事。

我整顆心懸了起來。洋番高思宓，難道是那個高思宓老爺？他過世了？

「呵，你消息真靈，我也聽人說了。」

阿兄的笑穿過交錯的工人到我耳中，像了然於心。我有些駭然，他怎沒跟我說？

「唉呀，這種事情在我們走船人間傳得很快啦！」

「我聽說高思宓過世是早上被發現，到現在才幾時辰，你就知道！」

「哈哈，風聲早就傳到大稻埕啦！聽說他是吞砒霜？大家都在說。」

砒霜？我毛骨悚然，忍不住越過運貨的工人：「你們是在講高思宓洋行的高思宓老爺？他吞砒霜自殺？」

兩人看向我。

「是啊！你不是滬尾人，怎會不知？」

「哎！我們小弟比較閉俗啦，不喜歡聽人講閒話。」阿兄笑得有些勉強：「其實是不是吞砒霜，我也不知，但確實是服毒自殺。堯仔，你在福佑宮前的市場走一遭就知，人人都在講。」

我大受打擊，難以接受。

高思宓老爺竟自殺了。我四天前在新店街見過他，還看不出有那種念頭啊！雖然在一連串怪事後，他老人家很少離開大宅，但那天，高思宓老爺除有些憔悴外，一切如常，甚至還有興致說笑。我當時想，原來那些謠言跟不可思議的怪事沒傷害到他，那就好了，誰知今天就聽到這消息！

悔恨之情幾乎將我淹沒。唉，早知道就多關心他老人家，現在想想，那時無關緊要的閒聊，竟是與他最後的對話，要是用心聽的話，會不會發現他萌生死志呢——不，他真有尋死之心嗎？直到現在我還是難以想像。高思宓老爺經過不少大風大浪，這些謠言真能壓垮他？該不會這只是惡作劇、或某人惡意放出的謠言，其實高思宓老爺還活得好好的，要是他本人聽此事，說不定還會哈哈大笑——

「唉，真可惜，」撐船人的聲音傳來。

「那洋番也是一世英名，最後可算丟到臭水溝了。自殺也算報應，活該！」

他得意地笑，我頭裡轟然一響。

這什麼話？

雖然不是不懂他為何這麼說，但是可忍，孰不可忍！我咬牙切齒，才要斥責，阿兄卻笑著接口：「是啊。不如說，自殺還算是便宜他。」

我震驚地看著他，阿兄竟這樣講！

在我看來，高思宓老爺無庸置疑是位善人！這樣的人遭惡運纏身，本就不該落井下石。但就算高思宓老爺不是善人，這話也絕對不該從阿兄口中講出，畢竟高思宓老爺對我們邵家有再造之恩啊！

「是不是？你們滬尾人都這樣講，就沒錯了啦。」撐船人神氣起來。

「當然啦。其實我們這裡的行號，有些本來也跟高思宓洋行關係不錯，在那些事後，多半沒來往了。誰有這樣的膽量啊！只有那些洋番不懂，才繼續往來，真是不知死活。」

「對吧！欸，你們滬尾不是有什麼傳說中的『高腳仔』嗎？他今年還沒殺人吧。嘿嘿，要是高思宓沒自殺，八成會給『高腳仔』做掉！」

「是啊，為富不仁，還偷偷養那種東西，被殺也不意外。」

我聽不下去了，忍不住說：「你們別亂講，高思宓老爺根本用不著養『金魅』害人好嗎！」

聽到「金魅」這詞，他們猛然看向我，彷彿怕惹來妖魔鬼怪。撐船人不安地戴上斗笠，朝河裡「呸」的一聲吐口水，要去晦氣，阿兄瞪著我，眼神冷峻到令我膽寒。他憑什麼這樣瞪我？我瞪回去，阿兄「哼」了一聲：「堯仔，你不是要盤點？工作做完了嗎？」

「你別擔心，我馬上就做，但你們現在講這些——」

「我是沒在擔心，」阿兄打斷我的話：「不過你還有時間在這對我們講這些五四三，怎麼不去盤點？早點做好你的工作，才不會浪費大家的時間，知不知道。」

我氣到臉頰發熱，只是大庭廣眾下不好讓人看笑話，就默然轉身盤點貨物。但阿兄的嘴臉讓我根本沒法專心！哼，反正數量大概對就好，我等工人裝完貨物隨便看了看，大聲說：「好啦！」

「多謝，堯仔。」阿兄像是什麼事都沒發生，對著撐船人：「多謝你，頭家。」

「沒啦。」撐船人把斗笠拿下來，對我說：「抱歉啦，少年人，我是不該亂講你們滬尾的事情，你別放心裡。」

我沒想到他會在意，心裡有些抱歉，但又覺得身為滬尾人，應該嚴正說明高思宓老爺在滬尾的評價。我才要開口，阿兄已搶著說：「沒啦！隨便聊聊，哪有亂講什麼？感恩喔，頭家。」

眼見阿兄自顧自地想將這件事帶過去，我不禁白眼，轉身就走。

「喂⋯⋯堯仔！」

我沒理會他，朝福佑宮的方向走去。阿兄見叫不住我，便匆匆催促工人啟程運貨。我穿進市場，閃過往來的行人，走上九崁街。短短這段路，我越走越氣，越氣越悲。阿兄這樣忘恩負義，高思宓老爺九泉之下也會心冷吧！

但這麼想的同時，我還是沒有高思宓老爺已然去世的切身感受。

就像自夢中醒來，一切還迷迷糊糊的，彷彿只要在新店街那裡轉兩圈，就能再見到高思宓老爺雍容和善的面孔。他會風雅地評論人物時事、說最近看了哪些書、偶爾炫耀過去的冒險故事……不知為何，我越是想他的音容，就越能接受他死去的事實。四天前，那確實是我們最後一次見面。我兩眼含淚。

「喂，堯仔，幹嘛走這麼快？」阿兄追上來拉住我肩膀，我揮開他的手。

「你為什麼說那種話？」

「也沒什麼吧。」

「沒什麼？別人講高思宓老爺壞話就算了，你聽到了，居然不維護他的名譽，還落井下石，你是不記得他對我們邵家的恩情？」

「現在滬尾街上的人都是這麼想。我跟你講，跟大家不同沒好處的。」

「這是恩義的問題！阿兄你是要忘記家訓，做不懂恩義的人？」

阿兄一臉無奈：「你講的恩義，都是你小時候的事啦！這麼多年，我們早就互不相欠了！唉，你是書讀太多了才這樣想，我跟你講，你或許自以為堅持恩義，但誰知道你是這麼想？要是別人誤以為我們家是拿了高思宓洋行什麼好處怎麼辦？這時跟大家站同一邊才是聰明的。」

他或許覺得自己中肯，我卻怒火中燒，沒想到「讀太多書」這點會被拿出來講。我憤怒地說：「我……

你也真有臉講！你乾脆在阿爸面前咒罵高思宓老爺算了，看他做何反應！當年要若不是高思宓老爺幫忙，我們邵家跟廣春行還能在滬尾安居樂業嗎？你不想惹是生非，請，不多嘴行了，可高思宓老爺他……他老人家尋短，人死為大，哪有這樣落井下石的！」

我越講越激動。太不公平了！大家怕被妖魔作祟，不敢與高思宓老爺往來，這我明白，但高思宓老爺這麼多年來，也算樂善好施吧？怎麼「金魅」的傳聞一出現變就這樣？劃清界線就算了，還嘲笑他的死！

「好啦，我明白，我明白。」阿兄摟住我肩膀，把我當小孩哄，但我用手肘把他架開，他說：「你別生氣嘛，堯仔，我是真的感到抱歉。但你不怕當年那種事再發生嗎？相信我，這種時候幫高思宓老爺講話，沒好處，等風頭過了，我們再還他清白，好不好？」

聽他這樣說，我就心軟了。我知道他口中的「當年事」是什麼，也難怪有這層顧慮。

過去西仔反的時候，邵家曾被整個滬尾當成過街老鼠打。

我當時年紀小，沒記得多少，但至少記得一件事。有次我在大街，一個不認識的大人指著我說「他老父就是那個勾結番仔的人」，我嚇得連忙逃回家，很長一段時間不敢出門。他的眼神，我現在都還記得；他覺得我死不足惜，只是不會自己下手罷了。

真令人反胃。我那時只是個孩子啊！

光緒九年，清國跟法蘭西開戰，原因我不清楚，不過隔年有場戰役，就發生在滬尾，被稱為「西仔反」。那時，法蘭西軍隊對岸上開砲，這是我少數留下印象的事。每次開砲，家裡就籠罩在恐懼焦躁的情緒中，阿爸叫我們別擔心，阿母在房裡走來走去，雖然安靜，卻不斷找事做。那段期間，臺北陷入狂熱，各地傳來排洋之聲，教堂被拆毀、民眾騷動。我們滬尾人因為長期跟英商、德商往來，不像其他地方會誤將所有洋人都當成同一國，才沒什麼暴動。

可對於出賣情報給法蘭西的人，滬尾人就沒這麼寬容了。

那時，有人說英商德約翰勾結法蘭西軍隊，這是很可怕的指摘，因為勾結者必將付出可怕的代價；德約翰運氣好，被查出是別人挾怨栽贓，官府就將栽贓者斬首示眾。這種事，那時不算罕見，但我們怎麼也沒想到竟會給我們遇上。

就在孫開華將軍與法蘭西軍隊對峙激烈時，有人散布邵家勾結法蘭西軍隊的謠言，說我們廣春行提供法蘭西軍隊物資，還出賣孫將軍的情報。那全是莫須有的事。我們哪知道什麼情報，更遑論出賣！但仇視漢奸的風氣讓滬尾人開始抵制廣春行，貨物被潑糞，雖然廈門、香港的行號還會賣貨給我們，卻無人購買；可惡的是，誰也沒證據，但直到戰爭打完，廣春行還是乏人問津，邵家的生路可說是斷了。那時家裡的愁雲慘霧，甚至足以讓小孩子的我每晚難以入睡。

後來輾轉聽說，造謠者只是為了一件雞毛蒜皮般的瑣事栽贓邵家。那人在衙門辦事，又是不少人的債主，竟要脅欠錢的人散布謠言，無所不用其極。謝天謝地的是，善惡到頭終有報，那人最後被我們滬尾的義俠「高腳仔」所殺，栽贓我們家的事才因此洩露出來。

但或許是感到尷尬、慚愧，滬尾人還是無視邵家。這時，高思宓老爺寫給阿爸一封長信，信裡他透露出對邵家的同情，只是出於某些原因，他無法直接援助。其實這原因，我們都了解。

溫思敦．高思宓是高思宓洋行的創立者，在滬尾頗有名望。他跟在地人關係極好，不只娶臺灣人作妻子，自己也講一口流利的臺灣話，甚至不需買辦。即使如此，他也不能直接救助邵家，畢竟我們邵家正是背上了勾結洋人的嫌疑，要是高思宓洋行給予協助，便會落人口實。

若只是如此，高思宓老爺也不用寫信來。他在信內說，雖不能直接援助，但能私下借一筆錢應急，並運用人脈，讓別的行號重新與廣春行往來交易；人們心裡有愧，只是拉不下臉承認錯誤，但若有什麼理由讓他們重新接觸邵家，就另當別論。這當然是雪中送炭！他也確實給了其他商行與邵家破冰的理由，讓邵家重獲生機。

但讓我感銘在心的，並不是雪中送炭，而是這一切都暗中進行。換言之，他不是為了名聲。

這不正是俠客典範嗎？相較之下，滬尾街上口口聲聲嚷著「漢奸」的人，難道比高思宓老爺更正直？西仔反後，因為牲口踐踏雙方將士的墳墓，高思宓老爺甚至出錢建了一間萬應公廟，專門收容那些屍首。明明是洋人，卻配合臺灣人的風俗，建了臺灣人的廟，不是很了不起嗎？我一直敬重著他。

高思宓老爺、義俠高腳仔，他們是邵家的兩大恩人。

阿兄跟我不同。他當然知道高思宓老爺幫了什麼忙，但西仔反那時，年幼的我只需躲在家裡，阿爸和阿兄卻要直接面對滬尾街上的閒言閒語。他怕那種事情再發生，裡頭有我難以體會的恐懼；即使那件事背後正藏著高思宓老爺的恩情，我也無法苛責他。

見我沒回話，阿兄拍著我肩膀：「而且啊，堯仔，現在不是我們滬尾人鬧不同意見的時候。我們可得團結起來啊！滬尾人必須團結，時代不同了。」他看了一眼大街。

時代不同了，這幾個字的意義沉重地壓在我肩上。

九崁街依山而上，從這裡往下看，宏偉的福佑宮挺立，對著淡水河，大街兩側街屋雖還是漢人風情，景色卻已約略不同。這些年，新興設施如郵便電信局、辦務署紛紛建起，我們還效法基隆開設市場，料理店越來越多。去年滬尾水道完工，還從我們看不見的地方提供神奇的「自來水」，新生活在我們毫無防備時入侵，這都是日本人帶來的，甚至這條九崁街前方，還有好幾戶人家門前掛著白底紅日的日章旗。

我們已不是活在光緒年間，而是明治年間。

現在是明治三十三年。

自清國割臺，已過五年了。這五年間這麼多風風雨雨，都已逐漸平息，就連頑抗的簡大獅，也在今年初被清國抓住，移送給總督府處死。他被處死那天，雖然報紙當作歡喜捷報，滬尾卻瀰漫著悲痛的氣氛，只是誰都不聲張，怕被日本人注意。我曾進「國語傳習所」學習日語，當時便明確感覺到，即使有共通的語言，日本人跟我們終究不同，我們無法共享同一個世界、同一份情感。

我們不是「敵人」。在「住民去就決定日」後，邵家就已決定當日本國民了。但我們依然不同。我們臺灣人是……

不，恐怕我們什麼都不是。還什麼都不是。

但阿兄說要團結的「滬尾人」，指的是什麼？那些在日本人來以前就佇立著的洋行，就不是滬尾人了嗎？明明我們出生前就有洋行了。唉，要是聽到阿兄的話，高思宓老爺會怎麼說？當初曾義舉贊助邵家的他，是否能理解，笑著對阿兄說「對，你們就跟高思宓洋行保持距離」？

我不知道。高思宓老爺究竟怎麼想，已經沒人能知道了。

「頭家，是要在這停多久？」忽然有人說，我這才發現阿兄跟我停在這說話，運貨的工人都在等，顯然已不耐煩。阿兄惡狠狠地說：「急什麼？不會少給你們錢啦！」

他拍拍我的肩膀，往前走去，我也跟上。明明是又悶又熱的七月天，河風卻帶著悲涼，我忍不住喃喃自語：「到底高思宓老爺為何自殺？」

「你還在想這個?唉……天曉得為什麼!」

「我不相信是因為他養金魅。」

「我也不信。不過堯仔，別再說那兩個字。」

「為什麼?既然高思宓老爺沒有養金魅，有什麼好怕的?」

「你這憨人，連這種事都不懂?」阿兄抓住我肩膀，壓低聲音，神色陰沉。

「無論高思宓老爺有沒有養，都一定有人養——不然怎麼可能發生那種事?」

看他疑懼的表情，我背上也感到一陣陰冷。

◈

「金魅」這種鬼怪，最初我是聽阿祖說的。他說，要是有些人家忽然富裕起來，其實不是靠自己努力，而是養鬼怪才致富。我問他，養鬼怪是要怎麼致富?阿祖說，金魅會幫人做工，只要供奉祂的牌位，就能命令祂。

請祂插秧，示範給祂看，一個晚上就能做好;要搬運貨物，只要從起點搬到終點，祂就會把全部的貨物都搬過去;只要供奉金魅，家裡永遠一塵不染，因為金魅厭惡骯髒。總之，養金魅就像僱了不吃飯的工人。

這麼方便，那養金魅豈不是很好?阿祖搖搖頭:「養金魅是缺德的事情，因為金魅每年都要吃人，最後養金魅的人家，必定會家破人亡，遭受報應。」

——吃人。這差點把年幼的我嚇哭。

據說養金魅的人，每年都要讓金魅吃人，若是不這麼做，金魅反而會將養金魅的人全家吃光；金魅吃人不像猛獸，會吃得鮮血淋漓，愛乾淨的金魅能將人連骨帶肉全都吃掉，半點不剩，連血跡都不留，只剩那個人的衣服跟頭髮，因為金魅不愛吃這兩樣。

「堯仔，你以後要小心客仔的查某，那些客仔特別會養金魅，你要注意喔。」阿祖的叮嚀，確實讓我對客仔心懷戒懼一段時間；當然，現在我不這麼想，自從聽阿嬤說阿祖吃過客仔女人的虧，我就知道是一偏之見了。

我本來將金魅當故事，嚇嚇小孩子而已，不料有生之年，身邊竟當真發生了「金魅吃人」的怪事！

「高思宓洋行養金魅」，這就是現在滬尾街上四處謠傳的可怕謠言。老實說，以高思宓洋行的能耐，哪裡要養金魅？除了做工，金魅根本什麼都不會，但高思宓洋行會缺幾個請工人的錢嗎？高思宓老爺甚至還花錢請僕役打理大宅呢！我根本不相信高思宓老爺養金魅。

然而，我也瞭解為何有這種謠言。

因為**除了金魅，很難解釋發生在高思宓大宅裡的怪事**。

打從新曆的五月中到六月底，已有三個人在高思宓大宅內失蹤，而且還是在不可能離開的情況下消失。不只沒人見他們離開大宅，他們所在的房間還被鎖上，根本無法離開。

最怪的是，房間裡留下他們的頭髮和衣服。

本來，要離開鎖上的房間就是不可能，留下衣物就更離奇了！難道離開前，他們還特別剃掉頭髮、裸體逃離？沒半點道理！但留下頭髮跟衣服，這與金魅傳說相同，所以謠言很快在滬尾街上流竄：是金魅吃人！

這當然是無稽之談。本來高思宓家就沒有養金魅的必要！假使不管這點，養金魅的人家不會大肆張揚的。

阿祖講過，要知道一戶人家有沒有養金魅，可以朝他家門口吐口水，要是口水馬上消失，那就是有養金魅，換言之，這只能偷偷測試。如果高思宓老爺真的養金魅，一定會小心翼翼，哪可能弄到人盡皆知？

我就曾拿這點跟朋友議論，朋友說，也可能高思宓老爺是洋人，搞不懂金魅每年都要吃人，所以金魅才開始吃起高思宓家的人啊？但我認為不可能。若是這種原因，金魅不是該從高思宓老爺開始吃嗎？但至今被吃的那些人，嚴格說起來並非高思宓家的人，只是偶然在高思宓大宅裡。要是高思宓老爺養金魅，有什麼道理吃他們？

但除了「養金魅」，我也想不到別種解釋。畢竟，他們消失的方式太過離奇，就像阿兄講的，無論高思宓老爺有沒有養，都一定有人養。若高思宓家真的沒養金魅，只是因他人養金魅，無端被捲入此事，那高思宓老爺就太無辜了。

也正因此，我不認為高思宓老爺是自殺。

自殺只是落人口實。曾暗中援助我們邵家的他，怎會沒想到？以死明志是無法自清的，反而是真正的冤沉大海！就像那位撐船人所說，高思宓老爺自殺是報應的，這麼想的人恐怕不少。

光想到這就難以忍受。那些壞人被高腳仔殺死，這是報應，但高思宓老爺有何不對？而且那些人這般嘲弄高思宓老爺的死，當真就以為事情結束了，可以安心了？如果養金魅的另有其人，那事情就不會結束。到時，那些人又有什麼臉去面對高思宓家？

不，恐怕他們又會裝作沒這回事，根本不想負責吧！就像他們當年對待邵家同樣。

當天晚上，我在床上翻來覆去，被意想不到的空虛感侵襲。我不斷想起關於高思宓老爺的種種，同時有些意外；因為，我雖然尊敬他，但我們並不親密，只是同住在滬尾街上，談過幾次話而已。但每次談話，我都受益良多，並深深為高思宓老爺的風采著迷。他還曾招待我跟阿兄到大宅裡，多麼友善親切的好人啊……

原來是這樣，我恍然大悟。

雖然他是洋人，但我早就將他當作心裡最尊敬的人了。他是我的典範、楷模。不只是風采，還有他為善不欲人知的俠義性格。這與他是不是臺灣人無關，無論出身自哪裡，這樣的人，本就值得敬重。他不該是這樣的下場。

我翻來覆去，因與高思宓老爺的回憶而感傷，許久才在鋪天蓋地的蟲鳴聲中睡去。

二、天上聖母的委託

淡水河邊。

眼前是平凡靜謐的港口風景讓我心曠神怡，河川對面，觀音山頂在月光下閃耀著銀光，彷彿積著薄薄的雪，星光沉在河裡，有如無數銀白色的魚在水面跳躍，「嘩啦」聲迴盪在遼闊的河口，像有人在遠方洗濯衣衫。

我是何時站在這裡的？

不行，想不起來。我本該害怕，但不知為何，頭殼裡只是渾渾噩噩，彷彿有人把手伸到我頭裡，將不安扯出；一種「既來之，則安之」的坦然沉在心內，讓我不想思考。

正茫然間，一陣舒服的香氣傳來，是廟裡的香煙。我回頭，福佑宮在不遠處，奇妙的是，在這被月光染成銀白色的夜裡，只有福佑宮散發著朦朧的七彩之光，彷彿有條龍蜷曲於廟簷上，緩緩游動。看到這樣的景色，我毫不恐懼，反像是被福佑宮呼喚，朝廟埕走去。

那裡有個熟悉的人影。

我喜上心頭，情不自禁地喊：「順妹！」

正門香爐旁站著一名少女，她穿著樸素的淡紫色大裪衫，在廟裡輝煌的光彩中低著頭，可愛到惹人疼惜，又有些神聖遙遠。我朝她跑去。

少女叫盧順汝。看上去雖瘦弱安靜，在我們滬尾街卻赫赫有名；講「盧順汝」三字，也許還有人不知，但講「媽祖娘娘化身」，大家就知道了。順妹有著天上聖母所賜的神通，能聽見數十里外的聲音，風雨要來，她會阻止別人出海，若發生船難，也能聽得到呼救。當年我跟商船到廈門，就是被她所救。除了我，她救過的人在滬尾也不算少。

我來到她面前：「順妹，這是怎麼回事？我記得自己睡著了，怎麼一轉眼便到了此處……」話沒說完，我便啞住了。她態度有些生疏。我知道這代表什麼，現在的她不是平常的她，而是「媽祖娘娘化身」。

「哥哥，請你莫慌。這確實是夢，是媽祖娘娘請你來的。」少女話裡帶著幾乎讓人受傷的客氣。我嚇一跳。

「媽祖娘娘？」

我眼角餘光瞥向正殿，不禁震懾於眼前的景色。正殿裡，一位身穿華服的女子不怒而威，身上每一寸衣服與裝飾都發著光，像晚霞般多彩多姿。那些光照亮整個正殿，連寫著「翌天昭佑」四個字的匾額都光彩奪目。一時間仙氣蒸騰，檀香芬芳滿溢而出。

是天上聖母！這太突然了，我連忙跪下參拜：「弟子邵年堯，拜見媽祖娘娘。」

「免多禮。」聖母的聲音溫柔又有威嚴。祂剛說完，我便被一股力量托起，毫不費力地站直。這就是神明的力量？

「邵家的孩子，你進來吧，別隔這麼遠。」聖母在金光中招手，我連忙從龍門走進廟裡。順妹跟著我，接著站到祂身旁，像服侍祂的侍女。

「敢問媽祖娘娘召見弟子何事？」我不敢抬頭。

「我有事要請託你與順汝二人。當然，你若不願，可以拒絕，我不會勉強。」

祂說得平靜，我卻愈加不安，「請託」兩個字太沉重了，我跟順妹不同，只是凡夫俗子啊！才這麼想，這番心情已脫口而出：「媽祖娘娘神通廣大，弟子有何事能代勞？啊…… 不是不是，弟子不是不願為媽祖娘娘效勞，只是……欸……實在是弟子無能，不知能幫娘娘什麼……」

我慌了手腳，聖母笑著說：「你別緊張，想問清楚也是當然，但你說我等神明神通廣大，只對了一半；這世間是混沌元氣所生，陰陽變化、天地感應，確在神明掌握之中，但人世間的事，終究只有人們能解決，所以當我等要介入人間，有時需透過凡人，如此而已。」

祂的聲音好溫暖，讓我冷靜下來。轉念一想，大概就像擦拭神像，也要由凡人來做，不能神明自己來吧？原來如此，這種事情的話，確實我也能做。但天上聖母究竟要介入什麼、又為何找我和順妹？我偷偷看順妹一眼，她低著頭。

「弟子明白了。敢問媽祖娘娘要弟子幫忙何事？」

「並非什麼大事。我問你，邵家是否會出席溫思敦．高思宓的喪禮？」

我大吃一驚：「什麼？」

「你應知曉高思宓洋行的主人於今日過身。以邵家與高思宓家的關係，應會收到白帖。汝等是否有打算參加喪禮？」

為為何聖母忽然問高思宓家的事？我有些不安：「稟媽祖娘娘，弟子無法肯定。因為金魅作祟的傳聞，家兄似乎不願與高思宓家扯上關係，家父還在南部，無法為此事下判斷，雖然弟子也覺得家兄這麼想很不厚道，但……」

一時間，我不知該怎麼為阿兄開脫。

「喔，是這樣。」天上聖母稍微停頓，微微笑著說：「放心，邵家的孩子，我不是要責怪誰……但若我請你代表邵家參加，你是否願意？」

「什麼？」

「這便是我的請託。邵年堯，我要你能帶著順汝出席，並於席間代我調查一樁事。」

「調查……什麼？」我感到事情比我想的重大。

「我想知道，這段期間高思宓大宅中發生的怪事，究竟是不是金魅所為？若不是金魅，又是何人，基於什麼理由要嫁禍給金魅？」

我大吃一驚，半晌說不出話。

為何天上聖母要調查金魅？不，在此之前，連祂也不知道高思宓大宅神秘事件的真相嗎！

「媽祖娘娘，您也不確定那是不是金魅作祟？」

天上聖母輕嘆：「看來很像，但沒什麼可能。一開始我未關注此事，便是因為認為沒可能，事到如今，我待要瞭解，卻已遲了。」

「為什麼沒可能？」

「因為當今之世，金魅這種鬼怪早已死絕；就算倖存，也虛弱無力，不可能這般頻繁吃人。」

「什麼？這是怎麼回事？」

我如在五里霧中，感到天上聖母的請託背後，彷彿隱藏著什麼龐大沉重的緣由。聖母沉默片刻：「……也是，要委託你，便不能不讓你明白後背原委。坦白說，我關注金魅這種魔怪，已有百年，所以知道它們將近滅絕……而且背後促成這一切的，正是大道公。」

聽到「大道公」三字，我心頭一震。

我知道天上聖母與大道公間有些齟齬。俗話說，「媽祖婆雨，大道公風」，便是在說兩位神明之間的恩怨，已鬧到會在對方誕辰吹風下雨搗亂。順妹曾說，其實民間傳說跟事實有些落差，但二位神祇確有嫌隙，所以一聽到大道公，我不禁暗思這委託莫非不是針對金魅，而是大道公？

「邵家的孩子，你知道金魅是怎樣的存在嗎？」天上聖母問。

「呃……據說是替人做工，幫人致富的妖怪，但以吃人為代價……大概就這樣。」

「如你所言。其實金魅吃人，聽來可怕，其身世卻十分可憐；在變成吃人的鬼怪前，她本是一名媠媒嫺，卻被主人虐死，死後繼續被利用，就算主人身故，她仍不得不服侍其他供奉她的人。」

我沒聽過這傳說，原來金魅竟是人身所化？而且聽聖母口吻，彷彿同情金魅。這讓我五味雜陳。畢竟提到金魅，我便想為高思宓老爺叫屈。

「民間對金魅的需求多了，金魅分身乏術，便分化出其他的金魅……你理解為分靈也可以。這些分身雖同為金魅，但其力量都來自始祖的金魅，這所有金魅的力量源頭，便稱為『金魅祖』吧。」

原來如此。供奉金魅的人，據說遠至臺中，這麼大的範圍若只有一位金魅，也太為難了。但神明間分靈進香之事尚可理解，這種情況也發生在鬼怪間？我忍不住問：「敢問媽祖娘娘，金魅祖是如何化出其他金魅？若鬼怪都能做到此事，豈不嚴重？」

「確實，金魅分身與我等神明不同，金魅祖是將吃掉的死者化成金魅，就像被老虎吃掉，會化為倀鬼為老虎辦事相同，所以這些金魅並無生前記憶，徒具生前樣貌。」

祂說得輕描淡寫，我卻大驚失色，全身起了雞皮疙瘩。這太邪門了！果然金魅是邪惡的鬼怪！但天上聖母溫柔地說：「邵家的孩子，我知你會驚怕，但請你理解。追根究底，一切都源自凡人的貪婪。若無貪婪，怎會供奉金魅？若無這麼多人供奉，金魅又何需分身變化？我同情金魅受人驅使的命運，故欲令金魅祖歸順於我，使之不再吃人，從被驅使的命運中解脫。」

原來聖母的動機如此悲天憫人，我羞愧難當：「原來如此……那娘娘可有找到金魅祖了？」

「不，我來不及。大道公搶先一步。大道公與我的看法不同，祂認為金魅這種魔物，應當滅絕，只是金魅的分身遍布臺灣，難以殺盡。只是，大道公不愧是大道公，竟想出一招毒計，能夠確實消滅金魅。」

「大道公做了什麼？」我有些詫異，想不到天上聖母的反感如此露骨；但天上聖母娓娓說起大道公的計策，我聽著更是驚奇，因為大道公的手段，確實稱得上精密冷酷！

據聖母所說，所有金魅的力量都來自金魅祖，若金魅祖不在了，祂們便會失去力量。

但這永遠不會發生。

金魅之所以難以殺盡，不只是為數眾多。而是若金魅祖被消滅，剩下的金魅中會自然出現一位新的金魅祖。既然金魅祖能創造出新的金魅，要將金魅殺盡一事便絕無可能。

可是大道公找出了破綻。

祂擒住了金魅祖，卻沒殺死祂，只是用仙術鎮壓，這讓所有金魅無法從金魅祖那邊取得力量。失去源頭的金魅們漸漸衰亡，就算年年吃人，也無法彌補力量的流失。但金魅祖未死，新的金魅祖無從產生，如此一來，大道公只需坐等金魅死盡，之後再處死金魅祖即可。

聽完以後，我不禁欽佩大道公，這辦法實在高明，但也令我膽寒；大道公以醫術、仙術著名，給我仁心仁術的印象，未料面對妖魔，竟如此殘酷無情，直接視為病灶來摘除！不過這麼一來，高思宓大宅裡發生的怪事，便不可能是金魅作祟，大家果然是誤會高思宓老爺了！

「感謝娘娘指點。既然娘娘都說金魅不可能作祟，那高思宓大宅的事，只能另有原因了吧？」我說。

「應是如此，但我擔心意外。」

「意外？」

「譬如說，金魅祖或許已被釋放。」

「咦？但大道公——」

「當然，若發生這種事，絕非大道公蓄意為之。我不知大道公將金魅祖囚於何處，無法確認是否如此。即便問祂，祂也不會坦承。邵年堯，這就是我委託你調查的原因；若大宅裡作祟確是金魅，我賜予你與順汝使牠歸順的神通。而溫思敦的喪禮，正是名正言順接近大宅的好機會。」

我有些驚訝，總算明白這份委託是怎麼回事。

聖母與大道公在處理金魅的立場上相左，但只要金魅祖在大道公手上，聖母便無可奈何。如今，有金魅作祟，這若是大道公失誤，聖母便能趁機使金魅祖歸順。對祂來說，最好的結果就是怪事真是金魅所為。

會委託我，是因為名正言順，若順妹單獨前往喪禮，一來與高思宓老爺關係淺薄，二來不熟悉大宅，不像我，好歹被高思宓老爺招待過，大宅裡的僕役也會來廣春行買日用品。

仔細想想，這不正是我為恩人做些什麼的機會嗎？聖母希望逮住金魅祖，但事情也可能與金魅無關；若能透過聖母的力量保證這點，那最好，即使真是金魅作祟，我也不認為是高思宓老爺所為，一定是有不肖之徒栽贓到高思宓老爺身上，既然聖母有意調查，沒有比這更好的機會了。

「弟子明白了。承蒙娘娘看重，弟子自當照辦。」

「多謝你，邵家的孩子。」聖母朝我伸出手，忽然間，我感到身體暖烘烘的。怎麼回事？才正驚疑不定，聖母已向我說：「我暫時賜你神通，能令你看穿鬼神之身。雖不如千里眼，但金魅能化為人形，眼前之人是否妖魔，是找出金魅的關鍵。另外，我也保護你跟順汝不受妖法傷害，要是金魅驚惶，不小心吃了你們，便不合我的意了。但這股力量不會主動驅逐鬼怪，以免金魅不敢現身，你要注意。」

「謝謝娘娘恩賜！」

「不，是我要多謝你們接受委託。退下吧，有事我會再讓順汝轉達。」

天上聖母一揮手，整個正殿微微晃動，一陣暖風襲來，所到之處都暗下，順妹也在風裡化為淡淡輕煙。我閉上眼，等著從夢中醒來。

但過了片刻，意識仍未中斷，我不禁偷偷睜開眼，眼前竟還是福佑宮，只是一切暗淡許多。這是怎麼回事？我慌了手腳。

「邵年堯，你別擔心。」聖母的聲音在耳邊響起：「有些話，我要私下問你，才將你留下。」

我回過頭，聖母離我只有幾步之遙。祂看著我，神情已不若剛才這麼溫和，甚至有些嚴肅。我感到害怕。祂到底要問什麼？為何不當著順妹的面問？不，祂顯然是特地排除順妹，為什麼？

天上聖母問了一個意想不到的問題。

◈

我驚醒過來，窗外天色漸光，被子翻落在地。唉，我睡相也太差了。忽然，夢中的記憶浮起，沿著背脊流向全身，讓我彈了起來。天上聖母最後的話猶在耳邊，我微微顫抖，但那不是恐懼的顫抖，而是興奮喜悅。那是真的嗎？還是我日有所思、夜有所夢？我摸著臉，像要確定自己身在何處，卻摸了滿手汗水。唉，真想立刻衝到福祐宮，擲筊問昨天的夢是不是真的！但我有更好的辦法。我從床上跳起，快速疊好被子，穿衣離開房間。

「堯仔嗎？你起來啦？」大嫂正蹲著生火，見到我便拿著扇子走出廚房。

「是啊，阿兄還在睡？」

「對啊，你也知道他，不過今天你起很早喔。」

「沒啦，昨天睡不安穩……啊，大嫂，我出門一下，中午前回來。」

「什麼，你要去哪裡？不吃早飯嗎？開店的準備呢？」大嫂意外地說。

「我有事啦。而且那些事情，阿兄做就可以了吧！其實也不是真的需要我。」

話才講出口我就後悔了，果然大嫂挑起眉，聲音一沉：「堯仔，這是什麼意思？話不能這樣講，我們是一家人，要彼此幫忙啊！」

她口氣也不兇狠，但我還是覺得丟臉，連忙說：「我知道啦！抱歉我講錯話，但我真的有事，幫我跟阿兄道歉。」也不等她回應，我就一溜煙跑出門。唉，我不是真的想說那些，但那些煩悶也確實在我心頭壓很久了。

現在我在廣春行裡記帳、打雜，做的都是無關緊要的事。這些事，不是我也能做，隨時能被取代。以後家業是阿兄繼承，沒多久，阿兄大嫂就會有孩子了吧？就算前幾年還要我幫忙，之後小孩長大，也不用擔心後繼無人。我不過是居人籬下。

我能做什麼？將來又會如何？要是找不到方向，就只能渾渾噩噩變成無用的老頭。其實我也不是沒有自己的想法，但我夢想的道路，現在看來可說是黯淡無光，這種絕望將我束縛住。

直到昨天夢裡聖母的許諾。

若那是真的……就算只有一點，我也覺得能看見一絲光明。

我來到大街，市場已有許多人，不知誰養的雞在街上亂竄，從我腳下鑽過。我往公館口的方向走，只見順妹在門前餵雞，跟我對上眼。我喃喃自語，「順妹，待會兒在老地方見。」說完就往渡船頭走。一般來說，這麼遠是不可能知道我在說什麼，但順妹有順風耳，另當別論。

我請撐船人載我到對岸的八里。寬廣的淡水河面吹著徐徐暖風，明明已經夏天，卻有晚春的味道。

昨天的夢，順妹一定能證實，畢竟她也在夢裡。

我在八里岸邊樹下等，沒多久就看到順妹搭著舢舨過來。我心頭「怦怦」地跳，既期待又不安，要是她說沒那個夢怎麼辦？她穿著跟夢裡相似的淡紫色大裪衫，朝我揮了揮手。在等她來的這段期間，我越來越不安，越來越覺得那個夢只是我的妄想。

但陽光照在她身上，這麼燦爛耀眼。

「哥哥，等很久了？」

「沒啊，也沒很久……」順妹來到我面前，帶著花香般的味道。她停了一下，無聲地靠過來，用小拇指勾著我的小拇指。不過是這樣簡單的動作，我心內的不安就盡數消融了。

是的，我跟身為「媽祖娘娘化身」的盧順汝，就是這樣的關係。但這是不方便公開的關係，對我兩人都是；然而，我們的小拇指卻勾住彼此，默默地、緊緊地，同時小心翼翼。我心頭有著又甘又酸的情感。

「順風耳」——

這救人的力量非常了不起，我過去也這麼想。可是現在，我已無法坦然讚美。這樣的力量若屬於神明，那確實值得歌功頌德，但落入凡間就是另一回事；先前，阿爸有猜到我對順妹的心意，我也向他坦白，但他不希望我跟順妹在一起。

他說，「順風耳」這種能力，拿來救人沒什麼，但要是給誰獨佔，那就危險了。要是順妹跟我成親，就表示邵家得到了順風耳，這麼一來，對邵家來說，滬尾街就再也沒有秘密，因為這種力量連商業機密都能竊聽，這會使邵家跟順妹都受人忌諱。

「堯仔，阿爸不是不知道你的心情，但你就算不為自己，也要為她好。你倆在一起，一定會有人講閒話。」

阿爸當時這麼說。我無法接受。

「但順妹救過這麼多人，大家都很尊敬她啊！」

「人就是這樣。若會因為力量而敬重，就會因為力量而害怕。」

這只是阿爸的經驗談，但我知道他說的沒錯。人就是這樣。也許我該跟順妹保持距離，這樣對雙方都好

……可我不這麼想，也無法這麼想。

剛認識順妹時，我只想報答她的救命之恩，將她看作「媽祖娘娘的化身」。但越了解她，我就越明白她跟我一樣，是個凡人。而且她比我更清楚「這個力量不該落入凡人手中」。除了母親，她始終跟人保持距離，所以誰也不瞭解真正的盧順汝；雖然有點自作多情，但我認為自己是最瞭解她的人，至少她給我機會，讓我知道真正的她。要是我不在了，還有誰能讓她傾訴心情？

只為了彼此的安全就將她推回那個孤獨中……這根本不算是為她好！我想幫助她。

但那太過困難了。眼下我們只能保持這種偷偷摸摸的關係，即使我知道撐不了多久，遲早會給人看出來。

但我們的手已無法分開。

我們在岸邊走著，朝出海口的方向。我說：「要是我也有順風耳，就不會這麼不便了。有什麼話，我們不必當面說，要避開別人見面也很容易。」

「哥哥，你不會想要的。」順妹語氣有些冷淡，我不禁更用力握住她的手。

「抱歉，我講話不經思考，明明這力量將你給綁住了……」

「不是啦，我沒怪哥哥你的意思……只不過，有時順風耳會連不想聽的事都會聽到，這麼一來，連不想承擔的事，也會不得不承擔，無論是不是娘娘的化身，這個能力……總之，這不是什麼讓人變得輕鬆的力量。」

她看著淡水河，若有所思，看來真有種靈氣。她側臉彷彿閃耀著光，像穿過枝頭綠葉的陽光，或花瓣上晶瑩的露珠。為何她能讓人如此著迷？我說：「但要不是這股力量，我們也不會相遇。」

順妹綻開笑：「我知道，而且沒順風耳，我就救不了哥哥啦。你放心，雖然沒得選，但我沒後悔過。」

……她是真的沒後悔過嗎？順妹這時的表情太讓人琢磨不透了。但如她所說，她沒得選。這力量不是她去求來，而是聖母強行給她的。我只希望她真的沒後悔過。

「說起來，順妹，我昨晚做了個奇妙的夢，你知道我在講什麼嗎？」

「嗯，我知道。那個夢嚇到你了？」

「一點點而已。」我鬆了口氣，那個夢果然不假……不過，也表示，那份許諾與責任都是真的。我心頭感到了些重量。

「抱歉，要是知道，我就會先跟哥哥你講，但我也是在夢裡才知道……恐怕娘娘是因為高思宓老爺的事，見機不可失，才這麼突然。」

「沒關係。倒是我擅自答應，你不怪我吧？要是你不願意——」

「不，其實聽娘娘這麼講，我也覺得是個機會。」

「機會？」

「哥哥不相信高思宓老爺養金魅吧？」順妹抬頭看著我：「既然娘娘有調查的意思，那我就能名正言順地幫你。其實昨天高思宓老爺過身，我便怕哥哥你心情不好，娘娘提起這主意時，我還想著『實在真巧』。我當然會幫忙。」

我胸中一熱，她果然瞭解我。

「多謝你。」

「沒啦。哥哥你總是顧慮我，我卻沒為你做什麼，所以我很歡喜。只是夢中在娘娘面前，我不能表現出來。」順妹低語，看來有些嬌羞。唉，真想立刻將她擁在懷裡！我想起昨晚的夢——她想必還不知道聖母的想法吧？雖然可以立刻告訴她，但我忍住了。我轉移話題。

「你有這份心，我很感動。不過，若是聖母都不知道真相，我們也可能一無所獲，至少趁這個機會，順妹也可以見識鼎鼎大名的高思宓大宅……你沒進去過吧？」

淡水河對面，高思宓家二層樓高的大宅正好聳立在半山，十分醒目。順妹說：「沒機會，記得聽哥哥說有去過？」

「嗯，高思宓老爺招待我跟阿兄去過。可能是洋行事務都已交給自己的兒子，老人家比較閒，連我們這樣沒身份地位的人都招待去。那時我跟阿兄興奮不已，畢竟高思宓大宅這麼有名。」

「就算沒順風耳，也一定聽過聲名遠播的高思宓大宅；據說不只艋舺、大稻埕，高思宓大宅的名聲甚至傳到新莊去。哥哥你覺得如何?可有名符其實?」

「是不是名符其實，我也不知啊!畢竟我沒去過領事宅邸，無法證實。但氣派真是無話可說，而且風景很美，高思宓老爺選那個位置，真有眼光。」

如順妹所說，「高思宓大宅」聲名遠播。之所以如此，倒不是說高思宓洋行特別成功，而是那棟大宅當真大手筆，一鳴驚人，轟動北臺灣——那座大宅的外型、格局，居然跟英國領事宅邸完全相同!一個滬尾有兩棟同樣的房子，還是對照那個領事官邸，難怪會一傳十、十傳百了。

高思宓大宅約是九年前開始建造，還沒建成就已引起騷動;高思宓老爺跟歷任駐臺北領事關係都很好，在領事宅邸未建成前，高思宓老爺便問當時的領事班德瑞能不能借聘同一批建築師與工匠給他，讓他蓋相同的房子作為新居。班德瑞覺得有趣，居然答應了。滬尾人聽說這事，都對高思宓將要落成的新屋引頸盼望，議論紛紛。雖然班德瑞一時興起說好，但引發這樣的騷動，他也有些介懷，幸好高思宓老爺殷勤打點，在他離開臺灣前安撫了他。

無論如何，這座領事宅邸的複製品，一口氣讓高思宓洋行變得人盡皆知。而且跟英國領事不同，高思宓老爺時不時會邀請有名望的臺灣人到宅子裡喝茶，這些都提高了高思宓老爺的聲望，那真是高思宓家最輝煌的日子。

現高思宓家日暮西山，相形之下實在悲涼。

「……順妹，有件事我不明白。」我說:「雖然娘娘說，等祂疑心金魅真的在高思宓大宅裡已經太遲，但再怎麼說，既然有千里眼、順風耳，從現在開始打探也不算遲，為何要透過我們倆?」

「我問過娘娘。其實高思宓大宅現在很危險，連千里眼、順風耳都無法刺探。」

「什麼？怎麼會！」

「在高思宓老爺過身前，大宅便已充滿妖氣，連神仙都無法破除；千里眼、順風耳雖不是完全無用，但所見所聞都十分破碎，派不上用場。我自己也試過，神通穿不進去，完全聽不見高思宓大宅裡的聲音。」

我毛骨悚然：「這不就代表高思宓大宅真有金魅？」

「不對，雖有妖氣，但不一定有什麼妖魔鬼怪。」

「什麼意思？妖氣不就是由妖魔鬼怪散發出來的嗎？」

「不是。通常是那樣沒錯，但高思宓大宅的妖氣，完全是『謠言』造成；大家相信那是金魅作祟，這種想法讓大宅……該怎麼講，變得像篩子一樣，將不好的東西留在裡面。娘娘說這種情況很罕見。如果不是如此密集的怪事，人們不會這麼堅信金魅作祟，但正是這樣的異數，才讓高思宓大宅依附了如此濃烈的妖氣。」

我震驚到講不出話，從沒聽過這種事！這就是神明無可奈何的原因嗎？因為是凡人的謠言所致，所以神明無法破除？看順妹的表情稀鬆平常，她平時就活在這種「常識」中？我半晌後說：「那……所以那些妖氣完全跟金魅無關？高思宓大宅裡其實沒有金魅？」

「不知道啊，那些妖氣讓神明很難探究其中細節，或許鬼怪當真就潛伏在妖氣中，甚至是跟金魅完全無關的鬼怪。」

太不可思議了。就是說，也可能是金魅以外的鬼怪造成的？我擔心起來，聖母賜予的能力真能應付這一切嗎？我苦笑：「希望媽祖娘娘把一切都跟你說了。要是祂隱藏了什麼，我們不知道，也許會遇上無法應付的危險。」

「哥哥不知情的，我想只有這件，因為跟委託本身無關，娘娘才沒講吧。其他的話……嗯，就只有這樣了。」

「……怎麼了?」我問。

雖然順妹說「只有這樣」,但看她眉間拂過陰霾,必定是想到了什麼。她搖搖頭,輕輕靠著我肩膀:「沒什麼,是跟我有關的事,跟哥哥沒關係。沒事的,雖然娘娘委託我們,但就要是遇上危險,我們就避開,不做也沒關係。」

「嗯,我知道,我也不想拚上生命冒險。」我摟住她肩膀。雖然在意順妹為何欲言又止,但我不打算追問;自從被稱為「媽祖娘娘化身」後,她失去了暢快講出心內話的權利,我知道要好好講心內話,是需要熟習的。所以我不打算勉強她。

不過對聖母的委託……雖然講不做也沒關係,其實我躍躍欲試。

昨天夢裡,聖母將我獨自留下,是為了問我一個問題;而那個問題的答案,幾乎關係到我對未來的所有想像。她問——

「邵年堯,你對順汝有多認真?你有打算娶她為妻嗎?」

我嚇了一跳,覺得「被發現了」!但轉念一想,我跟順妹的關係怎麼可能瞞得過天上聖母?這令我五味雜陳。既然都知道我們的關係,怎會不知道我們無法成親的處境?我暗自不滿。

「我當然是認真的。」

「有多認真?」

「我會娶她,甚至想過將她帶離滬尾。」

能說出這番話,連我自己都嚇一跳。但我考慮這件事已經很久了。其實,直到日本人來為止,我都立志當個讀書人，將來要做官。這是阿爸的安排。阿兄繼承家業，我偶爾幫忙，但主要是準備科舉，也一直在私塾振文社讀書。

但日本人到來，就沒科舉，我的前半生幾乎都白費了！雖然阿爸跟阿兄沒講什麼，畢竟一切都是命，但在廣春行打雜，我感到自己一無是處。當日本人開設國語講習所，我立刻就去學，我一定要比家裡的任何人更早適應這個時代！就算不想在日本人手下當官，只要會日語，就一定有我能做的事。

雖然只是妄想——但要是有這麼一天，我能在這個時代找到自己的位置，我就能離開滬尾。只要離開，就沒人能對我娶順妹的事閒言閒語了。只是，順妹或許不願意陪我離開，畢竟她是福佑宮「媽祖娘娘化身」。

我說要帶走她，或許會得罪天上聖母。

「我明白了。要是順汝願意，那沒什麼不好。」誰知聖母只是微微一笑，很快接受了。祂見我有些不知所措，笑著說：「邵家的孩子，你以為我會刁難你？我賜順汝神通，是為了補償她，畢竟我沒救回她父親；而且，我在她身上見到凡人時自己的影子……如果最後順汝被這神通給綁住，那非我所願。」

原來是這樣嗎！坦白說，我不是沒埋怨過聖母，畢竟祂加在順妹身上的東西太過沉重，誰知背後的因緣是如此。我確實知道順妹的父親出海失蹤後就沒回來。在那之後，他們孤女寡母，無以為繼，到處借錢，以致被鄰里排擠，那是順妹成為「媽祖娘娘化身」前的事。現在的順妹備受敬重，真是世態炎涼。

「不過，邵家的孩子，你可有想過若順汝不與你一起離開滬尾，情況會如何？而且你在外面闖天下，要是沒個成就，要娶妻怕也不易。」

其實不用聖母說，我也知道。要有自己的成就是一回事，但我早到了成家的年紀，若要拚到有一番事業，那要多少年啊！順妹能等我這麼久嗎？沒我陪在身邊，她是不是會孤單？而且她是「媽祖娘娘化身」，真能離開滬尾嗎？為了陪著她，或許我哪裡都去不了。若是如此，那沒什麼好怨，畢竟是我自己的選擇。

但我難免這麼想，阻擋在我們面前的障礙，實在太不講道理了。

「這樣吧，邵家的孩子，作為委託你的報酬，我親自為你倆做媒。」

「咦？」我嚇一跳。

「對我來講，這簡單至極我可以托夢給你們家裡長輩，促成這門婚事，到時你只要來福祐宮擲筊，你要幾個聖筊，我就給你幾個。事前，你不妨大肆宣揚，說是我託夢，我當著所有人的面成全你們。」

等我搞清聖母的意思，簡直就要下跪叩恩了！天公伯啊，還有什麼比神明的擔保更有力？我欣喜若狂！這麼一來，滬尾街上的人就不會有閒話，不，或許還會被傳為佳話！當然，若繼續在廣春行從商，可能還有閒言閒語，但只要日語學好，我也可以教書，至少可以在振文社教臺灣人。也許沒這麼簡單，但為了順妹，我一定會做到。

我終於看見未來的希望。

既然得到了聖母如此許諾，那對祂的委託，便不該虛應故事。

現在我將順妹摟在懷中，還不打算告訴她這些。我也不懂自己為何不說。或許是怕失敗吧？雖然聖母說無論調查結果如何，祂都會為我們說媒，但要是我把事情搞砸了呢？我怕順妹對我失望。再怎麼說，我是個男人，不能讓女人失望。

……沒關係，等高思宓老爺喪禮結束就能告訴她了，我心想。

但這時我還不知道，即將發生在高思宓大宅的事，跟我預想的完全不同；那天，在高思宓老爺的喪禮上，天上聖母的委託、順妹三緘其口的秘密、還有出現在高思宓大宅的「意外訪客」、自命偵探的男子——

這些變數，將我倆的命運徹底改變了。

三、偵探登場

「子爵大人，真的要脫嗎？」

大約十六、七歲的臺灣人少年靦腆扭捏。他看來比實際年齡更幼小，身型細瘦，一頭短髮，彷彿才剛剪辮。少年穿著浴衣，不安地拉著腰帶，雙頰泛紅，對將要發生的事有些忐忑。

與之相對，對面被稱為「子爵大人」的男子已脫個精光，他慵懶地坐著，沒半點扭捏作態：「當然要脫。都來到這種地方了，不脫要怎麼進去？」

「可是，我是第一次，還不習慣……」

「凡事都有第一次，就是要讓你習慣才帶你來啊。懷芝，你要是再不脫，我就要幫你脫囉？」子爵笑著，作勢要站起來。少年連忙退後好幾步，滿臉通紅。

「啊等等等……這、這種事，就不勞煩子爵大人了……我脫就是了！」

被稱為懷芝的少年深呼吸幾口氣，總算不甘不願地將浴衣脫下。單薄的衣物落在他細瘦的腳邊，露出有些孱弱的身軀。懷芝將羞恥心也拋下了，但對接下來的事，他還是有些猶豫。

「懷芝，你在等什麼，快過來啊。」

「我知道啦！」懷芝有些放不開地向前走去，面對眼前的溫熱氤氳，些微的暈眩感迎面襲來。他決定先用腳試探看看。

「哇！好燙……」

他被溫泉的熱度嚇到了。雖然看著表面拂過的薄煙已有心理準備，但還是好燙啊！為何子爵大人能毫不在意地進去啊？子爵被懷芝的反應逗得大笑起來：「對你這樣的年輕人來說，確實有點燙。懷芝，你就直接下來，什麼都別想，強迫自己身體習慣就行了，等真的受不了再上去。」

「一、一定要嗎？」懷芝幾乎要哭了。

「當然！都來到這裡了，快下來！」子爵興奮的樣子簡直大失身份；少年在心裡流下淚水，快速沉入溫泉。這是他有生以來第一次熱到身體打顫，但他忍住了。畢竟他能像這樣泡溫泉，是子爵好意招待，可不能不識好歹。

雖然他怎麼也不懂，為何日本人會喜歡泡這種東西？而且現在是盛夏，臺灣島正熱，怎會來泡溫泉？

他們所在之處，是北投溫泉旅館「天狗庵」裡的浴池，天狗庵在明治二十九年便開始營業，至今已開業四年。現在泡在裡面，覺得自己像隻煮熟蝦子的少年名為曹懷芝。他這樣沒沒無聞的小夥子，竟被子爵找來泡溫泉，背後雖有些緣由，但若非子爵那樣自由奔放的個性，這種踰越身份的事根本不可能發生。

懷芝是艋舺望族白家的僕役，別說跟高貴沾不上半點邊，地位甚至比「臺灣人」低下。臺灣被割讓後，他家老爺雖在政治立場上經過一番波折，最後仍是與日本人合作，也接受了總督府頒發的臺灣紳章；這段期間，老爺與家人不只一次受邀參與「某位日本華族」舉辦的宴會——

那位華族便是眼前的杉上華紋子爵。

杉上子爵是位怪人。乙未年時，臺灣情況明明尚未穩定，他卻已帶著家人到臺灣，打算長居。這幾年間，他密集往返日本、本島，但還是以島上的時間為多。他對臺灣人很有興趣，好幾次宴會都邀請臺灣望族，因此被稱為「日本華族與臺灣士紳的中間人」。

本來以懷芝的身份，連跟子爵說句話都難。但他自小聰明，老爺疼惜他，命他陪年紀差不多的孫子讀書，這位小少爺也喜歡他，久而久之，懷芝便成了小少爺的專屬僕役，被帶到各種場合去，包括子爵舉辦的宴會。

那時懷芝怎麼也想不到，他竟會在因緣際會下得到子爵的賞識，子爵還拜訪老爺，不時表現出對這位少年僕役的興趣，甚至找人教懷芝日語。懷芝受寵若驚，卻覺得太過僭越，半推半就下，拉了小少爺一同學習。

本來，懷芝還恐懼老爺會不滿卑微的自己受子爵賞識，但意外的是，老爺一副樂見其成的樣子。老爺畢竟在世間打滾過，知道要是能透過曹懷芝建起與子爵的聯繫，有賺無賠。所以從一年前開始，子爵凡是來到艋舺，都會帶懷芝當通譯，就連艋舺人都已習慣子爵來訪，遠遠看到子爵富麗堂皇的馬車，也不意外了。

這天早上也是如此。子爵一大早便讓人駕著馬車來到老爺家，興沖沖地直奔懷芝房間，大聲嚷著：「懷芝！來，我又要你幫我翻譯了。還有，你收拾行李，跟我走，我要借你個一、兩天！」

懷芝連發問的機會都沒有就被子爵拽走了。而且子爵事前還沒跟老爺打過招呼，抓了懷芝後才跟老爺說，小少爺嚷嚷著「阿芝要去哪裡？我也要去！」時，也是懷芝跑去安撫，還在子爵沒注意時頻頻向老爺道歉。

結果子爵帶他在艋舺裡轉一轉，讓他幫忙翻譯後，居然又什麼都沒解釋，就將他抓來泡溫泉了。直到此刻，懷芝仍不知道此行最終目的。但每次他問，子爵便顧左右而言他，懷芝見子爵轉移話題時黯淡下來的表情，知道子爵心中有些糾葛，不再多問。

子爵此行的目的，說不定連自己都還沒下定決心。

◈

「懷芝，謝謝你啊。」回到房間後，子爵愉快地說：「多虧你，好不容易借到手了。」

他邊說邊將行囊中的東西展示出來。那東西用布謹慎包裹著，比拳頭還大。他小心翼翼地將布揭開，些微的光華溫暖了和式房間，也照亮他的手掌，有如夜明珠。子爵半臥在地上，用手撐著頭，滿意地看著。

那是艋舺赫赫有名的「黃家隕石」。

「不會，我只是傳達子爵的意思而已。不過『三桂官的本命星』，真是科學能解釋嗎？」懷芝昏沉沉地問，一邊拉著衣襟散熱。

在成為子爵的翻譯後，懷芝的一個重要任務，便是協助子爵向黃家借這個「黃家隕石」。大約百年前，艋舺黃家有位人稱「三桂官」的大人物黃朝陽，據說他過世當天，一顆隕石從天而降，落入黃家院子。隕石發出異光，必非凡物，所以黃家人都將此隕石當成黃朝陽的本命星看待。

但子爵不這麼想。他認為發光必有科學的理由，便透過懷芝苦心說服黃家，之前已碰壁過好幾次，直到今天交涉，子爵承諾用他的影響力給黃家特權，黃家才終於答應。對懷芝來說，他從小聽黃家隕石的故事長大，一直認為那就是黃三桂的本命星，從未考慮別的可能。

「要請我的科學家朋友調查看看才知道。不過懷芝，石頭發光絕不稀奇，法國的貝克勒家族，祖孫三代都研究螢光礦物，放眼世界，這個領域的謎團已越來越少，只是現有的研究成果適不適用罷了。」

「那如果不適用呢？」

「那也不表示隕石真的是黃三桂的本命星。」子爵心不在焉地說：「當然，罕見的事物出現在不尋常的時機，聯想到本命星也不奇怪；但這種事真的罕見嗎？也許只是缺乏紀錄，或我們不知道那些紀錄。人類覺得事情不尋常，說不定只是人類自身經驗的匱乏⋯⋯不，不只是自身，整個人類文化都很貧乏。」

懷芝意外地看著子爵。這個人是站在什麼角度說出這番話的呢？少年問：「子爵大人，難道您認為全人類的知識量都不夠嗎？」

「不夠。太不夠了。」子爵坐起身：「人類有漫長的文化，但其中充滿對世界的曲解。人類是怠惰的生物，只要有了解釋，就不想探究真相。舉個例子，世界各地都有雷神傳說，雷電是複雜的自然現象，基於好奇心，我們會去探究背後的原理；但要是我們將『雷神』當成真相呢？既然已有真相，就不會好奇了。從這個角度看，文化累積得再多，也不過是夢幻泡影。」

「原來如此。子爵大人是說，即使知道再多，也依然可能無知吧？不過『黃家殞石』對黃家來說，確實就是三桂官的本命星。難道不能這樣思考嗎？就算科學解釋了殞石發光的理由，這也跟殞石是不是三桂官的本命星無關，這兩種觀點應該可以同時並存吧……？」

子爵看著懷芝，嘿嘿一笑：「你說得不錯，不，說得真好！確實如你所說，兩者沒有邏輯上的矛盾，無法彼此否定。我想強加科學解釋在上面，反而心胸狹隘。哈哈哈，懷芝，我就是喜歡你這種敏銳。」

「不，我沒有批評子爵大人意思——嗚哇！」

子爵不等懷芝說完便笑著摸他頭，把頭髮弄得一團亂，還在散熱中的少年只能任其擺佈。子爵嘆了口氣：「確實，任何一種解釋，只要有人相信，就不能簡單說是『假』的。但只滿足於一種認知，將對另一種認知毫無抵抗力；懷芝，有個問題，我很好奇你怎麼想——你認為妖怪存在嗎？就像是我國的幽靈或天狗，臺灣有那樣的東西嗎？」

「呃……是像魔神仔、竹鬼、走馬天公這類的東西嗎？」懷芝邊壓平頭髮邊問。

「喔？這些是什麼，是否能給我解釋一下？」子爵似乎有些興趣。

「魔神仔是本島流傳的一種妖怪，會引誘他人迷失方向，要是有人在山路裡走失，可能就是被魔神仔拐走。現在想想，這也跟國語的『神隱』有點像，只是有可能被找到，被找到後可能喪失心智，這又有點像『狐狸附身』。至於竹鬼，則會讓竹子彎下來，等人經過時就彈起來將人夾住，勾走人的魂魄。走馬天公是天神，但祂會在出巡時勾走小孩魂魄。說到小孩，還有一種貓鬼，是埋在地下的貓變化成精，會掐死小孩。」

「原來如此，有趣有趣。那你認為祂們存在嗎？」

「唔⋯⋯沒有證據證明其存在，但也無法否定吧？」懷芝不確定地說。其實他也知道這個答案不夠好，果然子爵笑著搖頭。

「什麼東西不是如此？你在我眼前，那就是存在嗎？也可能是惡魔創造出來的幻覺啊！這就是法國哲學家迪卡兒的惡魔論證。你的答案不能算錯，但毫無意義，因為沒有深入細節。譬如說，有小孩被掐死，就一定是貓鬼做的嗎？難道不可能是壓力過大的母親殺死親兒，然後假託貓鬼？」

這例子讓懷芝大吃一驚，他本想說「不會有這種母親」，但轉念一想，他有什麼資格說不可能？人本來就是形形色色的。子爵繼續說：「妖怪是什麼，其實我過去的想法很樸素——妖怪當然存在。直到幾年前，我透過《哲學館講義錄》接觸井上圓了的〈妖怪學〉，並找了他寫的〈妖怪學講義〉來看，對妖怪的視野才一下子展開。」

「〈妖怪學〉？」

「嗯，在《哲學館講義錄》中，井上圓了將妖怪視為心理學應用的範例，寫了一系列文章，十分有啟發性；懷芝，你可能沒聽過這名字，井上圓了被稱為妖怪博士，他將妖怪現象視為一種學問，這在日本也很新穎，我想你會有興趣。總之，井上整理各種妖怪現象，認為妖怪要不就是對現象的解釋，像鬼火或狐狸附身，要不就是感官上的誤認，或是為了某種目的被捏造出來的，一一指出妖怪的真面目。」

「咦？明明是妖怪博士，卻否定妖怪嗎？」

「跟那些直接視妖怪為迷信的人不同。這麼說吧，即使沒有作為妖怪的本質，作為現象卻是實際存在的。在井上的分類中，還有一種『真怪』，『真怪』不可知又不可思議。宇宙原理玄妙難解，所以他並不否定這些。不過我個人是有些疑議，那些被誤認為妖怪的事物，說穿了是認識問題，但『真怪』卻是原理，用這種方式說『真怪』，只有哲學上的意義。」不知為何，子爵似乎對井上有些不滿，他繼續說：「井上的見解確實犀利，能建立如此有系統的架構，也是橫空出世。但你不覺得有趣嗎？妖魔鬼怪現世，就算沒有數千年，也有數百年，為何到了現代才有人全面地解析妖怪成因？」

「因為現在才有子爵說的科學觀念誕生？」

「這固是一理，另一個原因是，就算人們懷疑某件事的成因並非如此，也會因『恐怖感』而止步。應付『恐怖感』是需要成本的。人在意識到異常的瞬間，會將之視為未知的對象，而未知意味著威脅，這讓人們自願放棄探索真相……」

子爵越說越小聲，最後看向窗外，若有所思。他的演說忽然中斷，就像從醉酒中醒來。涼風徐徐吹來，蟲鳴各自規律地響起，杉上子爵勻勻地呼吸，彷彿心思不在這裡。

「……子爵大人，您為何忽然講這些？這與此行的目的有關嗎？」懷芝問。現在子爵大人的表情，就跟一路上問他此行目的時一樣。少年感到兩者間隱隱有著連繫。

子爵沉默不語，片刻後才像大夢初醒，轉身將黃家殞石輕輕包好，放進行囊，柔聲說：「明天我會帶你去參加一位朋友的喪禮。雖然喪禮下午才開始，但我會提早去，跟遺族一同用餐，你也會列席。」

雖然子爵輕描淡寫，沒透露什麼，懷芝卻靈光一現，他驚訝地問：「子爵大人的朋友，莫非是滬尾的英吉利商人溫思敦‧高思宓老爺？」

「正是。」子爵淡淡地笑，看來有點像苦笑：「你既然知道，想必也知道發生在高思宓大宅的事。懷芝，告訴我，報紙上說的『金魅』到底是什麼？為何臺灣人會說高思宓養金魅？你自己又怎麼想，你也覺得高思宓養金魅嗎？」

既然高思宓老爺是子爵的朋友，說話當然要謹慎。坦白說，艋舺人不喜歡洋番，所以洋行沒進到艋舺，都在大稻埕、滬尾。即使高思宓大宅赫赫有名，艋舺人對高思宓老爺也沒好評價。

「艋舺人多半認為高思宓老爺有養金魅，但只是傳聞，沒有根據。不過在高思宓大宅裡發生的神秘失蹤事件，確實很像金魅作祟。」

「真意外，連懷芝都這麼說。」子爵似乎有些不是滋味，沉默片刻：「對金魅這種妖怪，你一定比我清楚。但大宅裡的事件你又知道多少呢？懷芝，我這可要考考你了，你就當成我一無所知，向我說明看看吧。」

「我也只知道報紙記載的部分。」

懷芝說。但子爵用眼神示意他說下去，他無可奈何。

「那我就講我知道的部分……」懷芝閉上眼，梳理自己記得的情報：「事情最早是發生在五月十七日，失蹤者是步泰承，他是高思宓洋行的員工。前一天晚上，因為某個報紙未紀錄的理由，他暫住在大宅二樓客房。十七日當天下午兩點半左右，他從客房消失，裡頭只剩下他的行李、身上穿的衣物、還有滿地頭髮。這件事引起騷動，不只是衣服和頭髮看起來異常，還因為理論上他不可能離開客房。」

「怎麼說？」

「因為客房的窗戶全由內部鎖上，門也上了鎖。能打開門的客房鑰匙，只有兩把，一個在房內，被步泰承放在自己衣服的口袋裡，另一個由管家保管，而管家在午餐過後就沒上過二樓。而且客房外，另有一項不可能出入的條件，更讓步泰承的消失顯得不可思議。」

「另一個不可能進出的條件……有意思，是什麼?」

「即使步泰承離開了客房，也不可能離開大宅。大宅二樓除了客房外，還有高思宓老爺、其子柯佬得夫妻、以及褓姆韓莘的房間。當天下午兩點前，柯佬得少爺跟他的妻女、褓姆韓莘都有事出門，房間也都上了鎖。兩點過後，高思宓老爺到一樓會客，也將房門鎖上。因此，步泰承不可能闖入這幾個房間。根據報紙所說，在步泰承失蹤後，高思宓家的人也搜查過二樓，這幾個房間沒有被闖入的痕跡。那麼，步泰承若要離開二樓，就只有兩個選擇：穿過通往走廊的門，從外面走廊離開，或走樓梯，從一樓離開。但通往走廊的門，在事情發生後，仍由內部扣上，不可能離開。至於一樓，則有前、後兩個門。若要從後門離開，會經過僕人所在的準備室，但僕人都沒看到。若從前門離開，則會經過客廳的門，高思宓老爺與客人當時就在客廳，他們也沒看到。所以不只是客房，連離開大宅本身，都是不可能的。」

——也就是說，且不論這位高思宓洋行的員工是怎麼從客房消失的，就算他能離開客房，也沒有任何機會離開大宅。

「……懷芝，你知道得還真詳細，讓我意外。這些都是在報紙上看到的?從報導內容，能知道客廳看到什麼?」

「這些確實都是報紙的記載。」懷芝有些不好意思：「這件事會震驚臺北，就是因為步泰承在**不可能的情況**下消失，報導也特別著重這個部分。而且不只是警察發表的內容，連好事者推測的假說都刊登了。我也有追蹤後續報導，像步泰承失蹤後，他家人歸罪於高思宓家族，主張活要見人、死要見屍，抬著空棺到高思宓大宅抗議。這則報導中，就提到了高思宓老爺在客廳沒看到步泰承離開的事。」

「原來如此。你分析得很好，不只是客房，正因前、後門都處在被監視的狀態，就算是開放的，也形同上了無形的『鎖』；不過懷芝，既然你都考慮到步泰承使用某種手法逃離的可能，為何不展現你在破解《大弓區謎案》時的敏銳，找出這種手法，而要懷疑金魅？」

《大弓區謎案》，是猶太裔作家以色列．贊格威爾所寫的偵探小說，在此之前，不用鑰匙鎖上房間的手法多半是用機關設置，但本作提供了全新的方向，將「詭計」帶到新的境界；這故事也是子爵認識懷芝的契機。

杉上子爵是偵探小說的愛好者、翻譯家，常在宴會上推廣。有一次他說了《大弓區謎案》的故事，並邀請來賓猜犯人。結果在這麼多高貴的士紳中，只有曹懷芝這位小小僕役推理出兇手與手法，引起子爵濃厚的興趣。這幾年間，子爵也跟懷芝說了不少偵探小說謎團，讓他猜犯人或手法，以為樂事。

但子爵這個問題，讓懷芝尷尬起來：「呃……或許正如子爵所說，有答案後就怠惰了。步泰承事件剛發生時，社會輿論還定位成奇案，但接下來的韓莘失蹤事件、德國商人妻子艾嬿失蹤事件，大家都說是金魅，也真的有太多不可解之處……而且我一直想不通步泰承事件裡的某件事，越想越不可思議，所以才覺得，如果是金魅的話……」

「喔？哪件事？」

懷芝猶豫片刻：「我認為步泰承消失的時間，實在太短了。」

「什麼意思？」

「如果步泰承真的用了某種手法離開大宅，施行的時間，應該是最晚被目擊的時間，也就是下午一點後。那時柯佬得少爺正要離家，還看到他在客房。從一點到大家發現步泰承失蹤，整整有一個多小時，他有足夠的時間布置詭計。但事實並非如此。高思宓家會發現步泰承失蹤，就是因為步泰承在兩點半左右，在客房按了呼叫鈴。子爵大人也應該知道這件事吧？」

「嗯，我知道，但你繼續說，我想知道你的看法。」

「好的。據報紙上寫，兩點半左右，僕人聽到呼叫鈴，便到二樓問步泰承有什麼需要，但裡面沒回應。僕人下樓告訴管家後，管家就請示還在跟客人對談的高思宓老爺。高思宓老爺知道步泰承有隱疾，擔心步泰承是心臟病發作，呼叫鈴是求救信號，就帶著管家到二樓，用備用鑰匙打開客房，發現步泰承不在裡面。從呼叫鈴響起到打開客房，只經過五分鐘，既然他按了呼叫鈴，就表示五分鐘前他一定在裡面，那有可能在這五分鐘內完成他的詭計嗎？說到底，到底為什麼用呼叫鈴叫人來？單就失蹤本身來說，到了晚餐時間，僕人也會去敲門，那時就會發現，那為何要按呼叫鈴？」

事實上，現在懷芝說的這些，才是「步泰承失蹤事件」真正讓人感到恐怖之處。不可能從客房、大宅離開，還在知性遊戲的範圍，但為何步泰承要按呼叫鈴？又是如何在短短的五分鐘內消失？在「金魅」之說出現後，一種可能性便浮現了。

那就是，鈴聲確實是步泰承的求救信號，但不是心臟病，是金魅這種妖怪堂堂正正出現在步泰承之前，驚恐之餘，他按下呼叫鈴求救。結果沒人來得及救他。在短短五分鐘內，他被金魅吃得一乾二淨。當僕人在外面詢問步泰承有何需要時，說不定金魅與他只有一門之隔，正歡快地享用著步泰承呢！

「所以懷芝覺得有可能是金魅作祟。」子爵不置可否地說。

「請子爵大人見諒。且不論是不是詭計，光是特地留下頭髮、衣物的理由，便難以解釋了。就算這些人真的打算用某種醒目的方式失蹤，又為何選在高思宓大宅，還做這些多餘的事來增加風險？而且三名失蹤者彼此毫無關係，更顯得毫無道理。若是金魅作祟，便無需解釋這些。」

假使這一切並非作祟，那三名失蹤者消失在高思宓大宅，就必然有某種意圖。但不管懷芝怎麼想，都找不到合理解釋這些怪現象的動機。子爵哼了一聲。

「也是。如果有簡單的解釋，當然不必繞遠路，這種簡潔之美，就如西方哲學家說的『奧坎剃刀』。」子爵神色陰沉，拍著大腿，片刻後才嘆了口氣：「也罷。連你都這麼說，也許真是我錯了。懷芝，你可以向我說明金魅是怎樣的妖怪嗎？」

「這些報紙也有報導，我不一定講得更詳細……」

「沒關係，我就是想知道臺灣人怎麼想。你就不用管報紙上寫過什麼，從頭開始說。」

「我知道了。」懷芝想了想，開口說：「金魅是一種妖怪，會幫人做工，只要準備金魅的牌位，祭祀祂，就能夠驅使金魅——子爵大人知道這邊說的『牌位』是什麼嗎？」

「知道，日本也有類似的東西。」子爵說。

「嗯。總之，人們之所以『養金魅』，就是為了讓金魅替你工作。但作為代價，金魅每年都要吃人。據說許多旅館養金魅，讓金魅打掃環境，並盯緊適合下手的旅客，把他獻給金魅吃掉。」

「說到這點，我實在很好奇。妖怪作祟與人類生活依存，並不是沒有先例，但金魅未免太滿足人類需求。到底為何金魅要幫人工作？就不能單純吃人嗎？」

「我想這跟金魅的由來有關。子爵大人知道『嬸媒嫺』嗎？」

「不知道，還請說明。」

「『嫜媒嫺』是可買賣的下女。雖然是人，但基本上被視為財產。我的立場其實與『嫜媒嫺』相似，只是我運氣好，老爺待我不薄。」

「原來如此。要是你家老爺或是誰虐待你，你可儘管跟我說。」子爵笑著說。

「我會小心不讓這種事發生的。總之，金魅據說是本名『金綢』的『嫜媒嫺』，她被富人買走，但富人的妻子卻欺負她，動不動就挑她毛病，說她打掃不夠勤快、不夠乾淨，一點小事就打她，最後把她打死了。打死後，也沒好好埋葬，就隨便找個地方丟了，還打算馬上買新的『嫜媒嫺』。」

「這位夫人的品性真是不好啊。」子爵苦笑：「這種情況在臺灣常見嗎？」

「不敢說完全沒有，但也不常見。會買賣『嫜媒嫺』，說到底就是有勞力需求，通常不會這麼浪費，就算虐待也不會致死。」

「原來如此……好，你繼續說吧。」

「好的。在這之後，奇怪的事情發生了。明明還沒買新的『嫜媒嫺』，家裡卻還是很乾淨，富人妻子也時不時聽到打掃的聲音，很多家事放在那裡，自動就做好了。這讓富人妻子害怕，她想或許因為金綢以處子之身死去，成了孤魂野鬼，回來作祟，就連忙買了新的『嫜媒嫺』，但是……」

「但是？」子爵被勾起了好奇心。

「新買的『嫜媒嫺』被帶到過去金綢住的房間。因為臺灣的大戶人家，房間是有分階層的，地位卑下的人，都是住在最卑下的房間裡。第二天，家人要叫『嫜媒嫺』工作，卻沒反應，打開房門，裡面居然空無一人，只留下『嫜媒嫺』的一束頭髮和耳環！富人妻子心想，慘了，一定是新買的『嫜媒嫺』被作祟的金綢給吃了。」

但她不確定是否真的如此，就透過『擲筊』來問金綢。子爵知道『筊杯』是什麼嗎？那是一種占卜工具，兩個半月形的木頭一組，一面平，一面凸……」

「啊，我聽人說過，是用來詢問鬼神意志的東西？」

「是的。富人妻子就在心裡頭問金綢，現在家裡發生的這些怪事，是不是她在作祟？丟出的結果是『聖筊』，金綢承認一切皆她所為。富人妻子十分害怕，但或許是沒有被直接作祟，或她狡猾勢利的一面就是能看到利益，她竟問金綢能不能繼續在他們家工作，只要金綢願意，她保證會供奉祂，而且每年讓祂吃人。金綢是孤魂野鬼，需要有人祀奉，便答應了。在那之後，富人妻子每年都找了老弱生病、無家可歸之人，讓他們去住金綢的房間，每次他們都會被吃掉，留下衣服與頭髮。這就是為何金魅會幫人工作，因為祂本來是『嫴媒嫺』出身的。」

「原來如此。」子爵摸著下巴，接著笑了出來，眼神犀利：「很精彩，懷芝。聽了你的說法，也難怪人們認為高思宓大宅的事件是金魅所為，因為金魅事件本身就很可疑啊！就算沒有從不可能進出的房間失蹤，這故事也充滿了刻意為之的『事件性』。」

「事件性？」

「嗯，你思考看看吧，懷芝。要是沒有那束頭髮和耳環，當人們打開『嫴媒嫺』的房間，看到裡面空無一人，他們會怎麼想？」

懷芝依言在腦中推想，忽然瞭解子爵的意思：「……原來如此。要是沒有那些東西，最合理的推論，是『嫴媒嫺』逃走了！」

子爵微笑點頭。

「不錯。反常的事物讓人聯想到作祟，其實是刻意的。如果真是妖怪吃人，要不就是吃得一乾二淨，要不就是吃得血肉模糊；留下頭髮跟耳環？未免太整齊了！不吃頭髮、耳環，卻吃掉衣服，難道不是因為衣服在逃走時是必須的嗎？懷芝，其實我在高思宓大宅連續失蹤事件裡感到的『不協調感』，就是這種東西。」

懷芝沉默不語，在心裡消化子爵的意見。確實，子爵的話裡有某種真知灼見，他緩緩點頭：「我瞭解了。消失的三人都在不可能的情況下消失，因此讓人覺得是金魅作祟，但反過來說，無論哪個事件，都將『不可能』營造得太刻意了。」

「不錯。褓姆韓莘三更半夜在自己房間失蹤，那就算了。但看看第三位失蹤者艾嬿吧。報上說，她是在宴會上失蹤，失蹤時，賓客們聽到她的尖叫，連忙找她，最後在被鎖上、燈也沒開的餐廳裡發現頭髮和衣服。那時餐廳是關上的，艾嬿為何要進去？而且餐廳本就鎖著，她又是怎麼進去的？為何金魅不隨便找一個地方吃她，偏偏要選一個無法進出的房間？妖怪吃人根本沒必要強調『不可能』，這其中必然有某種意圖！」

「但是，到底是怎樣的意圖，會如此針對金魅作祟？像這樣特別留下頭髮和衣物，簡直就是為了栽贓高思宓老爺養金魅……」

「這就是我需要你的地方了。」子爵跪著移動到懷芝身邊，抓住他纖瘦的手臂：「懷芝，你知道我是怎麼想的吧？這件事若非金魅作祟，便是有人蓄意栽贓高思宓！之前我也不是沒懷疑過，但一直忙著自己的事，也相信高思宓自己能解決。現在事情變成這樣，至少我希望幫他洗刷污名。」

少年確實知道他的想法。在子爵說「貓鬼可能是謀殺親兒的母親」時，他便察覺到子爵心理。如果子爵打算解決這個事件，像洋人中的名偵探，那可是十分帥氣的事。但少年還有一事不明。

「子爵大人，請問您是哪裡需要我呢？」

「我要你幫我翻譯。但只是表面如此。高思宓的兒子會講英語，我能直接與他談，在這段時間，我希望你在僕人與憑弔者間幫我打探消息——你是無關的臺灣人，又會講臺灣話，人們比較不會提防——三個失蹤者彼此無關，失蹤的方式卻如此針對金魅，這麼強烈的意圖，或許就隱藏在我們不知情的過去裡。以我的身份，要查到犯人如此執著於金魅的原因，恐怕有不少阻礙。」

原來如此，懷芝想，確實由自己打探消息會比較有利，但他不確定該不該這麼做。只看著報導發表「推理」，將之視為知性遊戲，是很輕鬆的。但真正開始調查，他就會成為「事件的一份子」，這絕不是輕鬆的事。但在柔弱的油燈光線裡，子爵的雙眼燃著金黃色的閃爍星光。他誠懇的樣子，確實是認真為死去朋友著想。懷芝看著這樣的眼神，決心成為他的助力。

「我明白了，懷芝盡力而為。」少年說。

「謝謝你。」

子爵露出笑容。他摸摸懷芝的頭髮，用長輩的口吻說：「好了，待會兒別太晚睡。明天我們悠閒地吃個早餐吧，整理一下心情再前往滬尾。」

他拍拍少年肩膀，開始聊起別的事，但不一會兒，主題便又回到高思宓大宅連續失蹤事件的細節上。顯而易見，這些談論全是空談，因為在知道更多細節前，連手法都無從推測。

臨睡前，懷芝聽著窗外如海濤般襲來的陣陣蟲鳴。一想到明天就要前往傳說中的高思宓大宅，他不禁有些緊張；雖然子爵懷疑是某人栽贓，但真是如此嗎？當然，栽贓是很合理的見解，不然無法解釋為何事情會發生在高思宓大宅。但要在大宅中精準地布置詭計，恐怕無法迴避一個關鍵的問題。

犯人一定很瞭解高思宓大宅的格局。

要怎麼熟悉高思宓大宅？懷芝心裡閃過一個可能：英國領事宅邸。再怎麼說，高思宓大宅都是英國領事宅邸的複製品。但有可能嗎？要瞭解英國領事宅邸，難道不是比高思宓大宅更難？

若非如此，就是熟悉大宅的內賊了。

或許子爵也想到了。這就是子爵希望他調查過去的原因。但將隱藏的過去給挖出來，真的好嗎？懷著這種不安，懷芝總覺得難以入睡。在舒適的榻榻米上，他翻來覆去，許久才終於睡去。

四、風聲：少女背負的秘密

「吶，我一直很好奇一樁事情。大道公三居爐主，不是很厲害？現在卻是高思宓洋行的工人，這是怎樣的感覺？」

在高思宓家舉辦喪禮那天上午，盧順汝透過順風耳聽到這段對話——說話的是名年輕男子，另一個粗聲粗氣的聲音說：「喂，你想打架嗎，畢翠兒？」

這聲音是順汝的表兄陳國安。聽到這聲音，她有些心軟，也心痛；這段期間，她一直竊聽表兄身邊的動靜。年輕男子畢翠兒說的「大道公」，指的是滬尾、三芝一帶，同安人共同祀奉的保生大帝，雖沒專門的廟，卻由八個庄頭輪流祭祀。

該年負責的庄頭，會抽籤選出爐主，不過從光緒二年開始，滬尾街的爐主都是陳家，連續三居，所謂「三居爐主」就是這麼回事。順汝不禁感慨，要是神明的威光能照亮捧著神像的人，那表兄的童年絕對稱得上熠熠生輝；每次陳家擔任爐主，即使表兄年幼，也格外受街坊鄰居疼愛。

對幼時的順汝來說，表兄簡直是遙不可及的存在，是被神明疼愛的孩子。

「神明疼愛」不只是譬喻。有次表兄在重病中奇蹟痊癒，事後跟姨媽說夢到大道公來救他；又有一次，表兄跟朋友到山上玩，朋友被蟲咬，他立刻採草藥讓朋友消腫，長輩問他怎麼知道草藥的藥性，他也說是大道公在夢裡教的。因為這些事，大家都說是大道公特別喜歡表兄，才會讓陳家當上三居爐主。

順汝也相信確是如此。在尚未成為「媽祖娘娘化身」前，她曾隱隱羨慕他。不，不到羨慕的程度，她其實是為這位表兄歡喜，同時哀嘆自己命運。

但好景不常，就在陳家三度抽到爐主的隔年，臺灣島被清國捨棄，姨媽、姨丈都死於在日本人上岸的衝突。對家破人亡的表兄來說，「三居爐主」這樣的虛名連過眼雲煙都算不上。所以當畢翠兒這麼說，她能想像表兄的憤怒。

「沒啦！我是真的想知道啊，你不喜歡講就算啦。還是我惹你生氣了？抱歉啦！我只是好奇。因為你這麼出名，現在只當工人，我怎麼想都想不透，感覺一定很不爽呵？」

畢翠兒似乎跟表兄一樣，也是高思宓洋行的工人。明明是男人，為何有女人般的名字？或許是畢翠兒從小「歹養飼」，被當成女孩養，以免被不好的東西帶走。順汝知道這種風俗，有些人還會像女孩子一樣穿耳洞。不知是不是曾被當女孩養，畢翠兒聲音也比一般人高。

「你給我閉嘴。若不是知道你只是口無遮攬的死白目，我早就把你打死啦！我講真的，你別再提喔，再講一句，我就把你做掉。」

「好啦好啦，我不講啦，別生氣好不好？」畢翠兒陪笑：「吶，說起來這些貨物到底要放到什麼時候啊？還派得上用場嗎？」

「我哪會知？反正總有一天用得著啦。」陳國安聲音低沉。

區區工人，對貨物應無處置權，但這兩人卻像是掌握了使用某些貨物的權力。順汝心中不安，怕證明了她的猜想。

「真的有嗎？大仔死了，阿舅也不知道躲到哪裡去。唉，我是不認為阿舅真的被金魅吃掉啦，他這麼聰明，天下沒他解決不了的事，只是不曉得為何躲起來，造成我很多麻煩耶。」

「……真是這樣就好了。」

「算了啦。反正要不要用，也不是我這種人能決定的。這裡沒我的事，我先走啦，下午要去高思宓大宅，你有要去嗎？」

「我會啊。但你去幹嘛？憑弔那個洋人？穿這麼花的衣服？」

「羨慕我這身美衫嗎？沒啦，雖然講是憑弔，但主要是去找『瞬息百發』。」

瞬息百發？畢翠兒說了個奇怪的詞。

「瞬息百發……？喔喔，他啊！你找他幹嘛？」

「我要……你管這麼多幹嘛，嘿嘿，私事啦！」

「好啦，我對你的事也沒興趣。但注意別在他面前提這個稱號，他都金盆洗手多久了，最討厭別人這麼叫，你這死白目皮給我繃緊點。」

「好啦好啦！你放心，我看起來真有這麼白目？那你咧，上次你不是說不會參加洋番的喪禮，我還以為你不會去。是什麼讓你改變主意？」

畢翠兒沒有馬上得到答案。

事實上，表兄沉默了很長一段時間，長到讓順汝不安。

「……你還是別知道較好。」表兄像是笑著說的，卻沒半點笑意，令順汝心寒。其實聽表兄說會出席喪禮，她並不意外，只感到某種宿命般的悲哀。

她知道原因。

娘娘說過，若金魅作祟真是大道公犯錯所致，祂不會袖手旁觀，那時她就想到，代替大道公出面消滅金魅的，必是表兄無疑；在高思宓老爺的喪禮上，他們想必會碰面，屆時，他們會怎麼面對彼此？

她想都不願想。更何況，比起令金魅歸順，她有更擔心的事——

◈

有些事，盧順汝是不該聽的。但這在所難免，令她戒慎恐懼。當邵年堯說阿爸反對他們在一起，是因為她的力量可能被濫用，她沒有怨懟，只覺得「被發現了」。

身為「媽祖娘娘化身」，她不能、也不該捲入任何利害關係。不是因為性情，而是她必須這麼做。所謂的「媽祖娘娘化身」，其實就像走在刀鋒上兢兢業業，至少在邵年堯走進她的生命前，她覺得自己做得很好。

阿爸出海失蹤，是命。之後，她們母女因為無依無靠而被鄰里排擠，也是命。被媽祖娘娘看上，成為媽祖娘娘化身，這都是命。她本是認命的。但被邵年堯所愛、所接納，這也是命嗎？這樣的「命運」她想都不敢想。她甚至不敢問媽祖娘娘，怕這份期待被否定。這樣的時光，能握在手裡多久就是多久。正因她已將整顆心託付給邵年堯，所以——

她感到罪惡與羞愧。

有件事她無法告訴哥哥，她覺得像是背叛了他。

上個月，她透過順風耳聽見某件事。那本是意外，但她很快發現與表兄有關，而且相當嚴重；出於擔憂，她以順風耳進一步調查，最後拼湊出令人不安的答案。

表兄涉入了一件極為危險之事。

她不能說出口、不能求援，她本就不該將順風耳用在救人以外的用途。要算她這麼做了，也不能要求別人與她一起分擔罪惡。

所以她對邵年堯緘默。

而且她也不知該如何開口，就算對象是表兄，要對心儀的男子說自己竊聽另一位成年男子的生活，太過難以啟齒。

但她的恐懼，比罪惡感更深，表兄簡直是直直走向毀滅的深淵！雖然自姨媽、姨丈死後，表兄確實有種自我毀滅的氣勢，但她沒想過他會做這麼危險的事。她下定決心，即使要違背「媽祖娘娘化身」的本份，也要阻止表兄——

這份決心的艱難，是常人難以想像的。

這麼多年來，恪守本分是她不得不然的最高準則，但她這次卻必須破壞「規矩」！不管隱藏得多好，恐懼與愧疚都將她壓到寸步難行；但不得不為的覺悟驅使著她。譬如說，現在她手上拿著的東西根本是實實在在的罪惡，她也緊緊握住，心跳加快。

那是串鑰匙。

這串鑰匙能用來打開高思宓洋行的倉庫。她是用順風耳監聽倉庫管理員，知道他有備用鑰匙，並聽他藏在哪裡，偷了過來。這已不只是竊聽隱私，她是在利用神通犯罪；如果有人發現她拿著這把鑰匙，她該怎麼解釋？她會丟媽祖娘娘的臉，不只如此，也無法在滬尾待下去。哥哥會怎麼看待她？也許他會諒解，但他的家人呢……？

順汝躲在烽火街暗處，用斗笠隱藏自己。即使她小心翼翼、沒對上任何人的眼睛，也因作賊心虛而感到赤身裸體般的羞恥。大約一刻鐘前，她聽見高思宓洋行的工人們離開倉庫，也聽到大門關上、用鐵鎖鎖上的聲音。

現在倉庫裡空無一人。

只要用鑰匙打開鐵鎖，就能潛進倉庫。這當然是更嚴重的罪行，但若她不這麼做，她怕自己後悔。阿爸沒回家的恐懼，她再也不想體會到了！如果她的猜想正確，證據一定就在倉庫中。若她只是眼睜睜看著表兄走上絕路，那要神通何用？

少女走出暗處，態度光明正大，心裡卻十分惶恐。要是有人出聲叫她，她一定轉身就逃！她覺得烽火街上所有視線都集中在自己身上。不，這都是妄想。但順汝按捺不住。越接近倉庫，她就越動搖。

只要在打開倉庫的鎖前發生什麼意外，她就放棄。

她為自己設下好幾個放棄的契機，但或許是命運捉弄，明明人來人往，卻什麼都沒發生，也沒人喊她。

——只要有人喊她，她就放棄。

她將鑰匙插進鐵鎖，那個鎖幾乎跟她手掌一樣大，單手捧起來還有些吃力。「喀啦」一聲，這聲響比她想得還響亮，她肩膀顫動了一下。

倉庫大門打開。她連忙鑽進去，關上門。四周一下子變得安靜，順汝只聽到自己的心跳，額頭也流著冷汗。她深呼吸幾口氣。

她進來了。沒道理回頭了。

兩層樓高的倉庫裡，木箱、麻袋堆積成山，要從這裡面找東西，根本是大海撈針。但順汝知道在哪。本來，順風耳的神通就能知道聲音位置，不然只聽見聲音卻不知在哪，根本不知風雨多近，也無法救人。

既然陳國安與畢翠兒提到「這些貨物」，就表示說這些話時，東西一定在附近。她當時便大概掌握了兩人的位置。順汝摸索過去，但看著眼前囤積的貨物，她知道一定會花不少時間。就算部分箱子外寫著裡頭裝了什麼，她也不認為表裡必然如一，要找到她懷疑的東西，必須投注想像以上的心力。

她沒浪費時間猶豫，匆匆拆開眼前麻袋。

為何她不得不這麼做？雖然沒打算埋怨，但當她將手伸進茶葉，摸索裡面有沒有藏著什麼，心裡不禁一陣酸處；如果她與表兄是說得上話的關係，也就無需來此蒐證了。現在的他們，簡直形同陌路。

其實他們關係本沒這麼惡劣。即使是現在，她仍感謝表兄。當年阿爸失蹤，阿母到處借錢、借糧食，最後那些街坊鄰居都裝作不在家，只有表兄偷偷帶東西給她們，明明連姨媽都裝作不認識了。

她還記得，那時表兄帶著東西來，還會用惡作劇般的笑容跟她說話，彷彿他們共享了什麼秘密。但日本人來了之後，表兄就變了。

姨媽和姨丈去世，剩下的親人還跟日本人勾搭，他氣得跟他們恩斷義絕；本來樂天誠懇的表兄漸漸變得乖僻、不近人情，他就像憤怒的化身，那些說不出口的怨恨全積在心裡，隨時可能張牙舞爪地襲向他人。

諷刺的是，順汝境遇最淒涼的時候，就是表兄最輝煌的時候；但現在，順汝在滬尾街上人人敬重，陳國安卻沉默低調，「三屆爐主」這份榮光隨著陳家破滅，大家連提都不敢提。順汝關心他，問他有沒有什麼需要幫助的地方，他居然冷冷地說：「你別同情我。」

順汝感到震驚，她根本沒那個意思。

現在想來，或許是自己高高在上的救濟傷了他的自尊。由「媽祖娘娘使者」出面幫他，對他來說也許更受傷。注意到時，陳國安已將所有人拒於千里之外。那個曾發出爽朗笑聲的男子，現在只是回憶裡的鬼魂。

當盧順汝竊聽到「那件事」，向他求證，他居然連辯解都沒有，直接關上門。

他拒絕跟她講話。

她該怎麼做？她又能怎麼做？這樣下去，表兄會害了自己，但她連溝通的機會都沒有！她越想越沮喪。如果是誤會就好了。只要她沒找到「那東西」，或他們其實在談其他事……

她在悶熱的倉庫中翻找。

她找到了。

「那東西」放在木箱中，上面覆蓋大量木屑。她把手伸進去，摸出一樣黑漆漆的事物，雖然順汝對這類東西一知半解，但她確實認得出它，那是將人引向破滅的戰爭工具。

是「手槍」。

一陣天旋地轉，順汝跪坐在地。透過這把手槍，她證實了自己聽見的危險陰謀。但那又如何？表兄甚至避不見面！媽祖娘娘化身茫然看著手中武器，六神無主，只能默默流淚。忽然，她靈光一現，自己不是下午就會見到表兄嗎？要是表兄真的被大道公囑咐，他一定會去。自己或許有可能在高思宓老爺的喪禮上說服他？

不，表兄八成會隨便應付過去，甚至不理不睬。

該怎麼做才好呢？該怎麼讓表兄正面回答她的質疑？迷迷糊糊中，一個具體的念頭在順汝心中成形。她站起身，將手槍放到一旁，兩手再度伸進木屑，柔軟又尖銳的觸感刺著她。

她將手伸入命運的洪流。

這天，命運以一種極離奇的姿態匯聚在一起。有些是偶然，有些卻是設計的結果。她不是唯一被捲入命運洪流的人。就在她找到手槍的此刻，離洋行倉庫不遠的淡水辦務署響起一聲呼喚。

「加賀巡查，有你的信！」

年輕的巡查補朝氣十足地走來，將信封遞出。他眼前是位高大到驚人的男子，站起來時比一般人還高出兩個頭，但謙和的氣質不會讓人感到壓迫。巡查接過那封信，信封上寫著「加賀京二郎巡查勛啟」，除此之外沒別的訊息，甚至沒有郵便局的戳記。

「這個是？」

「天曉得，就這樣放在信箱裡。哼哼，有種秘密的氣氛耶！該不會是情書？」

「怎麼會？」加賀京二郎苦笑，將信抽出，接著皺起眉頭。

信上只有短短一句話。

加賀大人，若您出席高思宓先生的喪禮，我將於當天為您獻上高思宓洋行的犯罪證據。

他嚴肅地讓巡查補看信上內容，兩人面面相覷。

「這是怎麼回事？難道是關於那個連續失蹤事件？」

「不知道……我有不好的預感。先去跟警部報告吧。」加賀京二郎收回那張紙。

這天，謠言纏身的英國商人喪禮，成了無數因緣交會之處。

被命運帶到這裡的人們毫無所覺。他們也不知道，這個哀傷肅穆的場合，已在某人的意志下，成了龐大的戲法舞臺；騙局、詭計、算計、陰謀……各自的動機盤根錯節，與「金魅吃人」這個主旋律糾纏不清，連命運也在背後推波助瀾——

距離「演出」時刻只有四小時。「偉大魔術」完成的瞬間，即將到來。

開幕

五、金魅作祟的大宅

往關渡的路上，疾駛而過的馬車激起淡黃色塵土。馬車這東西，在臺灣可說是珍稀至極。以前清國官員長途跋涉，也只是坐牛車，所以田間農人與牧童聽見聲音，遠遠便引頸觀望，幾個小孩子追在後面，興奮地又叫又跳。懷芝看著窗外，心想自己身份比他們更低賤，卻坐在這裡，感到卑微的得意與羞赧。

「說起來，上次去高思宓大宅是七個月前的事，這次也是出於同樣理由，實在感慨。」杉上子爵說。

「同樣的理由？」懷芝轉頭。子爵看著外面景色，神情有些憂鬱：「是啊。上次也是參加喪禮。高思宓夫人的喪禮。」

忽然就是這麼沉重的話題，讓懷芝差點接不上；但他不該意外，畢竟喪禮正是此行目的，只是這天早上，他們是悠哉地在天狗庵吃完早餐，之後還在北投散散步、看看風景、聊聊天，拖到十點才出發的，悠閒的步調讓他差點忘了目的。

「高思宓夫人去世時，艋舺這邊也聽過風聲，聽說不是善終。其實，高思宓大宅發生怪事後，我還聽過謠言說『就是老夫人的死造成一連串壞事』，甚至有人認為那些怪事是她的怨靈作祟。」懷芝說。

「什麼話，太荒唐了。」子爵皺起眉，轉向少年：「雖然我沒見過夫人，但聽說她是個大善人，而且與高思宓鶼鰈情深，怎會在死後向家人作祟？」

「總會有這種謠言的。但我們艋舺人不會說高思宓夫人是『大善人』……不是她人不好，但夫人明明是臺灣人，卻嫁給洋人、信洋教，還改了個洋名叫『白翠思』。就算捐錢，也是捐給教會與教會辦的學校。

這樣的『善事』對我們來說不痛不癢。」

「原來如此。不過改名也不算祟洋，要是受洗過，本就會得到『教名』，白翠思可能是某位殉教者的名字吧？真是的，明知夫人不是善終，你們居然還碎嘴。」

朋友的妻子被批評，子爵忍不住抗議這種風涼話。懷芝靜靜回應：「子爵大人，正因沒有善終，才會作祟啊！但您說得沒錯，這不是值得讚揚的行為。」

其實流言會甚囂塵上，還有別的原因，只是不算什麼正當理由，懷芝便沒解釋。

高思宓夫人是個有點不尋常的人物。雖然是臺灣人，卻無人知曉是怎樣的出身，彷彿有什麼忌諱。見過她的都說是美女，但她出門總帶著洋人的面紗，很少露出真容。於是私奔啦、害怕被尋仇啦，怎樣的說法都有。早些年，她逐漸不出現在公共場合，大家說她是有病在身，但這幾年來，她又忽然熱衷起旅行，常常好幾個月不在滬尾，完全不像病人。

這些傳聞虛虛實實，真假難辨，但這位晚年遊歷四方、行蹤成謎的人物忽然死去，真的跟高思宓大宅的怪事無關嗎……？

真是失禮的猜想。

懷芝自己也知道。這就是為何他即使決心幫助子爵，卻還是有些不安。像他這樣的「孤臣孽子」，就算年紀尚輕，也很清楚世界如何殘破、真相多麼不堪。他能意識到隱而不宣的事，察覺人們未吐露的真心。但那不會帶來好處，所以他的人生哲學是「不去點破」。

接下來的事，恐怕會有違他的人生哲學。

◈

馬車抵達滬尾街時已近正午。高思宓大宅在新店街的小丘，臨近巷弄狹小的漢人市街，馬車難以進入。子爵要馬車伕晚上再來接送。

兩人走進繁榮密集的漢人街屋，子爵筆挺的西服吸引許多目光。穿過小徑，翠綠色的林蔭風景迎面而來，沒幾步，二層樓的紅磚洋樓就從綠蔭中冒出頭。懷芝第一次看到這種洋式建築，心下有些讚嘆。

大稻埕雖然也有洋行，高思宓大宅卻有種不怒而威的雍容華貴。即使沒有漢人宅邸那樣多彩的裝飾，卻也有種恢宏大氣。雖在漢人巷弄深處，卻像被隔離出來，以雙手細心捧著，迎向淡水河。

漸窄的石階沿著山勢繞了個圈。走到盡頭，迎接他們的是個小巧可愛、塗成白色的鐵製拱門。拱門對面，大宅立於優雅柔和的庭院中，翠綠的草地與盆栽顯然被用心照顧，大宅正門延伸出來的階梯邊，巨大的黑色棺木沈默橫躺，使這景色悲傷寂寥起來。

好大的棺材，懷芝想，目測棺材高度，幾乎到他胸口，且有兩個人寬。這就是有錢洋商的氣派？棺材兩側堆滿鮮花，使棺木帶著素雅而莊重的美麗，撫平不少哀悽，然而——

懷芝感到心中難安。

是喪禮的不祥色彩嗎？不，懷芝不是沒見過喪禮。有種完全不一樣的東西混在裡面，像巨大的妖魔盤據在屋頂，虎視眈眈地盯著訪客。這份恐懼，是金魅作祟傳聞帶來的嗎？

「歡迎，子爵大人。」

穿著西服、年約六十歲的臺灣男子穩重地朝子爵他們走來，並用帶著腔調的英語招呼。懷芝雖聽不懂，但只不過是眼神交會，他已對這位年長男子印象深刻。

即使是這樣的陰天，夏日正午還是很折磨人，但男子不動如山。即使額頭流著汗，他說話的音韻仍踩在最踏實的位置，沒半點浮躁。他的深沉內斂，彷彿某種看得見的氣場。

「很高興見到你，管家先生。我遲到了嗎？」子爵用英語回應。

「不，很準時。」

子爵向懷芝介紹。

男子是高思宓家族的管家。雖是臺灣人，但已在高思宓家幾十年，平時也住在大宅中，可說是最瞭解宅邸的人。他拍拍懷芝肩膀，面向男子：「這男孩就是我在信中說過的朋友，請你好好照看他。」

「是的。」男子對懷芝露出笑容，改用臺灣話：「少年，幸會，我是呂尚源，叫我源伯就可以。既然你是我們貴客的朋友，我們會以最大的敬重來對待，請別客氣。」

懷芝連忙自我介紹，態度謙卑，甚至有些慌張。但呂尚源沒取笑他。「這邊請。」他用英語說，便將子爵他們帶進門廳。門廳旁就是餐廳，坐在餐桌主位的男子一見到他們便站起身，張開雙手。

「杉上先生，歡迎！在高思宓家蒙受汙名的當下，您還願意前來，我十二萬分的感激。這孩子就是您信裡提到的友人？」

他便是現在的高思宓家之主，柯佬得．高思宓。子爵脫下禮帽交給管家：「對，他是我在艋舺認識的朋友，懷芝。這些日子裡協助我進行民俗調查，昨天才幫我完成一件大事。」

「喔，臺灣人？」柯佬得看向懷芝，以流利的臺灣話說：「你好，我是柯佬得。子爵跟我講過你，想不到你這麼年輕。來，請坐。」

懷芝謙讓一番才坐下，呂尚源引導子爵坐下後便退出餐廳。少年打量著當今的高思宓家之主，老實說，柯佬得的長相讓他大感意外。

金子般淡褐色的頭髮，如天空般淡藍色的眼睛，鼻樑高挺，輪廓鮮明，根本就是典型的西洋面孔！柯佬得不是有一半臺灣人血統嗎？明明如此，卻看不出半點東方痕跡。懷芝不禁震驚於高思宓老爺的強勢血脈。

大概是喪父的悲痛與流言纏身，柯佬得精神不濟，雙眼佈滿血絲。

「柯佬得，還好嗎？你看來有些睡眠不足。」子爵說。

「唉，你不是第一位這麼說的。這情況持續很久了，自家母過世，我就一直沒好轉，醫生也檢查不出毛病。現在還好，五月時，我感冒整個月，過去從未生病這麼久。」

「難以置信。我想你不會看什麼庸醫，但身體一直如此，可說不過去啊！柯佬得，我在臺灣有醫生朋友，要不要推薦給你？若你不信任，也可以推薦日本的名醫給你。」

「不勞您費心，偕醫館的醫生都找不出問題，就當我年紀大了。」

「年輕人說這種話，我情何以堪？無論如何，令堂已過世七個月，這病未免拖得太久，你不照顧好自己身體，令尊留下的事業該怎麼辦？」

聽了這話，柯佬得一時不語。

餐廳的落地窗輕開，微風從外面吹進，柯佬得勉強擠出笑容，嘆了口氣。

「七個月確實太久，現在連家父也……不過，家母過世帶給我的打擊，或許永遠治不好。」

這位有著臺灣血統的英國人哀傷地看著日本華族。

「杉上先生，我沒跟你說過，但家母過世那天，雖遠在噶瑪蘭，我還是感應到了——這不是怪力亂神。

我無法解釋，但那天，我沒來由地感到自己永遠喪失了什麼，魂不守舍。臺灣有種說法叫『母子連心』，我相信那就是原因。」

子爵知道柯佬得沒見到高思宓夫人最後一面，因為她不是在大宅裡過世。去年年底，老高思宓夫婦一同環島旅遊。這本是趟美好的旅程，但白翠思在噶瑪蘭染上傳染病，十分嚴重，發病後兩天就過世。臨終之際，只有老高思宓陪在身邊。當地人怕屍體擺著會傳染給其他人，不由分說地將屍體火化，高思宓把妻子帶回來時，已是罈裡無言沉默的灰。子爵沒想到這對柯佬得的影響這麼大，他說：「我相信那不是怪力亂神。」

「唉，自我成親後，家母便常與家父四處旅遊，有時獨自出門好幾個月，我都不知她這麼好興致。或許她留在家裡悶，我也沒阻止她。早知如此，我應該請她多留在家，讓我好好陪伴。就算看不出來，她畢竟上了年紀，最後那次旅行前，她體力明顯不如從前⋯⋯如果她常在家，也有機會讓她跟您好好認識，您一定會喜歡她的。現在說這些都太遲了。」

柯佬得嘆了口氣，發現懷芝關心地看著自己，他改用臺灣話說：「失禮，讓你見笑哩。你肚子餓沒？馬偕牧師等一下會來，等他到了，我們便吃飯。」

「馬偕牧師？」懷芝意外地說：「他也會來嗎？我在艋舺都聽過他。」艋舺的排外性格很強，馬偕牧師在艋舺設教會時，曾起過很大衝突，最後竟能成功建起教會，光這點就足以讓懷芝印象深刻。

「他是來主持喪禮的。我父母婚禮也是由他主持——這也算有始有終吧。」柯佬得淡淡地說，聽不出是否帶著玩笑意味。接著他用英語告知子爵馬偕牧師會來，子爵點點頭：「我見過他，他收藏不少臺灣蠻族的文物，簡直是小型博物館！」

「是啊，家父對此也很有興趣，常與馬偕牧師交流。杉上先生也是因此認識家父的吧？」

「最初是，但後來又從令尊那裡得到許多幫助，請他推薦不少英文書。我很欣賞令尊的品味。」子爵說完，用日語對懷芝說：「懷芝，之前唸給你聽的《大弓區謎案》與《福爾摩斯冒險》，就是透過高思宓先生從英國買來的。我在內地雖有管道，但在臺灣，就是透過高思宓先生。」

「原來如此。」

「主人，馬偕牧師來了。」呂尚源進來通報。

「太好了，可以用餐了。請把我家人叫下來……包括舅舅跟萬先生。」柯佬得囑咐呂尚源，後者應了一聲，轉身離開。

「舅舅？」子爵意外地說：「我倒不知道你有個舅舅。」

「說真的，我也不知道。」柯佬得語帶諷刺：「如果不是與父親相識多年的萬先生擔保，我還以為是哪裡跳出來要謀奪家產的狂徒呢。」

子爵心裡一驚，這可不像外甥該有的態度啊！正要再問，柯佬得已起身迎接走進餐廳的馬偕牧師。馬偕輪廓極深，甚至有些陰沉，就算是外國人，那口蜷曲的大鬍子也讓懷芝目瞪口呆。這可不是他想像中慈眉善目的牧師。柯佬得安排馬偕坐自己旁邊，子爵也將懷芝介紹給馬偕。很快地，樓梯傳來腳步聲，用餐的人紛紛下樓。

首先進來的是位臺灣老者。他看來七十歲上下，銀白色的鬍鬚遮到胸前，一張臉圓圓的，帶著福相。意外的是，他尚未剪辮。

「杉上先生，這位是家父的好友，萬先生。或許你在家母喪禮上見過。萬先生跟家父早在我出生前便認識了。沒剪辮是他的頑固之處，請看在他年紀大，還有今天場合，就睜一隻眼閉一隻眼吧！」柯佬得介紹完，接著用臺灣話說：「萬阿伯，這是日本的貴族，姓杉上，是一位子爵。他不會臺灣話，但會講英語。旁邊那位少年人是他朋友，叫懷芝。」

「很高興認識你們，杉上先生，懷芝。敝姓萬，萬馬堂。」萬先生用英語說。想不到這位外貌傳統的老者英語這麼流利，不愧是與洋人長年交流的人。懷芝才剛這麼想，萬馬堂竟用日語說：「其實老夫也會一點國語，但還不成熟，請見諒。」

懷芝連忙起身行禮，子爵笑著說：「請多指教。講英語也沒關係。」

「萬阿伯，你會講日本話？」柯佬得也感到驚訝。始政後，他也學了點日文，但只限閱讀，對話還不流暢。他沒想到這位臺灣長輩已將日本話講得十分漂亮。

「一點點而已，慚愧。」

「萬阿伯也太見外，以後就找你教我講日本話啦，現在日本話講不好，將來是要吃虧的。」柯佬得用臺灣話說。他接著用英語介紹萬馬堂身後的男子：「這位是我舅舅，姓白，名頌。」

白頌是年約三、四十歲的臺灣人，長得很高，一進餐廳就鶴立雞群。他神情嚴肅，兩頰消瘦，有些心不在焉。雖然他也未剪辮，柯佬得卻沒說什麼，只用臺灣話說：「阿舅，抱歉，子爵是我們的重要客人，但他不會講臺灣話，我們等一下多半會用英語聊，請你見諒。」

口稱道歉，卻聽不出誠意。剛才他向子爵抱怨「忽然冒出這個舅舅」是用英語，懷芝不懂，但現在聽這話，也感到表面下伏著什麼暗潮。白頌淡淡地說「不要緊」，視線甚至沒對上外甥。

最後下來的是位婦人，她穿著黑色西式喪服，也是臺灣人，眉宇間帶著憂鬱。她似已認識其他人，所以柯佬得只對懷芝介紹：「這是賤內。」

在呂尚源的安排下，眾人入坐。幾位僕人進來，餐點也從隔壁的備餐間送出，子爵輕聲指點懷芝用餐禮儀，馬偕牧師、柯佬得夫婦則一同禱告，感謝天上的父賜他們這一餐。唸完禱詞，眾人開動，閒聊起來。

◈

「說起來，白先生是住二樓客房吧？何時住進來的？」用完前菜時，子爵唐突地問。白頌聽不懂英語，倒沒反應，柯佬得與萬馬堂卻看向他，意外地，是由萬馬堂開口解釋。

「是溫思敦過世隔天。那天我聽說溫思敦的事，認為該來探望，正好路上遇見白頌，便與他一同前來。在瞭解情況、幫此安排後，我便回去了，白頌則住到今天。」

「三十幾年間不聞不問的親戚，連臉都沒見過，就這樣跑來，還在這種時間點，真讓人吃不消。」柯佬得冷著臉用英語說。就算當事人白頌聽不懂英語，萬馬堂還是皺起眉，以長輩的身份斥責。

「柯佬得，你怎能這麼說？我跟你解釋過，令堂家庭有些複雜，才一直沒跟老家聯繫。現在你舅舅來，就表示令堂的老家願意跟你們家和解，這是好事啊。他既不知道令堂早就過世，也不知道令尊的事，這時過來只是巧合，他願意待到喪禮結束有什麼不好？」

「從沒聽過的家族，忽然說要和解，難道要我感動到痛哭流涕？家母完全沒提過老家的事，就表示老家對家母根本無所謂，我也對當年的事沒半點興趣。舅舅要向家父致意，我不會趕人，但也沒必要裝成歡迎的樣子。」

兩人在餐桌上爭執，就算懷芝聽不懂，也看得出劍拔弩張，反而白頌置身事外，彷彿沒聽到爭執。子爵說：「讓兩位為此爭執，是我的錯。本來我只是想問白先生是不是住在二樓客房？」

「確實是。」柯佬得沒好氣地說。

「也就是步泰承失蹤的地方吧？白先生住在『金魅』曾經吃人的房間，還住了這麼多天，真是好勇氣。」子爵說。這話一說出口，聽得懂英語的人都臉色微變，就連旁邊的呂尚源都眼神淩厲起來。子爵若無其事。

「……保險起見，我想請教一下。杉上先生應該不相信『金魅』那種愚蠢的流言吧？」柯佬得冷冰冰地問。

「相信或不相信，都是需要根據的。就現在的我來說，既有相信的理由，也有不相信的理由。」

「什麼意思？」

「這座大宅裡發生了無法解釋的事。既然無法解釋，那說是金魅吃人也未嘗不可。但我並未被說服，因為——」

子爵說出他跟懷芝提過的假設。

妖怪這種東西，想吃人就吃人，根本沒必要強調「不可能」，但這座大宅裡發生的事情，都過份強調「不可能」，反而可疑。柯佬得夫婦、萬馬堂、呂尚源、馬偕牧師等人認真聆聽，連正餐上來了也未馬上動刀叉。

「所以，依杉上先生之見，敝宅發生的怪事也可能是有人在裝神弄鬼？」柯佬得對這種觀點很感興趣。

「有這種可能。」

「真是如此嗎？」萬馬堂質疑：「杉上先生，您是日本人，可能不知道，但在臺灣，金魅確實存在。」

「萬阿伯，這是什麼意思？」柯佬得拍了一下桌子，改用臺灣話說：「你是說阿爸真的有養金魅？」

「我不是這意思，有金魅，跟有沒有養金魅是兩件事。我當然不認為你阿爸養金魅，但你要怎麼解釋只有衣服、頭髮留下的怪事？只有金魅吃人可以解釋啊！」

「沒有金魅這種鬼怪，那是迷信！」柯佬得低吼。

「我就見過金魅作祟。」白頌抬起頭。這時機糟透了，懷芝想。柯佬得震驚地看著他，本來蒼白的臉慢慢脹紅，眼見就要發怒。白頌繼續說：「不過我也不認為高思宓會養金魅，他不是這種人。」

「我清楚阿爸是怎樣的人，但輪不到你講，你三十幾年沒見過他！」

「我是不知道高思宓最近如何，但我認識他時，他便不是這種人。金魅作祟是他運氣不好，現在應該沒事了，金魅不會再作祟了。」

「你怎麼知道？」柯佬得冷笑。

「金魅一年也只要吃一個人，這幾個月吃了三個人，未免太多。我聽人講，被吃的都是外人，我也是外人，在客房裡住了這麼多天都沒事，就表示作祟已經結束了。」

毫無邏輯——曹懷芝雖這麼想，卻感到這番話有某種力量。白頌不像盲信。他既不急著證明，也無意炫耀，就只是平實地傳達某種無需證明的事實，像一加一等於二。這段話有著這樣沉穩平靜的氣魄。

明明是謬論，柯佬得卻懾於這種氣魄，一時說不出話。馬偕牧師放下刀叉，用臺灣話說：「且不管是不是金魅作祟，至少溫思敦不該是這種下場。要是如杉上先生所說，是有人裝神弄鬼，那將他抓出來即可。但要是金魅作祟，我們要向誰討公道？我寧願不是金魅作祟。」

白頌沉默不語，接著緩緩點頭：「你講的沒錯。我們都不希望高思宓最後的下場是這樣。但高思宓若真的是遭金魅作祟，那就是命，只能接受。」

柯佬得忽然大笑起來，卻是氣到發笑。他用英語說：「非常好。有人主張事情是金魅所為，有人主張不是。那怎麼辦呢？先說明白，我這位大宅主人，是支持杉上先生的見解的。杉上先生，要知道是不是裝神弄鬼，您認為該怎麼做呢？您開個口，我一定全力配合。」

子爵拿起餐巾抹嘴。沒想到事情會這麼順利，他想，這正是他希望的發展。但他以退為進：「我只是說有這種可能，無法保證結果，這也可以嗎？」。

「沒問題。管家，你聽見了，杉上先生有任何要求，你們都要滿足他，明白嗎？」

「明白，先生。」

「其實老夫也很好奇。」萬馬堂將刀叉放下，用日語說：「以老夫之見，確實有無法解釋之事，子爵先生能將之解釋為『可能』嗎？若是如此，請務必讓老夫見識一下您的手段，不知能否隨您一同調查？」

「歡迎。」子爵說。

「喪禮後開始？」

「我看看，」子爵拿出懷錶：「用完餐到喪禮開始，應該還有些時間，我可以先善用這段時間。」

「還真是興致勃勃啊，您打算從哪裡開始？」

「就從步泰承失蹤的客房開始吧。五月十七日的下午兩點半，那個房間真的不能進出嗎？我十分好奇。當然，這得經過大宅主人的同意。」子爵說完用英語向柯佬得提出要求，洋商點了點頭。

「當然。管家最瞭解當天情況，我們待會兒……」

說到一半，忽然有僕人進來。

「少爺，失禮，外面坂澄會社的人來了，說是來憑弔。」

他是用臺灣話。柯佬得夫婦對望一眼，瞬間眼神交流了很多資訊，柯佬得夫人小聲問：「他們是來幹什麼？感覺不懷好意。」

「哼，說什麼憑弔，真是假仙。」柯佬得低聲說。

「是不是收下奠儀後便請他們回去？」呂尚源問。

「免，他們畢竟是客。但要是他們不懂禮節，便請他們走。」

「明白。我會看緊他們。」

「交給你了，源伯。用餐後，我要帶子爵他們去客房。本來這該交給你，但你就先顧好坂澄會社的人吧，等一下叫添孫在樓梯等，由他陪我們去。阿舅，我們要看一下客房，你有意見嗎？」

「沒。我待在客廳，不打擾你們。」

「怎麼回事？」子爵問：「我聽到『坂澄會社』，記得他們是大坂商船株式會社的子會社，設在滬尾這邊，為何提到他們？」

雖然剛剛都是用臺灣話溝通，但「坂澄會社」是以日語發音，柯佬得陪笑：「沒什麼，不速之客而已。」

「原來如此。」子爵沒多問，悄悄用叉子在懷芝桌前敲兩下。懷芝會意，知道子爵是要他找機會獨自調查。這正中懷芝下懷，本來他就不打算陪著去客房，反正等一下八成是用英語溝通，與其乾瞪眼，還不如獨自行動。

用完餐後，僕人們收拾餐桌，呂尚源則不見蹤影。柯佬得夫婦帶著子爵等人到樓梯前，一名僕人已等在那。

「少爺。」

「添孫，源伯都跟你講了呵？等一下會問你步泰承那時的事，或許會喚起你不好的回憶……」

「沒關係，我很樂意。那我先到二樓，源伯已經將備用鑰匙給我。」僕人低頭行禮，竟不走上樓梯，轉身走向後方，消失在門中，緊接著上樓梯的聲音響起，隔壁竟還有一個樓梯。

「真懷念，這是英國的傳統。」子爵見懷芝有些意外，便笑著解釋：「在英國，主人與客人用的門和樓梯，跟僕人是分開的。這座大宅前面有客廳、書房、餐廳，這是主人與客人活動的區域，後面則是僕人活動的區域，兩者絕不會混在一起。」

「原來如此。」懷芝點頭，向柯佬得說：「老爺，失禮了，我想提一個請求，不知能否讓我在客廳休息？我坐杉上大人的馬車來，還不習慣，頭有些昏，又勉強自己吃東西，有點反胃。」

「唉呀，你別客氣啊！勉強自己做什麼？那你先休息，或你需要床——」

「請別費心，我休息一下就好。」懷芝說。兩人客氣了一番，柯佬得見他堅持，便帶著子爵與萬馬堂上樓。

少年目送他們，走進客廳。

然後感到眼前一亮。

這是曹懷芝第一次進客廳。雖然客廳就在門廳旁，但呂尚源一進大門就領他們到餐廳，他沒仔細看。這時踏進去，立刻注意到一幅等身大的畫像。

客廳有著三面落地窗，厚重的窗簾繡著繁複的裝飾，淡淡的日光從外面透進來，柔和地照亮剩下兩面牆的照片與繪畫。讓懷芝著迷的畫位在壁爐上，那是某位東方女性的肖像，她看來大約二、三十歲，穿著白色的西式禮服，頭上戴著有白紗裝飾的帽子，皮膚雪白，眉毛有些濃密，臉孔嬌小。真不可思議，懷芝覺得自己彷彿對到她的眼神，她正平靜地看著自己。不，平靜只是偽裝，懷芝隱約感到她眼中帶著某種哀傷。

油畫的筆觸濃烈渾厚，雖然鮮艷色彩不多，但對比相當醒目。那是幅會把光吸走，彷彿只有自身散發光彩，令一切黯淡的畫。曹懷芝怔怔地看著，後面忽然傳來聲音。

「這是已過去的高思宓夫人的畫。」

說話的是馬偕牧師，他與白頌一同進來，分別坐在兩張椅子上。

「艋舺有些長輩見過夫人，都說她是美人。見到這畫像，我想沒人會反對。」

「這幅畫實在逼真。雖然二十幾年了，但你要是這幾年見到她，還是與畫上相去無幾。東方女人能常保青春，但像高思宓夫人這種，還真是沒見過。」

懷芝回頭看著畫像，不禁脫口而出：「就像《道林．格雷的畫像》。」

「什麼？」馬偕一怔。

「啊，沒啦，那是一本英國小說，道林．格雷是名美貌少年人，他……」

「別，別，我知道這本書。」馬偕皺起眉，咳了幾聲，似乎喉嚨不太舒服。他說：「我只是不知你怎會看過？這本書……很不好。」

「有嗎？」懷芝有些意外：「是杉上子爵給我看的。我看的是他的私人翻譯本，或許他將不好的部分刪掉了。」

「這樣啊，希望如此。」馬偕不安地說。

雖然懷芝不知道，但《道林．格雷的畫像》在英國出版時確引起軒然大波。這本書描寫亨利爵士引誘少年格雷成為一位縱情於享樂的人，擁有美貌的格雷希望青春不老，於是他的畫像代替他老去、變得邪惡又扭曲。其實懷芝的聯想並不精準，畢竟白翠思不只是本人不老，畫像也不老。

「夫人……沒有相片，只有畫像嗎？」懷芝環顧牆上照片，他本想找夫人的相片，卻沒找到，相較之下，倒有不同年紀的柯佬得相片，大大小小的。馬偕牧師說：「沒有，她不喜歡照相。聽溫思敦說，當初畫這幅圖都是勉強接受。」

「原來如此。」懷芝說，接著目光停在一張相片上，有些驚訝；那乍看是柯佬得的照片，但仔細一看，照片裡的人比柯佬得年紀更大，照片本身也有些歲月。

「這張相片，難道是高思宓老爺？」

「啊，沒錯，記得是十幾年前照的，記得是在坪林……我也老了，記不太清楚。怎樣，他們父子生得很像吧？」

豈只很像，簡直一模一樣！甚至連略帶高傲的表情都神似，高思宓的血統未免太強悍了。這時白頌開口：「高思宓的血脈實在霸道，外甥身上看不出半點阿姐的樣子，我聽說外甥孫女總算像臺灣人，幸好。」

「柯佬得先生有孩子？」

「有，四歲大了，叫吉悉嘉。」馬偕咳了兩聲：「不過她生下來便身子不好，今年更是嚴重。她有呼吸道方面的病，一直無法根治，我們也不敢給孩子開太強的藥。這兩個月，因為高思宓家發生這些事，就暫時送回娘家療養了。」

「即使阿公過世也不回來？」

「聽說娘家的人怕沾晦氣。」馬偕苦笑：「金魅吃人，真是害人不淺。柯佬得的妻子也是今天特別回來，過兩天又要回娘家去。」

「原來如此，唉，真希望這些晦氣的事能趕緊過去。」懷芝誠懇地說。他相信子爵大人會抓出幕後黑手。少年將牆上的照片看了一輪，接著找張椅子坐下，偷偷觀察白頌。

柯佬得說過，阿舅與高思宓家沒聯絡，至少三十幾年。雖然喪禮上才出現的親戚難免有些可疑，但懷芝不認為他與失蹤事件有關。三十年前，高思宓大宅甚至還沒建好，若神秘消失是某種詭計，施行者應該頗熟悉大宅格局。而且從柯佬得的態度看，高思宓家不怎麼歡迎白頌，這樣的人要在大宅中施行什麼詭計，太綁手綁腳了。

但這不表示他一無所知。

「白先生，可以問一個失禮的問題嗎？」

「嗯？」

「我有點好奇，夫人是怎樣的人？我在艋舺聽過傳聞，但您身為她的兄弟，應該更清楚才對。」

「我跟阿姐三十幾年沒見了，馬偕牧師或許都比我清楚。」白頌淡淡地說。他是回答了沒錯，卻感覺不到他對問題或眼前的人有任何關心，彷彿什麼都無所謂。這裡的他只是一具空殼。

真不可思議。白翠思的畫像也透露著這種氣質。本來懷芝不確定那是什麼，卻透過白頌的反應察覺到。

「說起來，白先生祖上是安溪人？」

「……為什麼這麼問？」

「沒什麼，因為我家老爺與您同姓，想說會不會也是同鄉。」懷芝不好意思地說。這個問題，本來是期待對方回答「不，其實我是哪裡人」之類的答案，誰知對方沒順著他的話。但白頌聽了他的話，忽然有了些反應：「你家老爺？」

「啊，是這樣的，雖然今天跟子爵同來，但我是艋舺某戶人家的僕人，承蒙子爵看得起，才讓我在這幾天跟著他。」

「這樣啊……很辛苦吧？希望你家老爺沒虐待你。」白頌似乎心有所感，他露出平淡而體貼的笑。這瞬間，空殼彷彿有了想法與意志，這段話並非敷衍，而是發自真心。懷芝意識到這是發問的黃金時機。

「沒啦，老爺待我很好。對了，白先生還記得當年的高思宓老爺是怎樣的人嗎？因為您說過他不會養金魅。」

「是啊，他不可能養金魅，這種說法太看他不起。」白頌以懷念的神色笑著：「你問當年高思宓是怎樣的人，這我沒辦法轉述，你得真的跟他相處才明白。這個人，為達目的不擇手段，總想著痴人說夢的事，但到最後，你會發現當然要不擇手段，因為他想的事，若非如此，根本不可能成功。」

真意外，他彷彿對高思宓懷著某種尊敬；柯佬得對白頌很不客氣，白頌也不否定高思宓大宅裡可能有金魅，懷芝還以為他與高思宓關係不好。

「您說的目的是事業嗎？但據我在艋舺聽到，高思宓老爺也不算特別厲害……啊，他當然厲害，我是講，看這間厝就知道，不是什麼人都能蓋，不過……」

「每個人對成功的看法不同。高思宓追求的不是錢財上的成就。我這麼多年沒見他，也不知道他是否成功，但看這間厝的現況，聽萬先生跟我講這些年的事，我認為他算是成功了。」白頌看向姐姐的畫，表情溫柔。

「那高思宓老爺追求的成功是……？」

白頌忽然回頭，眼神帶著警戒，淡淡地說：「我沒辦法替他講。那也只是我的猜測。」

他說完低下頭，懷芝知道問不下去了。

但這段話頗有令人在意之處。人與人間就算有凶險，時間也能淡化一切，因此人們多半能暢談當年事。三十年這麼長，當年的利害關係早該淡化了。

但白頌如此警覺。此時此地，他到底在提防什麼？如果認為提起往事不妥，是否表示這個「往事」不適合「現在」被揭露？也就是說，那些利害關係並未被三十年的歲月沖淡。

這未必與事件有關。但白頌以一個毫無牽掛、事不關己的身份來到這裡，竟有某些顧慮，讓懷芝覺得「有關」的可能性不低。也許真如子爵所料，動機就藏在往事中。

是關於高思宓老先生那痴人說夢的目標嗎？或相關事蹟？這些猜也沒用，但懷芝知道該問誰——那位會說日本語的老丈。白頌說過，他會認為高思宓已經「成功」，便是聽萬馬堂說了這幾年的事……

忽然一個沒聽過的聲音。

「好美的人，對吧？而且永遠不老……這可是所有男人的夢想呢。」

懷芝抬起頭，門邊站著一位女子，她穿著西式黑色禮服，面孔像日本人，剛剛那句話也是用日語說的。她談的是白翠思畫像，眼睛卻看著懷芝，少年心中一凜，迴避視線。她有種將人看透的魄力，令他無法直視。他下意識回應：「男人的夢想？不是女人的嗎？」

「怎麼會呢，對女人來說，無論年輕與否，都是自己啊。是男人希望女人年輕貌美。女人若是依靠男人生存，就不得不這麼想，其實那不是女人自身的願望。」女子坐下。她悠然自得的樣子，彷彿不受喪禮氣氛影響。

「……確實如此呢，我聽過因妻子年老珠黃而找藉口休妻的事，甚至有人因此殺妻。從這個角度看，能年輕不老，對『妻子』來說確實是天大的幸運。」

「幸運…… 嗎？或許能這麼說吧。」日本女子皺起眉，眼神閃過一絲複雜的情緒，隨即微笑：「算了。說起來，不知道高思宓夫人是自願變得不老的，還是本就不會老？無論是何者，都便宜了高思宓先生。」

懷芝心頭一怔，這人在說什麼？不老有可能「自願」嗎？他看著女子，忽然頭皮發麻。

這時，馬偕牧師與白頌對他們的話毫無反應，因為他們不懂日語。呂尚源不知何時已走進客廳，但他也不像懂日語。在這裡，只有懷芝跟這個女人知道彼此談話的內容。難以言喻的恐怖感流竄全身，他覺得對方彷彿要強行分享一個邪惡的秘密，他完全無法反抗——

「那個，請問您是？」少年不想停留在這個話題上。女子微微一笑，不祥感煙消雲散。

「失禮了。我是坂澄會社的副社長，夏目海未。請問您是？」

原來她是坂澄會社的人！剛剛餐桌上讓柯佬得夫妻聞名色變的憑弔者就是她，難怪呂尚源會來到客廳，恐怕就是在監視這位客人吧？實際見到本人，懷芝不禁心服，柯佬得他們的警戒是有道理的，她確實給人一種「棘手」的感覺。

「怎麼了？您彷彿聽過敝社…… 希望不是不好的名聲。」

「不不，其實沒聽說什麼。我叫曹懷芝，是來憑弔高思宓老爺的。」

「喔。你是臺灣人？」

「是。」

「我才來臺灣兩年，臺灣話還有待練習呢，你國語倒講得不錯。」

「不，我也有待學習……」

「是向杉上子爵學的嗎？」

「咦？」懷芝呆住。

「懷芝君。」夏目靠近他。本來他們的椅子便隔得不遠，現在她更是順手將椅子拉到能跟他講悄悄話的距離。副社長帶著笑，用只有他聽得到的聲音問：「你能回答我一個問題嗎？杉上子爵為何來到這座大宅，你知道原因吧？能告訴我嗎？」

懷芝毛骨悚然。好奇怪，明明只是一個簡單的問題，他卻覺得自己就像被捏在手上的螞蟻，沒有拒答的權力。這時有人從樓上下來，懷芝找到回頭的機會，連忙看向門廳，暗中祈禱下來的是子爵大人。

但他失望了。下來的是柯佬得夫人，她走到呂尚源身邊：「源伯，我丈夫有事要交待你。」

「請說。」呂尚源恭敬低頭，接下來她壓低聲音，懷芝只聽見斷斷續續的內容。其實他沒想偷聽，但眼前的壓力讓他忍不住轉移注意。

「懷芝君，跟別人說話時看向別處，有些失禮喔。」夏目的叮嚀聽似溫柔，卻強硬將他拉回來，懷芝勉強擠出笑容：「抱歉。不過您在說什麼呢？子爵大人當然是來憑弔的啊。」

「只是這樣？」

「就算子爵大人有什麼別的想法，也不是我這樣的小人物能知道的。」懷芝結結巴巴。夏目還要再問，忽然有人介入。呂尚源用英文對她說：「請見諒，夏目小姐，讓您的老闆一直在外面等，不太好吧？」

柯佬得夫人已經離開。夏目看向呂尚源，態度輕鬆：「讓女性在涼快的地方休息，難道不是紳士該做的嗎？」

「紳士該做的事很多，像是，不坐視大人欺負小孩。您到底說了什麼？這個男孩臉色都發白了。」呂尚源不卑不亢地說。

夏目海未瞄了懷芝一眼，笑著起身，用日語說：「抱歉，懷芝君，似乎嚇到你了？真是的，我有這麼可怕嗎，太傷人了。有機會再聊吧。」

她走出客廳，呂尚源也跟著出去。

「你還好嗎？剛才是怎麼了，她說了什麼讓你這麼驚怕？」馬偕牧師關心地問。

「沒什麼。」懷芝調整呼吸，慢慢站起。從客廳的落地窗看院子，已有別的憑弔者抵達，他們坐在高思宓家準備的椅子上。有人靜靜不語，有人低聲聊天，鋪了及地白桌巾的餐車擺在棺材不遠處，上面提供點心與水。他心不在焉地跟馬偕說：「她是問我那位日本的華族是為何而來。」

「我也很好奇。」白頌盯著他問：「那位日本華族是為何而來？」

懷芝沒回答。他看夏目走進院子，跟另外兩人會合，有說有笑。濃烈的不安徘徊不去。到底為何夏目這麼問？確實，子爵不只是來憑弔，他還想破除「金魅作祟」的流言，但一般人根本不會想到這點吧？

而最令懷芝不安的，是夏目海未知道子爵在場，這根本不可能！他和子爵準備與高思宓家一同用餐，早早便來了，坂澄會社的人是他們用餐途中才到，在那之後，子爵直接上了二樓。理論上，夏目海未根本不該知道子爵在場，更不可能知道自己是與子爵同來。

少年打了個寒顫，她到底是怎麼知道的，又為何在意子爵？

難道子爵來此，有比他所知更複雜的理由？

六、步泰承消失的方法

杉上子爵隨著柯佬得夫婦、萬馬堂走上二樓。僕人添孫站在某個房間前，房門已打開。

「這就是客房。」柯佬得夫婦走在前方。

子爵雖來過高思宓家，但從未過夜，這是第一次到二樓。從樓梯上來後，眼前是L型的走廊，除了客房外還有三扇門，一扇就在樓梯正前方，一扇在客房對面，最後一扇通往二樓後半。子爵指著客房對面：「這是誰的房間？」

「是家父房間。二樓除了客房外，就是家父、我們夫妻跟褓姆的房間。除了褓姆房間外，每間都有獨立的浴室。對了，還有閣樓，我們拿來當儲藏室用，大部分佔空間的東西都放在那裡。」

「宅子裡的鑰匙，平常怎麼分配？」子爵問。

「添孫手上這串，平常由管家保管，上面有大宅所有門鎖的鑰匙。除非我們命令，管家的鑰匙從不離身。除了這串鑰匙，我們每個房間的主人也有自己的鑰匙。」

「客房呢？」

「若有客人住進去，我們也會將客房鑰匙給他，所以現在客房鑰匙在我舅舅手裡。要是沒客人，同樣由管家保管。」

「褓姆呢？你剛剛有提到褓姆房間，平常她也住大宅裡？難道她不是滬尾人嗎？」

「不不，她是滬尾人，但吉悉嘉身體不好，很需要照料，所以韓小姐才跟我們一起住。雖然有時會回家，但時間都不長，她蠻喜歡這裡的生活。在她……唉，在她失蹤後，我們本想找新的褓姆，但沒人願意來，她房間便一直空著。總之，除了管家保管的備用鑰匙外，只有她有自己房間的鑰匙。」

「原來如此。」

子爵點了點頭。也就是說，褓姆的地位雖然接近僕人，但有自由鎖門的權力，跟二樓其他人並無差別。要解開步泰承怎麼消失，除了客房外，還要好好瞭解整個二樓的構造；畢竟除了離開房間的方法，步泰承要怎麼離開二樓，也是很大的謎團，若不能解釋，就不能驅除金魅的幻影。在那之前，子爵有更基本的問題。

「柯佬得，我可以請教步泰承來訪的理由嗎？他為何住在客房？雖然報紙上有約略提到，但我還是想知道主人家的看法。」

主人夫婦對望一眼，柯佬得說：「好，不過沒什麼大不了的。如您所知，家父與我都會講臺灣話，所以洋行不需買辦。不過當年家父到臺灣時孑然一身，這麼多年來，我們洋行也沒有英國員工，既然要將貨物運到英國，船上至少要一名懂英語的人，步泰承是其中之一。步泰承很有才能，家父與我都很倚重他，本來就很常找他來家裡商談。前一趟航程，家父委託他在英國買了些東西，所以步泰程返臺後就帶著家父委託的東西過來，我們則請他留下來吃飯，聊一些商業上的事。」

「聊商業的事？步泰承在洋行裡有決定權？」

「某些事務上有，多半是細節。出海後，許多事要現場決定，但在臺灣還是以我們的指示為主。」

「我只是好奇，與員工徹夜聊業務，是高思宓洋行的常態嗎？而且步泰承自己就是滬尾人，大可回家，何必過夜？」

「我們有很多事可以聊。杉上先生，或許您不瞭解這幾年開設的『命令航路』對我們洋行有什麼影響，但許多洋行已備感壓力。當然，我不會因為您是日本人便怪罪您，但在商業話題上，我們該談的可多到說不完，所以請他留下來過夜，隔天繼續，這算不得怪事……請恕我直言，雖然只是個人感受，但步泰承能不能在此過夜，應該是我們的自由吧？您的質疑讓我覺得被冒犯了。」

他所說的「命令航路」，是臺灣總督府指定開設的官方航路，對某些單位給予經濟上的補助，使運費大幅降低。此一措施嚴重衝擊到本來洋商壟斷的華南航線，不只高思宓家，全臺的洋商都怨聲載道。因此，柯佬得對日本人不能說毫無怨言，只是杉上子爵與高思宓家保持友好，他才特別對待。

「請見諒，柯佬得，我誠心向你陪罪。但請你理解，要尋找真相，讓人不快的懷疑是難免的，誰知細節裡藏了什麼？我只是想知道，那天步泰承留下來過夜，是不是他主動提出。讓你感到被冒犯，請容我再度表示歉意。」

「沒關係。」柯佬得嘆了口氣：「我瞭解您的用心，但最近諸事不順，讓我變得難以相處，請別見怪。那天是我們請他留下的。也許您覺得不可思議，但我們客房面臨淡水河，風景甚佳，讓員工住進來，對我們來說是犒賞員工的方式。這以前也發生過，若您不相信，可以問我們洋行的員工。」

「我知道了。若步泰承沒消失，你們本來也打算繼續前一天的討論？」

「是的。其實我們早餐後就在討論。吃完午餐，因為我要到洋行辦事，家父說洋行由我主導，應該等我回來再繼續，所以步泰承便回客房去。我出門前還見到他在客房裡，那大概是一點多的事。」

「尊夫人跟令尊呢？」

「妻子跟韓小姐帶吉悉嘉到臺北病院看病，午餐後便直接出發了，比我更早出門。家父則在房裡休息，我出門前跟他打過招呼。那時我還不知道他下午跟人有約，要是我知道的話……」柯佬得忽然神色一變：「等等，我想到一件事。跟剛剛說的事無關。」

他轉頭面對妻子：「霏，你幫我下去找管家。我忘了交待他，今天會有個戴著白色面具的英國人來憑弔，如果那個人出現，請管家和其他僕人不要為難他，讓他進來。」

夫人顯然首次聽說這號人物，她順從卻困惑：「好。但那人是誰？為何戴著面具？」

「等等。柯佬得，你說的難道是魯道敷？他回臺灣了？」萬馬堂忽然欺進柯佬得，來勢洶洶。無論魯道敷是誰，他反應未免太大了。

「魯道敷？我聽令尊說過，他似乎是你在美國擔任外交官的兄弟，跟你們很少見面，不是嗎？」子爵說。

「不是很少見面，是從未見過。我最後一次見到他是五歲，還是聽雙親說的，我沒什麼印象。」柯佬得緩緩說：「魯道敷先天不良，家父比較相信英國的醫療，便將他送去英國，寄住在親戚那裡養病。直到考取外交官資格前，他都在英國長大。不過剛剛說的客人不是他。魯道敷連母親過世都沒時間回來，就算收到電報，也未必能買到適當時間的船票……萬先生，為何您認為戴著面具的人是魯道敷？」

不知為何，子爵從他話中聽出某種尖銳，彷彿在試探萬馬堂。萬馬堂怔住，一時無語，片刻後才說：「沒什麼。你說是英國人，我當然直覺想到魯道敷。」

柯佬得看似無法釋然，子爵咳了一聲：「說起來，柯佬得你沒見過兄弟，我還真有些意外，就算令弟在英國長大，難道你沒回祖國過嗎？」

「呃，跟父親去過兩次，但兩次魯道敷都不在。而且雖說祖國，我畢竟在臺灣長大，沒什麼好懷念的，加上長途旅行太麻煩，我接掌洋行後，基本上都不這麼做了。不過我一直有跟魯道敷通信，比起兄弟，我們更像筆友吧。」

「原來如此，那你說的英國來客是……」

「是前陣子旅行到麻六甲的親戚。他本來要去清國，但前陣子義和團不是在清國作亂嗎？雖然有人發起什麼東南互保，他還是怕捲進危險，就不去清國了。」

「啊，我懂了，也難怪他改變行程。」

從前幾年開始，清國裡反對外國勢力的聲音就越來越強，有個叫「義和團」的團體處處殺害外國人、基督徒，拆毀象徵外國文明的各種建設。就子爵的理解，這些人其實與幕末的壤夷黨差不多，只是更接近烏合之眾。但義和團行動越來越激烈，各國與清國的矛盾也越來越強，上個月底，清國竟選擇支持義和團，對八個國家宣戰，這真是難以想像的莽撞！所謂東南互保，就是其東南各省的總督、巡撫違抗詔令，甚至與各國領事另外商議協定，明目張膽地反抗清國朝廷。

坦白說，這是明智之舉。

「畢竟現在清國根本是一團混亂。且不論對商業的影響，將來的局勢就很值得討論，前陣子報紙上才提出什麼『清國分治說』，檢討清國分裂成南清、北清的可能。據說東南互保的成員，也有人主張美國那樣的聯邦制度。」

「以清國的情況，恐怕沒這麼容易。」

「難說啊，既然清國已宣戰，接下來會如何發展，就要看北京下場如何了。無論如何，這下李鴻章可是聲望大漲。先別管國際局勢，既然開戰了，那位親戚就拍電報來說會在麻六甲待一陣子，之後或許會來臺灣。當時家父已過世，我回覆他這消息，他便說會來憑弔。至於為何戴著面具，我不清楚，那是他在電報裡說的。等他來了，我們可以親自問他。」

柯佬得說得輕巧，萬馬堂卻神色古怪、欲言又止，他瞥向子爵，似乎有些話不能當著子爵的面說。柯佬得夫人見氣氛有些尷尬，明智地下樓找呂尚源傳話。子爵對那位戴著面具的客人毫無興趣，就說：「遠來是客，放心吧，我不會追究什麼無聊的問題，不過就是戴著面具出席喪禮嘛！小事而已。回到步泰承的事。坦白說，剛剛我就很在意，從樓梯上來的這扇門到底是通往哪裡？褓姆和你們夫婦的房間，不是在二樓後半部嗎？」

「喔，這是客房的浴室。」柯佬得說。

「客房的浴室還有一扇通往走廊的門？該不會就算客房的門鎖著，也可以從這扇門離開吧？」

「不可能。」柯佬得才要開口，萬馬堂已有些不耐煩地說：「這扇門的內側有門閂，事發當天，溫思敦跟管家確認過，門閂是插上的。而且，溫思敦最初就沒給步泰承浴室鑰匙，它是上鎖的，不管有沒有門閂，他都不可能從這扇門離開。」

柯佬得有些驚訝，沒想到萬馬堂忽然變得這麼強硬，以這樣的態度面對日本子爵，不會太莽撞嗎？他僵硬地笑了一下，說：「正如萬先生所說，當天家父有確認過。」

子爵饒富興味地看著萬馬堂，萬馬堂對上他的視線，不快地轉過頭，全無剛剛餐桌前的沉穩。自己說不定是被遷怒了，子爵想。自從提到那位戴面具的客人後，萬馬堂的態度就很不尋常，如果他是暗怪自己在場，讓他無法暢所欲言，那也難怪心浮氣躁。這麼想著，子爵就釋懷了。他聳了聳肩，指著門問：「那是哪種門閂呢？有些門閂只要斜著放，再用力關門，就能以撞擊的力道使其落下。」

「不是那種，是橫向的門閂，無法用您說的方式扣上。何況要是用那種方式，一定會發出聲響，怎麼可能沒人注意到！」萬馬堂說。

「萬阿伯，有必要這樣講話嗎？」柯佬得忍不住用臺灣話說：「而且你到底是站哪一邊，這也不可能，那也不可能，你真的要講是金魅做的？」

「有什麼不對？這些事不可能，你不也很清楚！」萬馬堂瞪著好友的兒子：「隨隨便便找個解釋，有什麼困難？但要是不認真處理，之後給人看破手腳，豈不是貽笑大方？」

「兩位，請冷靜，」子爵雖不知道他們在講什麼，但大概能想像，他用英語說：「這個謎團自然不會這麼簡單，我只是一一確認細節。別擔心，越困難的謎，我越樂於解開。」

「那就仰仗您了。」柯佬得尷尬地笑。

「交給我吧。」子爵說。他又瞥向萬馬堂，這次老者沒迴避，而是挑戰般地迎向他。有意思，子爵想。萬馬堂在餐桌前說全都是金魅作祟，他本以為只是老人家的妄言，沒什麼價值。但剛剛萬馬堂所言，無疑已嚴格檢討過各種可能，才能馬上回答。這位臺灣老者是徹底反省過所有事件，並在此之上做出「確實是金魅作祟」的判斷嗎？

或許子爵太小看萬馬堂了。如果萬馬堂確實考慮過各種可能性，因此肯定是金魅作祟，那他就是**子爵的敵人**。本來子爵想直接調查客房，但他改變主意了。他想測試一下萬馬堂對這些事件瞭解到什麼程度。

「柯佬得，在看客房前，你能帶我看看整個二樓嗎？畢竟步泰承失蹤，要解決的不只是客房的問題。」

「當然，這邊請，我先帶您到後面。」柯佬得雖有些疑惑，仍是帶著子爵等人穿過廊道旁的門。後半部有三扇門，兩扇通往房間，最後一扇通往二樓外部的走廊，旁邊是僕人用樓梯。

「這是褓姆韓小姐的房間。」柯佬得推開右側的門。

這間房間比客房小多了，只有一扇對外窗戶，顯然是身份較低下的人所住。子爵沒走進去，反而走向走廊末端。

「這扇門通往外面走廊吧？據說步泰承消失那天，這扇門也是鎖上的？嗯，看來不可能從外面上鎖。」子爵仔細觀察，門上只有一個小小門鎖，無法從外側施力。門上有扇氣窗，左下方也有門鎖，旁邊僕人用樓梯的上方，有扇長型的大型窗戶，上下兩側都有門鎖。從物理的角度看，要是從這三個出入口離開，都不太可能將門鎖鎖上。雖然無法否定機械式的手法，像用細線從外面操作，但這樣的設置頗需要時間，步泰承有那樣的時間嗎？

「是不太可能……但要通往外面走廊，倒也不難。雖然走廊的門只有這一扇，但每個房間的窗戶都能通往走廊。」柯佬得說。

「但這也不可能。」萬馬堂冷冷說：「客房就別說了，所有窗戶都從內部鎖上，而且每扇落地窗都有上、下兩個窗閂，步泰承失蹤時，溫思敦跟管家確認過，所有門窗都是鎖上的。就算別的房間可以通往走廊，進不去房間也無計可施啊？柯佬得，難道你去洋行工作時沒鎖上自己房間嗎？」

「我當然鎖了。再怎麼說，房裡可是放著商業機密。」

「對吧？韓小姐陪尊夫人帶吉悉嘉去看醫生，她也鎖了自己房間。溫思敦到一樓會客時，也有將房間上鎖。換言之，從溫思敦下樓開始，到步泰承按呼叫鈴的這段期間，二樓所有房間都是鎖上的。結論：步泰承不可能從其他房間的窗戶離開。」

果然如此，子爵想，萬馬堂說的有理有據，極具說服力。他果然是自己的敵人。

子爵說：「這可難說，乍看來不可能，但若是有人說謊——」

「願聞其詳。但我想提醒一下，在發現步泰承消失後，溫思敦跟管家親自確認過，二樓所有房間都上了鎖。無論是誰、說了什麼謊，二樓其他房間無法進出是鐵一般的事實。」

「原來如此，**檢查時**確實上了鎖啊……無妨，我隨便說個想法，請各位姑妄聽之吧。」

子爵環顧眾人。

「在提出我的理論前，我想先做個假設。我想，如果步泰承消失是某種手法，那他一定是出於自願，並主動實施；且不論門窗上鎖的情況，他要被動離開大宅，難度極高。換言之，事件犯人就是步泰承本人。」

如果步泰承並非主動離開大宅，就一定要有人搬運他，風險太高了。考慮到他消失得如此漂亮，推論那是出於本人意志，再合理不過。但柯佬得表情有些複雜，添孫也有些不知所措。這時夫人正好從樓梯上來，闖入這片尷尬的沉默。這反應跟子爵預期的不同，他忍不住問：「怎麼了？」

「不，其實，警察也提過這種可能。」柯佬得說：「當時添孫被懷疑是步泰承消失的共犯，還被抓走。唉，這可不是什麼好的回憶。後來是韓小姐也失蹤，家父怪罪警察冤枉添孫，才將他放回來。」

子爵有些意外。

「警察為何懷疑這位添孫先生？」

添孫瞥向柯佬得，取得同意後用英語說：「請容我解釋，杉上先生。因為步泰承曾借錢給我，警察認為我可能不得不配合他。不巧的是，客房呼叫鈴響起時，就是我先上來應門，並發現裡面沒回應。我通報管家後，管家才轉告老爺。警察認為，我便是那時幫助步泰承逃走。」

警察認為添孫是在第一次上二樓時協助步泰承逃走的？子爵微一沉思便明白了。

「啊，我懂了。警方的理論是這樣吧？你聽到呼叫鈴上二樓，步泰承大可直接由從走廊的門離開大宅，只要你從內部扣上門閂就行了。離開前，步泰承將鑰匙交給你，再由你鎖上客房的門，整個過程之短，連一分鐘都不用，除掉最後鑰匙怎麼回到客房這點，真是不錯的理論，警察中也有能人啊！這麼一來，呼叫鈴根本算不上謎團。」

萬馬堂冷冷地說：「但杉上先生似乎忘了，步泰承按呼叫鈴時，也可能不是添孫上來，這種依靠偶然的事，算什麼計畫？而且你說『除掉最後鑰匙怎麼回到客房』，那不就是最重要的問題嗎！這把鑰匙可不是丟進去就行的，也許您不知道，客房鑰匙可是溫思敦親自在步泰承的衣服口袋裡找到的。無論用哪種手法，都沒辦法將鑰匙妥妥地放到口袋裡吧！」

子爵點點頭：「確實，鑰匙怎麼回到客房是不解之謎。不過那是警察的理論，我還沒說自己的看法喔。」

「願聞高見。」

「只是靈機一動。譬如說，步泰承與韓小姐是共犯，韓小姐事前將房門鑰匙給步泰承，再謊稱自己已鎖上門。等步泰承鎖上客房後，可以直接進入韓小姐房間，褓姆室與客房都在二樓，又在隔壁，他要事前拿到鑰匙並不難。進入韓小姐房間後，步泰承再從裡面用鑰匙將門鎖上，再從窗戶離開，之後跟韓莘會合，交還鑰匙。這樣一來，就算溫思敦與管家確定二樓的房間都已鎖上，步泰承也能離開二樓。」

這條新的思考路徑，就像黑暗中的閃光，令眾人恍然大悟！本來步泰承之所以不可能從二樓其他房間離開，是因為房間主人各自鎖上了門，並由高思宓、呂尚源確認過。然而，他們確認此事的時間是在步泰承消失後，子爵的說法憑空創造了步泰承消失前「未鎖上的門」，讓他能從窗戶離開，還與高思宓等人檢查的結果不矛盾。

對不熟悉偵探小說的人來說，確實是嶄新的切入點。但萬馬堂卻微微發怒：「韓小姐已經死了，也真虧得你把罪行推到她身上！就算你說的是真的，鑰匙怎麼留在客房，問題還是沒解決啊！更別說那天韓小姐是陪夫人帶吉悉嘉去看病，我就在這裡問吧！夫人，那天韓小姐有離開你視線嗎？如果沒有，她就不可能跟步泰承會合拿回鑰匙！」

夫人還沒跟上話題，一時反應不過來，思考片刻後才搖搖頭：「不……我不記得她有離開視線。在病院裡，我們是分開過，但步泰承失蹤，應該是發生在下午兩點半之後吧？那他不可能來得及趕到臺北病院，時間對不上。」

萬馬堂瞪著子爵，子爵笑著說：「剛剛也說了，只是靈機一動啊！不過二樓房間無法出入這點，乍看下牢不可破，其實還是存在著微小的可能；只要累積這些微小的可能，真相就會浮現。」

他說「真相」——但在講出通過韓莘房間的假說時，他就不認為那是真相。事實上，連萬馬堂反駁都在他意料中。他提出假說的目的並非追求真相，而是先建立起對真相的「信任」。

對他來這裡**真正的目的**來說，這是必要的。

柯佬得似乎很滿意。即使還沒解開任何謎團，至少比起萬馬堂信誓旦旦地宣稱是金魅作祟，子爵總算是帶來一絲希望。他們來到柯佬得夫婦的房間。出乎子爵意料之外，這房間帶著某種異國風情。

所謂的「異國」，是相對於英國人而言。這太不像英國人的房間了！雖然櫃子、書架是西式的，裡頭卻擺了不少漢籍，仔細看，還有不少儒家經典與漢詩相關著作。雙人床是漢式的雕花木床，角落擺著名貴的瓷瓶，壁上掛了字畫，龍飛鳳舞地寫著「大鵬一日同風起」，落款竟是柯佬得本人。

想不到柯佬得有這種漢學興趣，子爵想。

牆邊有張小床，應該屬於柯佬得的女兒。或許是韓莘失蹤後沒褓姆照顧，就把床搬來這裡，就近照顧女兒。柯佬得夫婦的房間比客房還小，牆上有兩扇窗戶，卻不是落地窗。除了進來的門以外，左、右各有一扇門。

子爵指著右邊的門。

「這扇門是？」

「是浴室。裡面有另一扇門，能通往閣樓。」柯佬得將門打開，露出裡面鋪著磁磚的浴室，並讓子爵看裡面的門。

「閣樓在浴室隔壁？」

「是。我也覺得這的設計有些尷尬。要出入閣樓，都得經過這間浴室。雖然平常也不怎麼需要進進出出，不過上個月初，家父訂了大量的鹽放在裡面，進出比較頻繁，稍微有些困擾。」

「鹽？」子爵望向他。

「呃……對，鹽。」

「為什麼？」

柯佬得面有難色。

「這有點難以啟齒。其實韓小姐失蹤前，滬尾街便已有『金魅作祟』的傳聞，那時家父說鹽能驅邪，就進了大量的鹽，用盤子裝著放在家裡各處。本來我以為家父只是做做樣子，但他好像很認真……」

「很認真？什麼意思，令尊當真相信金魅作祟？」子爵猛然轉頭。

「我也不知道家父是怎麼想的。也許他只是做做樣子，都已經用鹽驅邪過了，那僕人們跟外面的人也沒什麼好抱怨的了吧！」

「柯佬得，你明知令尊會改變態度是有原因的，怎麼不跟子爵說明？」萬馬堂冷冷地插話。

「原因？什麼原因？」

柯佬得臉色難看，萬馬堂說：「我來解釋吧。本來溫思敦會想用鹽驅邪，確實只是做做樣子，因為僕人害怕，不能放著不管。但他開始在家裡各處擺鹽後，那些鹽竟開始變色發臭，就算換成新的鹽，也發生同樣的事。」

「有這回事？」子爵瞪大眼。也就是說，高思宓本來打算杜絕悠悠之口，卻反而坐實了謠言？

「是發生過這種事，不過那只是自然現象吧！只是我們還不明白原理而已。」柯佬得既惱怒又無奈：「在那之後，有幾個僕人害怕辭職了。現在願意留下的，都是懂得忠誠的。」

子爵皺起眉，沉默片刻。

「令尊怎麼看待鹽變色的事？」

「我不知道。我是不相信那些鹽變色跟金魅有關。不過僕人剛辭職時，我要家父把鹽全部丟掉，他竟問我『如果真是金魅吃人怎麼辦』！唉，我真不敢相信他會那樣說。在那之後，他持續在家裡擺鹽，只要鹽變色，他就把鹽換掉，彷彿一直這樣做，總有一天能趕走鬼怪，直到過世前還不放棄！妻子就是受不了這種事才回舊家的。」

「是這樣嗎？」子爵問夫人。

「這是其中一個原因。」夫人忽然被問到，臉色也有些難看：「我……我知道這時候，我應該要留在家裡，一起面對。但……我擔心吉悉嘉，要是她也遇上什麼事怎麼辦？韓小姐失蹤時，吉悉嘉就跟她在同一個房間裡啊！雖然那次只有韓小姐被吃，但要是下一次輪到吉悉嘉呢？」

「等一下。韓小姐失蹤時，令嫒跟她在一起？」子爵大吃一驚，報上可沒提到這點啊！但轉念一想，這毫不奇怪，據說韓莘是深夜消失的，身為照顧吉悉嘉的褓姆，她們同室而寢的可能性本就很高。

子爵一陣毛骨悚然。

如果是金魅吃人，豈不就是趁小女孩睡著時，在她身邊將褓姆活生生吃掉？吉悉嘉該怎麼面對褓姆被吃之事？夫人也陷入情緒。先前她一直溫順、安靜，這時聲音卻大了起來。

「是！也許您認為我不是合格的妻子，但您能想像我那天早上的心情嗎？房間裡傳來吉悉嘉的哭聲，韓小姐卻一直沒回應。而且門還被鍊條鎖扣住，吉悉嘉不夠高，碰不到鍊條鎖，就算我們用鑰匙打開門鎖也沒用。直到鉗開鍊條鎖前，她一直在裡面哭。我好害怕，怕要是來不及救出她，是不是她也要被金魅吃了！」

「沒有金魅！吉悉嘉才不會被吃！」柯佬得紅著臉怒斥，他妻子拿出手帕擦去眼角淚水，壓抑著情緒：「我不想與你爭這個，柯佬得，反正吉悉嘉平安無事就好。我敬愛爸爸，而且為了你，我也該回來處理喪事。我有這個義務。我會待到所有事塵埃落定，不會是個丟你臉的妻子……但不要把吉悉嘉捲進來。」

「我不是說要把吉悉嘉捲進來。她在你老家很好，但這跟有沒有金魅作祟是兩回事！」柯佬得表現出男人經典的頑固，說不出好理由，只能堅持己見。其實他也沒有拿女兒以身試險的勇氣，但高思宓家被金魅害到這麼慘，他說什麼都不願承認金魅存在。

子爵沉默不語，低頭走進浴室，來到閣樓。

閣樓與大宅的後半部同樣大小，所以空間頗大。正如柯佬得所說，裡面擺了各種雜物，無用的傢俱沾滿灰塵、蜘蛛網，旁邊還有十幾個木箱。從地上痕跡看，顯然有人頻繁地在木箱邊徘徊。他走到木箱旁，打開一看，果然是鹽。

附近還有灑在地上的鹽。要是高思宓真如柯佬得所說，會頻繁地取鹽來辟邪、驅魔，那鹽灑得到處都是也不奇怪。不過，在浴室還沒感覺，一進到閣樓，他確實聞到了些腥臭，柯佬得的話閃入他心頭——

那些鹽竟開始變色發臭，就算換成新的鹽，也會發生同樣的事。

難道高思宓死後，這種事仍持續發生？子爵看著這些木箱，想像裡面的鹽變色發臭，想像高思宓生前絕望地更換那些鹽，恨不得快點驅走佔據大宅的鬼怪——

不。這不重要。至少不是真正縈繞在子爵心頭的謎團。子爵閉上眼，吸了口氣。

「如果事情都到了這地步，你為何不向我求救呢？」

杉上華紋嘆息般的低語流進沉沉的空氣，連他自己都沒察覺。其實他猜得到高思宓的心思，那位英國長者雖然聰明柔軟，同時也很強硬固執，就算他意識到真的有什麼東西作祟，也不會求救。

對發生在高思宓大宅的事，子爵知道的比告訴懷芝的更多。而他對高思宓自殺的懊悔，也比透露給懷芝的更多。

他一直不知高思宓大宅的作祟有多嚴重。他認為，高思宓不可能自己搞不定這事，所以步泰承失蹤後，他一次也沒來，甚至沒寫信問。他一直覺得這事微不足道。

但他錯了。高思宓終究不是杉上華紋子爵，不像他這麼擅長應付作祟。結果事情以高思宓自殺作結，更糟的是，這還不是「結束」。今天子爵親自來到現場，就是為了驗證自己的猜測；不幸地，事情正如他所料，事情才正要開始。

非防止事情惡化不可。

他說要找出真相，這不是謊言。但也只是冰山一角。他的目的遠比表面上複雜。

◆

子爵走出閣樓，夫人已冷靜許多，她坐在床上，柯佬得在一旁握著妻子的手，某種看不見的情誼在他們間流動，不必言語。子爵覺得自己暫時離開是對的，要是有外人在場，柯佬得或許拉不下這個臉去安慰妻子。添孫已下樓端了杯涼水給夫人，站在一旁服侍，萬馬堂站在壁爐邊，他對上子爵視線，表情冷淡起來。他似乎怪罪子爵。若不是子爵興匆匆地調查，夫人怎會這麼激動？這只是子爵的猜想，他也摸不透萬馬堂的想法。

「抱歉，柯佬得，事不宜遲，我想繼續下去。別擔心，事情一定有合理的解答，到時尊夫人也可以放心帶著孩子回來。」子爵說。

「要是能如此便太好了。」柯佬得嘆著氣，站起身來。

「不好意思，子爵先生，我想休息一下。」夫人聲音虛弱，她按著頭說：「剛才情緒上來，有些頭痛。這是老毛病了，請不用擔心，只要休息一下就會好了。」

「當然。」

「夫人，您要我留在這裡嗎？」添孫用臺灣話問，但夫人阻止了他：「你跟著他們去，鑰匙在你這，而且客人身邊總是要有人手。」

「是。」

「那麼請往這邊走。」柯佬得走向浴室對面的門，一轉門把便開了。他們穿過門，那是一個寬敞的房間，與客房差不多大。房裡有張西式雙人床，書櫃上擺滿書，有英文也有漢文的，旁邊擺著衣櫃，還有一張對著淡水河的寫字檯。

突兀的是，房裡也擺著幾個木箱，看來跟剛剛裝鹽用的木箱相同。

「這是父母的房間。家父自殺後，我們還沒整理。」

「原來你們夫妻的房間與令尊的房間是相連的？」

「是，您剛剛也看到了，我們房間對外的門是在二樓後側，要是沒這扇門，要找雙親就要繞整個迴廊一圈，這扇門讓我們跟雙親溝通方便許多。」

「這扇門會鎖嗎？」

「什麼？」柯佬得一怔，似乎沒料到這問題。

「因為你剛才說，房間主人有自己房間的鑰匙，但像這種兩個房間共用的門，要是會鎖，鑰匙由誰保管？」

「原來如此。其實這個門平常不鎖的，您問鑰匙的話，我與父親都有。」

子爵「嗯」了一聲：「這些木箱，難道也是裝鹽的？」

「對。發現鹽會變色後，家父便在房間裡放了兩箱鹽。唉，他最後那段時間，真的有些喪失理智，要是母親還在，他一定不至於如此。」柯佬得有些沮喪：「不過等喪禮結束後，我們便會收拾房的東西，我跟妻子會搬到這間來住……對了，萬先生，離開前，別忘了帶走父親說要留給您的東西。」

他忽然想起什麼，轉頭對萬馬堂說。

「我知道。」萬馬堂點頭：「先放在這裡吧，我離開時再拿。」

柯佬得注意到子爵露出好奇的表情，便解釋說：「啊，因為家父留下的遺書，有指示財產怎麼分配，其中有個箱子是要送給萬先生的。就是那邊的箱子。」

他指著衣櫃邊巨大的手提箱。到底裡面裝了什麼，才需要這麼大的箱子？但子爵只瞄了一眼，也沒認真看，便問柯佬得：「令尊有留下遺書？」

「……是的。」

子爵轉過身，面向淡水河猶豫了片刻，再度轉身：「我知道提出閱讀遺書的要求可能有點僭越，但我一直無法接受令尊自殺。他選擇這麼做，對我來說真是難以想像。不知遺書上有沒有提到自殺的理由？」

柯佬得聽了，露出有些哀傷的苦笑，添孫也低下頭。

「我也無法接受家父的選擇。他死後，我甚至一度懷疑他是不是被謀殺。但遺書確實是他的筆跡，也提及只有我們知道的事，只能認為是他親筆所寫。杉上先生，據家父遺書的說法，若只有金魅吃人的謠言，或許他也不會自殺，但他是重視自己名聲的人，正因如此，他才選擇自殺——他怕自己死在『高腳仔』手下，死後被定位成惡人，一生努力全都白費。」

「什麼？誰？」子爵一怔，柯佬得提到「高腳仔」是用臺灣話說，他沒聽過這個發音。萬馬堂在旁補充：

「直譯成英文，就是『腳很長的人』。若是說『彈簧腳傑克』，子爵會不會比較熟悉？」

「我知道『彈簧腳傑克』，但他不是英國的虛構人物或鄉野傳說？」

「彈簧腳傑克」是流傳於英國的傳說，這位傳說人物穿著恐怖誇張的衣服、有著利爪與紅眼，擅長跳躍，雖然最初只有幾起零星目擊事件，後來卻成為小說、戲劇的材料。子爵在英國期間，也看過幾本相關小說。

他不明白的是，為何會在遠東聽到這號人物，還與高思宓的死有關。

「對。其實剛剛柯佬得說的『高腳仔』，並不是英國流傳的『彈簧腳傑克』，那只是滬尾洋商的戲稱，但多少反映出高腳仔的特質——神出鬼沒、身份詭密。」

「你是說『高腳仔』有『彈簧腳傑克』這個稱號？為什麼，他也像『彈簧腳傑克』，有著惡魔般的外型？而且為何高思宓害怕被他所殺，他可不是害怕危險的人！」

「沒人清楚高腳仔的外貌。不是沒人目擊過，但都是遠遠看見，只知道他長得比一般人高、跳得很遠。杉上先生沒聽過他的名號嗎？我以為您來臺灣已有幾年，應該有從洋商口中聽過『彈簧腳傑克』。」

「慚愧，孤陋寡聞。」

「嗯，該從何說起呢？『高腳仔』是滬尾的傳奇人物，至少三十多年前就有他的傳聞，那時柯佬得都還沒出生。滬尾人普遍將他視為『義俠』。在滬尾一帶，包括淡水河對岸，他專殺那些惡貫滿盈、卻沒遭到報應的人。高思宓曾說，英國會將那些街頭犯罪者稱為『彈簧腳傑克』，這就是洋商們那樣稱呼『高腳仔』的原因。」

「哼，說是『義俠』，其實根本是目無法紀的處刑者。清國居然拿他沒辦法，讓他逍遙至今。」柯佬得恨恨地說。

「嗯……聽這麼一說，我似乎看過相關報導，說他神出鬼沒，只是總督府忙於勦匪，沒必要去對付這種犯案頻率低下的匪徒。據說他一年只殺一人，既不多殺，也不少殺，每年都剛剛好只殺一人。原來那就是『高腳仔』啊？但『高腳仔』只殺惡人，高思宓為何要怕？」

「當然，家父根本沒做什麼惡事，但這正是可怕之處——杉上先生，請你想看看，『高腳仔』只殺惡人，那若是趁著家父陷入金魅流言、無法脫身之際殺了他，人們會怎麼想？啊，高思宓一定有養金魅，所以『高腳仔』才殺他，大家會這麼想吧？」

「你是說，『高腳仔』刻意栽贓令尊？」

「也可能不是栽贓，這就是重點了啊！雖然『高腳仔』專殺惡人，但誰是惡人、誰是善人，不也是流言決定的嗎？『高腳仔』又沒調查權，他怎知道那些人是真的做過惡事？所以我才說他是目無法紀的處刑者。被他殺害的那些人中，說不定也有冤枉的，只是大家傳言他是惡人，他便死了。正因是『高腳仔』殺了他，更『證明』他的惡。更何況，家父本就跟『高腳仔』有些恩怨，『高腳仔』不是不可能伺機報仇。」

「恩怨？這是怎麼回事？」

「哼……無論『高腳仔』在滬尾的聲名如何，光他存在，就證明治安是有疑慮的。加上有些漢人不喜歡洋商，更讓我們擔心自己生命安全。這可能只是杞人憂天，但只要『高腳仔』不被控制，就無法排除這種可能。所以中法戰爭那年，法軍才剛投降，家父便召集各大洋商出了一筆錢，與清國衙門聯手，共同捉拿『高腳仔』。」

「竟有此事！」子爵揚眉說：「不過，『高腳仔』不是神出鬼沒？連根據地都不知在何處，要捉拿談何容易，更別說清國對地方控制力有多差了。」

「確實如此。不過當年情況特殊，家父才覺得是好機會。」柯佬得坐到寫字檯旁的椅子上：「以往『高腳仔』殺人，就算有幾名惡名昭彰的候選人，人一多終究難以防範，可是當年『高腳仔』曾經失手過一次，多虧如此，大家都知道他打算殺誰，接下來只要將那個人當成誘餌就行了。」

「原來如此，但清國衙門也同意將人當誘餌？」

「是啊，說來諷刺，那次『高腳仔』要殺的正好是衙門裡的人，所以跟衙門合作才這麼順利。那人到處放高利貸，逼死過人，中法戰爭時，還放風聲栽贓廣春行——那是我們滬尾的漢人商行——說他們跟法軍勾搭，總之，本來名聲就不好。『高腳仔』對他出手後，衙門就放棄他了，還逼他配合。」

「難怪你說是好機會，誘餌都不得不合作，高思宓也真是看準時機。但既然『高腳仔』還在，那次聯手大概失敗了吧？」

「是啊。當時洋商聯合出錢的事，整個滬尾都知道，『高腳仔』記恨的可能性並不是零。家父要是死在『高腳仔』手裡，就真的難以自清了。」

子爵點頭沉默。他本就覺得高思宓不是會為了傳言自殺的人，柯佬得提出這點，多少解開他心裡的謎。但「高腳仔」會不會殺他，這不確定性太強，就算雙方早有恩怨，中法戰爭都過去這麼久了，會認為「高腳仔」想為當年的事報仇，似乎不怎麼直覺。

難道高思宓有什麼理由，相信「高腳仔」會對他下手，而且很快？

「謝謝你告訴我這些，柯佬得，我比較能釋懷了。那麼，讓我們到最後的房間吧——步泰承消失的客房。」

◈

終於踏進這關鍵的房間。

客房相當清雅。面對淡水河，窗外綠蔭怡人，真難想像這樣舒適的空間藏著金魅事件的難解謎團。子爵環繞房間。

雖然房間風格與高思宓臥房相似，但裡面擺設比較簡單，除雙人床外，只有一個衣櫃，還有擺在床頭邊的小櫃子。客房裡有三扇落地窗，所有落地窗都有上、下兩個窗栓，雖然窗外就是走廊，但只要從落地窗出去，就不可能將窗栓扣上。

左手邊是客房浴室。子爵進去一看，裡面有扇面對外部走廊的窗子，雖不是落地窗，但同樣上、下兩側都有窗栓。而浴室的另一扇門如萬馬堂所說，是橫向扣上的門栓，從構造來看，確實沒有什麼從外側鎖上的空間。

……在發現步泰承失蹤後，高思宓跟呂尚源立刻檢查客房與浴室，發現所有門窗都被鎖上，無法進出，不只如此，客房鑰匙還在步泰承的衣服一起在留在客房中。看到這空間，子爵才首度有了「不可思議」的實感，步泰承到底是怎麼離開房間的？

子爵離開浴室，客房每個人都盯著他。他咳了一聲。

「現在，我想請各位幫我釐清事情經過——」

瀏覽過整個二樓，使子爵能在腦中俯瞰大宅，像看著玩具屋。不只是格局，所有窗戶、門、門鎖、門鎖、登場人物……一切就像小型舞臺劇，在他腦海裡再現。

「事發前一天，因為溫思敦委託步泰承在英國買東西，步泰承來此作客，並談一些生意上的事。由於聊到太晚，高思宓家邀請步泰承留下。隔天，步泰承與高思宓家一同用了午餐，之後夫人、韓小姐帶吉悉嘉去看醫生，接著柯佬得去洋行工作。柯佬得，我記得你說過曾見過他最後一面，對吧？」

「是的。下樓前，我有再跟他打招呼。」

「嗯。下午兩點，溫思敦為了會客離開房間。我相信他也有鎖上房門，對吧？」

「對。之前說過，我房裡有商業機密文件，而連接我們跟父母房間的門通常是不會鎖的，所以有客人時，父親一定鎖門，這是我們的共識。」

子爵腦中的玩具屋，高思宓、柯佬得夫婦房間的門「喀擦」一聲鎖上了。身為金魅流言的受害者，他們沒必要說謊。雖然韓莘主張自己鎖上了門，但姑且打個問號吧。

「溫思敦下樓後，二樓便只剩步泰承，這段期間他做了什麼，無人得知——」

「或他什麼也沒做，就在客房裡被金魅吃了。」萬馬堂冷冷說。

「也許吧，不過我們先繼續下去。」子爵伸出左手食指：「當溫思敦在一樓客廳與客人談話時，二樓客房的呼叫鈴響了……那大約是何時的事？」

「大概是兩點半到兩點四十五分之間。」添孫說。

「很好。」子爵右手指向添孫：「添孫先生聽到呼叫鈴，前往二樓，在此之前添孫先生在做什麼？」

「我在僕人準備室。其實所有僕人都在那裡，我們剛收完餐桌，整理好餐具，聚在裡面小聲聊天。」

「你聽到鈴聲，便上樓到客房敲門，詢問客人需求，但沒有回應。那時你怎麼做？」子爵問。玩具屋裡出現一個小人，他是從僕人用樓梯上來的。

「我覺得很奇怪，又敲了一次門，都沒回應，我就下去通報管家。」

「管家怎麼說？」

「他親自上來再敲了一次門。」

「這次你有跟著嗎？」

「有，因為我很不安。如您所知，我私下認識步泰承，才向他借錢。像這樣完全沒有回應，不像步泰承所為，有點擔心。」

玩具屋出現兩個小人，他們來到客房前。子爵說：「這一次，步泰承依然沒回應。在此我有個疑問，據我所知，管家隨身攜帶你現在拿著的鑰匙，那時為何他不直接開門？」

「不可能！我們身為僕人，怎能隨便侵犯客人隱私？就算有備份鑰匙，在那種情況下，我們也不能隨便開門。」添孫雖是臺灣人，但長期在英式大宅裡當僕人，已染上重視隱私的西方習性。

「但若步泰承是心臟病發，你們不開門，豈不是延誤救援時間？」

「那也不行，請別為難我們。不過管家也擔心步泰承是不是發生什麼事，無法出聲，所以我們立刻返回一樓，由管家通報老爺。那時老爺還在會客，他也擔心步泰承是心臟病發之類的，便中斷會談，與管家一起上來。這次我沒跟著，而是幫忙送客。」

原來如此，接著抵達二樓的是高思宓本人與呂尚源。

「管家打開客房，這時他們看到什麼？步泰承的衣服、頭髮落在地上，如果他有帶行李來，想必也沒帶走吧？這時他們怎麼做呢？是誰去檢查浴室房窗，還是兩人一起去的？」

「是管家去檢查的。」柯佬得說：「家父跟我說過當天情況，他擔心步泰承發病，既然客房裡看不到，可能就是倒在浴室裡，所以他要管家去看步泰承在不在浴室。」

代表呂尚源的小人走進浴室——子爵忽然靈機一動。等等，這時浴室裡只有呂尚源，誰也看不到他。如果步泰承是從浴室窗戶離開，只要呂尚源接著鎖上浴室窗戶，不就將「可能」變為「不可能」了？

「杉上先生，我不知道您在想什麼，但如果您認為管家是在那時鎖上浴室窗戶的話，就太可笑了。」萬馬堂冷冷說：「第一，如果管家是事件的共犯，風險未免太大，因為無法保證他會第一個進浴室，也可能溫思敦搶先去檢查。第二，您也看到浴室了，那是只要站在門口便能一目瞭然的空間，他根本不用進去。如果他走進去，我們會不懷疑他嗎？」

子爵才思考到一半就被揭穿，難免有些不快。他微微頷首：「確實如你所說，不過要是太快下定論，就無法看到所有可能。說到這個，萬先生，我有個失禮的問題：為何你這麼瞭解當天的情況？聽你剛剛所說，彷彿當天親眼見到一樣。」

「您是在懷疑我嗎？很遺憾，那天我並不在，會知道這麼多，只是因為溫思敦已經跟我討論過各種可能。」萬馬堂說：「杉上先生，也許您覺得我態度惡劣，事實上我確實不滿，因為您的偵探遊戲，似乎將我與溫思敦當成患者；事情發生這麼久，我們會沒想過各種可能嗎？最後得出『金魅吃人』的結論，是理性推衍的結果，但您彷彿以為我們什麼都沒想。」

原來如此，子爵恍然大悟。難怪萬馬堂能馬上反駁，原來是跟高思宓討論過。子爵苦笑：「我跟您不熟，難以想像您考慮到什麼程度，但我是不至於將溫思敦當患者的。只是我很好奇，難道您不歡迎我解開謎團嗎？你跟我應該是同樣立場，希望溫思頓能安息吧！但您處處否定，難道是被我搶先找出真相，會讓您感到丟臉嗎？」

萬馬堂臉色變了。但那不是憤怒，或是說，即使是憤怒，隨即卻湧上更多悲傷。這位臺灣老者「哼」了一聲：「隨你怎麼說。要是溫思敦能安息，我什麼都願意做。倒是杉上先生真的知道如何才能讓溫思敦安息嗎？」

「我盡力而為。」子爵轉過身，心情有些複雜。

他當然不會小看高思宓。但要是身為當事人的他已檢討過所有可能性，自己真的能找出他預想之外的其他解答嗎……？不，這不是能不能的問題。

是非做到不可。

既然高思宓從步泰承的衣物裡找出客房鑰匙，他一定親自檢證過那是不是真正的客房鑰匙。子爵提出這問題，果然也得到證實，高思宓在找出鑰匙後，立刻當著管家的面將鑰匙插進客房的門測試。那毫無疑問是客房鑰匙。

高思宓跟管家當然感到不可思議。世上唯二能開啟這扇門的鑰匙，就分別在他們兩人手上。

接著，高思宓與管家搜查整個二樓，想確定步泰承是不是惡作劇，其實躲進別的房間，所有門都是鎖上的。如果管家說謊，其實有門沒上鎖呢……不，行不通，根本無法避免高思宓親自檢查所有房門，風險太大。

呼叫鈴位於客房門邊，步泰承留下的衣物就在門前不遠，以金魅吃人這點來說，雖有些可疑之處，卻也在誤差範圍內。

說到底，為何要布置成金魅吃人？

如果這是某種詭計，需要解決好幾個問題：

第一，唯一的一把備用鑰匙被呂尚源保管，步泰承要如何把客房鑰匙留在裡面，再從客房外上鎖？

第二，呼叫鈴保證了步泰承下午兩點半仍在客房。正常情況下，僕人上來連一分鐘都不需要，他要怎麼在這麼短的時間內施行將鑰匙留在房間裡的詭計？

第三，步泰承怎麼離開大宅？

最後，為何要這麼麻煩，留下衣服和頭髮？

前三點，只要有任何一點解釋不清楚，都不能證明「這是某種詭計」。最後一點雖然困難，但只要有適當的動機即可，與手法本身無關。唉，真是說難不難、說簡單也不簡單啊！子爵想。

「少爺，我可以問子爵先生一個問題嗎？」添孫忽然開口。

「可以。」柯佬得揚起眉，點點頭。

添孫雖得到允許，還是有些誠惶誠恐，他微微低頭：「杉上先生，我是個愚笨的人，未必明白您在做什麼，但要是我沒弄錯，您認為這一切不是金魅吃人，可以找出合理的解釋，是這樣嗎？」

「不錯。」

這位相貌忠厚老實、有些矮小的男子沉默片刻，看來欲言又止，當他再度開口，聲音夾雜著深厚的情感與吐露秘密般的謹慎。

「杉上先生……我知道您，因為您來過大宅幾次，但我不知道您是如何看待與老爺的情誼。既然您對大宅裡發生的事有一套見解，那為何……為何您不早些來呢？」

這質問並不合理。子爵沒有特別前來的義務，但他的話仍戳到子爵心裡痛處，因為子爵也這麼想，自己為何不早點來？

添孫低著頭，他的提問已踰越了僕人的分際。這不是愚蠢，而是他無論如何都想問出口：「這段期間……老爺過得多痛苦，我們這些下人都很明白。我在大宅這麼多年，從未見過老爺如此萎靡，他幾乎每天睡眠不足。我沒有怪您的意思，但我忍不住想，如果您早點來的話，像是在韓小姐失蹤前就來……是不是這一切就不會發生，老爺就不會走上絕路了？」

柯佬得本該責怪添孫踰矩，但他想起自已父親，不禁眼眶溼潤，一時竟沒說話。子爵也沒生氣。他可以生氣，但能讓一介僕人有勇氣質問日本華族，正顯示出高思宓的人望，令他有些感動。子爵轉過頭：「趕不上阻止此事，我很遺憾。但放心吧，我會令你們老爺安息，至少我能這麼做。」

子爵走到落地窗邊，拿出煙斗，填入煙絲點燃。略為刺鼻的香味靜靜熏開，他吸了口煙，品嚐自己的懊悔。他確實悔恨沒在高思宓自殺前趕上，但這晦暗的悔恨直指更深遠的往事。只有他知道，其實早在幾年前，他剛與高思宓相識時，說不定便有機會阻止此事。

別說韓莘以後的事件，也許連步泰承事件都沒機會發生。

因為這一切真的有可能是**妖怪作祟**！

為何這位受過良好教育的摩登男子會這麼想？深愛偵探小說、對理性誇誇而談的他，為何會在心裡承認「妖怪作祟」的可能？原因很簡單。對杉上華紋來說，妖怪本就是再自然不過的事，就像他對懷芝說的——妖怪當然存在。

◈

杉上家是陰陽師家系。

說到陰陽師，世人多半只知率領當今神務局的土御門，沒聽過杉上。但這不是因為杉上家無能，而是世界上總有些「不方便公開的事」需要陰陽師的力量，帝國也不例外。因此檯面下，就有負責承接日本帝國地下任務的陰陽師家族，杉上家是其中之一。因此看似毫無背景的杉上家，才會被封為「子爵」。

如果真是妖怪作祟，那正是杉上華紋的拿手好戲。這就是最讓他懊悔的地方：他早就隱約察覺到高思宓被某種不好的東西纏上。

初見高思宓時，他便被高思宓的異樣給嚇了一跳。這位英國商人身旁圍繞著某種蛇一般的妖氣，彷彿將他含在口中，只是還沒吞下；那種不均勻的妖氣如口水般地在高思宓身邊潺潺流動，看得子爵暗自心驚。當時他還跟高思宓不熟，便沒說什麼，等他們交情越來越好，他終於忍不住開口。

「溫思敦，其實你被不好的東西纏上了。」

「喔？這是玩笑，或某種謎語嗎？」高思宓笑著問。

「不，就是字面上的意思。」

杉上子爵早就料到這種反應。

忽然說這種話，誰都會覺得是玩笑。要證明所言不虛，只能透露他陰陽師的家世。雖然身為杉上家當主，他想跟誰說就跟誰說，但讓太多普通人知道終究總不是好事，這也是他之前猶豫的理由。不過既然開口了，他決定坦白到底，一開始高思宓還當他說笑，後來見他講得認真，也不笑了。這位英國人知道不能輕視他人的誠意。

「杉上先生，你是說我被惡魔附身？」

「不算惡魔，但放著不管也不好，如果你願意的話，我可以替你驅除它。」

「那就不用了。」高思宓淡淡地笑：「謝謝你的好意，杉上先生。如果真有那種東西，我倒想看看它跟我高思宓誰會活得久些。」

對方說到這份上，子爵也不便強行驅除，而且身為陰陽師，他很清楚不是所有怪異都帶著惡意；高思宓身上的妖氣並非善類，但也不像是要危害高思宓，既然見了幾次面都沒變化，也許那是與他有著某種因緣的東西，強行介入可能帶來更糟的後果。

聽到步泰承事件時，子爵並未想太多，畢竟那妖氣一直很安穩，沒道理忽然異變，加上他來臺灣有秘密任務，無暇分心。他想，既然高思宓都知道他是陰陽師，若真遇上什麼事，應該會求助於他，既然高思宓沒表態，就沒什麼好擔心的。

現在他知道自己錯了。

那個笑著說要跟妖怪比命長的高思宓，怎會忽然承認妖怪作祟，甚至自行用鹽驅邪？難以想像！但是，如果高思宓**有理由相信**那是妖怪作祟，就說得通了，這表示高思宓對妖怪開始作祟的原因心知肚明……

身上纏著來歷不明的妖氣，本就暗示某種難以擺脫的因緣，這就是為何子爵跟懷芝說意圖可能隱藏在不為人知的過去。與高思宓交往多年的萬馬堂會在排除種種可能性後堅信金魅作祟，或許他也知道作祟的原因。

然而，明明肯定妖怪存在，為何子爵還會在此大談手法、詭計、騙局？

有幾個原因。

其一，即使高思宓相信這是妖怪作祟，依然無法排除這是「知情者以某種手法假冒妖怪作祟」的可能。如果犯人知道高思宓隱藏的某個過去，並基於那個過去刻意模仿「金魅作祟」，藉以動搖高思宓，就能解釋刻意模仿金魅吃人的動機了。這麼一來，就算失蹤是出於當事人的意志，背後也有同一個主謀。

其次，如果能以犯罪手法解釋這次事件，就能排除高思宓養金魅的傳聞，使他安息。這也是子爵希望能對故友做出的補償。

而最重要的一點，就是避免這座大宅接下來悽慘的命運。

其實現在的高思宓大宅，根本像是惡夢！密集的怪事件，使「金魅吃人」的恐怖感以破竹之勢攻下大宅。大宅逸出常理，被迫處在「理外之理」中。常人可能無法察覺，但在子爵這樣的陰陽師眼裡，大宅根本就是魔窟，光走在裡面就讓他起雞皮疙瘩。

這種情況持續下去，大宅將成為孵化妖怪的巢穴。

即使不是今天，總有一天也會出事。即使妖怪還沒孵化，居住者也可能受妖氣影響，要不就運勢不佳，要不就身體衰弱，甚至可能致死。真虧住在這裡的柯佬得他們還平安無事！幸好吉悉嘉已經回娘家。小孩是很敏感的。

如果當初子爵堅持斬草除根，驅除高思宓身上的妖氣，事情或許就不會變成這樣了吧。這座妖怪大宅毫無疑問已進入陰陽師的領域，他必須驅除一度放棄驅除的妖怪！然而，這「妖怪之卵」無法以尋常的手段驅除。

因為還不是妖怪。

不存在的東西是無法驅除的。

這就是為何子爵將萬馬堂視為敵人。深信金魅存在的萬馬堂，若只是迷信就算了，但他有能力理智地為「金魅確實存在」進行辯護。雖然他說那是他與高思宓共同的見解，但這根本無法令高思宓安息，還會阻礙子爵的「咒」。

沒錯，子爵特別為這種情況準備了獨一無二的咒。平常，他可以等妖怪形成再消滅之，但對高思宓大宅裡的妖怪，他等不了這麼久！即使他也沒把握能成功施展這種咒。

◈

「對了，柯佬得，這裡的呼叫鈴是怎麼運作，能為我解釋一下嗎？」子爵忽然開口。他站在落地窗邊，邊吸菸邊沈思。雖不確定有無關係，但呼叫鈴有沒有動手腳的空間，或許有調查的價值。

「當然沒問題。總機在下面，稍後就帶您去看。」柯佬得說。

「還有，我不確定有無關係，那天下午兩點，溫思敦不是有客人嗎？那位客人是誰？」

他只是隨口問問，但柯佬得的表情忽然變了。他嘴角抽動，揉合了不滿與不屑：「哼，其實那兩人今天有來，剛才您也有聽到。」

柯佬得打開落地窗，帶子爵到走廊，俯瞰整個庭院，指向賓客：「那天的客人，就是坂澄會社的社長與副社長。請看，就是那兩位。」

坂澄會社？子爵有些意外，原來他們就是當天見高思宓的人！想不到會在這裡聽到「坂澄會社」四字，畢竟在子爵的認知中，「坂澄會社」並不只有商業意義，根據臺灣陰陽師的情報網中，他知道裡頭有某位值得注意的人物——

忽然，庭院裡傳來尖叫。

七、喪禮上的尖叫

世界從我意識中消失了。

那是來高思宓老爺喪禮會場上不久後的事。其實還沒到大宅，我就已冷汗直流、腦中糊成一團、連呼吸都有些辛苦。長這麼大從來沒這麼難受過，世界彷彿離我好遙遠，但就算伸出手，也什麼都抓不到。

聽來像中暑，但不是的。原因比中暑可怕多了。

早在離大宅不遠時，我跟順妹便感到不妙。自從被聖母賦予神通，我開始能看到「壞東西」，即使沒看到，也容易感到不尋常的氣息，令我毛骨悚然。順妹說這是自然現象。但我怎麼也想不到那個被妖氣盤據的高思宓大宅，竟帶給我如此強烈的衝擊！才踏進大宅庭院，我就覺得像被浸在動物內臟中，那種腥臭的溫熱透過毛孔滲進來，攀附在肌肉筋骨之間；但比起這種不知是不是錯覺的痠痛，我還起了某種妄想，害怕那些「氣息」是有意識的，隨時能奪去我的身體。

順妹倒還好。她說剛得到順風耳時也不適應，但之後便掌握了訣竅，重點是不要將注意力放在感官上。

這不就是所謂的「無心」嗎？想不到順妹有這樣的修為。

但面對這麼濃烈的衝擊，怎麼可能保持無心啊！雖然順妹貼心地用手巾幫我擦汗，跟我說話，我還是在無意間昏了過去。

不知過了多久，我醒過來，覺得前額好痛。怎麼回事？我好像被移到大樹下，還坐著質感不錯的躺椅。順妹在我身邊：「哥哥，你還好嗎？」

我搖搖頭，這才想起自己昏了過去。前額的疼痛，或許是昏倒後撞到什麼所致。天公伯啊，這真是太丟臉了！我說：「抱歉，我昏了多久？」

「還不到一刻鐘。比起這個，你可有好些？沒有的話別勉強，我們給了奠儀就離開。」

她眼裡盡是真誠，一股暖流注入我心田。我忽然回過神，意識到旁人會看，手忙腳亂地站起身。我們的關係還沒公開，就算有些人猜到，這麼親近也怕被說閒話。但才剛站起來，我便雙膝一軟，重新坐回椅上。

「哥哥，你——」

「沒關係，我再休息一下就好。我們要留下。」

我抬起手，滿臉通紅。想不到聖母為了讓事情順利而賜予我的神通，竟會成為出師不利的原因。

「真的沒問題？」

「真的。」

我是真的好多了。雖然還有些反胃、頭昏，但已沒那麼寸步難行，剛剛只是太急著站起來。或許是這段期間我的身體有在適應，或如順妹所說，是我注意力轉移到其他地方。

無論如何，要是這樣就離開，我可無法去見聖母。太丟臉了。

「順妹，我有點不知該怎麼做才好……這裡妖氣實在有夠濃。雖然娘娘給我神通，但我眼裡全是妖氣，看過去，還以為大家都是鬼怪！」

「我的順風耳也……要更集中精神。不過哥哥的神通只要習慣，應該還是能分辨出鬼怪才對。你別著急，要是勉強自己，身體又受不了就不好了。」

正如她所說。我一邊說話一邊試著要從客人中找出鬼怪，但才剛集中注意，就強烈地感到暈眩跟反胃，看來真的不能勉強。我謝謝她。忽然有個爽朗的聲音說：「前輩，身體好點了嗎？」

是日語。一名男子出現在樹蔭底下。我看向旁邊，但那男子似乎是在看我。我正大惑不解，順妹已站起身，用日語說：「鐵賀先生。」

她認識這男人？我正要起身，順妹已轉頭跟我說：「哥哥，剛剛你昏過去時，就是這位鐵賀先生一個人把你抬過來的。」

是、是這樣嗎？我這才認真打量他，男子有些高大、身型精瘦，雖然如此，看來也不像大力士，竟能將我抬到這裡？他看來比我年長，有些鬍渣，略長的頭髮在後腦勺綁起來。讓我意外的是，他雖穿著正式西裝，卻有些淩亂，扣子沒扣好就算了，竟還穿著木屐！這裝扮實在有失禮數，我表情不禁有些怪異。

「哈囉？前輩你還好嗎？」男子將巨大的手伸到我臉前揮了揮，我下意識地閃開，明明不認識他還這麼親暱，我不太擅長應付這種人。我說：「呃，很抱歉，請問我們見過嗎？」

剛剛就感到奇怪了，為何他叫我前輩？而且他年紀比我還大耶。

「哈哈，今天是初次見面！小弟姓鐵賀，名野風，請多多指教。」男子伸出手，我知道這是西洋禮節，便握住他的手，被他用力抓住上下擺動。

「請多指教……抱歉，鐵賀先生，那個……我日語還不太好，希望沒弄錯什麼，不過……我有點不懂，既然我們沒見過面，為何您叫我前輩？」

「哈哈哈，前輩別放在心上。」鐵賀放開手，搭著我的肩膀，表情開朗到根本不該出現在喪禮上：「小弟我啊，對誰都是叫一聲前輩的。畢竟人生在世，總有技不如人的地方嘛，孔子不也說要『敏而好學，不恥下問』嗎？我剛到臺灣不久，還有很多事可以學，所以你可是當定前輩啦！」

嗚哇，也太靠近了！這番話乍聽來言之成理，但我還是有些彆扭，只能唯唯諾諾地說：「呃……稱我『邵』就可以了。那個，謝謝你把我抬到這裡。」

「舉手之勞啦，邵前輩。你倒下時真是嚇我一跳，您跟高思宓關係很好吧？就算是他兒子，大概都不會像這樣傷心到昏過去。」

「不、不，是我自己身體不好……說起來，鐵賀先生又跟高思宓先生是什麼關係？」

「嘿嘿，其實沒什麼關係，我連那個高思宓先生的臉都沒見過呢！我是跟我家老闆來的。」

「老闆？」

「對，你看，就在那邊——」

他指向人群，其中一對男女正在說話。

「那邊那兩位，是坂澄會社的社長跟副社長，他們就是我老闆。」

「鐵賀先生是坂澄會社的員工？」

我大吃一驚，坂澄會社的人怎麼會來？鐵賀揚起眉，露出笑容，接下來說的話讓我更加吃驚。

「不，我是保鏢。」

保鏢！為何出席喪禮會需要保鏢？或許是看我露出震驚的表情，鐵賀先生聳聳肩，笑著說：「哎哎，我也不知道坂澄會社平常是幹什麼的。明明是來憑弔的，居然要帶保鏢，這要不是神經質，就是心裡有鬼，你也這麼想吧？不過，那可不關我的事。我是拿人錢財，給人消災。」

「鐵賀先生不知道坂澄會社跟高思宓洋行是競爭關係嗎？」

「沒道理知道吧？剛剛就說啦，我是來工作，對雙方糾纏的情史可沒有興趣喔。」

日本人來憑弔高思宓老爺，就已有些奇怪，若是坂澄會社的人，就更不可思議，何況還帶了保鏢！烽火街上的洋商們，即使關係緊張，表面上也跟日本人保持良好互動，但高思宓洋行跟坂澄會社的摩擦，卻是直接浮上檯面，人盡皆知的。

沒錯。在滬尾，不知道反而奇怪。坂澄會社是始政後才來到滬尾的日本商行，本來只是賣日用品給在臺日人，那時跟洋行還沒有什麼利益衝突，但來臺一年後，坂澄會社打起臺灣物產的主意，想批茶、樟腦等貨物往日本營利，而他們選中的上游農家，有一大部分與高思宓洋行重疊，這便是雙方交惡的遠因。

但事情顯著惡化，卻是因為坂澄會社竟於此役直接敗在高思宓洋行手下。本來，要爭奪上游農家，坂澄會社處在有利位置，因為使用帝國輔助的「命令航路」，可以將運輸成本轉移到他處，開出更好的價錢。本來他們已四處打點好，大半農家也動搖了，誰知關鍵時刻，高思宓洋行忽然殺出驚人的價錢，讓上游農家紛紛拒絕坂澄會社，使坂澄會社數個月的動員功虧一簣，損失慘重。

到底主導洋行的柯佬得少爺怎能提出那個價錢，至今仍是個謎。就算他們有辦法，這對高思宓洋行來說仍不划算，頂多只是爭一口氣。在那之後，雙方針對彼此的小動作就沒停下過，甚至兩邊員工在滬尾街上碰面都能起爭端。

明明如此，坂澄會社的社長卻來憑弔，怎麼想都不對勁。

該怎麼說呢，這位鐵賀先生雖然太過親暱，但人蠻好的，如果什麼都不知道就被捲進來，未免太可憐，而且，他那種放浪的態度或許會招來災厄，因此我向他簡單說明了一下兩邊關係。正好我還不能好好使用神通，像這樣跟人聊天，也是很好的放鬆方式。

「哎呀，原來如此，難怪覺得大家看我們的眼神怪怪的，渾身不自在！哈哈，阿求前輩和夏目前輩能承受那種眼神，不愧是在商場中身經百戰的人。看來我還是別太招搖，我本來還想，要是大家都知道我是保鏢，我們有所防備，想動手的人也不敢動手了。」

「鐵賀先生來這裡前，真的對這些事一無所知嗎？而且您是作為保鏢被找來的，難道不知道會遇上什麼危險？」

「夏目前輩什麼都沒說啊！只說最近可能遇上危險，要我寸步不離地跟著阿求前輩，我已經保護他好幾天了，也沒遇上什麼事。連參加喪禮都要保護，是有些過頭了吧，反而讓我覺得喪禮上可能有些什麼……原來如此，兩邊是這樣的關係啊。本來我對於高思宓的瞭解，只有這幾個月發生的怪事，您也知道吧？就是那個——」

唉，連對高思宓家一無所知的人都聽過金魅傳聞，這些流言到底流傳多廣，我都不敢想了……

「——那個**カミキリ作祟**。」

咦？

聽到陌生的詞彙，我忍不住複述一遍：「カミキリ？」

「怎麼？邵前輩居然不知道？我還以為這麼有名的事，您一定聽過呢！」

「不，不，那個，我是知道高思宓大宅發生怪事，可沒聽過カミキリ啊！說起來カミキリ是什麼，是……將神明大人斬成兩段的意思嗎？」

我知道「カミ」是神明，「キリ」應該是切割。斬斷神明，聽起來很厲害，但這跟高思宓大宅發生的怪事無關吧！

「不不，邵前輩您弄錯了，『カミ』除了神明，還有頭髮的意思喔，就是頭上的毛啦！這裡的カミキリ，

是切掉頭髮的意思，漢字寫成『髮切』，是我國的一種妖怪啊！高思宓大宅裡，不是發生許多怪事件嗎？有人失蹤了，頭髮卻留在原地，所以這是カミキリ作祟，才會留下頭髮。」

他在說什麼啊，我從未聽過「髮切」！當然，若是日本鬼怪，我沒聽過也很自然，但這明明是金魅啊！

「鐵賀先生，據我所知不是這樣，在高思宓大宅作祟的是一種叫『金魅』的妖怪。」

「喔？『金魅』這種東西，我倒沒聽過。」鐵賀先生揚起眉，單手插著腰，瀟灑地笑：「不過，為何邵前輩您這樣主張？難道前輩認識金魅嗎？」

「咦？怎、怎麼可能，金魅是邪惡的妖怪啊！怎麼可能認識……」

「既然如此，前輩怎麼肯定是那個『金魅』做的？」

「這是……因為消失的人除了頭髮，還留下衣服，金魅吃人的傳說也是這樣。」

「原來如此，我還以為是那個『金魅』直接當著前輩的面，承認是自己做的哩！但這樣一來也很難說吧？沒有排除髮切作祟的可能啊！髮切也可能出於什麼我們不知道的理由，才將衣服也留下。」

「可是，日本妖怪沒道理在臺灣作祟吧？」

「前輩，雖然帝國將臺灣納為領土沒過多久，但也過了五年喔，這段期間，要是有日本妖怪來到臺灣，也不奇怪啊，何況日本早在鄭成功時代前就跟臺灣有往來了，覺得臺灣就不會有日本妖怪，太奇怪了吧？」

好像言之成理，但我就是覺得哪邊不對。當然，若是髮切作祟，就表示高思宓老爺沒有養金魅，只是受害者。但髮切作祟有可能跟金魅像到這種程度嗎？我正要質疑，卻忽然全身雞皮疙瘩。

鐵賀先生逆著光，臉上仍帶著玩世不恭的笑，但我猛然意識到自己在跟「什麼」說話，心跳快得異常。

我低下頭，假裝頭痛：「……您說的也有理。對不起，我忽然不舒服，請讓我休息一下。」

「當然當然。唉唷，糟糕，差點忘了保鏢的工作！前輩，好好保重啊，這位姑娘前輩也是。」

鐵賀笑著離開，我卻不敢看他，心臟越跳越快。等他走遠，我朝順妹伸出手，卻撈了個空。回過頭，才發現她在幾步之外，正緊緊盯著人群。

「順妹。」我小聲喚她，她卻沒反應。我順著她的視線，她看著一個身材魁梧的臺灣男子，還沒剪辮，表情陰沉，卻不是憑弔的哀傷，像是心懷不滿。我知道他，他是順妹的表兄陳國安。原來如此，是看到認識的人，順妹在猶豫要不要打招呼嗎？但這不重要，現在有更重要的事。我慢慢站起身，抓住順妹肩膀。

「順妹。」

「怎麼了？哥哥，你站起來沒問題嗎？」順妹回頭，像被嚇到。

「沒問題，我已經好多了。但你聽我說，剛剛那個叫鐵賀的人……」我壓低聲音，怕被其他人聽到：「不是**人類**。」

順妹瞬間變了臉色：「是妖魔鬼怪化身？」

「沒錯，想不到居然直接化身為人混進來……這裡妖氣太濃，才沒及時看出，但我不可能弄錯，他身上有跟這裡截然不同的妖氣。」

我們看向鐵賀，他已回到坂澄會社那夥人中，看似一臉無聊，偶然對上我們的視線，便愉快地做出沒見過的手勢，看來不像有惡意。

但我可無法信賴妖魔。

順妹說：「我聽你們的話，他是坂澄會社的保鏢對不對？也就是說，坂澄會社帶著鬼怪到喪禮上……？」

「嗯，很難認為他們有什麼善意。」我說。

事實上，在發現鐵賀是妖魔的瞬間，我便懷疑他乍看友善的舉動是別有居心。為何他要講髮切的故事？他自己就是妖魔，難道他就是髮切……

我靈機一動。

「順妹，我記得你說過，妖氣會讓神明難以察覺這裡的動靜，甚至可能有不是金魅的鬼怪躲在這裡。換句話說，有沒有可能是別的鬼怪假冒成金魅，製造出那些謠言？」

順妹眼珠子一轉：「哥哥覺得是坂澄會社驅使鬼怪做的？」

「不是不可能吧！高思宓洋行聲譽受創，坂澄會社就算沒直接拿到好處，也算報了一箭之仇。況且，他們能驅使鐵賀幫他們做事，就有可能製造出金魅吃人的假象。」

「確實……不過，為何要偽裝成金魅？」

這確實是問題。我想了想：「會不會是這樣？如果只是妖魔作祟，那高思宓家就是受害者，但若假裝是金魅，就會讓高思宓家背負上『養金魅』的惡名，那就不值得同情了！」

沒錯，我越想越覺得一定是如此。不，仔細一想，雖然那個自稱鐵賀的男人刻意提到「髮切」，也可能是混淆視聽，說不定他正是金魅？如果其實是坂澄會社養金魅，也可能命令金魅假冒成日本人混進來啊！

我再度看向鐵賀。

如果他真是金魅，我們能使他歸順嗎？來此之前，順妹曾轉達聖母的意思，說要讓金魅歸順，必須先經金魅同意，不然就跟大道公的做法沒什麼兩樣。如果坂澄會社已經控制金魅，他會答應嗎？說起來，為何他們今天會特地來參加喪禮？

難道他們是帶金魅來吃人？

我毛骨悚然，連忙把這種想告訴順妹，她說：「哥哥，你冷靜點，我認為情況還不明朗。」

「但有可能吧，不然他們為何要來喪禮？」

「是，但還沒辦法肯定鐵賀是不是金魅。我本來以為金魅會躲在什麼地方，我們的目的，是將祂找出來，跟祂說娘娘的建議，再勸祂歸順。但如果金魅是鐵賀，事情會複雜許多。哥哥，我會用順風耳監視坂澄會社，但若是你身體好些，能不能先確認有沒有別的妖魔鬼怪？如果沒有，我們再去試探鐵賀。」

順妹說的有理。

「好，那我們分開行動。現在我已經明白了，要用娘娘的神通，就要四處跟人聊聊，漫不經心地觀察，像剛剛發現鐵賀那樣。我一有消息就跟你講，你也一樣喔。」

「好。」順妹點了點頭。

不知怎麼，她表情有些奇怪，像有心事。

「怎麼了？」

「沒什麼。哥哥，你要小心。」她很快搖頭。

「你也是。」

這時，一個沉穩的聲音響起，是臺灣話。

「各位，非常感謝你們到來。」

聽這聲音，便知是在高思宓家管理僕人的呂阿伯，沒人能像他那樣發出不卑不亢的響亮聲音。我跟順妹看向他，呂阿伯不是站在大宅前，而是淡水河那一側，所有人轉頭看他。

「對各位失禮了，我們家主人在宅內有要事處理，暫時無法來招待。不過喪禮會準時開始，由受人敬重的長老教會馬偕牧師主持，稍後，主人也會下來招待各位。再次感謝各位在這種艱困的時候依舊前來，我代我們家主人致上最深的感謝。」

他接著用英語說，或許是將剛剛的內容重覆一次。畢竟放眼望去，這院子裡聚集了三十幾人，有些是別的洋行主人與其家眷，還有長老教會的牧師，用英語說比較妥當。

他說話時，我仔細觀察院子裡的人——這時我才有精神注意其他客人。

客人中有不少熟面孔，像船商李貽和、擔任公學校教師的雷俊臣、馬偕牧師的女兒女婿，還有些有頭有臉的人物，如大稻埕的李春生、艋舺的洪以南等等。至於洋商們，我也見過不少。加上順妹的表兄陳國安，這些人應該不可能是金魅化身而成。

除了坂澄會社三人外，還有一人令我在意。他是鶴立雞群的高大男子，就算坐在椅子上，還是很引人注目。他腰掛佩刀，穿著警察制服，顯然是日本警察。他是來出席喪禮的嗎？如果是來憑弔，穿成這樣也太醒目。但若要說是為了公事而來……喪禮上能有什麼公事？

我不認識的人，加起來不到十位，只要找個適當的話題，應該就能將他們調查一遍。但我忽然懷疑起來，金魅真的會在庭院裡嗎？

我看向大宅。

至今所有怪事都發生在大宅中，那金魅會不會躲在裡面？若是如此，與其在大宅外試探，還不如找個理由進大宅。不過先前被高思宓老爺邀請，也只到過客廳，其他地方我都不清楚，就算進去了，我也沒理由到二樓去，難道要偷偷摸摸的？我有辦法做到嗎？

「順妹，我有個想法。要不要跟呂阿伯講你身體不適，想到客廳休息？免去其他干擾，你也比較能專心用順風耳。」

「雖然這樣確實比較好，但喪禮就快開始，會不會對高思宓老爺太過失禮？」

「……也是。」

對啊，我在想什麼。我剛剛甚至在想要怎麼闖到二樓！就算是為了洗刷高思宓老爺的污名，也不該這麼做，難道我把這些最基本的敬意都忘了嗎？邵年堯啊邵年堯，你到底是多可恥啊——

「哥哥，你看！」順妹忽然抓住我的手，態度緊張。我感到身後有些騷動，下意識地回頭。

拱門底下站著一位異常古怪的客人。

他在沉沉的樹蔭下，彷彿從黑暗中竄出，醒目的西式黃色斗篷立刻抓住所有人目光——他竟在這悶熱的七月天裡穿斗篷，還是這麼不莊重的色彩！庭院裡的人竊竊私語，都對這樣的人出現在喪禮上感到不可思議。更怪異的是，他戴著一張蒼白的面具，居然連真面目都不露出來，他真的是來參加喪禮的？

管家呂阿伯處變不驚，已不動聲色地上去迎接面具怪人，他們低聲說了幾句，呂阿伯便將他帶向大宅。我有些驚奇，他沒將怪人留在院子，難道他是高思宓家的重要客人？

「這身衣衫，也太不尋常了吧？」順妹說。

「是啊，也許他不是來參加喪禮……」

「呀！」

疑慮中，忽然又響起一聲尖叫，我本就不安，被這聲音一嚇差點跳起來，就連正要進大宅的呂阿伯與面具怪人都回過頭。騷動是一名洋商女眷造成的，她驚慌地抓著身邊的人，嚷著我聽不懂的話。

怎麼回事？騷動聲越來越大，她一邊跺腳，一邊指著餐車旁的草地。從這個角度，我看不見她在指什麼。

我心中焦急，到底發生了什麼事？

「有人的衣衫和頭髮在地上！」

最接近的臺灣賓客發出驚呼。

或許是背後的意義太震驚，一時間，人們反而安靜下來，只剩那位女眷還在嚷嚷。我頭裡轟然一響，轉頭看向坂澄會社的人，他們站在較遠的位置，裝作事不關己。但我知道那是偽裝。

——這些混蛋，他們真的在高思宓老爺的喪禮上做出這種事!?

「那是畢翠兒的衫！畢翠兒被金魅給吃啦！」

「走啊！」

喪禮亂成一團，比較性急的賓客直接將前方的人推到一旁，庭院拱門就像排水孔，鬧騰的人們紛紛朝那裡擠。順妹也被推倒，我蹲下將她扶起，誰知人群力量太大，加上妖氣對我造成的影響，蹲下後竟頭暈目眩，沒力氣站起。

「畢翠兒？他們說被吃的是畢翠兒？」順妹抓著我，表情有些驚恐。是她認識的人嗎？現場太過混亂，我一時也無法問她。本帶著哀傷的喪禮，現在卻亂糟糟的，我雖又氣又急，卻無可奈何。

這時「碰」的一聲巨響，人們再度安靜。

不，應該是僵住了，誰也不敢動。

只見那位日本警察高舉手槍，指向天空，剛剛的聲音顯然是他開槍發出的。他並未跟著人潮移動，態度沉穩：「請大家冷靜下來！出口只有一個，我不希望發生意外。而且，我也不希望有人趁機做些偷偷摸摸的事。我明白各位要離開的心情，但還請保持秩序，冷靜、慢慢地——」

「不對。」

另一個聲音居高臨下地壓過他，是從二樓走廊傳來的。

「警察先生，這可不是讓大家從容退場的時候喔！正相反，應該將大家留下。」

二樓走廊站了幾個人，包括柯佬得夫婦，開口說話的卻是一位看來風度翩翩、衣冠楚楚的日本人。

「閣下是？」日本警察問。

「我是帝國封勳的杉上華紋子爵。」男子說。他竟是日本帝國的子爵！為何子爵會在高思宓大宅二樓？

我扶著順妹站起。子爵繼續說：「不過，我的身份並不重要。重點是，犯人剛剛在我們全員眼皮底下犯了案。很高明，真的很高明，但他犯了個致命的錯誤。」

犯人？案件？他在說什麼？

「原來是子爵大人，失敬。敝人是淡水辦務署的加賀京二郎巡查，在此聽子爵大人吩咐。」

加賀巡查行了個禮，抬起頭。

「子爵大人說的致命錯誤是？」

「剛剛，犯人出手了，所以他一定還在現場。」子爵俯視我們，帶著些鄙夷，令我發寒。他說：「加賀巡查，立刻清查賓客名冊，在場的人，誰都別放走！要是有人在名冊上卻不在場，動員所有人也要把他抓回來。等一下派人到辦務署帶警察來，太陽下山前，我會把犯人的那層妖怪皮給剝下！」

他氣勢十足地走回大宅，柯佬得夫婦也跟著進去。我呆呆地看著，他到底在說什麼！說要剝下妖怪的皮，難道是要抓出金魅？他瘋了嗎？明明只是一介凡人，要是被金魅吃了怎麼辦？

我忍不住看向坂澄會社。對這樣的變局，他們開始竊竊私語。我毛骨悚然。該不會他們在討論怎麼吃掉子爵吧？

如果向子爵坦白一切，說不定他會瞭解，讓我們用聖母賜予的力量使金魅歸順？不，這想法太天真。但要是子爵有影響力，又願意站在我們這邊……我握住順妹的手，憂心忡忡，卻沒注意到順妹的反應並不尋常。

她低著頭，臉色有些難看。

我不知她已陷入重大麻煩，以為她是被嚇到；事實上，從被困在高思宓大宅這一刻起——

我們都被困在難以想像的重大麻煩中。

八、黃斗蓬怪客

「唉，怎麼會這樣！」

客廳裡，柯佬得來回踱步，憤憤坐到椅子上。真是屈辱，父親的喪禮不該變成這樣的！但他也難以置信，金魅居然在喪禮上吃人？這可不只是侵門踏戶，還是狠狠踩在高思宓家頭上。柯佬得氣得牙癢癢，卻無計可施。

除了他與妻子，客廳裡還有萬馬堂、白頌、馬偕牧師、曹懷芝、杉上子爵、呂尚源，其他僕人在院子裡安撫賓客，同時監視他們。添孫被派去辦務署，向警察求援並說明情況。

人們沉默不語，沒人能回答柯佬得。高思宓家人陷於愁雲慘霧，自不在話下，懷芝也沒想到會發生這種事。犯人竟在眾目睽睽之下動手？太大膽了！

杉上華紋用煙斗的吸煙口抵著嘴角，卻沒吸煙。他在琢磨剛剛的怪事——當然，若是金魅吃人，什麼手法都不用考慮，不管現象多不可思議，作祟本身就是解答。但他直覺認為並非如此。某種強烈的意圖讓他難以忽視。在喪禮前一刻吃人？太刻意了。

「阿舅，你不是信誓旦旦地說金魅不會再作祟了？」柯佬得忽然抬頭，火爆地用臺灣話說：「你講得好像很瞭解，結果根本靠不住嘛！」

他罵得毫無道理，但滿腔怒氣總要有個去處，而舅舅是現場最能讓他直接發洩的目標。白頌低著頭，但與其說思考或愧疚，更像置身事外。他淡淡說：「我錯了，抱歉。」

「白頌，你別道歉。柯佬得，你也別怪他。你怪他做什麼？又不是他讓金魅作祟。而且這下你該知道是真有金魅了吧？那更沒道理怪他。」萬馬堂說。

「我講過，沒金魅這種東西！」柯佬得用力搥著椅子扶手。

「那你要怎麼解釋方才畢翠兒失蹤？」

柯佬得啞口無言，接著轉頭用英語問子爵：「杉上先生，對剛剛的事，您怎麼看？這也是某種詭計嗎？」

杉上華紋看著落地窗外景色沉思，一時沒說話，片刻後才說：「有可能。但我們沒親眼見到，談論這些還太早。不過，真要說的話，這或許比前幾個事件簡單。」

「喔？怎麼說？」柯佬得燃起希望。

「因為嚴格說來，這並非不可能進出的空間。」子爵用煙斗指著院子：「看就知道了，這是開放空間，沒有鑰匙或鎖的問題，隨時可以進出，簡單太多了。那個人看似被吃，不過是由兩個表象構成——本人消失，以及衣物頭髮出現。衣物頭髮怎麼出現先不論，本人消失，只要偷偷離開即可。」

「但是，在眾目睽睽之下離開，這真的做得到嗎？」意外地，萬馬堂的語氣沒有想像中強硬：「如果真是詭計，只要有一位賓客見到就被識破了，現場可是有三十幾人啊！風險未免太大。」

「沒錯。」子爵轉過身：「稍後或許可以從賓客口中確認有沒有機會。」

其實，子爵大可先提出幾個漂亮的假設，花巧地說服他人「這並不難」，但這事還有幾個迷惑難解之處，讓他不想馬上深入敵陣。其中最明顯的，便是萬馬堂所說的「風險太大」。

金魅在眾目睽睽下吃人，雖有誇耀的作用，但既然畢翠兒可能偷偷溜走，「誇耀」的意義便不大。以「金魅吃人」為主題的詭計來說，它的效果沒有前幾個事件好，考慮到風險，似乎得不償失。

是因為大家都已相信金魅作祟，所以無論效果如何都可以嗎？確實，單以造成恐懼言，這對高思宓家堪稱致命一擊。這就是目的？還是說，犯人有什麼不得已的理由，一定得在喪禮上動手……？

「請恕我插嘴。」呂尚源忽然開口：「我認為杉上先生的假設很有可能。」

「怎麼說？」萬馬堂問。

「畢翠兒來時，我印象很深，因為他穿得很花俏，實在不是憑弔者該穿的。現在想來，若是為了讓人馬上認出那身衣服，這不自然的舉動便合理了。」

「原來如此。」子爵點頭：「如果是刻意要讓人認出衣服，那事前準備另一套衣服也不難。只要找到機會，將事前準備的衣服、頭髮丟在地上，再偷偷離開即可。」

「找到機會，說來簡單，要是永遠沒這個機會呢？」萬馬堂不滿地說：「而且事前準備衣服，一定要帶到喪禮上吧？管家，畢翠兒來時有帶著一包東西嗎？」

「沒有。」

「若是沒有，那事前準備的衣服要怎麼變出來？而且他真的有機會從所有人眼皮底下溜走嗎？剛剛才說他穿著醒目衣服，要是溜走被看到，豈不是更容易記住？管家，你有看到畢翠兒離開嗎？」

「很抱歉，沒有。雖然我確實該顧及整個庭院，但畢竟有三十幾人，而且我正盯著坂澄會社的客人，也許他真是趁我不注意時溜走的。」

「萬先生，這明明有可能啊！為何你要反對呢？」柯佬得嚷嚷著。

「我明白你們想解釋這種異象。」萬馬堂瞪了他一眼：「但只說一句『有可能』，未免太不負責任。不追究細節，只因『有可能』便安心了？這稱得上理性、稱得上解決嗎？在我看來，若無法說明畢翠兒怎麼逃開所有人的視線，便不能說是詭計！」

「其實也不是沒這個機會。」子爵吸了口煙。

「什麼？」

「在二樓走廊時，萬先生也有見到吧？有位穿黃色斗篷、戴著蒼白面具的客人到來。我敢保證，當他出現時，一定會吸引所有人目光，產生一段注意力的真空……」

「等等，」柯佬得有些不安：「杉上先生，你是在說他跟畢翠兒是共犯？但這不可能！我認識他！」

「就算不是共犯，也能轉移大家的注意力。」

「也就是說，畢翠兒是等在一個根本不知道會不會出現的機會？」萬馬堂冷冷地說：「畢竟他沒道理知道那位客人會來，不是嗎？要是這位客人認識畢翠兒，那就另當別論了。」子爵揚起眉，柯佬得也想開口，但在他們說話前，呂尚源已插進來：「少爺，有件事想向您請示。」

他是用臺灣話說的。柯佬得不安地抹著下巴問：「什麼事？」

「現在情況如此，請問喪禮是要延後到警察處理完，還是改天？」

呂尚源的問題把柯佬得拉回切身的現實。他吸了口氣，知道自己其實沒有權力決定這件事，既然警察都介入了，要強行舉行喪禮也有困難。

「柯佬得，不如我們跟警察講看看？」馬偕牧師咳了幾聲，以商量的口吻問：「既然客人都還在，喪禮還是能進行。」

「但就算客人在，恐怕也沒這心情，我怕今天已不是緬懷阿爸的時候。」柯佬得嘆道：「若是可以，我也不想再拖。這麼熱的天氣，阿爸的身軀怎麼受得住？可是我們大概沒選擇。抱歉，馬偕牧師，讓你白走一趟。」

「別客氣。」

「少爺，若今天不舉行喪禮，我想將棺材與花叢移到宅第後方，將院子清出來，讓給客人與警察，請問這樣是否妥當？」呂尚源說。

「嗯……也好，那就交給你處理。」

「是。」

「請問，需要幫手嗎？」曹懷芝主動問。呂尚源有些意外，但他嚴肅的臉露出淺笑：「小少爺，請你留下，高思宓家沒道理讓客人動手幫忙。」

既然他這麼說，懷芝也只好留著，他本來打算趁機問些什麼。呂尚源離開客廳後，柯佬得立刻轉向萬馬堂，氣勢洶洶：「萬阿伯，你剛剛那話是什麼意思？是暗示畢翠兒與我們高思宓家的遠親有某種連繫嗎？從知道他要來憑弔開始，你的態度就很奇怪，老實說，你是不是在隱藏什麼——」

「失禮。」男性的聲音響起，他是用臺灣話說的，懷芝回過頭，是剛剛在院子裡維持秩序的加賀巡查。他後面跟著一人，竟是那位黃斗蓬怪客。雖然方才已從落地窗見過此人，但這麼近距離看著，仍讓他起了一身雞皮疙瘩。

該怎麼說呢，何等不吉利的裝扮！他也說不出是哪裡不吉，但這鮮明的黃色就是讓他不安，更別說那看似平凡，卻令人不敢直視的蒼白面具。加賀巡查說：「高思宓先生，這位客人想與你見面，剛才一片混亂，他還沒致意的機會。但若你不希望他在……」

「不不，請讓他留下。感謝你，加賀巡查，我沒想到你會來。」柯佬得連忙說。

「不，沒能為令尊解憂，解開高思宓家的汙名，敝人深感遺憾。」

懷芝有些驚訝，這兩人似乎認識。柯佬得咳了一聲，他站起來，改用英語向大家介紹黃斗蓬怪客。

「各位，這位是巴特萊．高思宓。他跟我年紀相仿，但照輩份算，他得叫我叔叔。巴特萊，這位是賤內，單名霏。那位是家父的朋友杉上先生，是日本的貴族，他對大宅裡發生的怪事有些見解，相信你會有興趣。這位是馬偕牧師，他為我們雙親證婚過。這位是萬馬堂先生，與家父相識三十幾年的好友。這位是我的舅舅，他不會講英語，你不理他也沒關係。這位少年是與子爵同來的臺灣人，叫曹懷芝，也不會英語。」

「很高興認識各位。」巴特萊說。他聲音聽來確實與柯佬得差不多年紀。或許是親戚，兩人聲音相近，只是隔著面具，聽來糊了些。其實他們的口音也不同，但不是以英語為母語的人，恐怕聽不出來。

「恕我失禮，可否請教一個問題？」馬偕牧師清了清喉嚨，用手在臉上比劃：「為何您要戴面具、披斗篷？以喪禮的賓客來說，似乎並不妥當。」

他代別人問出了心中疑惑。巴特萊輕描淡寫地說：「請見諒。我身上有病，見不得光，這身裝扮也是醫生指示，若溫思敦爺爺地下有知，應會見諒。」

——不對，懷芝想。

他雖聽不懂英語，卻對人說謊時的反應瞭若指掌，這也是他常能明哲保身的原因。其實看馬偕牧師的動作，他也猜得出是問為何這身裝扮，而黃衣怪客沒說實話。

不只懷芝，在場的人也多半對這答案持保留態度。就算見不得光，穿著緊實一點就可以了，為何要用斗蓬？更別說是這樣引人注目的鮮黃色。

「能請教是什麼病症嗎？」馬偕牧師問。

巴特萊還沒回答，萬馬堂已搶先說：「巴特萊・高思宓先生，可以請教一個問題嗎？你在英吉利住何處？這次旅行目的為何？你是何時認識柯佬得的？抱歉，我與溫斯敦相識多年，從未聽過你，若是有人冒充成高思宓家的人混進這裡，我必須代溫思敦弄清楚。」

他突然咄咄逼人，眾人驚訝地看向他。巴特萊看了柯佬得一眼，正要說話，柯佬得已大聲喝道：「你不用回答！」

高思宓家現任主人瞪著萬馬堂，義正辭嚴地用臺灣話說：「萬阿伯，我敬你是長輩，一直默不作聲，但我們高思宓家內有哪些人，難不成還需要你認可？不要以為你是長輩就可以為所欲為，要是對高思宓家的客人有意見，你就衝著我來。」

「衝著你有何意義？又不是你不願露臉。」

「真的是這樣？不露面又怎樣，就算露了面，萬阿伯你不認識又有什麼意義？還是說你光看臉，就能知道是不是我們家族的人？別開玩笑了！為何你這麼執著於巴特萊的身份？你到底想知道什麼？」

萬馬堂臉色難看，握緊的拳頭微微在袖子底下顫抖，但他環顧眾人，將情緒壓抑下來，改用英語說：「我道歉，這位客人，我太失禮了。我無權代高思宓家表達歡迎或不歡迎。希望臺灣的氣候不會讓你感到不適，對你的病情沒有妨害。」

他雖轉了態度，聲音卻仍有僵硬。巴特萊像是沒放在心上。

「臺灣確實熱了些。我先前住在伯恩茅斯，那裡一年四季涼爽許多。不過，南國的天氣，我已在麻六甲與印度見識過，萬先生不用擔心。」

「不是住在巴斯嗎？」萬馬堂問。柯佬得臉色微變，似乎要說什麼，巴特萊在面具下發出溫柔的笑聲：

「請恕我這麼問，為何您覺得我住在巴斯？」

「我聽說那裡很適合養病。」萬馬堂瞪著他。

「確實有這樣的說法，不過我是住在伯恩茅斯。當然，巴斯也很好，很有歷史感，這兩個地方離得不遠，我去過巴斯好幾次，相比之下，伯恩茅斯是少了些豐富動人的韻味。」

真意外，懷芝想。他雖聽不懂黃斗蓬怪客在說什麼，但黃斗蓬怪客給他一種奇妙的印象——剛進來時，他令懷芝恐懼。但當他開始說話，底下卻是活生生的人，甚至很溫柔、安靜，與詭異的外形有很大落差。他不禁想像面具底下的人到底有著怎樣的面孔。

萬馬堂不像被說服了，但他沒追問：「我懂了。抱歉，問了怪問題。」

「柯佬得先生。」杉上子爵忽然開口：「不好意思，雖然在高思宓大宅這麼說是有些僭越，但將剛剛發生的怪事，視為連續失蹤事件的一部分，我想並無問題。從現在開始，能否由我來主導整個調查呢？我希望接下來的行動能得到高思宓家主人的認可。」

「當然，這比警察調查還讓人安心。」柯佬得連忙說。

「杉上先生，我想你不介意我與你一同調查，適時給些意見吧？」萬馬堂轉向子爵。子爵皺起眉，他可不希望旁邊有個無關緊要的人一直插嘴。當初他允許萬馬堂跟在旁邊，是因為他要給予「事情可能解決」的印象，越多人這麼想越好。但現在他能控制警察，影響力強多了。像萬馬堂這樣的「敵人」，他不需要。

「抱歉，萬先生，情況不同了，發生了新的事件，現在可是分秒必爭，不是慢慢進行推理議論的時候。也許你會不滿吧，但高思宓家主人已經認可由我進行判斷了。」子爵說。

萬馬堂沒抗辯，彷彿早知會這樣。他諷刺地說：「我哪敢不滿？警察都介入了，我想我沒有選擇。」

「確實沒有選擇。那麼——」子爵頓了頓，心裡盤算客廳裡哪些人聽得懂日語，他轉向巡查，用日語問：「加賀巡查，外面情況如何？警察支援到了嗎？」

「到了。我們也已清查名冊，除了畢翠兒失蹤，沒人先行離開。現在警察已經封鎖這個宅邸，不讓任何人進出。」

「很好，現場握有最高指揮權的人是誰？」

「便是在下。」

「喔？巡查對這件事有現場最高指揮權？」子爵揚起眉，似乎不太認同區區巡查有這樣的權力。加賀說：「是。實不相瞞，現在警察內部對連續失蹤事件的態度十分消極，署內基本上是半放棄了。雖然剛剛間宮警部有來，但也只是重申由在下負責此事，便離開了。」

「原來如此。那接下來由我指揮，你不介意吧？當然，調度警察還是交給你，只要你聽我指示就好。」其實華族沒有指揮警察的權力，但杉上華紋說得好像理所當然，只是出於禮貌才問。

「只要不違反警察的立場，我沒有異議，畢竟由子爵出面，也是在下所能想到的最佳發展。」加賀馬上便答應，這倒是讓子爵感到意外。

「什麼意思？」

「因為我們警察並未受到高思宓家族的全面信任。」

他不動聲色地用日語當著高思宓家主人的面說，子爵以為他在埋怨，但加賀表情正直，彷彿只是陳述中性的事實。子爵揚起眉，說：「有意思，你稍後再向我解釋。」

他改用英語：「那麼，我們開始吧。萬先生，抱歉，或許要請你離開了，偵察的事由我與警察進行。當然，只是離開宅邸，還請留在院子裡，或許還有需要你的地方。」

「我當然知道。」萬馬堂哼了一聲，轉身就走，在客廳門前回頭：「不過，在庭院裡要做什麼是我的自由吧？沒道理特別限制我。」

「當然，我們待你一視同仁。」

「說得是，所謂的『四民平等』就是如此，對吧？」萬馬堂用日語尖酸地說，接著走出客廳。柯佬得尷尬地想叫住他，卻沒開口。他本是這裡的主人，卻在不知不覺中喪失主導權。馬偕牧師咳了一聲，站起身：「既然如此，我似乎也不該待在這裡，我就到院子裡，與大家在一起吧。」

「真的非常抱歉，牧師。」柯佬得也站起來。

「不，發生這種事，誰都不願。杉上先生，希望你能解決這個事件，還高思宓先生一個清白。」

「我盡力而為。」

馬偕牧師離開，或許是帶著點抗議性質，畢竟子爵反客為主要求萬馬堂離開的態度有些不客氣，但等他真的出去，氣氛又更僵了，因為除了理所當然的關係人，其他人多多少少感到不該留下。於是，白頌提出想回客房休息，懷芝把握機會，也說想到庭院去。轉眼間，客廳只剩下柯佬得夫婦、巴特萊、杉上子爵與加賀巡察。

柯佬得似乎也感到尷尬，他咳了一聲：「杉上先生，我有事想跟遠道而來的親人商談，容我失陪。」

「那我也回臥房去吧。」夫人說著站起身。柯佬得對子爵點頭，朝巴特萊做了個手勢，也要離開，但子爵叫住他。

「柯佬得，巴特萊，請等一下。我有事想請教。」

夫人回過頭，似乎要等待丈夫。

「沒關係，霏，你先上去吧。」柯佬得揮揮手。等夫人上樓，他才看向子爵：「杉上先生，有什麼事嗎？」

子爵的視線在兩人間游移，看得柯佬得頭皮微微發麻。子爵開口：「很特別的面具，可以請問是在哪裡買的嗎？」

巴特萊一怔，像是沒料到這個問題，遲疑地說：「這不是買的，我因為……某些原因而得到它。很遺憾，我也不知道哪裡有賣，或許根本沒得買吧。」

「我懂了，這倒是證明我的猜想……年輕的高思宓，給你個良心建議，你還是不要繼續戴著這張面具比較好。」

「杉上先生，」柯佬得有些不耐：「他都說遮住臉是醫生的囑咐了，我們還是不要對別人的醫囑指指點點吧！」

「我對醫囑沒意見。但要是我猜的不錯，巴特萊也不知道這個面具的由來吧？這個面具很危險，要是一直戴著，或許還會危及生命喔？」子爵說。

柯佬得意外地張大眼。

子爵不是為了煽動巴特萊拿下面具而危言聳聽。身為陰陽師，他確實感到這面具不尋常。高思宓大宅妖氣如此強烈，神異的邊際已經模糊，他竟還能察覺面具傳來的異常氣息！要比喻的話，就像芬芳豔麗的酒，還帶著點甜香，但那是腐臭的甜香，令人作嘔。要是沒有大宅妖氣掩飾，這面具的力量會有多懾人？那不是凡人能承受的力量。

但巴特萊在面具下笑了出來。

「別擔心，杉上先生。我戴著這面具已十幾年。它若是要我的命，我早就沒了，甚至沒這面具，我還活不下來呢。」

他說出有些不可思議的話。

「是嗎……」

「杉上先生，會危急生命是什麼意思？該不會，是什麼詛咒——」柯佬得問。

「或許我弄錯了，別在意。」子爵笑了笑，他還不打算坦白陰陽師的身份。他看向巴特萊：「比起這個，柯佬得說你本來打算到中國旅行，是嗎？不過，真虧你的身體狀況經得起這些長途跋涉啊！」

「我病情持續很久了。這麼多年來，我已經學會怎麼與疾病共存，並在疾病的威脅下快樂度日。謝謝您的關心。」

「我懂了，那就好。對了，這幾天你會住在高思宓大宅吧？要是不介意，能否在你離開臺灣前，與我聊聊英吉利呢？我很懷念那裡。」

巴特萊猶豫了片刻。

「如果杉上先生不嫌棄，當然沒問題。不過我這些年住在英吉利的時間少，更多時間是在米利堅，對英吉利的生活近況未必瞭解。」

「哈哈，那也無妨，我沒去過米利堅，能聽聽那裡的事更好。不過，柯佬得，現在你舅舅住在客房，你打算怎麼安置巴特萊？」

「喔，我是這樣想的，舅舅不會住太久，應該這幾天就會回去。等舅舅離開，我就讓他住客房，在此之前，就讓他暫住在父親臥房。」

「好，那我就放心了。哈哈，太好了，既然巴特萊會在大宅待上幾天，我就知道該到哪裡找聊天對象了。」

子爵笑著，語氣忽然轉冷：「但這就奇了，為何巴特萊沒帶行李？」

柯佬得怔怔地看著他。子爵瞇起眼，雖笑著，態度卻有些險惡。

「巴特萊，你懂我的意思吧？既然確定會住下來，長途跋涉的你，不可能沒帶行李，為何你空手而來？」

「這個，也許巴特萊是把行李暫放在之前住的地方……」

「柯佬得，請你別插嘴。事實上，我覺得最怪的就是這點，為何你要代巴特萊發言？他是你沒見過面的遠親，你甚至不知道他為何戴面具，但從剛剛你就一直袒護他！」

「他是我們家客人，我怎麼能讓客人遭懷疑！」

「那也要他真的是客人吧？你對這位客人的瞭解，僅限於電報上的交流，你要怎麼證明他真的是巴特萊．高思宓本人，而不是別人冒充？沒帶行李，或許意味著他根本未經長途跋涉，最極端的情況，甚至是認識你們的本地人，所以才要戴面具，怕被認出來！」

對這樣離譜的說法，柯佬得張大口，有些惱怒：「開什麼玩笑，會戴面具是巴特萊在電報裡跟我說的！」

「誠然如此。但即使巴特萊戴著面具，也不表示戴著面具的人就一定是巴特萊。」

「如果他不是巴特萊，要怎麼知道面具的事？」

「方法多的是。講個極端的可能，巴特萊．高思宓來臺灣後，直到喪禮前都住在某個旅店，並遇上某位對高思宓家懷有敵意的人，此人在閒聊中得知巴特萊要來憑弔的事，並因巴特萊戴著面具，讓他靈機一動，殺了巴特萊，拿走面具，假冒成他而來。至於他怎麼知道巴特萊的情報，則是聊天中，由巴特萊本人告訴他……」

「太荒謬了！剛剛杉上先生說過，您會懷疑巴特萊，是因為他沒帶行李，但您剛剛舉的例子，那個人大可直接拿走巴特萊的行李啊！」

「或許巴特萊的行李有密碼鎖，他打不開，與其帶著打不開的行李箱惹人懷疑，還不如不帶。這不是重點。柯佬得，剛剛你跟萬先生說，請巴特萊拿下面具毫無意義，因為他又不認得他，但在我看來，可不是毫無意義喔，要是有人真的認識他呢？進一步說，若這人跟消失的畢翠兒有關呢？」

「這、這樣懷疑對客人來說太失禮了！」

「柯佬得，沒關係。」巴特萊抬起手。他看向子爵，聲音帶著些警戒：「我不介意說出自己的身份，反正只要能證明就行了吧？」

「可是……」

「沒關係，哥哥。沒必要在這裡陷入奇怪的懷疑。杉上先生似乎想要調查發生在大宅裡的真相，給他多餘的疑心，對我們沒半點好處。」巴特萊說。子爵心頭一怔。他說「哥哥」，難道這個人真的如萬馬堂所懷疑的，是柯佬得在英吉利的弟弟「魯道敷」？

「杉上先生，我不是巴特萊，而是父親——溫思敦．高思宓的次子魯道敷。但就算我露臉，也無法證明自己是魯道敷吧？請您看看這個，或許能證明我的身份。」黃斗蓬怪客從斗蓬底下遞出一份文件，子爵接過，那是一份英吉利政府的官方文件，上頭寫明了魯道敷．高思宓的官方身份。

「英吉利駐米大使館的第一秘書……身為第一秘書，能隨隨便便離開駐米大使館嗎？」

「大使館還有第二、第三秘書，不勞費心。不過，我確實不方便隨便離開米利堅，所以現在才申請到假期。這次來臺灣，本是要祭拜母親，順便與父兄見面的，誰知父親居然……總之，我已先到洋行辦公室見過哥哥，所以行李放在洋行，忘了帶過來。這是我太大意，但說到底，我也是家族的一份子，沒有小心翼翼的必要。」

「為何你以這身打扮過來，還冒充他人？『魯道敷』這身份有什麼不妥嗎？」子爵問。他想起萬馬堂問是來客不是魯道敷時，柯佬得第一時間就反對。

「我自有原因。總之，哥哥見過我的臉，所以我不可能是他認識的某人，再戴上面具裝成別人來欺騙他。既然如此，拿下面具就毫無意義。還是子爵能提出其他非讓我拿下面具不可的理由？」

子爵望向柯佬得，柯佬得一臉狼狽：「沒錯，我見過他拿下面具的樣子。魯道敷前幾天就回臺灣了，他回臺灣前給我發了電報，我知道他會來。我們當了幾十年的筆友，不可能認錯，他確實是魯道敷。」

「他以遠親的身份登場，是你們一起擬定的計畫吧？為什麼？」

「如魯道敷所說，我們有自己的理由，但我保證跟發生在大宅的怪事無關！事情發生時，魯道敷甚至不在臺灣。不過此事涉及我們家的隱私，還請杉上先生不要追究。」

他話說到這份上，子爵自然不方便深究。見子爵沉默不語，柯佬得強硬地說：「要是沒別的問題，我們還有事要談。稍後管家就會回來，有什麼問題就問他吧！」

「那就不打擾了。」

柯佬得與魯道敷走上二樓，客廳只剩子爵與加賀巡查。剛剛的事，加賀巡查也看在眼裡，他不懂英語，不知道為何起爭執，但他有看到魯道敷遞給子爵某份文件。

「子爵大人，方便的話，能請教剛剛那份文件是什麼嘛？」

「沒什麼，那位客人的身分證明而已。」子爵用日語說：「別管這些了。請坐下吧，加賀巡查。上司讓你負責高思宓家的怪事件，你一定瞭解整個情況。」

加賀巡查沒有追問，依言坐下。

「大致算是瞭解。前兩個事件不是我負責，但我也研究了前任負責人的報告，從第三個事件開始，才是我親自調查，撰寫報告。」

「你說高思宓家並未完全信任警察是怎麼回事？」

「關於這點……嚴格說起來，我們這邊也難辭其咎。子爵大人知道我們曾在步泰承失蹤後，逮捕僕人何添孫嗎？」

「有聽說過。」

「高思宓先生對此相當不愉快。」加賀說：「我先說明警察內部的立場。前幾年，因為我們警方曾逮捕嘉士洋行的買辦薛棠谷，被英國領事抗議，所以雙方關係有些緊張。高思宓先生在滬尾聲望很高、人脈也廣，因此這件事要是處理不好，可能讓日、英雙方關係更加惡化。因此，上司希望能以妥善的方式盡快結案，前任負責人因此認為最重要的是『解決問題』，所以很快就逮捕何。但高思宓先生意外重視家裡的僕人，認為我們明明證據不足，卻只想便宜行事，便跟負責人爭論，他甚至對何說『你沒做的事就不要承認，這就是你對我表現忠心的方式，作為代價，我一定會救你，也會照顧你家人』。」

溫思敦竟這麼重視僕人？難怪何添孫對他這麼忠誠，子爵想。加賀說：「第二起事件，韓小姐失蹤後，因為何被關著，反而證明他無罪，便釋放了，但這件事讓高思宓先生跟警方的關係走到冰點，高思宓對我們不滿，署裡也很氣高思宓先生，認為是高思宓先生讓何拒絕認罪，進而丟警察的臉。」

「如果警察重視的是面子，那高思宓不信任警察，也是難免。」

「是的。不過上層會不滿，不是不能想像。即使只是不希望日、英關係惡化，警方也算是釋出善意了，但後來的發展，卻讓上層覺得善意被糟蹋。子爵大人，要是在下沒誤會，您認為這一切是某人以巧妙的手法栽贓高思宓吧？若真是如此，就應該搜查整個大宅，尋找關於手法的蛛絲馬跡。但直到現在，我們都還沒有在嚴格意義上真正搜查過大宅。」

「這又是為什麼？」

「一開始是高思宓先生拒絕，他說家裡有女眷，有其隱私，沒有讓外人搜查的道理。他拒絕這種犯人待遇，所以只讓我們調查客房跟一樓的招待空間，也就是客廳與餐廳。」

「哈哈，這倒是有他的風格。後來呢？」

「後來則是署裡興趣缺缺，敷衍了事。第三起事件發生時，來賓很多，調查成本十分高昂……雖然柯佬得先生算是友善，但也沒到信任的程度，與父親採取同樣方針，搜查稱不上順利。不過，沒解決事件，讓高思宓先生背負污名，確實是我們辦事不力。」

子爵點點頭，正要說話，管家呂尚源走進客廳。他剛處理完棺材那邊的事，見客廳只有兩人，少爺不在，一時有些猶豫。子爵笑著用英語說：「管家先生，柯佬得與那位穿黃斗蓬的男子到樓上去了，但他說有問題可以問你。」

「有什麼指示嗎？」

「先給我們倒杯茶吧，麻煩你了。」

「請稍待片刻。」

「對了，」子爵在椅子上側身探頭：「步泰承消失時，客房的呼叫鈴響起……關於呼叫鈴的詳情，可以跟我說說嗎？」

「好的。」呂尚源回過頭：「呼叫鈴是呼叫僕人的工具。這棟大宅裡，總共六個房間有呼叫鈴，只要在房間裡按鈴，總機就會響起鈴聲，並落下木牌。僕人聽到聲音，只要查看總機是落下哪個木牌，就知道是哪個房間在呼叫。」

「六個房間分別是哪些房間？我知道客房有，這個客廳……果然也有。」子爵在牆上尋找，很快就看到呼叫鈴的按鈕。

「還有書房、老爺起居室、少爺與夫人的起居室、餐廳。」

書房——子爵轉頭看向通往書房的門。

除了通往門廊的門，客廳還有另一個門通往書房。他對這扇門也算熟悉了。雖沒進去過，但每次溫思敦都會從書房裡拿出幾本書或收藏品給他。即使溫思敦的屍體就在外面，他還是覺得也許等一下溫思敦就會從書房走出來。

「……管家先生，茶就麻煩了。」子爵說。他這才發現煙斗裡的煙絲早就燒完。

「請稍待片刻。」

步泰承按下客房呼叫鈴的時間，是當天下午兩點半左右。當時，高思宓就在客廳裡會客。客人是坂澄會社的社長與副社長，這事柯佬得已向他說明，而且這兩位人物，今天都有出席喪禮。

「加賀巡察，你認為坂澄會社與這件事的關係有關嗎？」子爵試探地問。

「子爵大人居然已經注意到他們了。確實他們有可疑之處，畢竟除了韓莘事件外，他們都在現場。不過，還沒有他們與事件本身有關的證據。」

「等一下，你說都在現場？」子爵抬起頭：「艾嬿事件也在？」

「是的，那天高思宓先生邀請了滬尾街上所有外商，也包括坂澄會社。不過據社長的說法，當天他們並未接近大宅，即使聽到尖叫，也沒跟著眾人一起過來。」

「其他賓客能證明嗎？」

「我問過，但沒人注意他們。」

也就是說，那只是他們單方面的宣稱，子爵想。施行詭計的人，事發時一定在場，他本來以為只有大宅裡的人能辦到，難道不只如此？坂澄會社究竟在這起事件裡佔怎樣的地位？

「還有一件事，」加賀巡查說：「我不希望影響您的判斷，不過，坂澄會社裡有流言，說步泰承雖然是高思宓洋行的員工，但與坂澄會社的社長有秘密聯繫。」

「什麼！」

「沒有實際證據。我們問過阿求社長，他當然否認，說只跟步泰承在公開場合見過面，沒有私下聯繫。」

有意思，子爵想。步泰承消失那天，坂澄會社的人在場，如果他們與步泰承早有聯繫的話……最初子爵以為在此聽到坂澄會社只是巧合，現在看來，坂澄會社與事件的關係竟越來越令人在意。

看來有必要多加調查。

「加賀巡查，你知道那天坂澄會社拜訪的理由嗎？看柯佬得的態度，高思宓洋行與坂澄會社早有嫌隙，在這種關係下，為何他會拜訪高思宓家？」

「這個問題，或許由我本人回答會比較妥當吧？」

子爵與巡查回頭，只見客廳門口站著一位三十歲左右的男子。他其貌不揚——事實上，看到他的瞬間，子爵腦中浮現的詞是「毫無特色」——但這顯然不是他的全部。這人眼裡銳利金屬般的光輝，說明他並非泛泛之輩。男子似乎很擅於隱藏自己，不只外貌，連他是何時開始站在這裡，子爵都沒發現。

男子走進客廳，拿出名片，態度落落大方：「失禮了，敝人是坂澄會社的社長阿求。我進來借廁所，偶然聽到兩位對話。子爵大人，敝人擔心您單方面聆聽對我社不利的說法，可以的話，還請容我親自說明當天的來龍去脈。」

名片上龍飛鳳舞地寫著「坂澄會社社長」與「阿求渡」。

「……當然，來的正好。」

子爵緩緩露出笑容。

「反正，我遲早也是要向您本人請教的。」

「請多多指教。」

阿求渡嘴角浮現笑容，短促地點頭為禮。這笑容看似商人的笑，但他眼裡的光芒，卻沒半點商業上的諂媚或狡獪，勉強要說的話，更像是武士面對敵人時的專注……不，比起武士，或許更像將軍；那是不敢輕敵，同時沒有半點畏懼的眼神。

九、複數的可能

這場喪禮到底怎麼了?竟發生這麼多難以想像、亂七八糟的事!

就像現在,高思宓大宅的庭院明明已被警察掌控,居然還有人敢造次,我難以置信!剛剛,庭院裡發出「啪」的好大一聲,本來我正在找不認識的人攀談,想透過聖母的力量辨識有沒有鬼怪藏身其中,轉頭一看,是有人被用力打了一巴掌,巴掌印紅通通地留在被打的人臉上,力道甚至大到使她跌坐在地。

我瞪大眼。

接著被怒濤般的憤怒給淹過去,憤怒地衝過去將打人者推開。

跌坐在地的,是順妹。打人的竟是順妹的表兄陳國安!

「你做什麼!」我不知道他為何動手,但居然對順妹出手,不可原諒!不適感煙消雲散,我從沒這麼生氣過!陳國安被我推得退了一步,但轉眼間——真的瞬間的事,我甚至不明白怎麼了——陳國安已抓住我的手用力一扭,將我轉半個圈,右手折到背後,我忍不出呻吟。

「幹你娘,把我放開!」

「這是我們的家務事,跟你有什麼關係?」

我啞口無言,這種時候,我就痛悔沒公開我跟順妹的關係,憑什麼認為我沒資格插嘴!

「我不管是不是家務事,可以這樣打人嗎!」我吼回去。旁觀者開始鼓譟,剛剛一切發生太快,他們沒反應過來,順妹則是站起身,像安撫猛獸般抬起雙手:「表兄,這跟他沒關係啦,你……你冷靜點。」

「這隻野狗才需要冷靜吧？哼……我知道啦。」陳國安冷笑，把我拉到身邊，在我耳邊低聲說：「你跟她一樣，被媽祖娘娘利用了呵？我跟你講，既然你跟她一起來，就把她看好，別讓她做傻事，不然下次我就真的揍下去。」

「你閉嘴！」我氣到發抖，頭用力往後撞他的鼻子，卻被他閃開。

「喂喂喂，給我放手！」有人把手伸近來，掰開陳國安的手掌，逼他放手，另一隻手則拉住我衣襟，把我拉開。警察終於介入了。陳國安被兩個警察推到一邊去，他們用日語辱罵他，但陳國安一臉輕鬆，完全不將他們放在心上，看他不知廉恥的態度，我更加憤怒，走過去要痛罵他。

「喂，給我冷靜。」抓住我的警察說：「我不知道你們有什麼恩怨，但再糾纏不清，我就要逮捕你們了。」

「大人，是他先出手打……」

「我不管誰先出手。你們打起來，會造成我們困擾。」警察滿臉不快。他根本不在乎事情經過，甚至語帶威脅：「總之你們好自為之，聽到了沒？」

他用力推了我一把。為什麼啊！我氣憤難平，但也無可奈何。

其實真要打起來，我不是陳國安的對手，據說他向大道公學過武，看來不是假的。但我就是嚥不下這口氣！轉過頭，順妹那楚楚可憐的身形躍進我眼中，我心痛地將她拉到一旁，用自己的背隔絕旁觀者的視線。

「你還好嗎？方才是怎樣？」

「沒什麼……」

「那他是為什麼打你？」

順妹沒說話，視線瞥向別處，忽然，她眼角泛起淚光，單薄的肩膀微微顫抖，但這只是瞬間的事。不過吸一口氣，她又面無表情，那些怒濤洶湧的情感，全都沉到水面下去了。我怒從心中起，陳國安知道自己傷她多深嗎？

我對陳國安的認識，都是透過順妹知道的。

過去順妹家裡不順，陳國安時常偷偷接濟她們家，他家是大道公選上的三屆爐主，就算沒到喊水會凍的程度，要接濟她也綽綽有餘。在順妹口中，他和善、快活。我在滬尾街上跟他見過好幾次，只是交情沒深到打招呼，但我一直以為他是個好人。

想不到第一次正面交談，就給我這麼粗鄙的印象。

我深深吸了口氣，退後一步：「順妹，你不想講也沒關係，我不勉強你，不過……」

我一時講不下去。剛剛抓住我的時候，為何陳國安提到天上聖母？順妹是聖母的使者就罷了，為何他說我也被利用？難道他知道天上聖母的委託……？

我忽然明白了。

我怎麼這麼傻。這不明擺著嗎！陳國安是大道公的徒弟，是三屆爐主！如果高思宓大宅發生的怪事真的跟金魅有關，大道公怎麼可能沒動作？陳國安一定是為了金魅而來。

想通的瞬間，與其說恍然大悟，不如說又驚又怒。若是如此，這龜孫子不就是為了神明的旨意，把親人當做敵人？實在是有夠絕情！我不禁為順妹悲哀，難道陳國安不知道「媽祖娘娘化身」是多大負擔，還要再給她落井下石？

「是因為金魅的事吧。」

我咬牙切齒。

「他是大道公派來的，因為你們立場不同，所以他就——」

「不，不是的，哥哥。」順妹抬起頭：「不是這樣。」

「除此之外還能是什麼？你沒必要幫這種無情的人講話！」

順妹怔怔地看著我，啞口無言。也難怪，對那樣的人，想幫他找藉口都難。我氣得牙癢癢的：「順妹，我看接下來我們一起行動吧！我不想讓他接近你。要是他糾纏不清，我們就直接找警察！」

剛剛我們分頭行動，只是想更快完成聖母的委託，我以神通搜找鬼怪的同時，她也能專心用順風耳，結果就發生那種事。不過，看順妹的樣子，竟還想原諒他！我完全不能理解，到底她人是想好到什麼程度？

「哥哥，你放心，他不會來糾纏啦。」順妹低下頭，竟有些委屈。我有些嫉妒他，難道真是血濃於水，我比不上他們自小培養的親情？我忍不住說：「就算不來糾纏，他也是我們的對手！要是他沒來還不要緊，既然來了，就表示這裡發生的事絕對跟金魅有關。要是被他搶先一步，就愧對娘娘對我們的囑咐了。」

不錯，現在想想真是再清楚不過。聖母推測高思宓大宅的怪事，可能是大道公犯了什麼錯讓金魅祖逃走。要是大道公沒犯錯，有道理派陳國安來嗎？陳國安來憑弔，正坐實了聖母的推論！

正因他是大道公派來，知道聖母會採取行動，態度才如此強硬。原來如此，他搧順妹巴掌固然不可原諒，但對自己的立場，他也算誠實。這樣的話，我們或許還無法單方面避開他，他可能會進一步阻撓我們——

背後傳來腳步聲。

我背脊發涼。是陳國安嗎？有大道公教他的武術，我們無論如何都不是他的對手！但我必須保護順妹。我惡狠狠回頭，想威嚇對方，但眼前出現的不是壯漢，而是另一張熟悉的面孔。我呆住了。

「二少爺，盧家阿姊，你們還好嗎？」

是一個生得漂漂亮亮的少年。

「曹仔，你怎麼在這！」

我不禁驚呼。這人是艋舺白家的僕人曹懷芝，他為何在此？我沒看到白家的其他人，而且白家跟高思宓家也沒什麼來往。更重要的是，剛剛我已看過全部客人，卻沒見到他，他是什麼時候來的？

「我是跟一位大人物來的。先別講這個，盧家阿姊，你沒事吧？」

「我沒事，你別擔心。比起這個，曹仔，你說的大人物不是白家少爺或老爺吧？我沒看到他們，但他們不在，你也沒道理自己來，那是為什麼？」

順妹顯然不想談剛剛的事，曹仔也很識相，順著轉移話題。

「說來話長……我是被帶來做我不擅長的事。」

他露出苦笑。

◈

我跟順妹認識曹仔，是日本人剛來的時候。

那時阿爸要我到艋舺跟白家談生意。本來該是阿兄去的，但他另有要事，便要我替他處理。我心中有些不願，但還是答應，因為我懷著一點私心。我跟順妹，在滬尾其實沒什麼機會相處，不如趁此機會到艋舺去，避開認識的人的目光好好相聚，辦完事還能遊玩。

我們兩人在艋舺會合，想不到被捲入一件麻煩事。

原來那天白家有些騷動，有人偷走白家的染料配方，這對做染坊生意的白家來說頗為嚴重。這是順妹用順風耳聽到的——她聽見白家的人在審問抓到的僕役，氣氛很糟。

以談生意來說，似乎不是個好時機。於是我跟順妹說，不然我們簡單拜訪一下，回家跟阿爸討論過後再來。

但後來事情沒這樣發展。拜會白家後，我們意外遇上曹仔。他堅持那名僕役不是犯人，一直為之說情，也遭責難，便主動尋找偷走配方的犯人。我們問他怎麼知道那僕役不是犯人，他竟說出頭頭是道的推論，讓我驚奇。更意外的是，順妹聽了竟說要幫忙。

雖然非我所願，但還是順著順妹的意思。其實接下來我也沒怎麼幫上忙，但熟悉艋舺的懷芝與順風耳合作，我們竟抓到真正的竊賊，還是在短短的一天內！

那是非常新奇的經驗。最後曹仔上前引開對方注意，製造出我跟順妹抓住他的機會，我們三人居然只靠自己就抓住壞人！當時曹仔還只是個孩子，竟這麼聰敏，而順妹將順風耳用在救人以外的用途，也讓我十分意外。後來我問她，她說自己有在反省——

「不過，用在幫助他人之上，也不壞吧？」她這麼說。

我當然不覺得是壞事。甚至看到她主動做一些自己喜歡的事，我還有些開心。不過，順風耳的威力在我想像之上，那次是親眼所見。之後我在艋舺遇到曹仔，他都會親切地跟我攀談，有時他幫家裡到滬尾跑腿，也會拜訪我跟順妹。或許他在艋舺找不到像我們這樣的朋友吧？大家都認識他，地位尊卑太明確了，但我們是外人，他跟我們相處還比較自在。

要不是生為僕役，他將來一定是大人物。我從沒見過曹仔這樣聰明、知進退的人。

他說起出席喪禮的緣由，讓我跟順妹相當意外。原來他是跟剛剛那位日本華族來的！雖然知道他的才能有展露頭角的一天，沒想到竟被這樣的大人物看上！順妹感慨地說：「你還真是被捲入了不必要的是非呢。」

我意外地看向她，這是什麼意思？但看到曹仔苦笑著沒回答，我忽然瞭解她的意思。

曹仔確實是受到子爵特別照顧，但作為代價，他對子爵的要求也無權拒絕。仔細想想就知道了，要是他不配合子爵，最糟的情況或許是連白家都待不下去。如果這是他決定的就算了，但很可能只是迫於情勢。像現在，杉上子爵就將曹仔捲入自己的私事，置他於危險之中——畢竟這裡可是有吃人的妖魔！

我下定決心，一定要快點找到金魅。

不只是因為要比陳國安快，更重要的是金魅可能再度吃人！警察將這麼多人困在這裡，豈不是幫金魅準備大餐？無論鐵賀是不是金魅，我們都必須加快腳步。我安撫曹仔：「曹仔，你放心，我跟順妹不會讓金魅繼續吃人的。」

「謝謝你，二少爺，但我並不害怕。」

「是嗎？」我佩服他的勇氣，但也怕他是誤判情勢：「但你還是要小心。就算金魅剛吃了人，也難保不會馬上再吃下一個。或許驅使金魅的是個卑鄙殘酷的人，沒打算遵守一年只讓金魅吃一人的慣例。」

「是，如果真的有金魅，我被吃了也是命。但也有可能沒金魅。」

「沒金魅？你沒看到剛剛發生的事？」我感到奇怪。

「二少爺，盧家阿姊，」曹仔認真看著我們，眼中閃著隱密的光芒，像要分享什麼秘密：「雖然我說杉上子爵是來憑弔的，但我沒講他到這真正的理由。其實，他懷疑這一連串事件，都是人為冒充。」

我跟順妹大吃一驚。他在說什麼？不就是一般人做不到，才只可能是妖魔鬼怪所為嗎？

「哪有可能，剛剛那個叫畢翠兒的人，不就是當著所有人的面被吃的？」

「二少爺有親眼看見怎麼被吃的嗎？」

「什麼意思？」

「就是那個人消失的瞬間，是怎樣憑空不見的？」

「這倒沒有……可是，人不可能瞬間消失吧？還留下衣服、頭髮，不可能這麼快就脫下來還沒人發現吧？」

曹仔小聲說：「不是不可能，只要事先準備就行了。像是，這場騷動是畢翠兒自己製造的，他將事前準備的衣服跟頭髮帶來，趁沒人注意的時候，給它丟在地上，再偷偷溜出去，等別人注意到，他已經不在現場，就能營造出被吃的假象。」

我呆呆地聽著，一時還聽不懂，等明白過來，便想大喊「怎麼可能！」，但就算想反駁，也不知從何開始反駁。無論如何，說是有人在裝神弄鬼也太離譜了！這時順妹忽然喃喃自語：「該不會，這就是畢翠兒穿著很花的衣服的原因……」

「咦？」

「剛剛畢翠兒被吃，不是有人很快認出那是畢翠兒的衣服？要是他沒這麼花枝招展地來，就算發現衣服跟頭髮，也不會馬上發現被吃的是誰。要是沒有馬上發現，若許就會有人想，這只是某人在開玩笑，就算清點哪些客人不在場，也可能是先離開……」

等等，順妹是想說什麼？

「盧家阿姊，這想法真好！馬上就意識到誰被吃，確實會產生很大的衝擊，不過，我也在想那會不會是別有目的。譬如說，有可能畢翠兒是在躲債，必須假死，但如果只是消失，可能還是被追殺，那不如假裝被金魅吃掉，一勞永逸。穿很花的衣服，就是為了明確讓外界知道被吃的是畢翠兒。」

「等一下，順妹，曹仔，你們真的認為不是妖魔吃人？」我大感混亂。這應該是金魅所為，不是嗎？不正是因為如此，大道公才派陳國安來？

「也是有這種可能吧？」曹仔說。

「但、但是，如果衣服跟頭髮是事先準備的，畢翠兒也一定要帶過來啊！就算包起來，也蠻醒目的，如果他人消失了，卻沒留下那一包東西，難道不會很可疑嗎？」

「也未必是他自己帶來。以剛剛的躲債為例，只要他找一位朋友來，由那位朋友準備就好了。要是兩人在喪禮上沒有互動，誰也不會注意其他人帶了什麼來吧？」

是沒錯，這好像說的通，不過……

「這麼說起來，那位協助畢翠兒逃走的朋友，會不會就是『瞬息百發』？」順妹忽然張大眼。瞬息百發？我第一次聽到四個字。就在我困惑不解時，曹仔臉色微變：「盧家阿姊，為什麼你會提到瞬息百發？」

「你知道他？」

「略有所聞，這與他有什麼關係嗎？」曹仔神情有些古怪。

順妹猶豫片刻，卻沒直接回答，而是看向我：「哥哥，其實我剛剛會這麼快接受曹仔的想法，就是因為在喪禮前，我偶然聽見畢翠兒跟別人講，他會參加喪禮，主要是來找瞬息百發。明明是憑弔的場合，卻有別的目的，那時我就很在意……」

原來有這種事！我恍然大悟，順妹想必是用順風耳聽到的。但這種可能的衝擊太大，我頭腦還沒完全轉過來。若是如此……要是畢翠兒真的別有所圖……我不禁產生厭惡之情。

「如果畢翠兒真是為了逃債，那瞬息百發確實可能是共犯。但那也太過份，居然利用高思宓家的金魅謠言，這不是讓高思宓家雪上加霜！」

「也未必啦，逃債只是我的想像。」曹仔說。

「嗯，不過確實無法否定這種可能。」我有些沉痛，難道這場喪禮真的被利用了？我說：「曹仔，你知道瞬息百發是誰嗎？如果我們能找到他，也許就能逼問出畢翠兒的下落，還高思宓老爺一個清白。」

無論「瞬息百發」是誰，他未必跟前幾次金魅吃人有關。但若他真的是畢翠兒事件的共犯，多少能洗刷高思宓老爺的冤屈。

「……我不知道。」曹仔露出苦笑：「其實我一直以為瞬息百發死啦！所以聽盧家阿姊講才嚇一跳。他根本是傳說人物！就像滬尾的『高腳仔』，『瞬息百發』則是我們艋舺的傳奇，但他已銷聲匿跡幾十年了，應該是死了。我聽說他的名號，也只是剛好聽他的弟子吹噓過。」

「他有弟子？這人到底是怎樣的人物？」

「是個飛刀高手。」

曹仔的話令我大吃一驚，怎樣都沒想到在這個場合聽到「飛刀高手」四字，但他接下來的話更加難以想像。

「而且不是普通的高手，已經到神乎其技了，百發百中只是基本，擺一張紙當靶子，連續射出飛刀，都能穿過同一個孔，就像只有一把飛刀射過去。他還能看著鏡子，讓飛刀反彈，射中不在直線上的目標。據說，飛刀在他手上根本不像是一片金屬，而像是活著的東西，千變萬化。」

我目瞪口呆，這樣的人，根本無法跟「協助畢翠兒逃亡的壞人」聯想在一起。

「這些傳說或許有些誇張，但我所知道的瞬息百發，本就是很誇張的人。據說這些神技，還不是經過幾十年練成，大概十幾歲就到這種境界。他所謂的弟子，都是只比他小幾歲的人。告訴我這些故事的阿伯講，在那個年代，沒人會對只比自己大幾歲的人服氣，但瞬息百發不同。只要親眼看就知，那是沒有任何藉口，壓倒一切的神技。所以當瞬息百發說，這種事每個人都做得到，大家當場就拜師了。」

「這樣一號人物，我們怎會沒聽過？」

「我不清楚滬尾這邊是怎樣，但他年紀輕輕就退隱，也許就是原因。」

「退隱？為什麼？」

「據說是想過另一種人生。而且他不想受干擾，禁止弟子提他本名，有些弟子甚至會把說出本名的人暴打一頓，所以現在我們只知道『瞬息百發』這個稱呼。但剛剛講的那位弟子說，瞬息百發退隱的真正原因，有可能是因為弟子間自相殘殺。」

「自相殘殺？」

「是，聽講他有兩個弟子在械鬥中殺死對方。在混亂中，兩人同時射出飛刀，在空中錯身而過，命中彼此要害。那件事之後，他就不再傳授飛刀絕技了。」

太誇張了，這真的是傳奇！

「這樣的人，為何……那個畢翠兒會認識他？」難以置信，這一切彷彿都錯亂了。本來我們只是要調查金魅吃人，但畢翠兒被吃卻像另有隱情，甚至牽扯到一位退隱的高手，更糟的是，沒人知道這位高手是誰……

不對，等一下。

曹仔說畢翠兒被吃是偽裝，那只是「其中一種可能」啊！依然有可能是金魅吃人。瞬息百發跟畢翠兒穿這麼花的事，可能只是偶然。至少，那個鐵賀野風確實是妖魔。我試探著問：「曹仔，難道這些事件都是某人刻意栽贓，不存在半點妖魔作祟的影子嗎？連前幾個事件也如此？」

「至少子爵這麼想。」

我沉默不語。

曹仔跟那個日本華族提出的「人為」之說，確實不是不可能，但若前三個事件也是，我還是難以接受，不過——

我無法忽略這種思考方式。

或許，要知道高思宓大宅的真相，就不能不同時考慮兩者：有可能是妖魔作祟，也可能是有誰裝神弄鬼。坦白說，這感覺真是醍醐灌頂！在此之前，我完全沒考慮過「凡人也做得到」。且不論前幾起事件，至少畢翠兒這事，真讓我開了眼界。同時我也意識到，或許這不是光靠我跟順妹兩人就能解決的事。至少沒有那種發掘無數可能的頭腦就做不到。

「曹仔，我跟你講。其實我跟順妹來到這裡，是媽祖娘娘委託的。」我向他坦白。順妹默默點頭，認同我的決定。

曹仔瞪大眼睛，顯然被嚇到；我緩緩告訴他大道公與聖母圍繞著金魅的角力，還有大宅裡妖氣瀰漫，甚至我已經發現妖魔鬼怪的事。這一切對他來說太突然。曹仔聽完後表情複雜，有氣無力。

「二少爺，如果事情真如您所說，連媽祖娘娘跟大道公都介入的話，我實在不知道我跟子爵還能做些什麼……」

「不，你剛剛說的很有道理啊！我從沒想過。雖然有點丟人，畢竟我們才有神通，但曹仔，或許你們會比我們更早知道真相。不過，要是你們不知道這裡有妖怪，或許會被迷惑，所以我要跟你講這些。」

如果沒有金魅，一切都是人為偽裝，那會如何？或許天上聖母會感到遺憾，但沒有妖魔，也會安心下來吧？至於我，只要提交真正的犯人，就能洗刷高思宓老爺的污名，我算是樂見其成。至於陳國安，他就找金魅找到死吧。

但既然陳國安在此，就無法忽略金魅吃人的可能。曹仔帶來的想法，讓我強烈地想要「找出真相」——或許有些事件是人為，有些是作祟，而真相就藏在「複數的可能性」的隙縫裡！為此，我們必須合作才行。

但曹仔不知所措。

「唉，我知道，多謝二少爺。不過……我不知道子爵會不會接受。像這些妖魔啦、順風耳啦……他就是為了否定這些而來。當然，我見過盧家阿姊的能力，是不會懷疑，但子爵……我不知該怎麼講。」

「沒關係，你相信我們就好啦。雖然妖魔跟神通都是真的，但未必跟這些怪事有關，你當作參考就好。無論最後你的判斷如何，我們都相信你的判斷。」

「二少爺，您太看得起我了。」

看他畏畏縮縮的樣子，我不禁想自己是不是把無端的壓力推給他。不過……或許有點自私，但我真的覺得幸好有遇上曹仔！不只是他對怪事的不同見解，也因為在這裡遇見熟人，讓我覺得有如援軍，況且，他還認識那位企圖掌控一切的子爵。

曹仔低頭思考，接著抬起頭：「二少爺，我想問您一件事，您說坂澄會社帶來的那位保鏢不是人……我可以先跟您請教坂澄會社的事嗎？據我所知，他們似乎跟高思宓家關係不好，但我不瞭解詳情。他們的恩怨有大到透過妖魔詆毀高思宓老爺嗎？」

我點點頭，將坂澄會社與高思宓洋行的恩怨告訴他。曹仔眉頭深鎖。

「原來如此，關係如此惡劣還來憑弔，確實像別有用心……不過說到坂澄會社，有位小姐，她……」

他講到一半就噤聲。

「怎麼了嗎？」

「……二少爺，坂澄會社有哪些人，您可以為我指認一下嗎？」

「好啊，在那，你看。那個長髮的男子就是鐵賀野風，還有旁邊那位女性……咦？應該還有一個男人……」坂澄會社的成員少了一人，我四處張望，發現他在大宅客廳裡。雖無法看得很清楚，但透過落地窗與窗簾的空隙，還是能認出他。在他對面，是那個日本華族跟警察。

「還有他。」我抓著曹仔，指向大宅。

「看起來子爵搶先一步。」曹仔有些心不在焉：「之後我再詢問子爵談了什麼。不過二少爺，我能跟你拜託一件事嗎？坂澄會社的那位小姐，據我所知，是坂澄會社副社長——」

他欲言又止。

「怎麼了？」

「您可以幫我看看她是不是妖魔鬼怪嗎？」曹仔用委婉的語氣問。

我大吃一驚，他怎麼會有這種要求？

「你為什麼這麼想？她是副社長，妖魔有可能當副社長嗎？」

「呃，也許是我想太多，不過——」

「沒關係，曹仔你一定有自己的想法，就交給我們吧。」順妹打斷他的話，看了我一眼，像是有些怪罪。也對，這對我來說只是舉手之勞，根本不用質疑他。我說：「好，我會用娘娘的神通，交給我。」

「感謝。二少爺，我有些想調查的事，還請容我先行告退。」

「好。」我說：「對了，曹仔，要是有妖魔要害你，可以來找我們。畢竟我們有媽祖娘娘的庇護，沒這麼簡單遇害。」

「我知，多謝二少爺。」

懷芝離開，我目送他，只見他朝一位白鬍子老丈直直走去。怪了，那位老丈我也沒見過，他是何時來的？還是說，他剛剛都在大宅裡？

「哥哥，我有個想法。」順妹忽然說：「我想用順風耳，聽那位日本華族跟坂澄會社的人在談什麼，這段期間，你就照曹仔說的，看那個副社長是不是妖魔鬼怪。」

順妹會說粗略的日語，也聽得懂對話，所以我不懷疑她能竊聽日本華族的對話。但我不瞭解她為何這麼做。我說：「可以是可以，但那位日本華族在談什麼，曹仔知道後不是也會跟我們講？」

「是這樣沒錯，但老實講，我不太信任日本華族。坂澄會社跟他都是日本人，他真的會將什麼都跟曹仔說嗎？」順妹說。我恍然大悟，確實，誰也不知道杉上子爵是否真的值得信任。

「我明白了，那副社長的真面目就交給我。」

確定方針後，我走向坂澄會社的兩人。雖有些緊張，卻也感到踏實。

說來慚愧，雖已接受聖母的委託，但直到踏進這裡，我還是有些茫然。我們真的能順利找到金魅嗎？能證明高思宓老爺的無辜嗎？神通力帶來的不適，甚至讓我軟弱起來，覺得「在這種情況下，無法完成聖母交付的任務也沒辦法」。

但現在，我總算開始覺得事情能夠解決了。

我若無其事地走去，鐵賀見到我，露出禮貌的微笑。他跟那位副社長似乎正與其他賓客閒聊。這樣也好，我只要假裝聽他們聊天，便能用娘娘的神通看透副社長。副社長正用臺灣話抱怨：「真是的，真不知要把我們關多久。」

「這也沒辦法，那位日本華族似乎認為我們之中有讓畢翠兒失蹤的犯人。」大稻埕的李春生說。

「哪有可能，畢翠兒可是當著我們所有人的面消失耶！幹，幸好被吃的不是我。」旁邊的臺灣人說。

「你講啥？我們可是來參加喪禮的，別講這些難聽話。」

「你不怕嗎？我好想離開啊！唉，別人講什麼金魅，我還以為是謠言，想不到……嚇死人，要是金魅吃不夠哩？」

「金魅？你們以為這裡發生的事，真的是金魅所為？」副社長噗嗤一笑，完全不掩飾她的不屑。

但她接下來的話令我震驚。

「這才不是金魅做的呢。其實關於此地發生一切不幸的真相，我已略知一二。」

我瞪大眼看著他，鐵賀野風看來沒半點驚訝，彷彿這番話在他意料之中。她這是什麼意思？難道她跟曹仔和那位日本華族一樣，能看出詭計的可能性？其他臺灣人也意外地看著她，而她帶著些許傲慢的冷靜微笑，竟意外有些美艷。

十、阿求渡的證詞

「子爵大人，首先我想澄清一些誤會。」

在呂尚源奉上紅茶後，阿求輕輕飲一小口，似乎覺得太燙，表情皺了一下。呂尚源退到一旁，沒離開客廳。

「誤會？」

「您可能因為敝社跟高思宓洋行的緊張關係，認為我們不懷好意，但這種緊張關係在商場上很常見。當然，只要有挫敗高思宓洋行的機會，我不會放過，但只限於商場。私底下，我相當尊敬高思宓父子，這點請您理解。」

「既然你以商人自居，俗語說『商人講空話』，那我抱著顧客應有的懷疑，應該不至於開罪於你吧？」

「哈哈，就算子爵這麼說，我也沒有什麼可以賣給您的喔？請不用擔心商人的空話。您想知道的是我們當天造訪此地的原因吧，坦白說，我們只是單純應高思宓先生之邀而來，無端被捲入步泰承失蹤的事，我們也很無奈。」

「溫思敦邀請你，這有道理嗎？據我所知，坂澄會社跟高思宓洋行沒有合作關係。」

「不只沒有合作關係，還有嫌隙——子爵有話直說也可以。敝人不否認，畢竟這條街上，人人都這麼看的，不過表面如何，未必就是真相。而且受高思宓先生邀請是千真萬確，高思宓先生是寫信給我們……現在沒帶在身上，不過在調查初期，就已給警察過目了。」

「確實。調查步泰承事件時，我們就已確認過，高思宓先生也說是他邀請坂澄會社的。不過根據紀錄，這場交涉似乎不歡而散，是嗎？」

加賀向坂澄會社社長求證，阿求搖了搖頭。

「稱不上成功的交涉，但也不算不歡而散。畢竟發生了步泰承消失的意外，更像是強制中止吧。」

「但據我們調查，這場交涉也沒有後續，難道不是因為不歡而散嗎？」

阿求似乎沒想到加賀會這麼問。

「正確地說，是沒有繼續交涉的意義。說到底，高思宓先生要求的交涉，本就是閒聊性質，只是認清彼此立場罷了。從這個角度看，並不是無意義的對話，但我是商人，而現在的洋行主人是柯佬得・高思宓，若不由柯佬得先生正式出面，就不具商業意義。」

「阿求先生，我似乎沒跟上你們的對話，你說交涉是怎麼回事？」

子爵不喜歡被晾在一旁。

「還請見諒，子爵大人，我是在向加賀巡察解釋。其實高思宓先生找我商談，是很聰明的，之前，敝社是跟高思宓洋行有些不愉快，但那只是意氣之爭，長遠地看，對雙方都沒有好處，因此高思宓先生寫信給我，就是希望尋求和解的可能。」

「溫思敦希望高思宓洋行跟坂澄會社和解？」

「正是如此。」

「難怪你說沒意義。洋行的主事者是柯佬得，溫思敦跟你談有什麼用？」

「是啊，不過如我剛剛所說，這是聰明的。」

阿求放下茶杯。

「任何有識之士都知道，不只高思宓洋行，滬尾、大稻埕、全臺灣的洋行都沒多少好日子了。雖然有些勝之不武，但命令航路的補助確實對我們幫助很大。對洋商來說，臺灣的利益不再這麼驚人了。不過我們畢竟是新來的，跟在地經營幾十年的高思宓洋行不同，有些人脈上的資源，我們可以互相交換，高思宓先生請我來，就是想知道坂澄會社有沒有這方面的意向。」

「這叫聰明？交換的利益只是暫時的，等你可以好好運用那些資源，高思宓家就會被你踢到一邊吧。我不認為溫思敦有這麼天真。」

「子爵大人，這不過是選擇的問題。是要在臺灣仍有一席之地，還是從此退出臺灣？高思宓先生選擇了前者，如此罷了。什麼都不做——什麼也不能做——只是等死而已，有什麼值得稱道的？不過，高思宓先生確實沒有讓我佔便宜的打算，或是說，他確實是老了，跟不上時代，所以那次交涉不算成功……這倒是讓我有些失望。」

「如果交涉結果真的能讓你滿意，那也不會是溫思敦了吧？」子爵賊笑。

「不，子爵大人，不是你想的那樣。」

阿求不以為然。

「有人說商業像賭博，我認為很對。不只是因為風險，也因為手中扣著什麼樣的牌，會影響這一局的決定。所謂的商業交涉，就是從藏起的牌中適當地翻開幾張給對方看，誘導對方打出手中的牌，從中降低自己的成本，提高獲利。如果高思宓先生手上的牌能誘騙到我，就算讓他佔便宜，我也心服口服。但遺憾的是，他只是以為手中的牌能說服我，事實上不行，他手上的資料不是最新的，觀念也已經舊了，我在商談的過程中，是真心感慨他已經遠離洋行的核心業務。雖然我有感到不想讓我佔便宜的意圖，卻沒有真正交手的感覺，就像看到退休的棒球選手老是投壞球，只令我感到晚景淒涼。」

子爵感到意外。溫思敦確實已非洋行主事者，他的想法在這位年輕的商業新銳面前，或許當真不堪一擊，可是要與坂澄會社交涉，準備會如此不足嗎？還是說，有某些原因，逼他不得不在準備不足的情況下談合作？

不，也未必然。

「或許，這位選手選擇投出壞球，就是在為正式選手做暖身。」

「也許吧，高思宓先生已經死了，誰也不知道他怎麼想。不過，如果高思宓先生是這麼想，那如意算盤恐怕打錯了，畢竟，柯佬得先生可是不聽教練的話，不願上場的選手啊！」

「這是怎麼回事？」

「步泰承事件那天，在我離開這座宅邸前，僕人有轉達高思宓先生的話，說將來會繼續未完的交涉。不過，後來高思宓先生寫了封信來，說洋行主事者不贊同，交涉只好暫時擱置，希望更將來還有機會之類的。如果那場交涉是漫長佈局的前置作業，準備好的主角不登場，也只是白費。」

這番話倒是沒什麼可疑之處。柯佬得一提到坂澄會社表情就很難看，如果不是基於禮節，他早就將坂澄會社的人趕走了，很難想像他會心平氣和地坐下來跟阿求談。

「既然你也提到步泰承事件，或許你會不吝多說一些。」

「可以，雖然我都跟警察交代過了。」

「警察想必很感謝你的配合，不過我看起來像穿著警察制服嗎？」

「當然不，子爵大人。不過，實在沒什麼好說的，我怕不能令您滿意。」

阿求靠住椅背，緩緩說起當天的事。

「收到高思宓先生的信時，我很意外，但也很期待他有何打算。他跟我約定的時間是五月十七日下午兩點，我也回信表示沒問題。那天，我帶著副社長夏目小姐同行。夏目小姐是很好的幫手，有著過目不忘的完美記憶，判斷力也十分卓越，我很倚重她。」

「貴社的副社長是女性，這倒是罕見。」

「子爵大人，您在暗示什麼嗎？夏目小姐的職位，是內地高層決定的，與我的意願無關。不過，我欣然接受。確實有些人因夏目小姐是女性而有些疑慮，不過，那些人多半只是獐頭鼠目的小人物。夏目小姐是位美人，但把她當女人，就太大材小用了。」

阿求認真地說——或許太認真了。子爵微笑，他樂於他人因自己的話動搖。

「只是隨口說說，沒什麼意思。請繼續吧。」

「我們還沒兩點就到了，管家先把我們帶到客廳。雖然先前就聽過高思宓大宅的格局跟英國領事宅邸相同，不過第一次來，還是由衷感佩其氣魄。我跟副社長聊著天，等待高思宓先生，兩點過後，他從書房出來——」

「從書房？會客前，溫思敦應該在二樓起居室吧？」子爵看向加賀。

「是的，我們的報告是這樣寫。」

「或許高思宓先生有什麼事，先去了一趟書房吧。」阿求揚起眉：「有什麼問題嗎？」

「當然，當然有這種可能。不過溫思敦從樓梯下來，也該先進入客廳，才能進入書房，難道你們沒看到？」

「喔，子爵大人，那可一點都不奇怪啊。」阿求笑著說：「看來您不熟悉這大宅的構造。這裡可不只一個樓梯，我剛剛去借洗手間，就有看到另一個樓梯，在洗手間外面，洗手間可以直接通往書房。從那裡下來的話，當然會先進入書房啊。」

「原來如此。」子爵起身往書房前窺探，確實如阿求所說，還有另一道門。他轉回椅子邊，重新坐下：「慚愧，我確實不怎麼熟悉大宅構造。不過，理應沒進過大宅幾次的阿求先生會這麼瞭解，倒是讓我挺意外的。」

「大家都說我觀察力好。」

「這樣嗎？那真希望這份觀察力在探究步泰承事件上有能倚重之處。」

阿求露出奇妙的表情。

「步泰承事件怎麼了？我還以為人們對此已有定論。」

「定論？你是說金魅吃人之說？阿求社長相信這一套？」

「不，倒也不是相信，金魅什麼的只是臺灣人的迷信而已。只是我不懂現在探究這點有什麼意義，畢竟高思宓先生已經過世了……原來子爵大人有興趣的，是找出步泰承事件的真相？」

「或是說，整個金魅失蹤事件的真相。」

「原來如此。」阿求笑了笑：「那我就放心了。」

「放心？」

「我聽加賀巡察跟子爵大人說的話，還以為是柯佬得先生向子爵大人告狀，想要為難我們坂澄會社。既然如此，那就跟敝社無關了，我們只是偶然捲入此事。事實上，我們也蠻好奇步泰承他們到哪裡去了。」

「偶然嗎？即使大部分的場合，阿求社長都『正好』在場？」

子爵強調「正好」兩個字。

「是啊，不幸的偶然——原來如此啊，看來無論這些怪事件的真相為何，我們已經被當成嫌疑人了。唉，真是無妄之災！」

「若真是無妄之災，只要阿求社長願意積極證明，那就好了。」

「看來我沒別的選擇，畢竟，步泰承從二樓客房消失時，我跟夏目小姐是在一樓沒錯。雖然隔著一層樓，我怎麼也想不透要怎麼與此事扯上關係。子爵希望我詳述當天的事情吧？不過真的沒什麼好說的，如剛剛所說，高思宓先生坐下後，我們直接進入重點，雖然他的意思很明確，但根本不足以說服我，直到被步泰承的事打斷，一直都是如此。」

「溫思敦真的這麼準備不足？」

「子爵大人，我不知道您對高思宓先生瞭解多深，我相信他年輕時，一定是位了不起的商人。但商場是瞬息萬變的，只要離開兩、三年，局勢就不同了，而任何的誤會，都足以致命。我舉個例子，那天，高思宓先生列了一張上游農家的清單，他甚至不知道其中有幾戶的契約已經過期了，這連我都知道，他卻不曉得，這不是太離譜了？那天夏目小姐指出這點，他還不相信，說要確認一下，就回書房去找資料了。對了，步泰承就是這時按了呼叫鈴。高思宓先生回來後有些不安，想必是意識到自己的錯誤了吧？我們本來要趁機追擊，但管家來跟他竊竊私語，高思宓先生就去處理步泰承的事，要是那時步泰承沒出事，我還真好奇事情會變成怎樣。」

阿求嘴角掀起險惡的微笑，這點令子爵反感。這商人表面上說尊重溫思敦，其實只是場面話吧，他根本沒隱藏自己對溫思敦準備不足的不屑。身為朋友，子爵覺得自己也被羞辱了。阿求似乎察覺到這點。

「子爵大人，請別誤會，我確實尊敬高思宓先生，光是建造英國領事宅邸的雙子大宅，就看得出他的手段。但人都會老，高思宓先生也不例外，對這個事實，如果我只是同情他，對彼此都太失禮了。」

「請容我打個岔。」加賀巡查說：「前負責人的報告沒有寫得很清楚，呼叫鈴響起的時間點，是在高思宓先生回書房後吧？請問高思宓先生大概過了多久才從書房回來呢？」

「我沒特別注意，大概五到十分鐘吧。」

五到十分鐘——這時，子爵腦中出現一個畫面。

且不論鑰匙怎麼留在客房裡，步泰承消失事件，本就有個懸而未解的謎：他是怎麼離開大宅的？如果二樓的封鎖當真這麼嚴密，他無法潛進其他房間從窗戶逃走，又沒有僕人作為共犯，無法從二樓離開，那一樓呢？之前大家認為不可能的原因，是因為要從前門離開，會經過客廳，從後門離開，會經過僕人的準備室，但現在仔細一想，經過客廳是個曖昧的說法，如果溫思敦其實還在書房，不在客廳，而步泰承本就認識阿求跟夏目，他大可從前門離開，之後阿求再做偽證說沒見到他，這樣不就能解釋步泰承離開大宅之謎？

但是，這推測有許多問題。

最主要的問題，當然是步泰承從前門離開大宅時，溫思敦在書房裡，完全是偶然。但如果阿求有讓溫思敦暫時回書房的理由，那就另當別論。說起來，子爵本就不完全信賴阿求的說詞，因為阿求剛剛講到的**某件事**，完全違反子爵所知的常識。

只要考慮到阿求說謊的可能性，那他主張溫思敦回書房是「遠離洋行事務而準備不足」，也可能是假的。事實上，也可能是阿求以某個理由請求溫思敦到書房，製造出讓步泰承從前門離開的機會，事後為了隱瞞此事，才謊稱是溫思敦自己的問題，反正死無對證。

但即使如此，這套假說仍有許多問題。知道商談時間的阿求，確實能事先與步泰承套好招，但步泰承被邀請留下，卻是偶然。說到底，那天兩點後，二樓除了步泰承外沒有其他人，甚至所有門都剛好鎖上，就不太可能事先安排。

還是說，那是有可能的？

「這五到十分鐘以內，你們兩位就只是等待？」加賀問。

「我們也沒有更好的事可做。」

「我想確認一下，這段期間，如果書房裡發生了什麼事，你們不會注意到吧？」

「這就要看是什麼事了。畢竟要是發生爆炸，嚴重到這種程度，我們當然會知道。這麼說吧，坐在客廳內，是可以看到書房的一部份，但那部分以外，我們就不知道了。」

「同樣的，如果兩位在客廳做了什麼，書房裡的高思宓先生也無從得知？」

加賀巡查問。原來如此，子爵想，這才是他真正想表達的啊！看來這人也考慮到了溫思敦到書房產生的空白期。阿求怔住，接著無奈地聳肩。

「兩位，我什麼都沒有做。如果我們沒有任何互信的基礎，那說什麼都沒意義。」

「請見諒，阿求先生，我只是確認細節。」

「那是您的工作，我沒有埋怨的道理，您也果然跟我想的一樣，是個聰明人。」阿求轉向子爵，身體微微前傾，直視著他：「子爵大人，我猜，您想幫助高思宓家吧？若是如此，您將我視為高思宓家的敵人，就大錯特錯了。」

「阿求社長不是也不否認與高思宓洋行間的緊張關係嗎？」

「但我也說過，表面未必就是真相，而且我確實尊敬高思宓父子。」

「我會參考。」

阿求盯著這位華族，緩緩坐直，嘆了口氣：「看來，為了證明我的清白，有些話是不得不說了。子爵大人，您也知道敝社與高思宓家關係緊張，明明如此，為何我今天會來呢？」

「從常識看，應該是來憑弔，但我也很好奇這問題的答案。」

「我本來還在猶豫，但只要看看這個，您就會明白了。」

他從口袋裡摸出一張信紙，遞給子爵，那是一封簡短的英文信，字跡有些熟悉。

敬愛的阿求先生：

寫這封信給您，是因為家裡已經沒有可以信任的人。這幾個月來，我家裡發生的種種怪事，相信您十分清楚。事到如今，我已知道真相，並記錄下來，藏在之前跟您說過的地方。要是我遭到謀害，還請您找機會到大宅，將真相取出，交與警察。這些事還請不要轉告我兒。您是唯一知道那地方的人，萬事拜託。

溫思敦・高思宓

這是怎麼回事？杉上子爵看著信，一時說不出話。

單看文字，這是溫思敦寫給阿求的求援信，但怎麼會？阿求說：「子爵大人，坦白說，我也不明白高思宓先生為何寫這封信。且不論敝社與高思宓洋行的關係，敝人與他也沒有深交，不過，這封信存在，就是我來此的理由……我想確認這封信所言是真是假。」

「信上說『那個地方』，指的是什麼？」

「這是最令我苦惱的地方。」阿求皺起眉：「雖然高思宓先生說『之前跟我說過』，但我完全沒印象！不過要是他真的沒告訴他人，我覺得自己有義務將他委任的東西找出。」

「抱歉，阿求社長，那封信是怎麼回事？」加賀問，他不會英語。

「這是高思宓先生寫給我的信，說是記載著他的遺願也不為過。」阿求便將信件內容翻譯給加賀巡查聽。旁邊的呂尚源不諳日語，也沒直接看到信的內容，只知三人情緒有些激昂，卻不明就裡。

加賀聽完翻譯，表情嚴肅到看不出情緒起伏：「如果此處怪事的真相，就被藏在大宅某處，那就算動用所有警力，也要把它給找出來。不過，為何高思宓先生不直接寫出『那個地點』，要用這麼迂迴的說法？」

「我也不明白，或許他是怕這封信被誰給攔截？」

加賀盯著阿求片刻，緩緩點頭。

「原來如此。也不是說不過去。不過，高思宓先生寫得這麼隱諱，可麻煩了。不只是在哪裡，我們連要找什麼都不知道。」

「確實。不過，既然高思宓先生說是記錄，恐怕是某份文件吧？」

「一份秘密文件。」

「是啊，但也可能偽裝成其他文件，像寫在背後、或其他文件邊緣、甚至是在文件中，編成密碼形式……加賀巡查，如果您要搜查大宅，我認為任何文件都要仔細看過內容。」

子爵拿著信反覆閱讀，眉頭越皺越深。這封信改變了一切，這麼一來，阿求渡不僅不是溫思敦的敵人，還是協助者。他問：「阿求社長，為何你到此時才將信拿出來？又為何不將信交給警察？」

「我當然想過將信交給警察。不過，高思宓先生一開始委託的是我，我也想在那之前搞清一切。現在交出這封信，是情勢所逼，畢竟我想證明我的清白，而且，要是子爵大人也想要揭穿真相，我當然應盡一己之力。」

這時客廳外傳來聲響，柯佬得跟穿著黃斗蓬的魯道敷下來，見到阿求渡在客廳，他們有些意外；魯道敷拉住柯佬得低聲說了句話，接著直接走出前門，柯佬得似乎想挽留他，但才伸出手，就立刻把手放下。他轉身走進客廳，用英語說：「阿求先生，你們在聊些什麼，不介意我加入吧？」

「已經結束了，我想我該重新當回客人……」阿求笑著站起。

「阿求社長。」子爵用日語說：「這封信交給我全權處理，沒意見吧？」

「當然。」阿求點點頭，看向加賀，像要說什麼秘密：「加賀巡查，有任何需要我的地方，請說一聲，我一定會派上用場的。」

他說完便離開客廳，跟柯佬得擦身而過，沒再打一聲招呼。

「真是匆匆忙忙啊。管家先生，這裡讓我來接待客人吧，請你到庭園，看有沒有需要協助的。唉，真是災難啊。」

呂尚源依言走出去，柯佬得則舒緩地坐到椅子上，渾然不知剛剛客廳裡的對話已使局勢大幅轉變。子爵嚴肅地看著他：「柯佬得，我不會要求你解釋什麼，但我希望你能看看這封信。」

「這是什麼信？」

子爵沒回答，柯佬得伸手接過，看了幾眼便臉色大變。

「這……這不可能，沒道理啊！父親他……不可能！」

「對這封信，你完全沒有頭緒？」

「沒有！父親不可能寫這種信！他不信任我們？不可能！」

「或許他不是不信任，只是基於什麼原因，不得不瞞著你。」

「父親也許沒有什麼事都告訴我們，但再怎樣都不至於求助於阿求社長啊！這毫無道理，這封信一定是偽造的……我必須跟我兄弟說……杉上先生難道相信這上面的鬼話？」

柯佬得激動地拿著信逼問子爵，子爵伸手把信來回來。

「這字跡確實很接近令尊，我無法當作沒看到。如果令尊真的留下什麼線索，那我們也要把它找出來。柯佬得，接下來日本帝國警察會搜索你的房子，希望你配合。」

柯佬得臉色十分難看。

「我……我現在還無法決定……」

「很遺憾，柯佬得，這不是請求。不過你難道不好奇嗎？無論這封信為何出現，背後都一定有其原因，如果這座大宅是關鍵，你不想把它給弄清楚？」

「我不確定。這難道不是浪費時間？」

「也許是，但浪費的是警察的時間，不是我們的。放心吧，柯佬得，無論怎麼調查，結果都不會對高思宓家不利的。」

「您怎麼能肯定？」

「我保證。」子爵緩緩說：「現在事情還在我掌握之中。」

他用英語說這些，不只是因為柯佬得不熟悉日語，更是要確保加賀巡查不知道他們在說什麼。來此地前，子爵便曾懷疑這一連串以「金魅」為核心的怪事或許與溫思敦的過去有關，但真要探查溫思敦的往事，令他心裡頭有些不安——誰都有秘密，要是挖出溫思敦不希望他人知道的東西，就不是「好友」所應為。

所以他必須控制住加賀巡查。

子爵看向加賀，加賀似乎正在等他的命令。沒錯，一切都還在控制之中。但真的如此嗎？他本以為能夠名正言順搜查大宅，加賀應該感到高興。但沒有。加賀看來一臉嚴肅，甚至有些不快。

不。沒關係。沒有事情是杉上華紋不能解決的。明的不行，用暗的就好。畢竟杉上家的陰陽術，向來就是被這麼利用的。他緩緩開口。

「加賀巡查，調幾名人力進來吧，要搜查大宅了。」

十一、髮切

「小姐，你說知道真相是什麼意思？」

坂澄會社副社長的發言，簡直像從海上飛來的砲彈，大家都被驚到了，一時說不出話，過了片刻才有人開口詢問。而剛剛副社長聲音頗大，還有些本來沒在聽的人，都被她的話吸引而轉頭，甚至有人拉著椅子坐過來。

我明白他們的心情。「真相」二字就是有這種力量。

副社長環顧人群：「我的意思是，雖然大家以為這裡的怪事是金魅所做，但恐怕只是被巧合誤導了。」

「誤導什麼？剛剛都有人被吃啦！」

「是啊。」

「這種事只有金魅才能做到吧？」

「等一下，為何你這樣說？」副社長看向說話者：「有人當著眾人的面消失，這一定是妖魔鬼怪所為，這並沒有不對……但那個妖魔鬼怪未必就是金魅吧？」

咦？

這番話在我意料之外。我本以為她會像曹仔一樣說出這是凡人偽裝……誰知全不是這麼回事。但她在說什麼？若是妖怪吃的，怎會不是金魅——不，我不也考慮過其他妖怪假裝成金魅吃人的可能性嗎？模仿金魅只是要傷害高思宓家的名譽。但副社長為何要主動提出妖怪作祟這件事？

如果這些怪事都是坂澄會社在後面佈局，那什麼也不說，偷偷摸摸做就行了，大肆發表關於妖魔作祟的評論，不是很可疑？我忍不住偷偷瞄一眼鐵賀，他一臉事不關己的樣子。難道這些作祟其實跟他們無關，所以他們才興致勃勃地討論？

「我不是臺灣人，不知金魅這種鬼怪，只聽說發生在高思宓大宅的種種怪事。當然，我對此感到遺憾。但聽過金魅的傳說後，我不禁覺得，這不太像金魅所為吧？」

「哪裡不像？金魅不喜歡吃衣衫跟頭髮，所以被吃掉的人，會留下衣衫跟頭髮，高思宓大宅裡失蹤的人就是這樣啊！」

「剛剛也說過，那可能是巧合。」

「巧合？哪可能有連續四次的巧……」

「請等一下。重點不是巧合與否，我認為這不是金魅所為，是有更簡單、更好理解、更直接的理由。我聽說金魅一年只吃一人，對不對？那為什麼至今已吃了四人？」

她的話讓大家面面相覷，但與其說被點醒，更接近困惑。雖然我一開始也有些奇怪，如果是金魅作祟，被吃的人也太多了，但這真的算是問題嗎……？養金魅的人不得不讓金魅吃人，但只吃一人就滿足的話，有必要讓牠吃更多嗎？所以最少會吃一人，不表示金魅無法吃更多人吧。

副社長也感到人們的困惑，她說：「也許各位覺得這不算問題，但所謂的旁觀者清，可能就是這麼回事。正因我是外人，才能看到臺灣人看不到的東西。其實，在聽到高思宓大宅發生的事後，我心裡頭最先想到的不是『金魅』，而是『カミキリ』……也許各位沒有聽過，那是我們日本人的妖魔鬼怪，會剪掉別人頭髮。」

我心中一怔，跟鐵賀說的一樣。我看向那個玩世不恭的男人，他仍帶著事不關己的微笑，我心頭升起不祥的預感。

「在我們德川幕府的時候……這麼說你們可能不清楚，大概就是鄭成功來臺灣幾十年前，那個時候就有『カミキリ』了。沒人知道『カミキリ』長什麼樣子，是怎麼出現的，但『カミキリ』會在不知不覺中剪掉你的頭髮。雖然講鄭成功時代好像很遙遠，其實直到科學發達的最近，都還有出現，二十幾年前，東京日日新聞就寫了髮切作祟的事，有位叫作『銀』的婢女在上廁所的時候，髮髻忽然被剪斷，頭髮都掉在地上，嚇到精神失常。『カミキリ』在我們日本算是常見的妖怪，所以一聽到高思宓大宅裡失蹤的人也留下頭髮，我就想到『カミキリ』。」

「喂，你講這些，跟發生在大宅裡的事完全不同吧？那個剪頭髮的鬼怪襲擊人，會整個人不見去嗎？」

「而且日本的鬼怪沒道理出現在這吧！」

「我知道諸位會這麼說，但請讓我再強調一次，因為部分跡象吻合金魅吃人，而忽略不像是金魅的部分，是無法得知真相的。而且臺灣出現日本鬼怪有何奇怪？鄭成功就有日本血統，早在荷蘭統領臺灣時，臺南就有很多日本商人居住了，基隆那邊的社寮，四百年前就有日本人，一百年前，從我們日本函館出發的『順吉丸』，因遇上暴風雨而漂流到後山——日本人跨海來此之事多不勝數，為何鬼怪就不行？」

「不是啦，現在不是講這個，就算有可能，你講的鬼怪做的事情，也不像這大宅裡發生的事情啊。」

「是啊，我也不是一開始就這麼想，想到『カミキリ』只是靈光乍現。不過，憑著這個靈感想下去，我覺得不是沒可能。簡單來說，如果被剪掉頭髮跟消失，其實是兩件事，只是同時發生，那又如何？」

這是什麼意思？我一時沒明白過來，聽者也議論紛紛。

「各位瞭解我的意思嗎？跟金魅不同，『カミキリ』要剪多少次頭髮都不是問題。但每次『カミキリ』

剪頭髮的同時都發生『消失』事件，這就是我們會錯認為金魅的原因。」

「你的意思是，剪頭髮跟消失無關，只是剛好同時發生？」

「是不是剛好，暫且不論，不過當成剛好會較好理解。如果有兩件事同時發生，我們會認為那兩件事相關，這也是很自然。透過同時發生的兩件事，來判斷是什麼鬼怪作祟，也很自然。但若那兩件事並非一組，就會讓我們誤會了。」

原來如此！難怪她說是「巧合」，不過——

「可是，就算剪頭髮跟消失無關，他們同時發生的情況也太多了吧，到現在每一次都同時發生，哪有這樣的巧合？」

副社長頓了頓：「很有道理。這確實不是巧合。但我所說的巧合，是這兩種現象同時出現，剛好吻合臺灣這裡的金魅傳說，而兩件事總是同時發生，要說沒有意圖在裡面，就太離譜了。我的看法——各位可能會覺得有些離譜，我會馬上說明——我認為『消失』是復仇的一環。」

「復仇？」

我也呆住，為何忽然跳出這個詞？

「對。雖然不確定是鬼怪對凡人的復仇，還是鬼怪對鬼怪的復仇，但八九不離十。各位是被金魅誤導了，才無法注意背後的脈絡。畢竟，若這真是金魅作祟，就會開始追究是『誰』養金魅，事情背後的起因只可能是『人』，而不是『鬼怪』主動做某些事。我運氣好，可以不用這種角度看事情，因此我開始思考，高思宓家長久以來平安無事，為何怪事忽然頻繁發生？這段期間究竟出現了什麼變化？接著我注意到了關鍵的人物——高思宓老夫人。」

「老夫人怎麼了？」

「在這些怪事發生之前，高思宓家最大的變化，不就是老夫人逝世？那老夫人會不會跟這些怪事有關？聽起來很荒謬，但只要注意到她的重要性，我便想起許多傳聞，像她出門都蒙著面，彷彿不想被人認出，更重要的是……據說她不會老，對不對？各位在滬尾住這麼久，想必比我清楚吧？」

她到底想說什麼？本來她說不是金魅，我還感到高興，至少這表示高思宓老爺沒有養金魅，只是被害者。但為何要提到老夫人？

旁人竊竊私語。

「說起來，老夫人真的不像上了年紀……」

「我也聽過這些壞事是老夫人死後陰魂不散的說法。」

「你到底要講啥？老夫人跟這些有關係？」

副社長緩緩點頭。

「請聽我解說。講起來也巧，我對妖魔鬼怪的事情略知一二，所以這麼清楚『カミキリ』的事。各位，我跟你們講，妖魔鬼怪若化身為人，是不會老的，高思宓老夫人正是這樣，這得出一個結論：她其實不是人。各位，雖然高思宓家說她在別的所在死了，但這種講法，只是矇騙不知情的外人！若我猜測不錯，她恐怕是被仇家所殺，而那些仇家便是『カミキリ』這種鬼怪！老夫人出門都蒙面，除了不想被仇家認出，還有更簡單的理由嗎？雖然老夫人自己也是鬼怪，卻也不是那些仇家對手，所以才遇害。但仇家殺了她還不夠，還要繼續向高思宓家報復。」

我背上起了雞皮疙瘩。

不是因為相信她，而是我猛然意識到她背後的意圖有多惡毒！

她在指控老夫人是妖魔鬼怪。與此同時，也是在指控柯佬得少爺，說他是鬼怪之子，而高思宓老爺則是與妖魔成親、有著變態怪癖的人！這荒謬的說詞令我氣到滿臉通紅，但可怕的是，旁人一片沉默，竟沒人反駁！我忍不住大聲說：「你講的這些，都沒有證據吧！」

「要妖魔留下證據，可是難如登天，但我們不是沒證據。老夫人不老，本身就是鐵一般的證據。」

「小姐，在高思宓老爺的喪禮上講這些，太過份了吧？」另一人嚴肅地說。

「這可失禮了。不過喪禮已經暫停——而且所謂的真相，本就非常殘酷。」

「但你說報復，這我不很瞭解，為何那些害死老夫人的妖魔鬼怪還要進一步在這裡作祟？」

「問得好。這是我自己的猜想——在我們日本，鬼怪跟人類成親是很嚴重的禁忌，若是觸犯這禁忌，無論是鬼怪跟人類，都要受懲罰。我想，老夫人或許也是『カミキリ』，因為某個原因，她來到臺灣，認識了高思宓老爺，與他成親，雖然幸福，卻也活在恐懼之中，怕被同族的鬼怪認出來。不幸的是，這恐懼成真了。或許是支那將臺灣割讓給我們，有些『カミキリ』藉機渡海而來，剛好認出她吧？觸犯禁忌的鬼怪，必須付出代價……很蠻不講理對吧？明明老夫人也只想好好過日子，不過那些鬼怪才不管這些。因此，老夫人遇害了。而且他們也沒打算放過那些跟同族成親的人類，所以才在大宅裡作祟，而且比原來的作祟方式更過份，直接把那些人殺掉，只留下頭髮，讓高思宓老爺知道是『カミキリ』所為。我是不清楚老爺知不知道老夫人的身份，但要是他知道老夫人是何鬼怪，想必很清楚頭髮背後的意義吧？」

副社長說得感情豐沛，人們低聲交談，竟像被說服了。

「等一下，如果老夫人真的不是人，那柯佬得……這個家的主人，難不成也不是人？」

「這個呵，若我推測沒錯，柯佬得少爺雖然跟一般人有些不同，也還算是人。據我所知，人與鬼怪生下的孩子，必然跟身為人的那方長得一模一樣，這是因為鬼怪本就沒身軀，才能瞬間消失，瞬間出現，人是父精母血變化而成，做不到這點。所以人跟鬼怪的後代，只能繼承『人』的部分，鬼怪的部分，則以妖氣的形式附在孩子身上。其實我會懷疑老夫人，就是因為柯佬得少爺跟父親長得實在太過相似，如果老夫人不是人類，一切就合情合理……」

「小姐，你這麼瞭解鬼怪，那你能看出柯佬得身上有沒有妖氣嗎？」

「請放尊重一點！」我終於受不了這些謬論：「各位，請你們想想這是什麼場合？高思宓老爺都還沒入土呢！這樣污衊老夫人跟柯佬得少爺，不是欺人太甚嗎？」

副社長面不改色，緩緩看向我。

「我可沒亂講。」

「不，這全是亂講。」

這不是我說的。我看向旁邊，說話的是有著白鬍子的老丈，就是剛剛曹仔跑去攀談的人。他將曹仔丟在一旁，直直朝這裡走來。

他看來雍容和藹，不料聲音卻如此威嚴有力，他緩緩說：「各位，我感到很失望。我本以為今天來憑弔的諸位，想必都是高思宓的朋友，誰知聽了這番愚蠢的話，竟沒多少人幫往生者說話；坂澄會社跟高思宓洋行關係不好，我以為大家都知道，怎麼會輕易聽信坂澄會社的謠言？你說是吧，坂澄會社的副社長，夏目小姐。」

「什麼？她是坂澄會社的？」

有些人顯然現在才知道，看她的表情就變了，像看著蛇蠍。副社長微微一笑。

「老丈，我只是對真相好奇的平凡人。無論我是誰，都不影響這點。只因我是坂澄會社的人，就認為我是亂講，豈不是一偏之見？」

「不，就是亂講。」白鬍子老丈說：「你說你瞭解鬼怪，但那些鬼怪的禁忌，或是鬼怪與人生下的孩子會怎樣，除了你之外有誰能證明？那全都是你為了曲解事實所生出的妄想罷了，沒半點根據。區區凡人，哪有可能對鬼怪瞭解到什麼程度。」

「老丈，請問您如何稱呼？」

「老夫萬馬堂，是往生者的老友。他們家的情況，我再清楚不過。」

「萬阿伯，你講我沒理由瞭解鬼怪，那可不對，就算在臺灣，有機會接觸到鬼怪的人，也不是絕無僅有，我聽人講，滬尾街上有位媽祖娘娘化身，難道她沒遇過鬼怪嗎？我在內地有我的機緣，無需向您一一稟報吧？而且，柯佬得少爺這麼像父親，豈不是異常？老夫人不會老，這您又怎麼解釋？」

「無需解釋。柯佬得像父親，這是偶然的事實，有什麼好解釋的？老夫人確實沒有老態，但那是她長期蒙著面給人的錯覺，以及她愛護身體所致。確實，老夫人蒙面有她的理由，老夫很清楚她老家的事，只能說理由與老家有關，但現在沒必要提起往事。你說的異常，不過是三姑六婆喜歡的那種的謠言，不值一提。」

「萬阿伯，三姑六婆喜歡的謠言，有時可能就藏著真相啊，您只是視而不見罷了。當然，您是高思宓老爺的朋友，想為他掩飾，我不難理解。我也承認剛剛說的多半只是猜想，不過『カミキリ』之事，可是千真萬確，在場的各位請考慮一下這種可能，並想想看，如果這一切真是『カミキリ』所為，背後代表著什麼。」

「不用考慮，這是金魅所為。」

「只是看起來像金魅所為罷了。」

萬老爺「哈哈」笑了，但看來像惱怒：「你這麼講毫無道理。我有聽到你講金魅不可能這麼頻繁吃人，可笑，你不是金魅，憑什麼這麼講？假使我退一步，承認你講的好了，金魅這種鬼怪也可能不只一個啊，要是好幾個連續吃人不就沒問題了？反過來講，你的假設才是問題連連，要是什麼都不想，或許會被你給拐去吧，但各位聽好喔？假使這真的是『カミキリ』對高思宓家的復仇，那不是很奇怪？為何針對高思宓家的復仇，不是針對家人，而是無關的他人？莫名其妙！而且髮切要殺人，讓整個人消失，有什麼道理留下衣服？相較之下，金魅之說可是合情合理多了！」

對啊！剛剛夏目只針對「剪頭髮」跟「消失」作出解釋，但為何消失要留下衣服，卻毫無解釋，我居然沒發現！

「這也難說。或許『カミキリ』對破壞禁忌的人有特殊的處罰方式，而且比起直接傷害家人，傷害與家族有關的旁人，明明知道卻無法阻止，這不是更可怕？說不定，高思宓老爺就是知道只有自己死亡才能終止這一切，才選擇自殺的道路……」

我心中一怔。

雖然不同意，但這確實戳中我心裡頭的謎團：為何高思宓老爺選擇自殺之路？這實在不像他。萬老爺大聲痛罵。

「你知道什麼！溫思敦他在夫人死後，就沒把還能活多久放在心上了，這份感情，你是不會懂的！雖然他走上絕路，我們沒有一個人認為應當如此，但把他因思念夫人而產生的軟弱，作成污衊他夫人的手段，實在太過骯髒！」

啊。

我恍然大悟，同時心裡閃過順妹的影子。若順妹先離我而去……我大概也不想活。不，如果順妹是遇害，我一定會先為她復仇再死！若老夫人當真遇害，高思宓老爺真的什麼都不做嗎？他最後選擇自殺，或許老夫人真是自然死亡……

意外的是，我本以為夏目副社長會強力反駁，誰知她臉色微變，欲言又止。

「……我知道萬阿伯的意思了。這本來就只是我的猜測，讓萬阿伯這麼生氣，小女子跟您道個歉喔。」不過『カミキリ』的事，小女子並不是隨口說說。這是高思宓老爺的喪禮，再講下去，就不好意思了，不過，要是大宅裡有誰在不知不覺中頭髮被剪，或許就能證明小女子所言不虛……」

「不，沒這回事。」萬老爺打斷她的話：「就算將來『カミキリ』出現，也不表示跟之前的事有關。老夫反而很好奇，你這麼肯定『カミキリ』會出現……該不會你就是『カミキリ』吧！你很清楚自己能剪掉別人的頭髮，所以才用故意散佈這種謠言，再栽贓給老夫人，該不會是這樣吧？」

夏目副社長微微一笑。

「萬阿伯，您講我是鬼怪，我若是鬼怪的話，會這樣大刺刺在光天化日之下現身嗎？」

「我也覺得不可能。但你剛剛都說高思宓夫人是鬼怪了，這位夫人，可不只在光天化日之下，現身於人前至少三十幾年，還名正言順地跟溫思敦成親！若夫人是什麼妖魔鬼怪，那你不是人，就毫無奇怪之處了。」

「那倒也是。不過堂堂妖魔居然降尊紆貴，像我這樣不得不在凡人生意裡求溫飽，未免可笑；反過來說，妖魔與凡人相愛，結褵三十年鶼鰈情深，豈不是一件美談？比起質疑小女子不是人，這才是說得過去的事啊。別誤會，我對老夫人心裡很尊敬，若她當真是被『カミキリ』所殺，我也會連著『カミキリ』一同憎恨，萬阿

伯別擔心，小女子萬萬不會是『カミキリ』。」

萬馬堂揚起嘴角，哼了一聲。

「花言巧語。老夫就直說吧，『カミキリ』不出現則已，要是出現，你是不是人就顯而易見。我們等著看！」

他說完拂袖而去，將我們晾在原地。副社長蠻不在乎地對鐵賀招招手，將他找到自己身邊，兩人交頭接耳，笑了出來。我真不懂有什麼好笑。在剛剛的衝突後，其他人對坂澄會社的兩人保持距離，顯然是意識到副社長方才的發言到底多麼不恰當。

我下意識跟著萬老爺，想跟他說話。

我想跟他道謝，感謝他為了高思宓老爺仗義執言。更重要的是，我認為他的話恐怕十分接近真相，因為——

夏目副社長確實是妖魔鬼怪。

就在她跟萬老爺針鋒相對時，聖母的神通在濃濃的妖氣中摸索出她的真身，她當真不是人！曹仔真厲害，居然猜到這點。這下子，坂澄會社不懷好意可是明明白白了！今天來的三個人裡就有兩人是妖魔，要是再調查下去，或許連社長都不是人。

仔細想想，要是萬老爺沒出面，事情就會順著夏目的意發展吧！雖然說老夫人是鬼怪實在太過荒誕，但提出「カミキリ」這種鬼怪後，要是將來真的有人被剪掉頭髮，大家或許會開始相信事情跟「カミキリ」有關，老夫人是人是魔也會變得可疑。死人不能說話，只能成為謠言迫害的對象，只要夏目就是「カミキリ」，就能當場作祟給大家看，製造出這種局勢。

何等險惡的用心！

但萬老爺直接質疑她是「カミキリ」，如此一來，她就不太可能以作祟誣陷老夫人了。雖然要陷害高思宓家的方法多的是，為何要選擇這麼不著邊際的說詞，令我不解，但現在最重要的，是想提醒萬老爺那個女人真是妖魔！若不知道這點，也許她會趁萬老爺不注意時害死他。

但我在離萬老爺幾步之遙的地方停了下來。

不是因為膽怯。我還不至於不敢跟陌生人交談。我只是忽然意識到聖母賜予我的神通究竟如何強大。即使無意刺探，這能力都讓我不得不認出眼前人物想要隱藏的真身；這也是當然的，畢竟我就是這樣知道鐵賀野風的真面目。但我真沒想到——

這位看似和藹的萬老爺，居然也不是人。

十二、面具底下的臉

阿求渡從高思宓大宅出來，卻不怎麼欣喜，因為事情並不順利。他走下階梯，轉頭看看身後的大宅，喃喃自語：「好了，接下來會怎麼樣呢？如果能如我所願就好了。說起來，那傢伙到底到哪裡去了？跟說好的不一樣，真是頭痛，希望不要出事。」

「阿求先生。」有人用英語喚住他。

阿求回頭，心中一驚，本來他以為是柯佬得，誰知竟是那穿著黃斗蓬的怪人。他臉上沒半點表情的蒼白面具，陰森感十足。他來到阿求身邊，小聲說：「能否借一步說話？我有事商談。」

「有什麼事不能在這裡談嗎？」

這人是高思宓家的客人，他有戒心。

「我有對付高思宓家的方法與理由，這是方便在人多的地方說的事嗎？」黃斗蓬怪人貼在他耳邊說，空氣從面具的隙縫溢出，滑過阿求臉頰，他起了雞皮疙瘩。他怎樣都想不到這人居然說要對付高思宓家。他瞪著對方。

「……您是愚弄我的話，大可不必。」

自己跟高思宓家關係如何，並不是秘密，高思宓家的客人找他談話，就夠讓他戒備了，何況戴著這種面具？這人恐怕是柯佬得找來對付自己的工具，要是他覺得自己會簡單受騙，就太愚蠢了。

黃斗蓬怪人在面具底下笑了。明明笑了，面具卻沒半點表情……這理所當然，此時卻讓阿求產生強烈的怪異感。黃斗蓬怪人說：「我知道你對我有所戒備，這也很合理，但你若是商人的話，就該知道不該錯過任何機會；放心，柯佬得不知道我來這裡的目的，他很信任我，但就是他一股腦將你們坂澄會社的事告訴我，我才會想找你合作。」

「我不明白你在說什麼。」

「我們找個隱密的地方，我會讓你看我值得信賴的證據。」

別開玩笑了，誰知道到了隱密處會發生什麼事？就算不至於在這種場合殺了自己，也不會有好事，遇上危險的機率，恐怕在九成以上！不過——

他確實是商人。

身為商人，他有種賭徒般的性格。當對方暗示自己要出牌的時候，他就會想要看看。

「……我要讓我的保鏢同行。」

「可以。」黃斗蓬怪人答應得很爽快：「不過他可以信任嗎？我要讓你知道的是最高機密，要是不小心洩漏出去，這個關鍵的王牌就沒用了。」

他這話讓阿求猶豫的一下。坦白說，他也不覺得帶保鏢到喪禮上合情合理，就算有危險也一樣。但這是夏目強力建議的，而夏目從未讓他失望過。即使如此，他跟那位保鏢也只見過一次面，剛剛到大宅裡「借廁所」，他囑咐保鏢不用跟著，保鏢也沒說什麼，絲毫不因未盡保鏢之責而緊張。這樣玩世不恭的男人，阿求實在稱不上信任。

那要是找夏目過來呢？

如果遇到危險，夏目終究是女人，恐怕也幫不上忙。

他下定決心。

「如果只是講幾句話的時間，那也沒什麼不行。不過，我要在看得到我的人的地方。」

「隨你的意。找你信任的人來也行。」

「不用，走吧。」

應該不會出什麼事吧？阿求想著，逕自走向大宅側面。在那裡的話，既離人群有段距離，也看得到夏目他們，向警察求救也很快。說實在的，在被警察包圍的情況下，若還有人下殺手就太愚蠢了，大概只有武術高手敢這麼做。

「說吧，為何我要相信你？」

「看這個。」

黃斗蓬怪人背對著群眾，輕輕拿下面具，露出底下的臉。阿求兩眼圓睜，呼吸也急促起來：「你、你到底是……」

「這下你知道了吧？」

黃斗蓬怪人迅速戴回面具。

「高思宓家的內情比你知道的還複雜。我會跟你合作，是想奪回原本屬於我的東西。你也明白吧？只要善用『這個』，有我配合，高思宓家甚至可以讓你允取允求。」

他說的沒錯。

看到這個人的真面目，阿求渡立刻領略到這個人的「價值」。當然，他忍不住在心裡揣測對方的動機，猜想事情為何會走到這一步，但他立刻打住。

「你能夠動搖到現在高思宓家的根本，這點我已經理解了。背後的內情，我沒必要打聽。但這是交易的話，你能提供我什麼？又想從我這裡得到什麼？」

「不愧是阿求先生，夠爽快。剛剛說過了，我只想奪回屬於我的東西，其他事我不在乎，這不過是復仇罷了，所以事成之後，高思宓家可以任你允取允求。我本來有自己的計畫，但來到臺灣後，才聽說阿求先生暗中對付高思宓家的事，這對我來說是個妨礙——請別誤會，我沒有阻止你的意思，但我有自己的計劃。不過，這也可能更快達成我的目的，所以我想與你合作。在金魅這件事上，你做得很成功，我大為欽佩，但接下來的計畫，有我配合的話，我相信會更快達成，你認為呢？」

「你認為金魅之事是我們做的？」阿求揚起眉。

「明人不說暗話。」

阿求渡笑了出來：「如果這是柯佬得告訴你的，那要不就是他其實沒這麼信任你，要不就是他完全弄錯了。我跟金魅這件事沒半點關係。」

「喔？」黃斗蓬怪人聽來真的很意外：「那麼說，我找錯人了？你沒打算對付高思宓家？」

「如果你想找的是對高思宓家夠瞭解，同時也有意願接收高思宓家資源的人，那你沒找錯。不過要不要跟你合作，請容我考慮。雖然我有自己的計畫，但我不覺得有什麼需要你的部分……」

「事成之後，我可以給你看高思宓洋行的內部文件。」

阿求渡顯然動搖了。這相當於他直接滲透到洋行最高層，掌握洋行的一切動態與機密，要事前調動資源，將變得易如反掌。阿求確實有擊敗高思宓洋行的計畫，但就算成功，要籠絡高思宓洋行的資源，也不是這麼容易，不過要是掌握高思宓洋行的內部文件，那就不一樣了。他驚訝地看著眼前的人。

「你知道那代表什麼嗎？你是真的要毀了高思宓洋行？」

「剛剛不是說了嗎？這是為了復仇。」

雖然面具遮住了黃斗蓬怪人的表情，但他猙獰的語氣，毫無疑問地穿透面具滲出。到底這個人發生過什麼事？為何如此憎恨高思宓家？阿求難以置信地看著他。不過，光是「面具下的證據」，就足以證明背後的故事一定不單純，而他提出的條件，又是如此甘美；原來如此，這條件對他來說一定不算什麼，因為高思宓洋行是否還能生存，對他來說已不重要。

這人確實是個復仇者。

「很有魅力的條件。我該怎麼稱呼你？」

「就叫我巴特萊吧。」

「巴特萊先生，」阿求渡伸出手，掛著商人的笑容：「我樂意合作。」

十三、暗潮起伏

「這就是呼叫鈴的總機啊。」

杉上子爵抬起頭，總機的位置比他頭頂還高，要抬起頭才看得到。

總機位於僕人準備室外靠近洗手間那側的牆上。這個大宅裡，只要任何人在對應的房間按下呼叫鈴，總機就會響起，並指示僕人該去哪個房間。上面掛著六個木牌，上面寫著英文，由右到左依序是——

客房。

柯佬得的房間。

溫思敦的房間。

餐廳。

書房。

客廳。

「巡查，你們調查過這東西怎麼運作嗎？我若是在客廳按呼叫鈴，總機會發出聲響，但它是怎麼指示僕人前往哪個房間？」

子爵看向巡查，本來這問題問柯佬得最快，但巡查下令搜索大宅後，柯佬得堅持自己要在場，以免商業文件外流，便監視警察搜索各個房間。加賀巡查則在子爵要求下，向他繼續說明金魅事件的案情。

「當然，這構造是這樣的。」加賀舉起手，拿一塊木牌遞給子爵：「子爵大人，請看，木牌上的這個孔，是用來掛在總機的金屬杆上的，但這個孔有特殊形狀。」

子爵盯著木牌，接著視線轉向從總機突出，約一根手指長的金屬杆，每個金屬杆的外端也有特殊造型。

「原來如此，就像鑰匙孔一樣吧？」

「對，似乎是為了防止木牌因意外落下。一般情況下，有著特殊造型的金屬杆外端與木牌的造型孔朝不同方向，所以無論木牌怎麼在金屬杆上滑動，都無法超越有造型的外端。要是有人按鈴，金屬杆就會轉九十度，讓外端造型的角度跟木牌的造型孔吻合，然後前傾四十五度，使木牌掉下。子爵大人請看腳邊，不是有個放著軟墊的竹籃嗎？就是為了避免木牌撞擊地板才準備的。僕人聽到總機的聲音，只要從僕人準備室出來看籃子裡是哪個牌子，就知道是那個房間在呼叫。」

「這構造有點原始啊，還要手動將木牌擺回去，有點麻煩。」子爵將木牌轉了九十度，重新掛回金屬杆。

「英國領事宅邸也不是這樣的構造，據說是負責總機的工匠換人，才變成這樣。」

原來如此，子爵點了點頭。雖然他早就想好好研究一下總機，但從阿求那邊拿到溫思敦的信後，他就一直心神不寧。現在趁柯佬得不在，他轉頭問加賀：「加賀巡查，有件事我想知道你的看法，你覺得那封信是真的嗎？」

他說的是高思宓向阿求社長求援的書信。

「無論我怎麼想，都沒有證據能證明。」

「沒關係，就算天馬行空也好，我想知道你跟我想的是否相同。」

那封信打亂了子爵的步調。

信上暗示高思宓家隱藏了什麼秘密，而且誰都不可信。本來，子爵只要給這四起金魅吃人事件一個合理的解釋即可，但那封信被警察看到，就給了警察主動的空間，子爵也因此失去一些主控權。他想重新取回。

加賀沉默片刻，最後說：「我認為是偽造的。」

子爵鬆了口氣：「果然如此。你這麼想的原因是？」

「沒有直接的證據。不過如果高思宓先生能將這封信寄給阿求先生，就表示他能夠自由行動，不受束縛。既然如此，他在信裡要求阿求先生將找到的東西交給警察，就說不過去，因為那根本多此一舉。既然最終目的是把某物給警察，何不直接寫信給警察？」

「我也這麼想。但拿這點質疑阿求，他也會說『因為高思宓先生自認為把那東西的位置告訴我了，只是我沒印象』吧？」

「是的。但說起來，信裡頭說的『那個東西』、『那個地方』，都太模糊曖昧，簡直像寫信的人也不知道那是什麼。而且我說過了，重點在『要把某物交給警察』，既然如此，寫信給警察，然後請警察詢問、保護阿求先生，這樣才能出動最大人力，更有效達成目的。我不認為高思宓先生會連這點都想不到。」

「確實，我也想到了這點，不過就算逼問阿求，他也可以裝傻到底，推說一切都是溫思敦的決定。而且仔細想想，阿求是有偽裝這封信的機會的。他曾收到溫思敦給他的信，英文字母也才二十六個，要找專家來偽造，毫不困難。但我好奇的是，既然你也想到這份上，何不當場質疑此事？」

「敝人腦筋沒轉這麼快，是剛剛子爵大人問起才想到的。」

「真的是這樣嗎？我不喜歡謊言，加賀巡查。」子爵冷冷地說：「你不當場拆穿的原因，其實是這樣吧——無論是溫思敦或柯佬得，都傾向拒絕警察搜索大宅，但這封信提供了絕佳的機會。只要有這封信，警察就有充分的理由把大宅找到翻過來。不過，既然你也想到那封信可能是偽裝，就一定考慮過阿求的意圖吧——那傢伙一定有些陰謀詭計。加賀巡查，如果你搜查大宅是為了解開金魅之謎，那就沒必要被阿求所利用，你懂我的意思嗎？」

如果加賀巡查夠聰明，就該聽得懂。阿求為何要偽造信件？最直接的答案，就是他很肯定大宅裡一定藏有對高思宓家不利的東西。且不論阿求怎麼知道有這東西的存在，既然他暗示加賀去找文件類的東西，恐怕跟高思宓洋行的機密文件有關。

而子爵現在要求的，就是**無論找到了什麼不利於高思宓家的東西，都當作沒找到**。

加賀面無表情地看著子爵，沒有回話。子爵感到不耐，心想難道需要把話講清楚嗎？他正要開口，加賀已嚴肅地說：「子爵大人，我先前承諾過，只要不違反警察的立場，我便會聽從子爵指示。」

「很好，那你就繼續聽我指示。」

「只限於不違反警察立場。」

「怎麼，所謂的警察立場，就是被阿求利用嗎？」子爵不屑地笑。但加賀不急不忙地從口袋取出一張紙。

「子爵大人，敝人今天出席高思宓先生的喪禮，確實是誠懇地來憑弔，但除此之外，還有另一個原因。今天早上，有人把這封信塞到辦務署的信箱，指名給我。」加賀將折起來的信遞給子爵，子爵臉色微變。

加賀大人，若您出席高思宓先生的喪禮，我將於當天為您獻上高思宓洋行的犯罪證據。

子爵瞪著加賀。

「……原來如此，你早就知道事情可能這樣發展，才向我承諾的？」

「敝人沒有欺騙子爵大人的意思。無論有沒有這封信，在義務上，我都不該偏離警察的本分。既然這封信指出高思宓洋行可能存在犯罪事實，站在警察的立場，就非得調查清楚不可。」

杉上子爵瞪了他幾秒，「哼」的一聲露出冷笑，將信還給對方。事實上，他比表面上還憤怒，幾乎可說是氣得牙癢癢的。他很享受一切都在自己掌控中的感覺，正因如此，他很不喜歡被人反將一軍。

「你認為寄信到辨務署的是阿求嗎？」

「有可能。如果高思宓先生的信是事前偽造，要是警察沒控制這裡，信也沒意義。要讓那封信生效，警察在場是必須的。」

警察在場……？

子爵忽然覺得這段話裡藏著某種關鍵。

如果高思宓的那封信是偽造的，而目的是找來警察，讓搜索大宅變得合情合理，確實說得過去。但事實上，最初來的只有加賀巡查，要是沒有第四起畢翠兒事件，根本不會有這麼多警察過來，搜查大宅也不會這麼順利。如果這一切都是阿求的計畫，難道警察前來也在他的計畫中？換言之，他知道畢翠兒會消失……？不，在此之前，還有一個關鍵問題。

「加賀巡查，我很好奇為何這封信會指定給你？」

子爵瞪著加賀。加賀思考想了想，似乎覺得沒必要隱瞞。

「我想，是因為我本來就在調查走私。」

「走私？你懷疑高思宓洋行走私？」

子爵大感震驚。不過，他確實知道滬尾港有嚴重的走私問題，尤其是阿片；臺灣人有阿片癮的人很多，前幾年，總督府頒佈了「臺灣阿片令」，將阿片的販賣權壟斷在手上，並限制輸入，但阿片的需求真的太大，使走私阿片本身也成為極具魅惑力的毒藥。總督府在後藤新平的建議下，採取「漸禁」方式，先發放「烟牌」管制阿片上癮的人，但上癮的人實在太多，以致官方一直補發，今年二月，滬尾辦務署補發烟牌，報上以「凡有欲食阿片者皆爭先領牌」報導，足見沉迷於阿片的人數之眾，走私新聞也屢見不鮮。

難道，高思宓洋行也偷偷摸摸做過這樣的事？

「與其說懷疑高思宓洋行，不如說所有洋行都有嫌疑。」加賀巡查說：「子爵大人也知道，總督府設置命令航路後，對洋商造成很大的衝擊。但這些損失可以靠走私彌補。這幾個月來，夜裡岸邊一直不安穩，雖然沒抓到人，但本地人協助洋行走私的可能性很高，在接下調查高思宓大宅的怪事前，我就是在查辦此事。」

「那你有找到高思宓洋行走私的線索嗎？」

「有些徵兆，但都稱不上證據。」

也就是說他早就懷疑了。原來如此，他收到密告信時，心裡想像的犯罪證據大概不是什麼金魅連續失蹤案，而是洋行走私的證據吧！這人根本是有備而來，子爵暗中咬牙，惱怒地笑：「真了不起啊，加賀巡查，在溫思敦的喪禮當天，揭穿高思宓洋行走私，這可是大功一件啊？」

「您誤會了，子爵大人。正是不希望事情變成如此，我才照著信上所言而來。」

子爵有些意外。

「收到那封信時，我就感到有誰對高思宓家懷著某種惡意。即使高思宓洋行真的有犯罪行為，也不應在喪禮當天受到這種對待，太殘酷了。要是我沒來，那位懷著惡意的人會採取什麼行動？要是我在場，至少能確保事情不鬧大。子爵大人，對於無法查出金魅怪事的真相，我是真心感到遺憾。直到現在，我都希望能為高思宓先生效力，找出逼他自殺的犯人。但作為警察的義務，我無法捨棄，請您諒解。」

原來如此，這就是加賀看到信後表情有些不快的原因吧？子爵恍然大悟。他正是意識到背後的陰謀，知道被利用了，才有這種反應。不過，雖然加賀有他的誠意，卻無法打動子爵的心；就算加賀保證事情不會太難看，既然自己在場，子爵可不允許發生對好友不利的事。他已經在盤算接下來要怎麼跟加賀巡查的上司交涉了。

「我懂你的立場了。至少在調查金魅事件真相這件事上，你我立場一致。不過，既然你已察覺阿求的意圖，也知道阿求偽造了一封信，那接下來找到的證據同樣有可能是阿求的偽裝，這種可能性也無法否定吧？」

沒錯。雖然阿求說自己是來「借廁所」，但當時大宅的守備並不嚴謹，或許他趁機去了別的地方——無論他有沒有這麼做，子爵都要將這種「可能性」這件事埋在加賀心裡。但巡查只是平靜地回答：「如果真的發現證據，我自己會判斷。」

兩人對視著彼此，沉默不語，這份沉默是有些躁熱的。

首先打破沉默的是露出笑容的子爵。

「好了，為我說明韓莘事件與艾嬿事件的詳情吧。」

◆

兩人來到二樓的褓姆房間前。

「發現韓小姐失蹤，是在六月六日早上。」加賀平靜地解說，彷彿剛剛僵到不行的氣氛只是錯覺：「當天上午用早餐前，大約六點半，韓小姐一直沒帶著小姐下來，這有些不尋常，所以僕人上來敲門，發現門被鎖著。或許是之前的步泰承事件影響，僕人馬上通知管家。管家用備用鑰匙開門後，發現門被鍊條鎖鎖上——」

「說到這個，我之前就有些好奇。」子爵打斷他的話：「其他房間都沒有看到鍊條鎖，為何就只有褓姆室有？」

「據我所知，是夫人的吩咐。」

「夫人？還是老夫人？」

「柯佬得先生的夫人。她說韓小姐畢竟是女性，要懂得保護自己，所以在柯佬得先生的同意下裝了鍊條鎖。」

子爵有些意外，想不到柯佬得的夫人也有這種心思。這話看起來是為韓莘著想，但在這大宅二樓，她還能防範誰？考慮到溫思敦的年紀，恐怕是防範柯佬得吧！事前徵求柯佬得同意，說不定帶著某種警告意味。

「好吧，請繼續。」

「當時管家呼喚韓小姐的名字，裡面卻沒回應，因此喊得更大聲，將吉悉嘉小姐吵醒了。他要小姐請韓小姐起來，小姐卻說沒看到韓小姐；管家感到不妙，便要其他僕人將柯佬得夫婦找來，這段期間他則留在門前安撫小姐。那時，柯佬得夫婦已在樓下準備用餐，聽到消息連忙上來，而小姐則因找不到韓小姐哭鬧起來。對了，小姐當時在褓姆室裡的事，因為高思宓家的請託，沒透露給報社，這點跟子爵大人補充一下。」

「我知道，柯佬得說過了。」

「之後柯佬得先生繞到外側走廊，想從窗戶進去，但窗戶上了鎖。據他所說，當時裡面確實只有小姐在，而且她不夠高，沒辦法從裡面打開鍊條鎖。這時高思宓先生也起床了，他被騷動吵醒，就要管家去拿鉗子，把鍊條鎖給折彎——」

「折彎？為什麼不直接剪斷？」

「高思宓家沒有剪斷金屬用的鉗子，只能夾住金屬折彎。解開鍊條鎖後，夫人便立刻照顧小姐，柯佬得先生、高思宓先生、管家三人走進房間，確認韓小姐是不是還在房間某處。子爵大人，請進，讓我為您說明他們當天看到的情況。」

子爵走進去。房間裡只有簡單的床、置物櫃、衣櫃，門邊有釘在牆上的掛衣架。

「本來這裡擺著小姐的床，現在被移開了。」加賀指著右側牆邊的空間，接著指向對面韓莘的床鋪：「當天三人進入房間後，立刻看到韓莘的睡衣落在床邊，棉被凌亂，像是有人從被子裡鑽出來，頭髮也散落在床鋪跟睡衣旁。」

既然被認為是金魅作祟，這也是當然的。

「窗戶被從內側扣上。如子爵大人所見，這房間很窄，除了窗戶外，就只有這扇門能進出。但除了鍊條鎖外，門本身也被鎖上了，至於鑰匙……」加賀看向牆上的掛衣架：「韓小姐有件西式的薄外套，鑰匙放在外套口袋裡。」

在口袋裡？子爵雖知道鑰匙留在房內，卻不知道在口袋裡。原來如此，從內部鎖上的門窗，加上鍊條鎖，鑰匙還在口袋裡，這也夠嚴密了。

「說起來，鍊條鎖到哪去了？門上有被拆除的痕跡。」

「警察來時就是這樣了。因為用鉗子折彎鎖鍊，鍊條鎖已經失去功能，所以將之當成垃圾丟棄了。沒換上新的鍊條鎖，大概是沒必要吧，畢竟這房間暫時還無人使用。」

也就是說，關於那個鎖能不能動手腳的證據已經消失了。真不知是幸還是不幸，如果是金魅吃人，鍊條鎖上便不可能留下任何證據，反過來說，既然沒證據，關於鎖被動過什麼手腳，只要說得通就好。但他還是覺得有些可惜，如果這真是人為的詭計，那鎖上也許留著什麼線索，他想親眼看看。

不過，在證據消失的情況下，他已想出不只一種通過鍊條鎖的辦法。

「那韓放著鑰匙的衣服，現在在哪？」

「這個……畢竟我不是當時負責這案子的人，有可能的是被家屬拿回去了，不過……」加賀像是想到什麼，轉身打開衣櫃，果然發現了什麼。他拿出一件衣服：「應該是這件，跟報告描述的相同。我就猜可能還在這，如果韓小姐的家屬忌諱金魅作祟，可能不會領回遺物。」

子爵接過衣服。

「這真的是韓的衣服嗎？她多大年紀？」

子爵會這麼問，是因為這件衣服比他想的老舊，像用過十幾年，還有些複雜的味道。要是韓莘年紀不大，實在不像她的。雖然如此，衣服的料子很好，上面的修補痕跡也算細心，但還是有些破洞。子爵把手伸進口袋，連口袋都有小小的破洞。

「韓小姐二十歲，這衣服怎麼了？」

「唔……韓是臺灣人，為何會有這件西式的外套？而且看來老舊，也不像是年輕女性穿的。」

「關於這點，之前負責這個事件的前輩也問過。似乎是過世的高思宓夫人穿舊的衣服，生前轉送給她的。」

「原來如此。」

明明只是褓姆，卻得到老夫人的禮物，看來韓莘跟高思宓家的關係確實緊密。他將衣服交還給加賀，轉身觀察這扇門。門鎖的部分，跟子爵在英國見過的一樣，能從鎖孔看到對面，大宅裡的門鎖都是這種類型。他再蹲下身體，貼近地面，門縫大概一個小拇指寬，要把鑰匙穿過門縫綽綽有餘，不過要在門外將鑰匙放進掛在左側牆壁的衣服口袋裡……

「加賀巡查，最後見到韓莘的人是誰？何時見到的？」

「是柯佬得先生的夫人。她說是前一天晚上，也就是六月五日晚上九點。」

「我想確認一下，且不管韓的房間，早上僕人起來準備時，大宅其他房間的狀況如何？有任何進出大宅的可能性嗎？這點警察有沒有確認過？」

沒錯，最讓子爵擔憂的其實不是鎖上這扇門的方法，而是韓莘有沒有辦法離開大宅。如果大宅本身無法進出——無法進出才是合理的，不然高思宓大宅的安全性值得擔憂——就表示韓莘不可能離開，除非，有人在她離開後，再把離開的路徑重新封鎖起來。但這會導出一個結論：她有共犯，還留在大宅裡。

那一定是當時大宅裡的某人，這會成為傷害高思宓家的污點，子爵希望避開這種可能。

「就結論來說，沒有。管家在就寢前，會確保所有對外的門窗都是鎖上的，他早上起來後也巡視過一遍。其實當初負責這個事件的前輩曾想到某個可能，但也被否決了。簡單說，雖然管家起床時，所有門窗仍是鎖上的，但大宅後院有僕人會用到的空間，所以他會將後門打開。若是如此，韓小姐只要藏在大宅裡，直到管家打開後門，再偷偷溜出去就好。但要做到這點幾乎是不可能的，一樓後半部本就是僕人的活動空間，要穿過那條走廊而不被任何僕人發現，風險太高。」

「原來如此。」

子爵在心裡嘆了口氣，這果然是最大問題。

「加賀巡查，如果你清楚大宅一樓構造，就為我說明一下。反正，艾嬷事件發生的餐廳在一樓，我遲早要瞭解的。」

「請交給我。」

加賀帶著子爵下樓，迎向正門，開始解說。

「艾嬷事件發生時，我曾要求瞭解一樓環境，即使如此，我也只知道構造，沒有詳細搜查。一樓分成前後兩個部分。後半是僕人的活動空間，前半部是主人與客人的使用空間，包括餐廳、客廳、書房，這部分子爵大人應該比較熟悉吧？」

「客廳我算熟悉。至於曾經發生事件的餐廳，稍後應該要再看一次。書房我就沒去過了。」

「明白，那我們從書房開始。」

書房在客廳隔壁。子爵跟著加賀巡查，初次踏進故友的書房。比起臥房，書房裡堆放的東西更多。書桌相當精緻，材質很好，旁邊的櫃子裡擺滿各種文具、雜物、還有幾個華麗的小盒子。櫃子上有個「瓶中船」。

書架上擺滿各式各樣的書，多半是英文書。除了商業著作外，還有各類小說，包括子爵熟悉的推理作品，如《福爾摩斯辦案集》、《福爾摩斯回憶錄》等系列作，此外，還有《大弓區謎案》、威廉·柯林斯的《月光石》。哥德小說也不少，如《科學怪人》、《化身博士》，還有一系列愛倫·坡的作品。

子爵若無其事地打開書桌抽屜，立刻看到一疊信紙——跟剛才阿求渡拿出的信紙是同一材質。他臉色微變。

難道那封信是真貨？

「加賀巡查，你來看一下。」子爵呼喚巡查過來。有這麼一瞬間，他考慮要隱瞞這件事，但不可能。只要一搜查，馬上就會曝光，還不如試著跟巡查討論，主導他的想法。他將阿求帶來的信拿出來攤在桌上，加賀過來，看到桌上與抽屜裡的信紙，皺起眉頭。

「看來一樣。」

「調查下去，說不定連墨水都一樣。」子爵看向旁邊的幾支鋼筆：「你怎麼想？」

「這似乎提升了那封信的真實性。」

「你是這麼想的嗎？我倒認為，這證明了阿求的危險性。」

「您是說，阿求先生有辦法潛入這個房間，偷走信紙？」

「有可能。既然他希望警察搜索大宅，就不可能對宅裡情況一無所知。」

「但大宅的防備，我覺得還算周延，而且要潛入大宅，沒有長期觀察恐怕難以做到。這可不容易。子爵大人也知道，要到高思宓大宅，會先經過一條石階小徑，這條小徑只能通往這裡，所以要是有人沒拜訪高思宓家，卻常守在附近，一定會引人注目，但我沒收到相關回報。」

「確實如此，不過還有另一種可能……那封信，就是剛才阿求在這裡寫的。」

加賀有些驚訝：「剛才？在這裡？」

「剛剛阿求不是說了？他是來借廁所的。他也說過，洗手間就在書房旁。既然如此，要潛入書房就不是不可能。」

洗手間與書房相通。既然他們沒發現阿求進入廁所，那沒發現他潛入書房的可能性也很高。

「要是這樣，他也太大膽了。畢竟我們還在客廳說話。不過偽造高思宓先生的親筆信，有可能在這麼短的時間內就完成嗎？」

「你說短，有多短呢？我們連他何時進大宅都不知道！當然，我知道你的疑慮，偽造有這麼簡單嗎？不過，先前我也說過了，英文字母只有二十六個，在來到大宅前，他有足夠的時間練習，更何況，他大可先寫一個完美版本，帶到這裡來照抄不是嗎？」

加賀沉思片刻：「確實無法否認這種可能。」

「加賀巡查，若是如此，阿求就是個膽大包天的危險傢伙。明明我們在隔壁，他也敢在我們眼皮底下動手腳，要是在大宅其他地方藏起栽贓用的證物，那可毫不奇怪！」

「我同意。不過，假設阿求先生能模仿高思宓先生的筆跡，是根據其信件，那他就只能偽造跟高思宓先生有關的文件。反過來說，如果我們找到的證據與高思宓先生的字跡無關，那就無法用『這是阿求先生偽造的』來推諉過去。」

「但無法否定阿求有其他製作偽證的管道。」

「子爵大人，阿求先生畢竟是商人——如果他有這麼高竿的栽贓技術，早就無往不利地用了。您剛剛說的辦法，只要手巧，都能透過練習做到，但再進一步的技術，恐怕需要實際的證據，才能挑起我們對阿求先生的合理懷疑，請您見諒。」

子爵「哼」了一聲，沒繼續堅持。畢竟加賀的論點在情理之中。但這男人真是硬氣，本來子爵還以為是好控制的人，誰知全不是這麼回事。子爵順手打開櫃子上的盒子，意外發現是個工具箱，裡頭放了好幾支功能不明的小型金屬杆子。

或許是用來製作那個瓶中船的？子爵猜想。他離開書桌，發現通往洗手間的門對面還有一扇門。

「這是僕人用的門嗎？」子爵問：「通往哪裡？」

「是的，對面是樓梯底部。」

「請你打開給我看看。」

子爵畢竟是有身份的人，不想碰僕人用的門。加賀當然明白他的意思，便將門打開。確實，門後是樓梯底部，還堆放了一些雜物，看起來沒有可疑之處。子爵點了點頭，走進洗手間，從另一個門出去。這裡就眼熟了，他跟加賀巡查剛剛才來過，是大宅後半部。抬起頭，呼叫鈴總機就在旁邊。

加賀跟著出來。

「對面是馬達室，主要是負責宅邸裡的電力與排水系統，平常不會進去。」加賀說：「右邊的門過去，是僕人用的樓梯，旁邊有儲藏室、備餐間。左邊這間就是僕人準備室，現在僕人都在外面，不然應該會在這邊待命。」

他接著介紹其他房間。再過去是僕人臥室，小小的房間裡，四位僕人擠在同一個房間，分上下舖的西式木床分據兩側。接著是廚師臥房。廚師前陣子因事件辭職了，現在臥房已被清空，宅內的飲食轉由管家打點。再過去是廚房，比前幾個房間還寬廣。最後是管家臥室。

「這是後門，可以用鑰匙鎖上，也可以用門栓從內部拴住。」來到走廊末端的加賀說。

「這後面有什麼？」

「後院，有工具儲藏室，管家說用來折彎金屬的鉗子，應該就放在那裡。此外，還有僕人用的盥洗室。無論管家、褓姆、其他僕人，都是用後院的獨立盥洗室。剛剛看到的洗手間，是主人跟客人用的。」

「我知道了。」子爵點點頭。原來如此，如果韓莘要從後門離開，要經過僕人準備室、廚房等可能有其他人的地方，確實風險太大。但要從前門離開——子爵看向前門——問題就會變成怎麼通過上了鎖的前門，並在門外把門重新鎖上。

這個問題暫時無解。

「向我說明艾嬿事件吧。」

◈

他們來到餐廳。

「艾嬿事件發生在六月二十九日。事件當時，高思宓大宅正在舉辦派對。高思宓家本就時常舉辦派對，但據高思宓先生說，這次派對比較特別，他是因為金魅謠言甚囂塵上，才打算透過辦派對來轉換氣氛。雖然高思宓先生盛大地邀請各方人士，但參加的人數只有預期的一半，即使如此，仍有二十幾個人……正確數字是二十七人。」

「我也有收到邀請。」子爵嘆了口氣：「可惜那時我在忙別的事，無法前來。不然，要是能在現場親眼看見金魅吃人，現在情況就不會是這樣了。」

這件事，他是事後才從報紙上看到。那天晚上，高思宓大宅舉辦派對，德國商人施耐特的妻子艾嬿被金魅所吃，其頭髮、衣服都在上了鎖的餐廳裡被發現。為何艾嬤會出現在餐廳裡，原因沒人知道。只知道在那之後，有些洋商也開始跟高思宓家保持距離。

加賀繼續說：「派對於晚上六點開始，因為廚師已經請辭，所以當天餐點全部委外，並於庭院進行，僕人全部在庭院待命，因此客人也沒有進入大宅的必要。當天的大宅幾乎是半封閉的，只開放客人進去用洗手間，客廳、餐廳、書房都上了鎖，畢竟大宅裡有商業文件；這些房間的燈也關上，只有庭院燈火通明。晚上八點時，派對差不多要結束時，大宅忽然傳出艾嬤夫人的尖叫聲，當時，大宅裡只有高思宓先生一人——」

「等一下。」子爵心中一驚，這報紙上可沒寫啊！他問：「當時溫思敦在大宅裡？」

「是的。大約七點四十分時左右，高思宓先生因為身體不適，回臥室休息，這點柯佬得先生可以證明，高思宓先生回大宅前有跟他說過話，而且十分鐘後，高思宓先生到臥室外的走廊吹風，許多人都看到了。」

那時派對已開始一個多小時，溫思敦也有些年紀了，身體不適也不奇怪，但子爵就是有些在意。

「事發時，大宅裡確定沒有其他人？」

「這點無法完全確定。只能說，除了高思宓先生以外，大宅裡沒發現其他人。艾嬤夫人尖叫後，客人有幫忙找過大宅一樓，而高思宓先生從二樓下來時，也說二樓沒有其他人。不過，無法否定有人藏起來的可能，畢竟客人的搜查，只到發現艾嬤夫人的衣服與頭髮為止，稱不上嚴密。」

「溫思敦沒發現什麼嗎？如果他當時在大宅的話——」

「高思宓先生沒提到。而且事發時，他正在臥室外的走廊跟一樓的客人聊天，大概也無法分心注意大宅內的動靜。」

原來如此。說起來，二樓房間外有共通走廊，以溫思敦臥房來說，只要打開落地窗就能走出去。雖然說他在大宅，其實也算在室外。子爵問：「艾嬿是在八點發出尖叫，溫思敦當時是怎麼做的？」

「像其他人一樣，立刻跑進屋內看是怎麼回事。事實上，其他客人也是如此，有好幾位立刻就衝向大宅，高思宓先生跑下一樓與他們回合。那時，他們只知道是女性的叫聲，還不知道是艾嬿夫人，過沒多久，就有人透過餐廳的落地窗，看到裡面的頭髮與衣服，但餐廳上了鎖，高思宓先生也沒將備用鑰匙帶在身上，便上樓拿備用鑰匙——」

「等一下，管家在哪裡？備用鑰匙不是向來放在他那裡嗎？」

「他那天奉高思宓先生的命令到大科崁辦事，所以將備用鑰匙交還。」

「這麼說，那天將客廳、餐廳、書房上鎖的，是溫思敦本人囉？」

「是的。」

真麻煩，子爵心想。

「然後呢？」

「高思宓先生打開餐廳後，施密特先生從衣服認出是她的妻子艾嬿夫人，而且客人也找不到艾嬿夫人。意識到或許是金魅作祟，客人便紛紛找理由告辭了。施密特先生跟妻子關係似乎不好，事後也沒有過份哀傷，不像步泰承跟韓莘的家屬，都有找高思宓家麻煩，雖說如此，這可說是對高思宓家造成最大打擊的事件，跟前兩個事件不同，不是悄悄發生在沒人注意的地方，而是在一場二十幾人的派對中，這二十幾人都成為了目擊者，對高思宓先生來說，本來是希望轉換氣氛的派對，卻帶來惡劣的結果，想必始料未及吧？不過依敝人看來，這個事件也是前三起事件中最沒道理的。」

「怎麼說？」

「我負責這起事件後，第一個冒出來的疑問是：為何艾嬿夫人要進大宅？客人進入大宅，最明顯的理由當然是借洗手間，但艾嬿夫人的衣服和頭髮，卻是在餐廳發現的。那麼，只能想成艾嬿夫人為了某個理由進入餐廳吧？但這是最不能解釋的事，因為早在派對開始前，高思宓先生就已把餐廳鎖上了，之後，鑰匙被他放在二樓臥室的抽屜裡。就算真有人能偷偷潛入二樓，拿走鑰匙，打開餐廳的門好了，那餐廳重新被鎖上，也必須是在艾嬿夫人發出尖叫後。但艾嬿夫人一發出尖叫，客人們便趕往大宅，這麼短的時間，犯人真的來得及上鎖嗎？還不只如此，高思宓先生也從二樓下來，他要小心避開高思宓先生，再把鑰匙拿到二樓歸還？怎麼想都不切實際。且不論是否可能，光是艾嬿夫人為何要去餐廳，就是個疑點。」

「對於這點，那個施耐特有說什麼嗎？」

「不，他說他也不明白。其實派對上，他們也沒在一起，所以他對妻子的行動一無所知。」

子爵沉思著，心想確實可疑。不是因為艾嬿為何進餐廳，而是艾嬿為何必須進入**本來不能進入**的餐廳？前兩起事件，子爵認為是金魅所為也不奇怪，因為無論是步泰承或韓莘，他們都是在**恰當的地方**失蹤，可艾嬿不是如此。這場失蹤是被「製造出來」的感覺太強了。

最適合的失蹤地點當然是洗手間，為何最後是在餐廳？

「其實這不是唯一的奇怪之處。」加賀說。

「喔？」

「我的第二個疑問，是艾嬿夫人的鞋子到哪裡去了。」

「鞋子？」

「是的。其實負責前兩個事件的前輩就有注意到，步先生失蹤時，除了衣服跟頭髮以外，也在現場留下他的鞋子，但韓莘事件中沒有。當然，這也不奇怪，如果這是金魅吃人，韓小姐是在自己臥室裡於睡眠中被吃的，赤腳也不奇怪。但艾嬿夫人就不同了，她當然不可能赤腳來到派對上，這若是金魅吃人，為何她的鞋子從現場消失了？」

「確實說不過去。」

「還有一點，就是艾嬿夫人有時間發出尖叫，反而讓我感到步泰承事件中的不可思議之處。韓小姐如果在睡夢中遇害，沒有尖叫是可以理解的，但步泰承明明有機會按下呼叫鈴，為何沒發出叫聲呢？」

「這也未必說不過去，譬如說，步泰承可能一緊張就發不出聲音，或他跟犯人搏鬥時，犯人按住他的嘴，但他的手剛好可以碰到呼叫鈴。」

「確實如子爵所說。不過，還有另一處令人在意，艾嬿夫人不只是發出尖叫而已，那聲尖叫是有意義的。一開始我們也沒意識到，後來才從施耐特先生那裡得知。他說，雖然當時沒有聽得很仔細，不過艾嬿夫人說的應該是『陶德』或『陶特』，在德語中，就是『死神』或『死人』的意思。也就是說，在艾嬿夫人遇害前一刻，她看見了死神，或是某位死去之人……」

「死神」或「死人」？

那麼，艾嬿會是臨死前看到金魅，心知將死，所以用「死神」來稱呼……？但德國人眼中的死神，應該是穿黑色斗蓬的骷髏頭吧，將金魅稱為死神，恐怕不直覺。

但若不是金魅所為？為何犯人出現在她面前時，她會直覺認為那是「死神」……？

餐廳外傳來聲音。

「加賀巡查，子爵大人，」一名警察走進來：「有個叫『曹懷芝』的臺灣人想要見子爵。」

「讓他進來。」子爵跟加賀巡查對望一眼，說：「然後讓所有人知道，那個臺灣少年想要進大宅的話，不必再來跟我們報告，我允許他自由行動。」

「是。」

他沒徵詢加賀巡查的意見就下令，但加賀也沒反對。子爵在餐廳裡坐下，等待懷芝。不知為何，他心裡閃過一絲不安。自從聽了艾嬤事件的詳情，他就感到有什麼事不對。他只希望這位臺灣少年能帶給他什麼靈感，或打探到什麼重要的消息。

十四、風聲：關鍵的信

要不是親眼所見，親耳所聞，盧順汝也不敢相信喪禮底下竟這麼暗潮洶湧。

她聽了杉上子爵跟阿求社長的對話，暗自心驚，忍不住在阿求社長離開大宅後繼續跟隨他的聲音，得知他被那位黃斗篷怪人叫住的事。兩人以英語交談，順汝不懂，但她能感到兩人對話中有些緊張。

那名黃斗篷怪人究竟是誰？剛剛子爵並未提到，她也無從得知。但他跟阿求社長對話時，順汝能隱約看到他們。

鐵賀看似漫不經心，其實一直盯著遠處對話的兩人。

在黃斗篷怪人短暫拿下面具後，阿求社長的語氣就變了。

他們彼此認識？

到底黃斗篷怪人是何身份？就算是洋人，世上也沒穿這種衣服參加喪禮的習俗吧！更何況入境隨俗，他的裝扮實在不合時宜。但主人沒請他離開。而且，他似乎懷著「出席喪禮」以外的目的。

跟阿求分開後，黃斗篷怪人被一名老丈叫住。順汝知道那位老丈，曹懷芝跟他說過話，而且在坂澄會社副社長侃侃而談時，他出面斥責。順汝有分心聽到，老丈的名字是萬馬堂。

萬馬堂跟黃斗篷怪人用英語交談——又是英語。空有順風耳，卻聽不懂內容，那也是無用武之地啊！為何萬馬堂要找黃斗篷怪人？從語氣聽來，他似乎提了什麼問題，接著黃斗蓬怪人說「好」，這順汝倒是聽得懂。

兩人走向大宅後方，那是誰也看不到的隱密處。

這是場不想被任何人知道的密談。

或許只是浪費時間，順汝心中暗忖。但黃斗篷怪人確實令她感到不安。該不會他就是金魅——畢竟畢翠兒被吃的時間，就在他抵達大宅之後——就算不是，他也可能與這一連串事件有關。雖然聽不懂，順汝還是怕錯過什麼。這時，她聽見了臺灣話。

「你聽得懂臺灣話吧。」

萬馬堂沉聲發問，順汝有些意外。

「你是魯道數，對不對？若你是魯道數，就別裝了，你一定懂我在講啥。當初送你到英國去時，我向你阿爸千交待萬交代，一定要讓你學會臺灣話。你戴面具的理由，我非常明白，但你對背後的原因知道多少？又打算跟柯佬得做什麼？請你跟我講你們兄弟的打算，這對你們來說非常重要。」

對方沉默。

「你是在裝呢，還是真聽不懂？不，你要是聽不懂，就會要求我用英語才對，你——」萬馬堂越說越焦急，但對方打斷他的話。

「萬阿伯，你看看我是誰？」黃斗蓬怪人隔著面具用臺灣話說。萬馬堂停頓了一下，這停頓感覺好漫長，到底發生了什麼事？聽怪人的話，他應該是拿下面具，但看看他是誰，需要這麼長時間嗎？

萬馬堂猛然吸氣。

「……你、你不是魯道數！」

「是啊。」聽黃斗蓬怪人有些模糊的聲音，似乎又重新戴上面具。他語帶嘲諷：「看來我們有很多事要談，是不是？」

「唉，沒錯。事情變成這樣，我也有非告訴你不可的事。」

「洗耳恭聽。」

「不用聽，你看完這封信就會明白。」

順汝等了片刻，但兩人就不說話了，只有黃斗蓬怪人的呼吸聲越來越粗，似乎情緒激動。接著他們用英語交談起來，即使聽不懂，順汝也知道那是段充滿感情的質問與回答。到底那是什麼信，他又從信上看到了什麼……

這件事，恐怕只有當事人知道。

◈

我忿忿不平地說：「是怎樣，難道今天參加喪禮的人全都別有企圖嗎！」

順妹將她聽到的事通通告訴我了。坂澄會社的社長居然從高思宓老爺那裡收到了一封求援信？莫名其妙！為何高思宓老爺要這麼做！

那黃斗篷怪人又是誰？阿求社長似乎認識面具底下的人，那位萬老爺也是，難道萬老爺暗中也想對高思宓家不利？說到底，這一切都亂七八糟，完全搞不懂！為何他們都一副別有目的的樣子？

這場喪禮從一開始就很奇怪。

消失的畢翠兒不像是真心來憑弔，而是來找傳說中的飛刀高手「瞬息百發」；坂澄會社動向詭異，栽贓老夫人是日本妖怪，還主張收到了高思宓老爺的信；那位黃斗蓬怪人似乎有自己的盤算，自稱長年與高思宓家相交的萬老爺，甚至也不是人！更不用說被大道公派來找金魅的陳國安，難道這裡就沒有真心誠意要來憑弔高思宓老爺的人嗎？

但說到底，我跟順妹都算別有目的啊！明明我也很尊敬高思宓老爺，卻還是利用了這個場合，我心裡頭鬱結不已。順妹問我要不要把剛剛聽到的告訴曹仔，我沒什麼心情，但還是同意了。

「萬老爺拿出一封信，這點值得思考。」曹仔聽了之後倒是很冷靜：「那封信一定是事前準備好的。既然萬老爺說是信，就一定是某人寫給某人，那麼到底是誰寫給誰？這封信又是怎麼落入萬老爺手上？今天帶在身上，是巧合還是有目的？給戴著面具的客人看，又是想達成什麼目的？」

看他冷靜的樣子，我稍微打起精神。

「要是能看到信就好了……對了，曹仔，要不要把這件事告訴子爵，讓他叫警察去拿如何？」

「我覺得不好，畢竟不確定跟什麼事有關，若只是他們的私事呢？事情若要發展成那樣，就要更加確定這兩個人跟事件的關係。」曹仔有些猶豫。

「也是……抱歉，我隨便講講而已，當我沒講。而且仔細一想，要是讓萬老爺不高興，也可能有危險。」

我忽然想起某事。

「危險？」

「是啊，剛剛忘了跟曹仔講，你問坂澄會社的副社長是不是妖魔，你猜對了。不過，我發現了另一件事，那位萬老爺，他也不是人。」

曹仔瞪大眼。

「什麼！所以二少爺才說可能有危險……怎麼會這樣？萬老爺講他跟高思宓家交往已久，難道高思宓家一直跟鬼怪的世界有往來？」

我不喜歡曹仔的說法。他這樣說，彷彿在懷疑萬老爺是金魅，而高思宓老爺確實養了金魅。我說：「詳情我也不知，但我覺得萬老爺應該不是妖魔鬼怪，跟他交往的高思宓老爺也沒有惡意。」

「不是妖魔？」

「是啊，雖然我也剛得到這神通，無法確定，但是該怎麼講……本以為是鬼魂，但感覺更厲害，雖然沒什麼根據，但我覺得祂應該是……陰神。」

雖說沒根據，但我有種難以言喻的踏實。順妹也說：「哥哥要是這樣感覺，我想應該沒想錯。我也是，這種神通，雖然很難說明為什麼，但直覺通常八九不離十。」

「我知道了。但無論是鬼或陰神，為何會跟高思宓家關係這麼密切？」

「等一下，我想到了，」我靈機一動：「陰神不就是被祭祀的孤魂野鬼？曹仔可能不知道，不過西仔反後，高思宓老爺將無主將士的屍骨搜集起來，建了座『萬應公廟』，『萬應公廟』裡的神當然就是陰神吧？該不會萬老爺就是萬應公廟的神，為了答謝高思宓老爺建廟，才與他往來呢？」

曹仔抬起眉，眼睛裡閃著光，接著卻搖搖頭。

「要是這樣，萬老爺應該是西仔反後才跟高思宓家來往。但我問過，萬老爺說他早在三十年前就跟高思宓家交流了，我不認為他在說謊。而且，我認為萬老爺應該隱瞞了陰神的身份，至少柯佬得老爺不知道。」

「你為什麼這樣想？」

「因為柯佬得老爺曾跟萬老爺爭論這是不是金魅作祟。如果他知道萬老爺的身份，那在『有沒有金魅存在』這個話題上，萬老爺的話應該有難以質疑的份量。」

「萬老爺確定是金魅作祟？」順妹問。

「萬老爺認為沒有其他解釋。」

「身為陰神的祂這麼說，一定有原因吧？那是不是就可以確定金魅真的在此？」順妹喃喃說。這確實有道理。聖母不確定是不是金魅所為，是因為祂太晚關切此事，但若萬老爺長期跟高思宓家往來，他這麼判斷應該不是毫無根據。

「其實萬老爺主張是金魅作祟，在我看來是很奇怪的事。」曹仔說：「簡單說，即使這一切真是金魅作祟，他也可以什麼都不說。但他卻宣稱這些都是金魅所為，簡直像是要對高思宓家不利。」

「不利？」

「是。像剛才，坂澄會社的副社長講『カミキリ』作祟，就是要對高思宓家不利。在大家謠傳高思宓家養金魅時，要為高思宓家打算，就應該徹底否定跟金魅的關係，怪事都是別人栽贓，可是萬老爺卻沒這麼做。但說他有心害高思宓家，也說不過去，因為他不同意『カミキリ』之說，要陷害的話，糟糕的可能當然越多越好。總覺得萬老爺的行動處處充滿矛盾。」

「該不會……」我閃過一個念頭：「該不會高思宓大宅裡真正發生的事，其實遠比金魅作祟糟糕吧？萬老爺知道真相，而為了掩蓋真相，才主張乍聽之下糟糕、但已經比真相好的『金魅吃人』這種說法？」

曹仔眼睛閃著光芒：「二少爺，您這講法有道理。先前子爵跟我說過，人們會因『恐怖』而止步，『恐怖』能讓人不願去探索真相。原來如此，子爵本來就懷疑這一切跟高思宓家的過去有關，與高思宓家有關的陰神極力主張金魅作祟，或許多多少少證明了這個猜想……」

我忽然有點擔心。

「曹仔，該不會最後調查出來的真相對高思宓老爺不利吧？」我問。

「不是沒可能。」

「但高思宓老爺是個好人。」

我居然只能說出如此單薄的話，就連自己也感到丟臉！但此時此刻，我只能想到這句。曹仔看著我，表情變得柔和。

「我知道。二少爺會來憑弔高思宓老爺，一定多少是尊敬他。不過這件事最壞的情況，是失蹤者都死了，而他們是無辜的。既然有人無辜受害，就該好好憑弔他們，在這樣的事件中，只有真相能憑弔他們。」

我沒想到曹仔能講出這樣的大道理，一時啞口無言。

「不過，最後下判斷的還是子爵。也可能是我們想太多啊，高思宓老爺依然可能只是無辜的受害者。況且今天的事情絕不單純，剛剛坂澄會社副社長講那些『カミキリ』傳說，便很不尋常，他們到底有何目的？剛剛盧家姐姐聽到那位奇怪客人面具底下的秘密，也該回報給子爵知道。」

曹仔的說法沒有安慰到我。只要懷疑起背後有些什麼，不安念頭便停不下來。不過，要是高思宓老爺真的有不為人知的一面——不知為何，我心裡迴旋著一個可怕的聲音。

我想知道。

真可怕的好奇心！

當然，高思宓老爺還是邵家的恩人，他造橋鋪路，好善樂施，都不是假的。如果他有什麼不可告人的秘密，我相信他一定有理由。就算那可能比「金魅吃人」更糟，讓高思宓老爺的名譽被埋沒在虛假的作祟下，真的好嗎？即使不是好事，如果能夠讓高思宓老爺所背負的「真相」浮出水面，那不也是一種憑弔嗎……？

也許是我自說自話。只是給自己的好奇找藉口。但事到如今，要是我盲目地接受別人給予的「真相」，也許將來便無法這麼尊敬高思宓老爺了。

「唉，我知道啦。曹仔，我也想知道真相。若是有任何我和順妹能幫上忙的地方，你就跟我們說，別客氣。」

「感謝。不過要跟子爵講這些……有點不知該怎麼開口。」

曹仔無奈地說。

「像是金魅祖被大道公鎮壓，兩位神明派了使者來，這些子爵恐怕不會相信。但要是不講，他也許會判斷失誤。我得好好想想要怎麼開口。」

「要不，你就跟他講這些都是我們如此宣稱，他不相信就算了。反正最後他要是因不相信而嚐到苦果，也是他的事情，你知道真相就好。」

「我知道，只是……明明藉助了二少爺跟盧家姐姐的力量，你們卻可能被當成騙子或狂徒，我有點不能接受。我會再考慮該怎麼做。」

原來他在意的是這個！我恍然大悟。

少年跟我們告別，要去向子爵回報至今調查的結果。順妹拉著我袖口。

「哥哥，對那日本華族這麼放心，沒問題嗎？」

她的意思是，這些事真的能跟子爵說嗎？

「我也不知，但曹仔信任他，我相信曹仔。」

這或許只是自我安慰。但那個日本子爵介入後，我們一般人的影響力就很有限了，要是子爵因無知而迷失，也許會更麻煩，讓他知道更多，可能對我們有利。眼下，我們或許只要專注於找出金魅，其他交給子爵就好。

雖然我無法這麼樂觀。

要是那個子爵根本不相信妖魔鬼怪，就沒辦法知道坂澄會社的危險性。雖然聖母的委託很重要，但今天發生在這裡的事，已不只是金魅作祟這麼單純。既然坂澄會社已經露出獠牙，接下來恐怕會圍繞著他們的陰謀發生一連串攻防吧？

或許高思宓老爺真的隱藏著什麼。

但要是坂澄會社打算挖出那些秘密，加以利用、扭曲——像副社長那些關於「髮切」的那些鬼話——

接下來該做什麼就很明確了。

我們絕對要阻止坂澄會社的陰謀。

十五、理外之理

懷芝在客廳坐下。

加賀巡查被命令離開客廳，這裡只剩他們兩人。懷芝知道，這表示子爵將他當成自己人。無論高思宓大宅發生什麼事，既然這裡只有兩人，那他們就沒有彼此隱藏的必要。

「來吧，懷芝。剛剛你有調查到什麼嗎？」

懷芝暗自嘆氣，他不想對子爵說謊，但要是說出順風耳與辨識妖魔的能力，可能讓子爵嗤之以鼻，甚至否定其真實性。重點不在情報怎麼來，而是情報本身與背後的意義。懷芝決定謹慎地隱藏神通這件事。

「我認為確實可能有什麼事隱藏在高思宓家的過去裡，雖然不確定是不是跟現在的事件有關，但可能性不低。」

「怎麼說？」

懷芝說出他探聽到的消息——白頌對當年的事三緘其口。他問過萬馬堂，這位老丈更是謹慎，沒透露半點口風，反而不斷刺探子爵動機。他也提到萬馬堂難以理解的行動，若他真是為高思宓家好，對金魅傳說大可徹底閉口不提，甚至可以制止別人在喪禮上提到這些，但他不只主張事情是金魅所為，還相當高調；這矛盾的行動，或許與高思宓家的過去有關。

他引用邵年堯的說法：或許真相比金魅作祟更糟糕，這就是萬馬堂想要隱藏的。

「這想法有意思，雖然我不這麼想。要隱瞞什麼，閉口不提就好了。要是根本沒人懷疑，連混淆視聽的必要都沒有。不過為何萬先生為何採取這樣的行動，確實值得思考。」

「是，雖然我也還沒想通。說到這個，子爵大人，您知道那位穿著黃斗蓬的客人是什麼人嗎？」

「你也很在意吧？畢竟戴著那樣的面具，不可能不在意。他一開始自稱是高思宓家的遠親巴特萊，但後來承認是柯佬得的弟弟魯道敷。」

「魯道敷？」懷芝吃了一驚。根據他從盧順汝那邊聽到的，萬馬堂本來也以為黃斗蓬怪人是魯道敷，但對方拿下面具後，才驚覺不是。他將這件事告訴子爵，但只說是偷偷聽到，省略了順風耳的事。

「有這回事！那就有意思了。」子爵興致昂然：「如果那人真的不是魯道敷，為何他會有魯道敷的身份證明文件？而且，柯佬得知道嗎？還是他為了什麼目的連我也騙……？」

「其實不只萬先生被他的真實身份嚇一跳，坂澄會社的社長也是。」

「喔？怎麼回事？」

懷芝說是從背後看到黃斗蓬怪人當著坂澄會社社長的面拿下面具。

「原來如此，如果阿求不認識面具底下的人，那他根本沒必要特地拿下面具。光是拿下面具，就暗示阿求認識他。不過……萬先生跟阿求同時認識，有這號人物嗎？難道是步泰承？」

懷芝有些意外。

「子爵大人何出此言？」

「加賀巡查說過，步泰承似乎有私下跟坂澄會社聯繫。既然他被高思宓洋行重視，那長年跟高思宓家往來的萬先生會認識他也不意外。但總覺得難以想像啊！假使步泰承當初用某種詭計從大宅脫身，他就是害高思宓家陷入如今慘況的人之一，柯佬得不可能與他合作吧！除非柯佬得當真相信他是魯道敷，但他有這麼容易被騙嗎?他應該很熟悉步泰承吧!」

「如果他就是步泰承,那第一起失蹤事件也許沒有表面上這麼單純,或許高思宓家確實涉入了……這會不會也跟高思宓企圖隱瞞的過去有關?」

「雖然不無可能,但『高思宓企圖隱瞞的過去』也太萬能了吧!」

「若是請那位戴著面具的客人拿下面具,確認其身份,不就能釐清了嗎?」

「我不這麼想。在前三個事件中,登場人物是有限的,無論這位戴著面具的是誰,只要不在登場人物之中,就算得知他的身份,也無法解決事件。」

「但子爵大人不是說他或許是步泰承?」

「忘掉步泰承吧!我只是隨口提的。」子爵苦笑:「拿下他面具的時刻總會來的,之前我也試過了,現在不是勉強的時候。在那之前,我會先跟柯佬得好好聊聊,讓他把沒說出口的事全都說出。」

他不急著讓黃斗篷怪人拿下面具是有理由的。他對柯佬得主張那人是魯道敷這點耿耿於懷,柯佬得不可能這麼天真,若那人不是魯道敷,柯佬得就是有意撒謊。那麼,此人隱藏自己身份,對高思宓家或許來說是必要的。

現在就莽撞地揭發隱身在面具後面的人,可能是不智之舉。

「我明白了。不過,我是擔心這些隱藏著的秘密可能被有心人士利用,才覺得盡快釐清會比較好。」懷芝說。

「有心人士?在這場喪禮上嗎?」

懷芝點點頭,轉述在庭院上,坂澄會社的夏目副社長說著「髮切」傳說,並主張老夫人就是妖怪「髮切」,

柯佬得是半人半妖，大宅發生的怪事，則是「髮切」對觸犯禁忌者的懲罰。

「子爵大人也知道，老夫人本就有些奇妙傳聞，那時，萬先生也承認老夫人出門蒙著臉有其原因的。這表示即使副社長是胡說八道，也是利用既有的材料來發揮。真相越是不明朗，有心人士就越能加以利用。」

聽著他的話，子爵的表情卻越來越古怪。

「……原來如此，『髮切』，還有這種切入點嗎？」

「子爵大人是指？」

「沒什麼。懷芝，你對『髮切』這種說法是怎麼想的？」

「我認為只是造謠。從細節看太過勉強，不過，或許有人會相信。」

「造謠嗎……我想也是。坂澄會社竟有這麼大動作，看來我要跟他們好好談談了。」

「除此之外，或許跟高思宓先生的秘密無關，但我想有人利用了這喪禮。」

「喔？」

「是關於今天消失的畢翠兒。我有朋友在來喪禮前，偶然聽到畢翠兒說自己是來找『瞬息百發』的。」

懷芝很快說明「瞬息百發」的傳說，子爵聽得津津有味。

「臺灣有這樣的人物！如果真的還活著，真想見識一下。不過如你所說，我本來就覺得畢翠兒失蹤可以事先安排，有共犯也不意外。如果這位『瞬息百發』就是共犯……有意思，你說逃債這個動機，確實有可能，但選擇在淵思敦的喪禮上，本身就有風險，除了高思宓大宅本身的金魅傳說外，有沒有其他非得在此地施行不可的理由呢？」

「我想問問『瞬息百發』就知道了，如果他真是共犯，就一定在場。」

懷芝看著子爵，後者揚起眉，緩緩點頭。

「也對，我請警察確認過，出席的客人還沒先行離開的。只要『瞬息百發』是共犯，就一定在客人中。」

「是。根據傳說，『瞬息百發』應該是五、六十歲的臺灣人，用這個條件去篩選，結果應該有限。」

「很好，稍後就交給加賀巡查吧。你做得很好，懷芝，還有別的嗎？」

「這個……」

子爵溫柔的聲音令懷芝猶豫起來，他到底該不該說神怪之事？其實剛剛回報的應該就夠了，不過——子爵說要跟坂澄會好好談談，要是他不知道夏目跟鐵賀是妖怪，會不會太咄咄逼人，將他們逼到狗急跳牆？而且萬馬堂是陰神這點也讓他放心不下。陰神跟正神不同，也是會作祟、詛咒的。裝傻很簡單，但要是裝傻導致惡果，懷芝也難以原諒自己。

「……子爵大人，如果說此地有妖怪，您相信嗎？」

子爵呆了呆，遲疑片刻。

「當然不相信吧。金魅這種妖怪，不過是傳說而已。」

這番回答在懷芝的預料之中，也在他意料之外。

沒有妖怪——是懷芝預期的答案——但為何子爵要猶豫？而且從子爵的視線、嘴角、聲調，懷芝看得出他言不由衷。子爵其實相信妖怪存在？雖不確定詳情，但懷芝決定打蛇隨棍上。

「其實，我在庭院裡遇見了一位朋友，他看得見平常人類看不到的東西。他說，這裡確實有妖怪。」

「喔？」子爵興致缺缺。

「子爵大人可能覺得荒唐，但我相信他。接下來的話，可能有些不可思議，不過坂澄會社的副社長夏目小姐，還有社長帶來的保鏢鐵賀先生，這兩位其實是妖怪……」

懷芝戰戰兢兢，他意識到自己太急了。但子爵一下子拉直身子。

「什麼？那傢伙說夏目是妖怪？」

「是的。」

子爵意外地看著懷芝。

「懷芝，你相信他的話？你相信夏目跟坂澄會社的保鏢是妖怪？」

「我相信他。其實，是我特別請他幫我確認的，因為夏目副社長講過一些讓我很在意的話。之前，子爵隨著柯佬得先生到二樓後，我在客廳遇見夏目副社長，她問我子爵為何來此，我感到奇怪。因為我跟子爵來時，她還沒抵達，怎會知道我跟子爵同行？所以在聽那位朋友提到妖怪的事後，我就請他幫我確認。」

子爵皺起眉，右手摸著鬍子。

「……你相信夏目是妖怪，但卻認為她講『髮切』的事是在造謠？」

懷芝困惑，不瞭解這兩件事有何關係。

「是啊，因為太多缺乏根據的假設。與其說是推論，不如說是為了結論而創造出假設。當然，有沒有『髮切』這種妖怪，我無從得知。我只是認為那個推論太亂來了。」

「所以你不否定怪力亂神？」

「子爵大人，請您理解，我從小就是生長在信奉神明的環境，也親眼見過神通；對我來說，這是我的日常。雖然我也理解偵探小說的思考方式，並深深為之著迷，但那並非唯一的思考方式。」

「等等，別誤會，我沒說你不是。這麼說來，你相信金魅存在嗎？不，我在說什麼，你一開始就說過，你覺得確實可能是金魅所為。」子爵露出自嘲的笑，又像解開了什麼謎團，帶著些許滿足：「唉，我明白了，原來只是我作繭自縛而已。原來如此，你並沒有否定怪力亂神……」

「子爵大人，怎麼了，您有什麼想對我說嗎？」

懷芝越來越不懂了。子爵似乎從剛剛開始就有什麼話想說，但不知該如何開口。既然如此，他決定主動詢問。子爵詭異地笑著，搖了搖頭，沉默片刻。

「懷芝，告訴我，你說你相信金魅存在——如果這一切全都是金魅所為，我卻想要證明這是人類做的，你會覺得我的行為荒唐可笑嗎？」

「怎麼會呢？無論是人類所為或金魅所為，都還沒有經過檢證啊，子爵大人有充分的理由懷疑這一切是人類的犯罪。即使是金魅所為，若是沒有把人類犯罪的可能性一一排除，怎麼能簡單說這真的是金魅作祟呢？」

「唉，你真是聰明啊，懷芝。」子爵滿足地說：「我當然知道你聰明，但你比我想的還要聰明，沒有停留在一種觀點中，就是你的厲害之處……懷芝，我要向你坦白，其實我有事瞞著你。」

懷芝猶豫了一下。

「子爵有事瞞著我，那不是理所當然的嗎？畢竟以您的身份，不可能什麼事都告訴我……」

「不不不，是非常無聊的事。我只是基於無聊的自尊才沒跟你說。」子爵嘆了口氣：「來到這裡之前，我只跟你說，我認為大宅裡的怪事可能是人為，如果是這樣，我想要解決這些事件。這些話，我沒有說謊，是完全發自真心的。但除此之外，我有別的目的。」

懷芝想起夏目副社長追問子爵到底為什麼來。

「那子爵大人有何目的？如果您願意說的話……」

「其實，我已經打好主意。就算最後發現一切都是金魅作祟，我也要徹底否定，硬要找出人類犯罪的解釋，就算栽贓無罪之人也在所不惜。」

懷芝大吃一驚，說不出話。

「──為什麼？子爵大人有這麼厭惡妖怪作祟嗎！」

「我並沒有厭惡。」

「不然的話，為什麼？如果妖怪作祟就是真相，為何要否定它？」

「正因為我沒有否定那種真相的可能性，才非這麼做不可。」子爵苦笑：「懷芝，你知道陰陽師嗎？沒聽過的話，可以理解成日本的道士。我，杉上華紋，正是陰陽師喔。」

懷芝一時沒理解他的意思，呆呆地坐在椅子上。

「還記得我昨晚說的話嗎？在接觸井上圓了的妖怪學前，我的看法是妖怪當然存在。但這不表示接觸之後我就否定妖怪存在了，我只是更瞭解妖怪的原理。井上認為萬物的原理本身就是一種妖怪，這點確實是稍微瞥見了妖怪的真相，但並不全面。對從小生長在群魔亂舞的世界中的我，比他更有機會察覺背後的玄機。」

「我……我不明白。子爵大人明明相信妖怪存在，那為何否定妖怪，甚至不惜栽贓無罪之人？」

「因為我瞭解妖怪的原理。如果放著不管，事情會一發不可收拾。這座大宅已經變成一個『妖怪生成裝置』了。」

「什麼？」少年大吃一驚。

「妖怪的生成，跟人類可不一樣，並不是透過肉體交合，在父精母血的結合下生生化育而成。妖怪的生成，勉強要說的話，幾乎是憑空出現……對了，這可以用宋學的『理氣論』來解釋。你知道『理氣論』嗎？」

「不，我不清楚……」

「粗略的說，就是天地萬物皆由理、氣構成的理論。『理』是什麼呢？就是事物的原理。像萬有引力、運動定理，這些是天地的普遍原理，沒有任何事物能例外；但事物各自也有其原理，告子曾說，牛之性如馬之性，馬之性如人之性，這是站在最普遍的角度，程頤就不認同，他認為人、牛、馬各自有不同的性，也就是不同的理。其實這很好想像，現在在這裡的你我，身為人類，我們不可能忽然變成馬，對吧？我們和牛、馬不同，總有個決定性的理由，而宋學提出的答案，就是『理』不同。總之，這世間充滿各式各樣的『理』，更高層的『理』能包含低層的『理』，但問題來了，這世間所有的『理』加在一起，就是完美無缺的絕對圓滿之『理』嗎？」

其實懷芝連這個「問題」都聽不懂，他猶豫了片刻，說：「對不起，我不太明白……」

「我問得太快了。這樣說吧，有一點一定要搞懂，『理』是事物存在的先決條件，要是沒有『理』，事物連存在都不被允許，懂了嗎？所以只要是能出現在世上的事物，一定具備『理』。但是你想想啊，世上萬物如此之多，又如此歧異，如此矛盾，假使把這些『理』視為『宇宙』這個『拼圖』的一部分好了，每一片『拼圖』都是特異的，那麼將這些拼圖拼在一起，真的能得到一個和諧完美的宇宙嗎？」

雖然依然不完全明白，但懷芝猜想，他是在問「宇宙最終是否和諧一致」。對這個問題，懷芝的看法是否定的。這世界這麼多衝突、矛盾、戰爭，怎麼可能和諧一致？他說出自己的看法，子爵笑了笑。

「然而，宇宙非得是完美無缺的不可。」

「為什麼？」

「這麼說或許有些玄，但這樣說吧，宇宙不允許自己不完美。知道這點，是進入玄秘之門的關鍵，要是連這點都不信，就沒什麼好說的了。不過『全宇宙的理之總和』，在數學意義上不等同於『宇宙本身之理』，這是事實。畢竟『不完美』不可能等同於『完美』。這麼一來，就出現了矛盾，本來應當相等的兩者不相等，那該怎麼辦？」

懷芝搖搖頭。

「很簡單喔，如果完美無缺的宇宙不完美，就表示一定缺了什麼。也就是說，『全宇宙的理之總和』跟『宇宙本身之理』間，還少了一些東西。想像一下，假設現在有個罐子，你用砂把它填滿，但它真的被填滿了嗎？無論砂細到什麼程度，一定還有稜角，使每個面無法徹底貼合，看起來是滿的，其實砂與砂之間充滿空隙。那麼，要怎麼做才能把罐子填滿？」

「把水灌進去？」

子爵哈哈大笑。

「差不多就是如此！懷芝，你真是聰明。如果每一粒砂都是『理』，那要填滿之間的縫隙，達到『完美無缺之理』，就必須在『理』跟『理』之間填入其他東西。妖怪學博士井上圓了以『理外之理』解釋『妖怪』，但我認為他沒有發揮這個詞的真意；所謂的『理外之理』，就是用來填補『理』之間的縫隙，使宇宙成為完美型態的『外之理』！」

子爵說到這裡，懷芝還跟得上，但他同時充滿疑問：「我瞭解了，但這跟妖怪生成有何關係？」

「別急，我們先延伸一下『理外之理』這個概念。通常擁有『理』的事物，都是存在實體——這是當然的，畢竟，『理』擔保了『存在』得以『存在』。但『不存在』的事物，到底存不存在呢？懷芝，你怎麼想？」

這問題也太奇怪了。

「既然不存在……當然就不存在吧？」

「常識來說是這樣。不過懷芝，還記得我跟你說過浦島太郎的傳說，裡面提到龍宮對吧？其實龍宮這樣的地方，不只在浦島太郎的故事中出現，還有其他傳說提到，甚至支那也有相關傳說，只是統領龍宮的不是乙姬，而是龍王。龍宮傳說如此普遍，那我問你，龍宮究竟存不存在呢？先說一句，即使龍宮傳說這麼普遍，目前也還沒有發現實際證據證明可能、或曾經有龍宮喔。」

「既然沒有證據，就無法說龍宮存在吧？」

「不錯，但有趣的是，你並不是直接說『不存在』……當然也可能是我用這種試探性的語氣問，你就選擇比較保險的說法。不過世人便是如此。如果傳說只有少數人傳誦，要視為虛構會簡單許多，但只要一定的人數傳誦，就會開始懷疑是否真有其事。到了這個地步，龍宮便會開始對人類生活或世界造成影響。」

「但即使造成影響，也不表示龍宮存在……對吧？」

「這個問題，可說是關於『妖怪生成』的關鍵了。『龍宮』這個例子跟妖怪太接近了，舉個現實點的例子吧。貨幣制度在人類史上是非常有趣的，最初人類以物易物，使單純的自然物有了價格，接著人類開始用不易損壞的金屬交易，這也很奇怪，人有生活需求，所以自然的物產有其價值，但這樣的價值，竟轉移到金屬貨幣上；隨著時代演進，銀票、紙幣紛紛出現，像紙幣這樣容易毀損的東西，竟然能成為貨幣，而且明明是同樣材質，竟隨著面額不同，而有不同的價值。懷芝，我問你，『貨幣』到底存不存在？如果你說它存在，到底是以怎樣的形式存在？別忘了，貨幣可能是指很多東西，有些東西曾經是貨幣，但現在不是了，現在我們認為是貨幣的東西，將來可能不是，像這種實體對象可以置換的東西，真的能說它存在嗎？但要是你說它不存在，你又要怎麼解釋人類已經發展上千年的經濟體系？」

懷芝沉思片刻，總算點了點頭。

「原來如此，如果存不存在這個問題只關係到『實體』，那像貨幣這樣，既可以說有實體，也可以說沒實體的東西，到底是否存在，就顯得曖昧；考慮到子爵大人剛剛說『理』是保證『存在』的前提，子爵大人真正想問的，其實是『貨幣』到底有沒有『理』吧？如果世界上只有『實體』，有些事就會說不過去，子爵大人提出『龍宮』的例子，也是想要說明這點吧？」

「正是如此。」子爵高興地說：「所謂的『理外之理』就是這麼回事，如果所有實體都是分殊的個體，其總和的理是不完備的，因為只有各自的『理』，世界根本無法運作。為了使世界完備，在這些『存在之物』之外，聯繫、推動這些存在的『理』，就必須存在。」

「原來如此。」

「假使經濟體系是一種『理外之理』，就算有些曖昧，在現實中還是有暫時的實體，譬如貨幣，就像咒術所說的『依代』一樣。但要是有著『理外之理』，卻無法指向暫時或特定的實體，這就糟了。因為『理』保證了其存在的潛能，而世界不允許自己不完備；為此，世界必然要為這種『理外之理』準備具有可實現性的『實體』。這時，就是『理氣論』的『氣』登場的時刻了。」

子爵換個坐姿。

「在宋學的系統裡，『氣』這種概念可視為物質的最小元素，整個世界都是由『氣』所構成，清氣上升，形成日月星辰，濁氣下降，形成花草樹木。我們能有物質性的身體，都是氣聚集而成，我們死後，身體腐朽，重新還原為氣。支那的氣論大師張載就說『太虛無形，氣之本體，其聚其散，變化之客形爾』，又說『虛空即氣，則有無、隱顯、神化、性命通一無二』，整個物質世界的變化，全都是氣的表現，即使我們看不見的『空間』本身，也被『氣』所填滿……」

說到「填滿」兩字，懷芝忽然懂了，他想到自己剛剛隨口一句「把水灌進去」，子爵那副滿意的表情。他驚訝地說：「子爵大人，您的意思是，『理外之理』如果被氣所填滿，就會具有『實體』嗎？」

這樣的想法，實在太過跳躍，但子爵點了點頭：「正是如此。『氣』周流遍佈，我們看不見它，如果整個宇宙一直保持在平衡狀態，就是完美的，氣也沒有下降形成『實體』的必要，但只要『理外之理』出現——就像多出來的異質物，要是沒有將其同化成自己的一部份，就不完美了——因此，宇宙為了自身的完美，會賦予『理外之理』實現的可能性。」

「而妖怪……就是『理外之理』的『實現』？」

「對。」

「但……但是，剛剛說的龍宮，或是經濟體系，這些都是人類的產物啊！難道妖怪是可以人為創造出來的嗎？」

「這有什麼好奇怪的？」子爵笑了笑：「在漫長的歷史中，人類的造物難道少了嗎？而人類創造出來，最後卻無法掌握的東西，難道又少了嗎？而且這也不是隨便就可以創造的，要形成『理外之理』，就必須具有干涉世界活動的能力，就像三人成虎，要不是一定的人數煽動，不足以影響人的活動，反過來說，如果本來荒謬的事，在某個特定情況下會顯得不荒謬，那『理外之理』就算是成立了。」

如果本來荒謬的事，在某個特定情況下會顯得不荒謬？懷芝喃喃自語：「原來如此……如果畢翠兒真的是逃債，他在自己家裡假裝被金魅吃掉，或許還無法取信於人，但要是在高思宓大宅被吃，就會是合情合理，就是因為高思宓大宅已經不在尋常的理中，進入『理外之理』了。」

「正是如此。昨晚也說過，最初的金魅故事，本就有『事件性』，如果這件事有後續，一直被傳誦，人們相信金魅存在，進而祭祀金魅，那為了讓這樣的行為有意義，宇宙會自行完善整個過程，最終使金魅得到實體。對，妖怪是可以創造的。」

怎麼會這樣？懷芝大為動搖。雖然他相信鬼神，但這樣認識鬼神的方式，還是太過嶄新。這樣說來，豈只是妖怪，連神都可以創造不是嗎！

子爵見他沉默不語，繼續說：「說起來，『氣』這種東西，本來是中性的，無善無惡，但進入『理』之後，就會隨著『理』的善惡改變性質。這座大宅現在已經妖氣瀰漫。對我這樣的陰陽師來說，並不是推理出這裡已成為『妖怪生成裝置』，而是看到的瞬間就實證了。說來慚愧，如果不是在這樣濃烈的妖氣中，有沒有妖怪假冒為人類，我一眼便知，現在卻做不到。如果你的朋友真能看見妖氣，那他的天賦非常驚人。剛聽你說，我還以為是信口雌黃，但他說夏目是妖怪，我覺得應該是可信的。」

「子爵大人知道夏目小姐是妖怪？」懷芝驚訝地問。

「我聽過她。但就算沒聽過，光聽你轉述她說夫人是『髮切』的假設，即使不是妖怪，也一定有什麼因緣。因為她知道的太多了。也許你覺得荒謬，但她說的確實有根有據。」

「有根有據？」

「關於妖怪將與人類結合視為禁忌的傳聞，我確實聽說過。不過這種情況太罕見了，連我都沒想到可以從這個角度切入。夏目想要用這點來解釋夫人的身份，如果在場的人都對神怪的世界有所瞭解，還稱得上狡猾，但一般人不懂，這才聽來有些荒謬。」

「那夏目小姐說跟人類跟妖怪結合，後代會跟人類那一方長得一樣，這也有根據嗎？」懷芝問。這是他覺得夏目的假設中最荒唐的部分，但子爵點了點頭。

「是的。剛剛說過，妖怪的『理』是『理外之理』，與人類不同，妖怪沒有可持續性的物質形態，要是死去，是因為團聚在『理』旁邊的氣受到重擊，以致物質型態無法維持，要不然就是因為某些原因妖氣散盡。像這樣的存在，即使能生育後代，方式也跟人類不同。反過來說，人類的生育方式是父精母血結合，由兩位親代各自提供物質基礎……細節太複雜，在此省略。總之，人類的後代只能接受具物質基礎的生成形式，但本來應該來自另一位親代的物質基礎，妖怪無法提供，所以子代的物質基礎必然與親代完全相同。不過，妖怪親代會提供自身的『理』與『氣』，所以人類與妖怪的後代，通常會具有某些特殊的能力。」

「這……這樣的話，不是不能生育比較正常嗎？」

「這涉及複雜的細節，但只要懂方法，倒也不難。本來擁有『理外之理』的存在，能使用超越常理的妖術，就是因為他們有改變氣的型態、或暫時改變現世之理的能力。在支那傳說中，有些動物修練成精，是以成為人身為最終目標，只要達到這種境界，在體內模擬器官都做得到，既然有模擬器官，就不是不能生育。」

真想不到，這部分竟是有根據的！不過為何夏目要說那番話？如果只是單純要毀謗高思宓家就算了，若不只如此，她確實以**妖怪才具備的視角**發現了什麼……

「子爵大人，那您覺得夏目小姐對老夫人的推測是認真的嗎？」

「坦白說，你一開始提到人妖結合的禁忌，我嚇了一跳，因為我沒想過這種可能。但仔細想想，我還是不這麼想。有兩個原因。第一，人妖相戀通常不會長久，因為人類無法長期處在妖氣的負面影響下。溫思敦與夫人成親至少三十年，還不是老病而死，對一名長期與妖怪相處的人來說，太過長壽了。第二，柯佬得不像半妖。他身上是有些不好的氣息，但那是普通人就會有的程度。到陰氣很重的地方走一走，回來可能就那樣，甚至有時心情不好，都會聚集一些不好的東西。身上妖氣這麼微弱，如果他是半妖的話，恐怕已經命不長久。我想，過去夏目應該有跟柯佬得見面的機會，如果真是半妖，她早該知道了，要是想藉此散佈不利高思宓家的消息，不必等到現在。」

「原來如此。確實，就連艋舺都有老夫人的傳聞，滬尾不可能不知道，要是打算污衊，早就可以這麼做了。那麼，為何到現在……」

子爵沉默片刻：「我大概猜得到。」

「咦？子爵大人，您知道原因嗎？」

懷芝抬起頭。子爵點頭：「嗯，大概有些猜測，但還不到說的時候。還需要調查。」

其實子爵已經十拿九穩了。懷芝看得出來。但子爵還不願說，他當然也不便追問。他換個話題：「子爵大人，接下來您打算怎麼做？」

「剛剛說了。無論真相為何，我都會讓這些事件變成『人為犯罪』。」

他確實說過，可是為什麼？懷芝轉念一想，「啊」的一聲，恍然大悟。

「原來如此。如果『理外之理』是人們相信大宅真有金魅造成的，那只要指出人為犯罪的手法，『理外之理』便會瓦解，回到常理中。這就是子爵大人的目的嗎？」

「正是如此。」子爵微微笑著，不知為何，看來有些像是苦笑：「我是來治退妖怪的……不，不能這麼說，還不存在的妖怪，根本無法治退，我是來防範妖怪誕生的。而推理，則是我的咒，無論是『金魅』或『髮切』，我都不會給祂生成的機會。」

「但真的有必要栽贓無辜之人嗎？」

「那是最後手段。如果這一切真有個犯人，我還是優先找出他。何況有多少人是無辜的呢？你看看吧，今天是溫思敦的喪禮，卻發生這麼多事，多少人懷著壞主意！因果循環，報應不爽，既然有為惡的打算，就要有相應的覺悟。」

子爵的冷笑讓懷芝打了個寒顫，但他知道自己沒有置喙的餘地。

「那麼，子爵大人，為何來此之前您不告訴我？」

「有很多個原因。首先，我是陰陽師的事並未公開，不方便到處說。不是不相信你，但解釋起來太麻煩，之所以告訴你，是因為你已經知道這裡有妖怪，要是不坦白，對彼此都不便。其次……我擔心你不相信神怪之事。」

「咦？」

「因為，懷芝君不是很喜歡偵探小說嗎？」子爵看來有些困窘：「要用推理來解釋一切神怪現象，也不是做不到。我想這樣的你也許會對陰陽師什麼的嗤之以鼻。」

「但子爵大人不也是相信鬼神，卻也喜歡偵探小說嗎？」

「我不一樣，我從小就生活在怪力亂神的世界裡，偵探小說只是娛樂。」

「我也是啊。」懷芝露出令人安心的笑：「我也是生活在怪力亂神的世界。不過，其實我也猶豫了好久，剛剛要告訴您妖怪的事，我也怕您不相信。」

「哈哈，想不到我們因為偵探小說而相識，居然也因為偵探小說而生隔閡……不說這些了，畢竟誤會也解開。懷芝，你還有什麼要告訴我的？」

「有，其實除了夏目小姐跟鐵賀先生，此地還有一位非人；我個人猜測，此人在這些事件中或許佔有重要地位……據我朋友說，萬馬堂先生並非人類，而是『陰神』。」

「萬馬堂？」子爵有些意外。

「是的。」

子爵沉吟片刻：「你說的陰神，是怎樣的東西？」

「通常是無人祭拜的孤魂野鬼，因為人們怕他作祟，就蓋廟祭拜他。跟一般廟宇不同，一般廟宇的神是不會實現信徒的邪惡願望的，但陰神不同。此外，陰神也比一般的神更嚴苛，如果許願者沒有還願——還願就是祈禱的代價，是願望實現後，向神奉上的禮物——要是沒還願，陰神甚至可能向許願者作祟。所以人們對陰神多半又敬又怕。」

「原來如此。那位萬馬堂是這樣的存在？」

「是的。」

「有趣……太有趣了。」子爵雖說「有趣」，卻看不出任何興奮喜悅之情，讓「有趣」聽來有種諷刺感。本來萬馬堂的行動便有些奇妙，「陰神」的身份令他更加可疑。

他不可能不知道主張金魅作祟帶來的壞影響。

懷芝接著又將天上聖母、大道公、金魅祖的事告訴子爵，這些嶄新的異聞，令子爵聽得津津有味。他也將剛剛大宅裡的見聞告訴懷芝，包括阿求社長帶來的信。這事懷芝已經從順汝那邊知道了，但他不動聲色。關於案件的細節，子爵也將之整理，以最簡潔的形式告訴懷芝。

「懷芝，你怎麼想呢？光就犯案手法而言，我已想過好幾種可能——」

加賀巡查出現在門前。

「子爵大人，有事向您報告。」

「怎麼了？」子爵態度收斂，擺出穩重的樣子。

「您說要是找到奇怪的東西，要通知您一聲。」

「喔？你找到阿求暗示的秘密文件了？」

「不是，但有些不尋常，希望您來看一下。」

加賀的態度有些詭秘。子爵對懷芝使了眼色，兩人跟著加賀離開客廳

十六、鹽的秘密

「加賀巡查，抱歉打擾，有事需要你的指示。」

子爵與懷芝隨著加賀離開客廳時，正好有警察從門外走來。

「怎麼了？」

「那個穿黃斗蓬的人說見找高思宓先生，要放他進來嗎？」

警察用大拇指比著後方，只見一名警察擋在門口，黃斗篷怪人則在門廳前方走來走去，看來頗為焦躁。因為警察正在搜查大宅，自然不能讓閒雜人等隨便進進出出的，讓柯佬得留在宅子裡，已經是子爵擔保的特殊例外了。

加賀看了子爵一眼，子爵點頭。

「讓他進來。」

警察依言讓開，黃斗蓬怪人卻像是嫌他太慢，伸手往旁邊推，風一般地刮進來。

「喂！等等，不准隨便亂走——」

「兄弟！」這時柯佬得剛好從二樓下來，他見到黃斗篷怪人，臉色微變，用英語說：「我正要找你！剛剛一直無法分身，不過……」

「我也是。」黃斗蓬怪人急切地打斷他的話：「我們到臥房說。」

他說著便拉著柯佬得快速上樓，甚至沒有跟子爵點頭示意，本想攔住他們的警察啞口無言，只好用眼神向加賀巡查求助。

「讓他們去吧。」子爵說：「上面也有你們的人，應該不至於讓他們亂來，不是嗎？比起這個，巡查，讓我看看你說不尋常的東西吧。」

「好，在二樓客房。」

「客房？我記得柯佬得的舅舅還住在客房裡。」

「是的。」

「是從他身上找到的東西？」

「不是。不過，正因不是他帶來的東西，才有些奇怪。」

他越說越奇怪了。子爵說：「好吧，帶我去看吧。」

加賀帶著他們前往二樓，白頌站在客房外，大概是他們搜索時不方便留在裡面。他們進入客房，兩名警察還在到處搜查。加賀問：「還有別的發現嗎？」

「沒有。」

「子爵大人，請你看這邊。」加賀走到客房的床旁邊，指著床墊，子爵過去看了片刻，什麼都沒看到。懷芝也走過去看，忽然注意到一件事——這張床不像最近使用過。但白頌不是在客房住了好幾天嗎？這時，他在床上發現了什麼。

「巡查大人，是這粉狀的東西嗎？」懷芝指著床上的粉末。

「粉狀的東西？」子爵順著懷芝手指的方向看，總算看到他說的東西。與其說粉，其實更大一些，是某種白色顆粒。他伸手捏起一顆，走到窗邊在陽光下細看，是結晶體。

「我剛剛嚐過了，是鹽。」加賀說。

「鹽？」子爵轉過頭：「為何你覺得這不尋常？這大宅裡不缺鹽啊！之前溫思敦為了驅邪，還在宅裡各住擺鹽。」

「我知道。不過擺在宅裡各處的鹽，是放在雙手捧著大小的盤子，而不是到處亂灑。既然是驅邪用，平常就不會隨便接近，所以帶著鹽走動的機率也不高。我剛剛問過白先生，他進到這個宅子以後就沒碰過任何鹽，那鹽粒是何時、又是為何出現在床上呢？」

「難道不可能是很久以前，有客人在床上吃沾了鹽的食物落下的？」

「如果是這樣，僕人的清理未免太不確實了。而且在步泰承事件後，我的前輩有仔細搜過房間，如果當時床上有鹽粒，不可能沒發現。」

被這麼一說，子爵確實感到有些奇怪。雖然只是微不足道的小事，但在白頌前，客房裡只住過步泰承，如果鹽粒真的不是白頌不小心沾上的，就表示在這段期間，這間無人使用的客房發生了某些事，使鹽粒出現在這個房間。不過，到底為何是鹽粒……？

就在此時，子爵不經意地抬起頭。

他正好站在走廊延伸進客房的盡頭。從這裡抬起頭，視線馬上就能穿越客房的門與走廊，看到對面的景色。他表情產生了變化。就像將食物放進嘴裡，卻發現味道跟自己想的完全不同。他瞪大眼睛。

「難道……！」

「子爵大人，您怎麼了？」懷芝嚇了一跳，子爵的臉色實在太難看，甚至讓他以為那看似鹽粒的東西有毒，只要拿著就會中毒；但子爵沒看向他，只是搖搖頭，像是有些反胃。

「您還好嗎？子爵大人。」加賀也問。

「我沒事。謝謝你，巡查，就這樣做吧。」

怎樣做？子爵丟下這麼沒頭沒腦的一句話就走了，也沒招呼懷芝，一個人走了出去。懷芝本想跟上，但他看子爵的樣子，覺著暫時不打擾他比較好。加賀不解地問：「你知道子爵怎麼了嗎？」

「不知道。」懷芝搖搖頭：「他應該是發現了什麼。」

不，不只發現什麼。

如果只是發現什麼，子爵一定會立刻得意洋洋地加以解釋，但他沒這麼做。這個發現一定在子爵意料之外，甚至是他不希望發現的東西；那到底是什麼？剛剛子爵做的，也不過是站在這裡——

懷芝走到落地窗旁，站在與子爵相同的位置。

然後看向同一個方向。

白頌站在客房外，再後面就是走廊，接下來是對面的溫思敦臥房。或許是警察在搜索的關係，房門開著，可以直接看到對面的落地窗跟窗外的外部走廊。這景色怎麼了？還是說，其實跟這景色無關，而是剛剛發現的鹽粒？說到鹽，到底有什麼玄機？如果是化學相關的話，懷芝就沒轍了，他對鹽的瞭解，也只限於日常的使用……

……日常的使用？

他心裡閃過一個念頭。

一個可怕的念頭。

這一切都是瞬間發生。鹽。鹽的各種功能。懷芝看向床，接著看向門外。大宅的構造與相對位置。那些模糊的細節忽然聯繫在一起，得出一個簡單的解答！少年猛然吸了口氣，如果剛剛子爵意識的就是這個解答，也難怪是那種反應！

「我還是去找子爵大人好了。」懷芝不動聲色地向巡查道別。

「我也去吧，我手下還找到一個有數字鎖的箱子，想問子爵該怎麼——」

「大人，我怕現在不是與子爵大人談話的好時機。不然我去看看好了，要是他心情好起來，我再跟您回報，這樣事情會比較順利。」

懷芝沒完全坦白。但要是他猜的沒錯，現在子爵應該不想跟加賀說話。加賀巡查看著他，會意過來：「不用，也不是這麼急的事。等情況適合，我再跟子爵說。」

「謝謝您的費心，請容我先告退。」

懷芝快步走下樓梯，四處張望，只見子爵回到客廳，獨自在椅子上沉思。

「子爵大人。」

懷芝躡手躡腳地走進客廳。

「懷芝啊——」

他看來百般無聊。

「呵。現在我在想什麼，你猜得到嗎？」

子爵在想什麼？要是他的發現與懷芝所想相同，那他到底會震驚、氣憤、還是感傷呢？不，這不重要。子爵不是要懷芝揣測他的心情，而是揣測他在考慮什麼。懷芝緩緩坐下。

「我想您是在猶豫要不要繼續調查下去。」

「為什麼這麼想？」

為什麼……嗎？其實懷芝已大概明白，但有時太過坦白會觸怒他人。他說：「沒什麼根據，只是子爵大人的態度讓我有這種感覺。」

「直覺嗎？你果然敏銳。哈哈，坦白說，我現在可是興致闌珊，只想回家。要不是當著這麼多人的面說要抓出犯人，我已經走了。反正以我的身份，警察也不敢認真攔我吧。真後悔啊！說了多餘的話呢。」他笑裡帶著些尖酸的嘲諷。

「那您打算留下來嗎？」

「就算留下來，我也沒調查的興致。唉，只是一想到那些不明究理的人可能會取笑我，就令我感到不快。」

懷芝知道子爵言不由衷。子爵根本不在乎別人怎麼想。不過，或許他也還沒確定自己的想法吧？畢竟那個發現來得太突然，不只子爵，懷芝也還沒釐清背後的意義。他脫口而出：「子爵大人，您沒有調查的興致，是因為這違背您最初的預期嗎？」

「什麼意思？」

「雖然只是我擅自猜想……不過您先前說要防止此地成為『妖怪生成裝置』，也是要趁機洗刷高思宓家的污名吧？若這些完全與妖怪無關，您也成功抓出犯人，那金魅作祟云云就是謠言，高思宓家只是無辜的受害者。換言之，您希望高思宓家全身而退。所以……您失去調查的興致，是否與您認為高思宓家已不太可能全身而退有關呢？」

「有意思。這也是你的直覺？」

「也是有直覺的成分，不過……當我站在子爵大人剛剛站的位置時，我看到了一種可能。一種能說明鹽粒為何在床上的可能。」

懷芝說出他的想法。那是個簡單而明快的推理。子爵聽著，冷淡的表情逐漸化開，最後微微苦笑。

「原來如此，你也想到了。不錯，雖然還沒檢證——只要檢證就能得到解答——不過情況變成這樣，這起事件就不可能與高思宓大宅裡的人毫無關係，甚至已能特定出犯人。你明白了吧？再這樣下去是不行的，所以我已經想走了。」

懷芝應了一聲，沒明確表示同意。他沉默片刻。

「……子爵大人，您想要留下或離開，想繼續調查或終止，都是您的自由，沒人可以阻止。但對這裡接下來將發生的事，您應該是有責任的。」

「什麼意思？」子爵挑起眉。

「因為您主動介入此事了。」懷芝說：「請您想想，要是您沒介入，事情會怎麼發展呢？首先，加賀巡查會讓所有客人回去，金魅作祟傳說將達到前所未有的熱度，柯佬得先生大概會很困擾吧？但這麼一來，警方就沒有搜查大宅的理由。現在，警察不只相信『真的有犯人』，還認真了搜查大宅，要是子爵大人放棄調查，警察難道會放棄嗎？我不這麼認為。那麼，接下來會如何呢？」

「你想說什麼？」

「其實我也不知道怎麼做比較好。不過，要是子爵大人放棄，那無論在大宅裡發現什麼，解釋的權力都在警察手上。我只想提醒子爵這件事。」

「而且事情會走到這地步，是我一手造成的，你是想這麼說吧？」

子爵「哼」的一聲，露出苦笑。他拿出菸絲，緩緩塞進煙斗中。

懷芝沒有回答。

「……唉，就跟你說的一樣。我一開始就太天真了。溫思敦死前，我就該採取行動。現在我又全憑自己的興趣跟喜好辦事，把事情弄得一團糟。但既然是我挑起的頭，要是不做到底，我也會後悔吧！」

「而且真相也還沒有完全浮現，我們現在所見的可能，還未必是真相。」懷芝說。

「就怕真相浮現後我會更後悔呢！」子爵喃喃說：「不過這個後悔跟那個後悔是兩回事。」

「正是如此。子爵大人……無論您做何決定，我都能理解。我相信您的判斷。」

「我就是喜歡你這點啊，懷芝。」子爵用火柴點燃菸絲，火光在他的眼裡閃耀著。他微微笑出來：「好，我決定了。繼續調查吧！懷芝，這可是你影響我的決定喔，換言之，你介入了我的行動。所以接下來無論發生什麼事，都請你跟我一起負責到底吧！」

他吸了口煙。

「我從一開始就是這麼打算的。」

懷芝坦率地說。沒錯，打從一開始，懷芝就知道這跟「偵探遊戲」不同。抵達現場不只是調查，同時也介入了事件，他不只是解謎者，也是當事人，他是懷著覺悟這麼做的。當他向子爵進言時，他也懷著這種覺悟。子爵讚許地對他點頭。

這時柯佬得跟黃斗蓬怪人從二樓走下，黃斗蓬怪人頭也不回地走出正門，柯佬得則望向客廳，臉色複雜。他聲音有些顫抖，對著子爵說：「杉上先生，阿求說父親給他的那封信，你帶在身上嗎？」

「嗯，我還帶著，怎麼了嗎？」

「我希望再看一眼。」

子爵沒道理拒絕。於是他拿出那封信，誰知高思宓家的主人將信抓過來，兩眼快速掃過，忽然抓住信紙兩端——

用力將信撕成兩半。

懷芝嚇了一跳，但柯佬得還不滿足，將剩下的信紙疊在一起，又撕成兩半，就這樣將它撕成碎片。

「你在做什麼?」子爵有些意外。明明柯佬得剛剛就看過信了，為何現在才如此憤怒?柯佬得微微喘著氣，臉頰泛紅，他接近低吼地說：「這種污衊是難以忍受的屈辱!我知道父親究竟何等關心我們，這種假貨根本是在羞辱父親!我不允許。」

子爵揚起眉，盯著柯佬得，片刻後才緩緩開口。

「我瞭解你維護父親的心情，但為何這麼突然?剛剛魯道敷跟你說了什麼?」

「我就不能一直放在心上，直到此刻才忽然採取行動嗎?」柯佬得傲慢地說，同時拉了一下西裝領口。他顯然是否定這突然的行動跟黃斗蓬怪人有任何關係。子爵不置可否地聳了聳肩。

「你要這麼說是你的自由。不過柯佬得，我打算調查一個地方，希望你陪同。」

「是嗎?我是可以奉陪，但最好快點，我得確定警察沒隨便看我家的機密文件。」

「好，跟我來。懷芝，你也來——」

子爵換成日語。他看向懷芝，輕輕點頭要懷芝跟上，嘴角掀起微笑。

「——接下來就是解謎的時候了。」

壓軸

十七、消失的人們

杉上子爵帶著兩人快步上樓，像陣風一般，二話不說地穿過溫思敦的房間，走進柯佬得夫婦臥房。柯佬得的妻子正坐在椅子上休息，她一見到子爵便站起來，用英語說：「杉上先生，有什麼事嗎？抱歉，我還不太舒服，無法招待……」

「霏，沒關係，讓我招待杉上先生就好。」柯佬得說，他轉向子爵：「杉上先生，您想要調查哪裡？話說在前，我們房裡有些私人東西，不怎麼方便。」

但子爵沒直接回答這個問題。他反問道：「柯佬得，剛剛你跟那位黃斗篷客人上來，是在這裡談話的？當著你妻子的面？」

這問題有些失禮，柯佬得看起來也有點狼狽：「我們在哪談話，跟你想調查的東西有何關係？」

子爵不允置評，轉向柯佬得的妻子。

「夫人，請問剛剛柯佬得與那位客人是當著您的面談話嗎？」

「不，不是……他們是在隔壁的儲藏室──」

「別說了，霏。杉上先生，我們是在儲藏室裡談話沒錯，不過不是因為我不相信妻子，而是我們要說的事情有些敏感……」

「喔，我相信你，柯佬得。」子爵淡淡地說：「機密的話當然該在儲藏室談，所以我們也進儲藏室吧！」

子爵說著便走進臥房浴室。柯佬得呆了一下，連忙追上去。

「等一下，杉上先生，你到底要做什麼？」

他跟懷芝鑽進儲藏室，只見子爵已推開一個鹽箱的蓋子。那鹽箱中十分巨大，即使在這許多鹽箱中也大到引人注目。柯佬得臉色大變。子爵看向他：「柯佬得，你和魯道敷看過鹽箱裡的東西了吧？」

懷芝心臟「怦怦」跳著。他知道子爵在找什麼。

「杉上先生，請別說得這麼大聲。」柯佬得緊張地看著身後，像是怕被妻子聽到。

「那麼是有囉？」

「我不知道您在說什麼。像這樣翻著鹽箱，難道是日本華族的興趣嗎？」柯佬得走到箱邊，重新把蓋子放回去，但子爵用手撐住了。

「不用急啊，柯佬得，就算是我的興趣，難道你不奉陪嗎？說起來，當初進儲藏室，我就感到有些奇怪。」

「我不知道你想說什麼，也不在乎。」

「是嗎？但我很頑固的喔。看，地上到處是鹽，就算溫思敦要用鹽驅邪，地上的鹽也太多了吧？本來我以為是他頻繁取鹽，但若不只這原因，為何鹽會撒得滿地都是？我想到一個可能——會不會是有人需要在鹽箱裡清出一個空間？」子爵說著將手伸進鹽箱。

「您別開玩笑了，到底誰會這麼做？」柯佬得壓低聲音，表情有些猙獰。

「好問題，不過你知道答案吧？而且這些鹽還給了我另一個提示。」

「什麼？」

「是腳印，柯佬得。有人在鹽上留下腳印。我中午看過這裡，自然知道多了哪些腳印。這告訴了我，在那之後，有人站在這個鹽箱邊，檢查裡面的東西……有了。」

子爵拉到某個東西，將它拉出雪白的鹽外。

那是一隻手。

那不是單獨的手，而是整個「人」的一部份。當然，沒人能在鹽箱裡屏息這麼久，那是沒了呼吸的人。

懷芝沉默地看，即使這在他意料中，還是起了一身雞皮疙瘩。

他和子爵的猜測是正確的！

柯佬得說不出話，臉色鐵青，只是瞪著子爵，微微顫抖。

「有趣。」子爵冷冷地說：「中午我走進這儲藏室，你毫無反應，現在卻如此緊張。這段期間發生了什麼事？你和魯道敷到底說了些什麼？」

「杉上先生，」柯佬得胸口起伏，聲音壓得很低：「您在這大宅裡有自由進出搜查的權力，是我的授意，現在我收回這個權力。」

「太天真了。」子爵哼了一聲：「就算我沒這個權力，我也可以跟警察說這件事，這難道能阻止我？況且就算我不說，難道警察不會檢查這裡？無論這些『東西』為何在此，只要被發現，對高思宓家來說都是至為不利之事，事到如今，你還要我收手？」

「那您打算怎麼做？」柯佬得壓抑著憤怒：「您不是來憑弔家父的嗎？難道您不能看在家父的份上，假裝沒看到這一切？」

「我看到什麼，沒看到什麼，自己可是清楚得很。」子爵瞪著他：「你別搞錯了！柯佬得，我不是你的敵人。但視你的態度，我也可以是。先前我說過，我不會讓事情變得對高思宓家不利，只要你不把我當成敵人，我也不會改變我的承諾。為了實現承諾，現在我要調查這裡頭的屍體，你要不就幫我，要不就站到一邊，總之別妨礙我。」

柯佬得啞口無言，最後恨恨地放手：「你要看就看吧！」

子爵沒回應他，將鹽箱的蓋子推開，雙手都伸進去，用將裡面的屍體往上抬。懷芝說：「我也來幫忙。」

「可以嗎？」子爵問。

「臺灣是很殘酷的，我不是沒見過死人。」懷芝說。

最後，兩人從三個不同的鹽箱裡找出屍體，分別就是前三個事件的失蹤者。但子爵沒將他們完全拉出來，只到看見胸口的程度。

最壞的結果啊，懷芝想。

在發現屍體前，這些失蹤者還可能是用某種手法離開大宅。本來那是最合理的判斷，因為要是死了，搬運屍體會是很大的難題，連喝酒喝到掛的人都需要兩個人抬，更何況完全沒有意識、甚至開始僵硬的死人？要不引起任何人注意地離開大宅，甚至找合適的地方棄屍，根本難如登天。不過，要是失蹤者根本就沒離開大宅，就不會有搬運問題。

這是殺人事件，不是金魅作祟。

問題是，為何犯人刻意模仿金魅作祟來殺人？還有，同樣消失的畢翠兒在哪裡？他也跟這裡的人面對同樣命運，或他是唯一的例外？

「懷芝，你看。」子爵摸著其中一個屍體的頸部，那人是外國面孔，顯然是艾孃：「頸部形狀異常，應該是頸椎直接斷裂。真厲害，這種殺人手法，簡直是武術高手。」

「嗯。」懷芝一點都不想碰她的脖子：「子爵大人，她穿著禮服，頭髮也還留著。」

如他所說，艾嬿的屍體，看來十分「完整」，相較之下，步泰承跟韓莘的屍體都被剃去了頭髮。不過，有一件事讓懷芝在意。韓莘的頭髮並未完全剃掉，還保留到後腦勺，身上也穿著衣服。不過，那應該不是韓莘的衣服。如果韓莘有衣服不見，很可能得出「韓莘是主動出走」的結論，若犯人執意模仿金魅作祟，就不會留下這種餘地。換言之，這套衣服應該是額外準備的。

為什麼？

步泰承是被勒死的，脖子上有明顯勒痕，表情也很扭曲。艾嬿雖是被人扭斷頸椎，卻也一臉驚恐，只有韓莘不同，表情相當平靜。她到底是怎麼死的？不只是特地給她穿上衣服，連粗暴剪去的頭髮，也有稍微整理過，簡直像特別善待她。如果有這種溫柔，為何還要殺她？懷芝感到某種不可思議的衝突。

「抱歉打擾，你們看夠了嗎？」柯佬得焦躁地打斷他們驗屍：「我可不想讓這些被警察發現。」

「柯佬得，你應該知道部分真相了吧。事已至此，你還不打算說明？要是坦白，也許我會直接站在你這邊。」

柯佬得沉默不語，他走到鹽箱邊，撥動鹽巴將屍體埋進去，說：「杉上先生，您究竟打算做什麼？如果是想當偵探，解開真相，恕我不奉陪。你好奇的真相，對我來說已是不打算向任何人透露的私事，難道就不能讓這一切石沉大海嗎？」

「石沉大海？柯佬得，你似乎將我當成唯一的阻礙，不過別忘了，警察還在搜查大宅，他們會放過儲藏室嗎？要是他們發現屍體，住在儲藏室旁邊的你就是第一嫌疑人。」

「我沒有殺人。」

「也許，但警察會怎麼想？」

「我會想辦法應付。」

「柯佬得，」子爵嚴肅地說：「別意氣用事了。今天我本是來參加令尊的喪禮，難道我會害你？仔細想想吧，今天動員了這麼多警力，接下來警察為了面子，一定會不擇手段。不只如此，金魅當著這麼多人面前吃人，難道高思宓洋行還能在滬尾立足？我告訴你，現在唯一能拯救高思宓家，將傷害降到最低的人，真巧，就是我大日本帝國的華族，杉上華紋子爵。這種時候你該高興有我在，而不是妨礙我。」

雖然他說到這種程度，柯佬得卻沒絲毫放鬆，只是瞪著子爵，默然不語。

「你慢慢考慮吧，我要採取行動了。」子爵不耐煩地說，轉身要走。

「什麼行動？」柯佬得忍不住問。

「搞清楚今天到底發生了什麼事。」子爵回頭：「柯佬得，你應該也很好奇吧？到底畢翠兒發生了什麼事？又為何是今天？要是不搞清楚畢翠兒消失的真相，就無法確定事情是否已經告一段落。怎麼樣，你還要把我當敵人？」

柯佬得說不出話，但從表情看來，他態度已緩和許多。子爵聳肩。

「你想做什麼就自便吧。希望下次見到你，你已做出睿智的抉擇。」

子爵走到儲藏室門口，改用日語。

「懷芝，我要你幫我兩個忙。」

「請您吩咐。」

「第一，繼續幫我觀察庭院，看看有什麼值得注意的……你也知道吧？畢翠兒事件或許還沒結束。」子爵嚴肅地說。

「我知道。另一件事呢？」

「跟加賀巡查說我要單獨審問坂澄會社的副社長，讓他請夏目小姐到客廳。」

「子爵大人，請等一下，這會不會有點危險？您也知道夏目小姐是——」

他沒講出「妖怪」兩字，但關心之情溢於言表。子爵笑了出來。

「放心吧，別忘了我是誰，對付那些怪物，我可是專家！嘿嘿，接下來就讓那些心懷不軌的傢伙好好品嚐一下陰陽師才有的手段吧！」

十八、風聲

盧順汝無法抑制想要那麼做的衝動。

雖然哥哥要她用順風耳關心坂澄會社那邊的動態，但一有機會，順汝還是忍不住去聽表兄那裡的動靜。她怕表兄做出什麼危險事。事實上，她已聽到一些不祥的動態。

表兄跟某人說著悄悄話。

「老爺，如果真是這樣，繼續讓那個日本人留在這裡就不妙了吧？」

表兄聲音裡藏著殺意。

「是啊，不過你不必插手，我會處理。」回應他的是個沉穩嚴肅的聲音。這聲音，順汝是聽過的，但她不明白這人為何說出這種話。處理此事，處理是什麼意思？而且那日本人是誰？考慮到表兄現在做的事，他一定討厭有權勢的日本人，所以是在說杉上子爵？

「處理」杉上子爵是什麼意思？

「我知道，」表兄說：「老爺若是出手，一定成功，沒我插手的餘地。不過畢翠兒那賤人是要怎麼辦？可有可能被發現？」

對方嘆了口氣。

「別這樣講他，他年輕不懂事，所以被日本人利用了。我也不希望事情變成這樣。你別擔心，他的屍體在棺材隱藏的隔間裡，現在棺材被抬到後面去了，我想不至於有人特別去檢查。」

「我瞭解。有任何需要幫助的地方，請跟我說。」陳國安說。

順汝心頭發麻，腦中一片混亂。

畢翠兒的屍體在棺材裡？

怎麼會這樣！她想起曹仔的話——這些事情也許是人為，當真是如此？但誰殺了他？不，當然就是那個人，這麼說，那個人難不成就是「瞬息百發」？為何他要殺畢翠兒？

是因為「被日本人利用」了？可是，畢翠兒明明跟表兄同樣是……

事到如今，以順汝的力量，已經很難去探究背後的因果。但她陷入重大的苦惱。照理說，那人殺了畢翠兒，就表示他假冒金魅吃人，嫁禍給高思宓家，是高思宓家的敵人，她應該立刻告訴哥哥，以免死去的高思宓老爺承受這種汙名。

但她很難解釋為何聽到這段話。

若是講了，哥哥一定會追問是誰跟誰在講，要是聽到表兄的名字，或許他會去追問，事情就變麻煩了。雖然順汝也可以把話講清楚，但她心裡就是有些抵觸。那是表兄不想讓別人知道的事，她可以就這樣簡單跟哥哥講嗎？

她做不到。

她轉頭看著陳國安，知道他在一個非常遙遠、她幾乎無法理解的世界。在那個世界裡，幾乎沒有她能做的事，但她不覺得表兄該在那裡。太危險了。這會賭上他的命，要是他因此而死，會撕裂她的心，因為她只是眼睜睜看著。

但她又無法對哥哥沉默。她知道哥哥是多麼希望洗刷高思宓老爺所承受的汙名。而要做到這一點，就必須揭發陷害高思宓老爺的犯人。哥哥就在咫尺之遙，她好想告訴他一切，卻無法向他完全坦白。

什麼媽祖娘娘化身，真可笑。

她只是個凡人罷了。

十九、怪物們的盤算

「子爵大人，聽說您有事找我？」

坂澄會社的副社長夏目海未走進高思宓大宅的客廳，子爵一人坐在客廳裡吸煙。

「請坐，夏目小姐。我請管家泡了熱紅茶，別客氣，不用感到拘束。」

他風度翩翩地做了個手勢，示意夏目隨性，但夏目本能地感到不對。客廳看起來……似乎比平時更大？不，大小沒有改變，只是多出某種遼闊感，或距離感——原來如此，現在客廳裡只有她與子爵兩人，恐怕不只是子爵的命令，還有某種陰陽術的效果吧？子爵不希望有人干擾他們對話，也不希望有人來幫她。

什麼都不說就要求她走進被下咒的空間，她感到被示威了。不過長期在會社工作，夏目有識時務的一面，所以她什麼都沒說，瀟灑俐落地坐下，倒了杯紅茶，微微一笑。

「真好喝呢，不愧是高思宓家的茶葉……不過，看子爵大人這樣的派頭，我差點就忘掉這是高思宓先生的宅第，還以為是子爵大人的私邸呢。」

夏目溫柔的聲音裡帶著些嘲諷。

「夏目副社長何必裝傻？妖怪是不會忘記任何事的，你說『忘掉』……在妖怪的構造上就不可能。」

「哎呀，要進行這種話題嗎？難怪您不希望其他人聽到呢。」夏目不動聲色地笑。

「呵，明人不說暗話。畢竟夏目副社長在我們圈子裡也算知名。明明是妖怪，卻冒充為人類混入人類社會，到底是何居心……不只是杉上家，就連土御門家、夏神禰家也在密切觀察喔。」

「承蒙各位陰陽師看得起，不過要是你們當真這麼看重，應該知道小女子只是單純被其他妖怪所厭惡，才不得不在人類世界裡求生存啊。」

「豬就該在泥地裡打滾。既然你不在泥地裡，就表示你不是豬。想用被妖怪厭惡來帶過，會不會太小看我們了？」

「子爵大人，我想您也不是來追問我進入人類社會的理由，畢竟您真想打聽，有的是機會。我反而好奇您到底想做什麼。像您這樣的大人物——杉上華紋子爵，臺北結界的倡議者，因建構出臺北結界的原型，下任神務局局長就數您呼聲最高，您這樣的人究竟為何來此？」

「這還用說，當然是來憑弔的。」

「只有憑弔？以您的能力，自然看得出這大宅處在極不尋常的狀況，即使如此您也只打算憑弔？看來您跟過世的高思宓先生交情不怎麼好囉？」

子爵笑了出來。

「很會說嘛，夏目小姐。其實我也很好奇，為何你們要出席溫思敦的喪禮？」

「跟子爵大人一樣，只是來憑弔的啊。」

「即使坂澄會社跟高思宓洋行的緊張關係人盡皆知？」

「那只是坊間傳聞，我們社長可是一直將高思宓家當成可敬的對手。」

「哈，尊敬到帶著偽造的信在喪禮當天混淆視聽？」

夏目不動聲色。

「原來如此……子爵已經見過高思宓先生寄給社長的信件了。您要認為是偽造的，是您的自由，畢竟我無法證明那是真的。隨您懷疑吧。」

「我自然有懷疑的理由，但你弄錯了。雖然坂澄會社來憑弔是讓我覺得別有居心，但我問的『你們』，是你跟另一個妖怪……所以，坂澄會社跟妖怪勾搭上了？」

夏目笑了出來。

「請別誤會，社長連我是妖怪都不知道。說起來，對妖怪來說，跟人類會社勾搭有何好處？我今天也是以副社長的身份來，只是不巧正好是妖怪罷了。」

「但你們帶了另一位妖怪，要說這是巧合，可難以想像。」

「要怎麼想像是子爵大人的自由。但要是沒根據，談論這點就毫無價值。」

「那就讓我們來談談有根據的事吧。聽說你在大庭廣眾之下散佈『髮切』的傳說，還說溫思敦的妻子就是『髮切』——為什麼？」子爵臉色一沉，雖只是坐著不動，卻散發著懾人的氣勢。夏目依然面不改色。

「只是進行合理的推論喔。難道我連這麼做的權利都沒有？」

「不只如此吧？」子爵靠在椅背上，緩緩吸了口煙：「你說過，這大宅處在極不尋常的狀況……對，你我都非常清楚這座大宅怎麼了，還有可以怎樣利用。合理的推論？可笑，要是一無所知就算了，但你早就見過柯佬得，若他是半妖，身上的妖氣也太弱，根本不足以維繫生命。你明明知情，卻刻意說謊。別告訴我這只是推論，你一定別有目的。」

「不，確實是合理的推論。子爵大人既然是高思宓先生的朋友，當然也知道吧？高思宓先生身邊有一股不會傷害他的妖氣糾纏著，他跟妖怪必有某種因緣。」

「有妖氣糾纏的原因太多，輪不到與妖怪結合。溫思敦的夫人若真是妖怪，他不可能在妖氣下活這麼久。

況且，『髮切』是怎樣的妖怪，你也很清楚，不覺得『髮切復仇論』太過牽強嗎？說到底，這與其說是你的推論，不如說是參考你親身經歷捏造出來的謊言吧？」

夏目臉色微變。子爵就是喜歡這樣的瞬間。

「這麼久遠的事，子爵大人居然也知道呢。」

「是你自己提到的啊。妖怪與人類相戀的禁忌——確實，我聽說你因愛上人類而犯下稀世的大罪——只要意識到你的理論混合著個人經驗，就不難發現那是捏造的了。」

「您是從內地的其他妖怪那裡聽說的吧？那未必都是真的喔。不過是否參考我的經驗，與那是不是合理的推論，是兩回事。您說妖怪與人類相戀，人類一定會因妖氣而早死？那只是您的一廂情願吧，說不定他們找到了方法也說不定啊！光我就能想到一、兩個辦法，身為陰陽師的您一定能想到更多吧？」

「不用轉移話題了，夏目小姐。」子爵陰險地笑：「你不斷強調那番理論的合理性，但重點不是合不合理，而是背後有沒有意圖。我們就打開天窗說亮話，你們這些妖怪的目的——是要利用高思宓大宅創造妖怪吧？」

他瞪著夏目。

如他所說，真正重要的不是是否合理，而是意圖。無論夏目的推論正不正確，她都沒必要在大庭廣眾下暢談。若要讓高思宓家難堪，她早就能放出風聲，因此，她特別等到在喪禮上談，必有其動機。

「有意思。創造妖怪……這是能做到的嗎？」

「夏目小姐，你可以裝傻，但要是太超過，就是把我當笨蛋了：現在臺北結界已經完成，而這個結界的目的之一，就是在讓臺北州浸淫在『言語道斷』的妖氣之下，換言之，從兩年前起，在臺北州內誕生日本妖怪，就已是可能的。當然，要生成妖怪也沒這麼簡單，需要因緣和合，也就是匯合妖怪的『理』與『氣』——而這兩點，這大宅都已經符合了。」

「那與我們有何關係？話先說在前，這些作祟事件可與我們無關。如果我們是為了創造妖怪而策劃作祟，一開始就會設計成吻合『髮切』的作祟方式了。」

「也可能你們確實打算讓人以為是髮切作祟，但那些臺灣人擅自以為是金魅啊？又或者，這雖然不是你們的意圖，卻符合阿求社長的利益，換言之，這依然不否定阿求社長涉入前幾個事件的可能性。但這些先放一邊吧。總之，你們之所以散播『髮切』傳說，就是為了讓人相信**這些怪事也可能是髮切所為**，進一步生成『髮切』。」

這是可以預想的。「髮切作祟」雖然乍聽之下荒唐無稽，但只要能在人們心裡留下印象就好，接著，夏目只需以妖怪能力模仿髮切作祟，就會產生說服力。任何理論只要一度被證實，就能在人心中打下一枚可信的釘子。夏目之所以編織髮切作祟的遠因，栽贓高思宓家，也是為了提高可信度。對人類來說，只要「這一切是有原因的」，無論那原因是真是假，都會傾向相信。

這些妖怪的目的，是將本該生成的臺灣妖怪，轉化成日本妖怪。

「很有趣的理論。不過正如您所說，生成妖怪沒這麼容易。雖然這座大宅已經吻合了基本條件，但要沉澱下來，生成妖怪，時間是必要的。即使是這麼優秀的環境，也是短則三年，長則十幾年。即使我講了髮切作祟的理論，這理論真的能流傳這麼久，甚至取代金魅作祟嗎？我可不這麼想。」

「既然言語道斷的妖氣籠罩臺北州，此處的原理就已跟常理不同，或許不到三年便可生成。但我不否認，你的理論要流傳開，並取得正統地位，實在很難，不可能打持久戰。因此，你們一定另有準備。我想問的就是這點——你們到底打算做什麼？」

夏目看著他，輕輕吸了口氣，坐直身子微笑。

「子爵大人，要是連您都不知道，也可能只是您想太多了啊。做不到的事就是做不到，那番理論不過是我心血來潮，沒什麼企圖，您不覺得這可能性高得多了嗎？」

「我再說一次，裝傻太過頭，就是把我當笨蛋。我當然知道有辦法！但我問的是你們要用哪種辦法。打從我露臉起，就對這大宅裡發生的事有責任，你以為我會讓你們恣意妄為嗎？」

「我沒有回答的義務。相信子爵大人也很清楚，當今的臺灣是需要我們這些妖怪的，您要是逼太緊，對您可沒有好處。這點，不管您的陰陽術多高超，都無法改變。」

「你是在威脅我嗎？愚蠢的東西。」

子爵愉快地哈哈大笑。

「我才不在乎神務局或陰陽師與妖怪的關係呢！什麼下一任神務局局長，我可沒半點興趣。但你以為我威脅你就是與臺灣所有的日本妖怪為敵？哼，也太看得起自己了。你以為我不能繞過妖怪們對你出手嗎？」

夏目靜靜坐著，身體僵直。子爵指著她。

「舉例來說，以我的權力，要毀了坂澄會社，或讓你跟阿求下臺，易如反掌。這些人類世界的事，妖怪可沒有傻到為了幫你而與我為敵，畢竟沒有實際傷害到妖怪群體。但對你來說可就遺憾了，你苦心經營的人類身份，我可是想消滅就能消滅；既然你有膽量融入人類社會，哼，就給我學著點人類社會的法則吧！」

這番蠻橫至極的話，讓夏目臉色有些難看。她咬著下唇。

「……真是開不起玩笑的子爵大人啊。真是的，有權力就是這麼討厭，明明您也只是運氣好才出生在華族家裡。」

「身為杉上家的一員，我們的運氣好不好，你們是不會懂的。不過，撿到黃金卻藏而不用，那是愚者的行為，有機會使用權力當然就要用。」

「但使用黃金的方式，也有善用與惡用。」

「有絕對的善惡，也有相對的善惡；我只能說，我用這權力可絲毫不感慚愧。」

「原來如此，您也是明白自己在做什麼的人呢。」夏目微微笑著：「先前失禮了，我只是想考驗一下傳說中的杉上華紋子爵。正如您所說，我們打算生成『髮切』——不過，這對您應該也是有利的。」

「怎麼說？」

「身為陰陽師，您應該也想知道吧？這塊土地上能不能以人工的方式製造日本妖怪。妖氣的化育——這根本違反過去任何咒法的原理。如此顛倒是非的臺北結界，難道不是最佳的咒術試驗場？在這片土地上，違背常理的事是被允許的。」

「原來如此，在你心中，陰陽師就是像法蘭克斯坦那樣的瘋狂科學家嗎？希望你說出來的作法真有法蘭克斯坦那樣瘋狂。」子爵笑了。夏目與他相視而笑，雙方都不怎麼真誠。

「您是說瑪麗．雪萊小說中的法蘭克斯坦嗎？我們可沒這麼過分，畢竟我們對創造怪物毫無興趣，也不打算拼湊屍體。我們只是打算殺人。」

「殺人，嗎？」

「正是。」夏目輕描淡寫地說：「本來生成妖怪，之所以需要時間，就是要讓妖氣依附在妖怪之理上沉澱，逐漸成形。要是你們陰陽師來做，或許會用紙人形之類的依代來加速生成吧？不過紙人形有紙人形的理，與妖怪本身之理互斥，無法長久。但說到底，在理氣兼備的情況下，缺的也不過是穩定的型態罷了，若是如此，人類不正是完美的附著體嗎？」

「原來如此。作為精神實體，人類本就很容易被憑依，之所以要『殺死』，是要破壞既有的理，然後在這個瞬間，用妖怪的理與言語道斷的妖氣取代，固著在還穩定的屍體中。之後屍體雖然還是會腐敗消解，也已經完成固定的功能。照這個理論，已經死亡一段時間的屍體是不行的。那我就放心了，就算溫思敦已經死了，你們也不能用他的屍體。」

「那當然，讓高思宓先生在喪禮上死而復生，也太過分了吧？」夏目得意地笑。

「只可惜我不會讓你們這麼做。」子爵皮笑肉不笑。

夏目頓住。她揚起眉，微微張口，像要說什麼，卻說不出來，片刻後才冷冷地問。

「為什麼？難道您不想親眼見見能否成功嗎？」

「夏目小姐，你認為陰陽師像瘋狂科學家，我看你才有那種瘋狂的好奇心吧！你想想，你可是要在溫思敦的喪禮上，當著這麼多警察的面殺人，你是想毀了坂澄會社的聲望嗎？即使妖怪有神不知鬼不覺的殺人手段好了，你覺得我會讓喪禮上出現另一名死者？」

「子爵大人，從您出面開始，這就已經不是喪禮了。我們不過是因為畢翠兒失蹤而被迫留在這裡的無辜賓客。」

「但我本來是來憑弔溫思敦的，這點沒有改變。」

夏目無奈地嘆了口氣。

「我真不明白您為何要介入。要是我們真的神不知鬼不覺地殺人，您甚至不會知道。被殺掉的人會保留生前的外貌，直接成為髮切，順利的話，根本就不會被當成另一個死者！您瞭解嗎？我們打算做的事，根本是無害的啊！」

「不，是你沒搞懂。就算不會有另一個死者，殺人時會不造成任何傷口嗎？只要可能造成任何一點混亂，我都不允許。我希望對溫思敦表示尊重，讓你們在這個場合添亂，我怎麼對得起好友？等事情結束後，你要怎麼殺人就怎麼殺人，我管不著。但眼下你們最好放尊重點。要是你以為可以在我沒注意到時殺人，你就錯了。在你來客廳前，我已在大宅內外都貼下符咒，要是有人在大宅周邊跟內部使用妖術，我一定會發現。那時我就找你們算帳。」

「真令我為難。子爵大人或許能用坂澄會社威脅我，但跟我同來的那名妖怪可是殺人不眨眼的惡魔，我可管不住他。要是他動手了，還希望子爵大人明白，這一切都與我無關。」

「誰管你啊？」子爵雖是假笑，但這假笑可燦爛了：「聽好了，在事情結束前，不管誰殺人，我都一定追究。如果我是你，就會從現在開始好好思考怎麼管住他了。」

他們到底在說什麼！

順汝打從心底顫抖。聽著夏目跟子爵荒謬透頂的對話，她好幾次想停下，至少希望能喘口氣，但她不能這麼做。她知道這段對話何等重要。即使如此，那些妖怪的目的仍讓她震驚到說不出話。

她更沒想到那位日本華族居然就是「臺北結界的倡議者」。

媽祖娘娘曾說過臺北結界的事。兩年前，祂說臺北將要產生變化；為了更有效地統治臺灣，日本人決定利用日本妖怪。所謂的臺北結界，就是將日本妖狐「言語道斷」困在臺北州的工具，目的是要讓日本妖怪的氣遍佈於結界中，影響臺灣人的思想，使其易於統治。

那怎麼辦？順汝當時問。娘娘說無可奈何。但只要信眾堅持信仰，就不會受到妖氣影響。祂還說，這雖將帶來變化，但不是值得擔心的事，不管那個「言語道斷」是怎樣的妖怪，終究只是妖怪，成不了氣候的。

順汝對自己的信仰有信心，便也沒將此事放心上。況且，她什麼都做不了。她沒有拯救所有人的情操，光是顧好自己身邊，她就用盡全力了。這幾年，滬尾也有明確對日本人示好的臺灣人，那是「言語道斷」的力量所致嗎？順汝不知道。但對沒這麼堅信媽祖的人，她也沒立場指指點點。

哥哥要她跟他一起學日語時，她本有些抗拒。但她知道接下來的世道上，會日語極為重要，對身為次子的哥哥來說更是如此。因此她配合哥哥的決定。不過，她對這樣的未來不是毫無擔憂。

在日本人統治下，滬尾到底會變成如何？神明又會變成如何？

夏目走出大宅後，走向阿求社長與鐵賀。順汝聽到她說：「社長，我有事要問鐵賀先生，請給我一點時間，讓我暫時借走他。」

「怎麼，夏目，你有事不能當著我的面說嗎？」阿求背對著順汝，她只聽到聲音。

「事關鐵賀先生的隱私喔。不過放心，只要是與坂澄會社損益有關的事，我絕不會隱瞞社長。」

「呵，想不到前輩知道我的隱私，好害羞喔。」鐵賀毫不在意地說。

「哈哈，你們去吧。剛剛我只是開玩笑，我自然知道夏目小姐是將會社的利益擺在第一的。」

他們兩個妖怪到底打算說什麼？順汝感到好奇。

在庭院樹蔭下，夏目粗略地將杉上子爵的威脅轉告鐵賀。鐵賀一副事不關己的態度。聽完後，他說：「哇……夏目前輩，該怎麼說呢？前輩果然是前輩，不得了啊！」

「你什麼意思？」

「呼，居然可以無能到這種程度……我啊，覺得無能是很困難的事，刻意去做都未必能做好。像前輩這麼無能，我真的是望塵莫及，從今天開始，前輩就是無能界的明星，或是壯絕的無能超新星——嗯，我喜歡超新星的發音。無能界的超新星，聽起來很不錯喔！」

「少貧嘴，我可不相信你能做得更好。」

「這可不一定啊，前輩。你照著人類的規則走，當然會受制於人類制度底下的有權者。但有權者可不見得是強者呢，要是不透過人類的規則，事情會怎麼發展可很難說。」

「真是，沒社會化的傢伙，就跟小鬼頭一樣。就算你比杉上子爵強，以暴力打敗他，接下來也會變得十分麻煩。人類組織的可怕之處，就是擁有權力的人會獲得擔保。要是你殺了子爵，不，就算只是打倒他，與他同地位的人會沒有反應嗎？要是沒反應，就是默許這種暴力喔，人類不會允許的。所以為了確保自己的安泰，就算是跟子爵無關的人，也會絞盡腦汁為子爵復仇，你想把勢力還沒穩固的在臺妖怪捲入這種麻煩中嗎？」

「嘿嘿，不愧是社會化良好的前輩，但無論如何，你跟子爵的談判確實讓犬神交付的任務失敗了，對吧？別誤會，雖然前輩很無能，但我還是很喜歡你喔。畢竟你可是為了愛情，連自己最好的朋友都殺掉，來臺灣的妖怪中根本沒多少像前輩這樣瘋狂，剛知道的時候，我都快迷上前輩了呢！」

「鐵賀，」夏目笑著說：「再提到這件事一次，就殺了你。」

「嗚哇，很嚇人呢！前輩。不過勸你不要這麼做喔，那樣前輩就會成為四重前輩囉。」

「你在說什麼。」

「就是說，前輩在四個領域上讓我遠遠不及啊！無能的前輩、社會化的前輩、為愛瘋狂的前輩，嗯，還有死去的前輩。畢竟『死』是我還沒體驗過的經驗，任何已經死去的傢伙都是值得令我敬重的前輩呢。」

相當惡質的威脅。順汝想不到鐵賀竟是這種性格的人。他用「前輩」稱呼自己跟哥哥時，她還以為他是謙虛的人。現在看來，他口中的「前輩」兩字根本不含善意。

「這你不用擔心，鐵賀，我可是意料外地難殺死。別貧嘴了，想想這種情況下該怎麼達成任務吧。」

「什麼，不是已經失敗了？不過要是前輩覺得得罪子爵也沒關係，我也樂意效勞。」

「這麼容易覺得失敗，所以才說你沒社會化啊；子爵所希望的，不過就是這個應該莊重的場合不要出現多餘的混亂。不過，要是我們將混亂度降到最小，殺死某個即使死了也不會引發混亂的人，那子爵也不會有怨言吧？」

「喔？」

「你懂吧？我說的就是畢翠兒。」

順汝心中一驚。為何這裡出現畢翠兒的名字？夏目繼續說。

「那孩子，雖然預告過會藏起來，卻沒跟我們說他藏在哪裡，才造成這許多麻煩。不過，現在的他是徹底的失蹤者，即使死了，表面看來也沒任何改變，是最優秀的死者。我們要做的，只是把他找出來。」

鐵賀笑了。

「嘿嘿，前輩，這樣沒問題嗎？據我所知，阿求前輩可是打算兌現跟畢翠兒的承諾的。要是你殺了他，阿求前輩不就無法完成承諾了？」

承諾？這是怎麼回事，他們跟畢翠兒的失蹤有關？難道畢翠兒要找的「瞬息百發」就在他們中……不，不對，順汝想，畢翠兒已經死了，但他們不知道。一定有什麼事在他們的意料之外。

「我也是千百個不願啊。但事到如今，畢翠兒還沒露臉，一定發生了意外。最差的情況，就是他變成不利於我們的因素。我只是在事情變成那樣之前消滅亂源罷了。鐵賀，找出畢翠兒的事就交給我，你好好保護社長。」

「瞭解，哼哼，真不愧是前輩啊，這種麻煩事就拜託了喔！」

「只是各盡其職。等需要實際下手殺人就拜託你了——這可是你今天唯一的價值。」

他們說完便回到阿求渡身邊。順汝反芻著他們的對話，背脊有些發涼；他們打算繼續殺人？雖然畢翠兒已經死了，是讓順汝有些安心，但要是他們發現畢翠兒的屍體，是不是就能生成所謂的「髮切」出來？

她感到不舒服。

本來生成妖怪就是荒唐至極的瘋狂念頭，那些妖怪居然打算利用高思宓家的不幸，在高思宓老爺的喪禮上佔這種便宜！非把這件事告訴哥哥跟曹仔不可。問題是，她不確定關於那個華族的事，她該說出多少。

生成日本妖怪的前提——臺北結界的存在，當然該說，但那個華族跟曹仔關係不錯，該不該說出他與臺北結界的關係呢？

要是說出來，曹仔恐怕無法繼續坦然面對那個華族吧，畢竟是提議透過妖怪控制臺北州的人。不過，他是日本人的，那麼做也是為自己國家著想，甚至也可能是被命令想辦法。從剛剛的對話聽來，他不像壞人，是真的為高思宓老爺著想，甚至還阻止夏目他們殺人。

最重要的是，順汝很不想用這些事挑撥他人情感。

本來她就不該濫用順風耳的力量。要用順風耳聽到的情報去搧動人心，太容易了。而且要是曹仔當真對那個華族心生隔閡，也只是讓曹仔為難，因為他的身份地位，是不太可能違逆那個華族的。換言之，這只是白白添加曹仔的苦痛。

曹仔跟那位華族的關係，應由他自己決定。

她下定決心。

◆

「哥哥，可以把曹仔找來嗎？」

因為順妹這句話，我們與曹仔會合，但順妹接著告訴我們的事，卻讓我反胃到不行，差點要吐了。我第一次光聽到某件事就想吐。

這算什麼啊?臺北結界?利用妖怪的力量影響臺灣人?我怎麼也沒想到會在高思宓老爺的喪禮上聽到這樣荒唐不經的事。我本來以為夢見聖母、被賦予神通、奉命調查金魅就已經夠離奇了,誰知天下竟有更離譜的事,還如此病態扭曲!

更別說那些日本妖怪。我知道他們別有居心,想不到這麼惡劣、這麼可怕!

「原來如此,我是有聽子爵講說這座大宅已經能生成鬼怪,卻沒想到那些日本的鬼怪竟是這般打算。」曹仔聽著這些話,表情複雜。

「實在真過分!」

我憤憤不平。

「不只在這喪禮上做壞事,還想做出什麼鬼怪!更別說還要殺人,就算是日本人也太超過!」

不,其實不只這些;從臺北結界開始,我就感覺身體好像滲進什麼不屬於我的異物,好想將手伸到身體裡挖出來。難道我想學日本語,想在日本統治的時代找到自己的定位,都是那個「言語道斷」的影響?不,我在臺灣被日本統治時就開始思考未來了,那時應該還沒受妖氣影響。但將來呢?將來我所有的想法,難道都受到妖氣影響?

一想到有此可能,我就怕到受不了。

「我有同感。還有件事我也覺得真過分,但不知道該怎麼講。明明是金魅的傳說,他們卻想說是『髮切』做的。這樣講很奇怪,但我會覺得……金魅很可憐,很無辜。」順妹說。

「對,這我也覺得很過分。」我大點其頭。雖然如順妹所說,這有點奇怪;金魅是吃人的鬼怪,怎麼能講可憐？不過我就是有這種感受。要是金魅當真在此，應該會覺得很委屈，明明是金魅作祟，怎麼是講那個「髮切」？

「我知道阿姊的意思。」

懷芝點頭。

「如果這間大宅裡的怪事都是某人所為，無論他為什麼模仿金魅作祟，應該都沒有要創造鬼怪的意思。但事情若是自然發展，這個變成能夠生出鬼怪的地方，最後應該生出金魅；但現在，卻可能被人強行變成別的東西。」

啊，原來，我恍然大悟。事情就跟曹仔說的一樣。

無論這些怪事背後的原因為何，既然這裡已能生出鬼怪，那生出金魅才最合理。但那些日本鬼怪扭曲了這件事。如果這裡將來真的生出「髮切」，那不是令人氣憤嗎？畢竟本來能形成「髮切」的基礎，全都是屬於金魅的。

換言之，就是被掠奪了。

更令人生氣的是，那些日本的鬼怪彷彿覺得這種掠奪理所當然！

「好險，幸好那個華族阻止了這件事。」我搖搖頭，還是覺得氣憤難平。

「不過二少爺，那些日本鬼怪還沒死心。」曹仔提醒：「剛剛盧家阿姊也說了，他們正在找畢翠兒。其實這事我也還沒想清楚，照阿姊的轉述，他們知道畢翠兒藏起來了，這一定是畢翠兒跟他們說的。這樣講起來，畢翠兒躲起來就不會只是躲債那種理由了，但這跟坂澄會社有何關係……」

「該不會畢翠兒說要來找的『瞬息百發』是坂澄會社的人吧？」

「這，光從年紀看，他們沒可能是『瞬息百發』啊……呃，不對，其實沒辦法完全否定，畢竟稱號只是稱號，誰都能擁有。不過『瞬息百發』若只是跟我們艋舺傳說中的那個人恰好相同，也未免太巧了。」

「我覺得不是這樣……」順妹有些猶豫：「我覺得畢翠兒要找的『瞬息百發』沒可能是日本人。」

我看向順妹，不禁呆了。看她的表情，我知道她一定有什麼依據，但為何不說？

把注意力拉回順妹身上後，我心中的氣憤消去不少。既然她有這麼說的道理，我就該相信她。

「我知道了。不過……且不論『瞬息百發』，畢翠兒跟坂澄會社應該有勾結。啊，對啊！這麼講起來，今天的『金魅吃人』無疑是栽贓，那我們不是只要將畢翠兒找出來，就可以把金魅作崇的謠言給澄清了嗎！」

我興奮起來，這可說是一石二鳥！要是畢翠兒承認他藏起來跟坂澄會社有關，就不只是洗刷高思宓家養金魅的污名，還可以反擊坂澄會社！

「我也同意。不過，我擔心找出畢翠兒會讓那些日本鬼怪狗急跳牆。」懷芝說。

「咦？怎麼講？」

「我跟他們不熟悉，這麼講也沒什麼依據。不過，要是他們背負著什麼任務，殺死畢翠兒是他們最後的機會，那畢翠兒現身後，他們會不會被迫採取激烈的手段？當然，我不是講不要找出畢翠兒，只是這件事要謹慎進行。」

原來如此。如果鐵賀的性格真的像順妹說的這麼囂張跋扈，確實有可能做出什麼離譜的事。說到底，他們做的事本來就夠離譜了。

「那不然，把畢翠兒藏起來的事講給子爵聽，讓他命令警察悄悄找出畢翠兒？」

「講到這，我也有些好奇。其實警察已經在找整間大宅，畢翠兒有可能躲得這麼好，完全不給人發現？

當然，他也可能躲在大宅的秘密房間或通道——若有這些地方的話——但我不認為高思宓家以外的人可能知道這種地方。」

確實如此。我想起他最初是在庭院失蹤，便環顧四周。

「那他可有可能藏在大宅外？」

「有可能。但我覺得他也可能已經離開大宅。」懷芝說：「聽阿姊的轉述，畢翠兒雖然暫時藏起來，但應該要現身，不知為何一直沒現身。要是打從一開始他就離開此地，那就不奇怪了，畢竟他失蹤的時候，大宅還沒被警察圍起來。我想，或許他是暫時離開，想等一段時間再回來跟坂澄會社的人會合，但警察將這裡圍住，讓他回不來。這就是為什麼他一直沒出現的原因。」

原來如此，聽起來合情合理。但這樣一來，那些日本鬼怪一直找不到畢翠兒，事情會變成怎樣呢？他們會尋求第二具屍體嗎？

「哥哥，曹仔，」順妹忽然開口，臉色有些古怪：「我有事要講。」

「什麼事？」

「順妹，如果不想講——」

順妹神色陰晴不定，她微微張開口，似乎又猶豫了。

「沒，我沒有不想。」順妹下定決心：「畢翠兒還藏在大宅附近。我知道他在哪。」

「什麼！」

我與曹仔齊聲驚呼，聲音大到讓好幾個人看過來。我連忙壓低聲音。

「你怎麼知道？不，他到底在哪裡？」

我有些緊張，甚至要流汗了。要是畢翠兒先被那些日本鬼怪發現就糟了，希望我剛剛喊出來沒引起他們注意！

「他在……等等，」順妹忽然看向大宅：「大宅裡好像有動靜。」

她像是聽見了什麼。我跟曹仔也順著她的視線看去，當然，就算我們看過去，也不知道裡面發生了什麼事，但沒過多久，警察從裡面走出來，將某人帶向大宅，態度有些強硬。那人掙脫警察抓著他的手，昂首闊步走進大宅。

那人就是我不敢接近的陰神，萬馬堂萬老爺。

二十一、高思宓家隱藏的秘密

「杉上先生，您是要審問我嗎？」

進客廳後，萬馬堂用英語氣勢洶洶地質問子爵。除了子爵跟加賀巡查，客廳還有柯佬得，他一臉不安，彷彿有什麼話想對萬馬堂說，但萬馬堂沒對上他的視線。子爵揚起眉，不以為然：「萬先生，你誤會了，我可沒有審問的意思，只是希望你協助一件事。」

「協助？」

「警察正在搜查大宅各處，尋找線索，這巨大箱子被數字鎖鎖著，他們想檢查裡面有什麼，柯佬得說只有你才知道密碼。」子爵指著擺在客廳地上的箱子。

那是個造型樸實的箱子，材質很好，比一般旅行用的手提箱寬大，箱子上有兩個金屬扣環，各鎖著一個數字鎖。萬馬堂面露驚訝，他當然知道這箱子：這是溫思敦遺言要贈與他的東西，本來放在溫思敦臥房，先前他跟子爵等人上樓調查，柯佬得還提醒過他別忘了帶走。萬馬堂嘴角在笑，聲音卻透露著怒氣。

「你要打開它？柯佬得，你沒跟他們說這是令尊遺囑說要留給我的東西嗎？」

「我當然說了！我也勸他們不要碰，因為這已經不是屬於高思宓家的東西，但警察堅持要檢查。」

「我很好奇。」萬馬堂看向子爵：「在我離開大宅這段期間，究竟發生了什麼事？為何要檢查這些東西？難道杉上先生你還在堅持人類犯案的愚蠢見解？不，就算退一步，這些真的是人類犯案好了，也不可能跟溫思敦留給我的東西有關不是嗎？」

「萬先生，你誤會了。」子爵沉穩地說：「第一，因為某些原因——不方便公開給一般人——警察有仔細搜查大宅的理由，即使是我的立場也不便干涉。所以說，這跟我的主張無關。第二，雖然你覺得愚蠢，但我已經找到了人類犯案的證據。」

「當真？」萬馬堂不怎麼相信：「那請務必讓我聽聽高見。」

「總有機會的，但先不管這個，畢竟警察急著想調查箱子裡的東西，我不想浪費他們時間。我跟他們說可以找你協助，為了方便起見，接下來可以用日語嗎？」

萬馬堂「哼」的一聲，坐下來，改用日語。

「協助什麼的好聽話就不用說了。反正我沒有拒絕的權利。就算拒絕，你們也會直接撬開吧？既然如此，也不必這麼麻煩，不妨直接無視我的意見跟權利。」

「確實有撬開這個選擇，但這畢竟是高思宓先生留給您的，至少我們該盡告知的義務，以示尊重。更何況，要是您願意配合，我們也不必使用暴力。」加賀巡查說。

「你說尊重？」萬馬堂瞪了他一眼：「那你就該好好教育你下屬，讓他們懂得『尊重』兩字。你知道剛剛他們的態度多粗魯嗎？」

「原來如此，稍後我會訓斥他們，請您見諒。我沒有對您下馬威或威脅的意思，也不認為該這麼做，還請您相信。」加賀對萬馬堂微微低頭致歉。

「萬先生，言歸正傳吧，」子爵直接介入：「你願意提供協助嗎？」

「反正我沒有拒絕的權利。不過話說在前，無論你們想找什麼，箱子裡都沒有你們想找的東西。」

「萬先生，聽您的意思，您已經知道高思宓先生留給您什麼了？」加賀問。

萬馬堂看著他，沉默片刻後簡短點頭。

「不錯。」

他隨即補充：「要是沒錯，裡面是他要送給我家眷的禮物，還有一項紀念品。」

「紀念品？」

「百聞不如一見，我把箱子打開給你們看。」萬馬堂站起身，走到箱子邊要開數字鎖，加賀伸手攔住他：

「萬先生，還是由我代勞吧。」

「哈，難道你怕我在你們的監視下動手腳？」萬馬堂瞪著他冷笑，將箱子前的空間讓給加賀。加賀向他問了數字鎖的密碼，打開箱子，子爵湊過去看，柯佬得站在較遠的地方，猶豫著要不要湊近。裡面的東西讓他們大感意外。

馬上躍入眼中的，是兩個大小、構造相同，大約二十公分高的金屬裝置，旁邊用白底花布的蕾絲布料墊著。這奇妙的東西實在讓人傻眼，加賀拿起其中一個裝置，發現主要的構造是彈簧狀的金屬，兩端各有一片金屬板，其中一片邊緣鏤空，用皮帶穿過。金屬板與彈簧連接處、還有兩片金屬板間，還有一些功能不明的輔助裝置。

「我可以看看嗎？」柯佬得用英語問。加賀雖聽不懂，也大約能猜出是什麼意思，便將另一個裝置交給柯佬得。柯佬得拿起來仔細端詳，加賀則將自己手上的遞給子爵。

「比我想的輕。唔，這東西到底……」

「就是溫斯敦要給我的紀念品。」萬馬堂不動聲色地說。

加賀沉思片刻，忽然轉向萬馬堂：「這難道是『高腳仔』腳下的彈簧？」

子爵驚訝地揚起眉，「高腳仔」？他想不到會聽到這個詞。他仔細觀察這個裝置，猛然理解加賀這麼說的原因，忍不住高聲說：「彈簧腳傑克！原來如此，這個皮帶是用來固定在腳踝或小腿上的。不過這是真的嗎？是『高腳仔』？」

「高腳仔？」不懂日語的柯佬得只聽得懂這三個字，但他馬上會意過來，瞪大眼睛。

「呵，加賀巡查你直覺真好。對，這就是『高腳仔』用來跳躍的工具，是我跟溫思敦弄到手的。」

「這東西怎麼會在你們——不，在溫思敦手上？」子爵難以置信。

「我馬上就說明。」萬馬堂靠在椅背上，轉頭看著落地窗。雖然時間漸漸晚了，但陰鬱的雲已漸散去，窗外透進來的光帶著溫暖。他緩緩開口：「子爵大人，你還記得先前我們在溫思敦臥房說的嗎？溫思敦跟『高腳仔』老早就結下樑子了。雖然當年溫思敦跟清國衙門聯手捉拿『高腳仔』並未成功，但溫思敦可不是輕易承認失敗的人。他沒放棄，一直私下調查『高腳仔』，想找出他的真面目，我也在協助他。」

「呼，這種偵探嗜好，倒是有溫思敦的風格……不過他為何不繼續跟清國衙門合作，或是跟我們日本帝國的警察合作？」

「清國衙門根本派不上用場！至於日本警察，我就直說了。溫思敦與我都不信任。況且，就像子爵大人所說，這不過是『偵探嗜好』，不過是遊戲罷了，我甚至沒想過真有找到的一天。不過，就在去年秋天，我們意外發現了『高腳仔』的蹤跡，並跟蹤他到八里的猴洞。本來我們也考慮報警，但被『高腳仔』發現，為了不讓『高腳仔』逃走，溫思敦甚至與他搏鬥，可惜最後還是給他脫身了。這個跳躍用的裝置，就是留在洞中的戰利品。」

「你說溫思敦跟『高腳仔』搏鬥？」

「溫思敦雖然年紀不小了，但體力一直很好。」萬馬堂正經八百地說：「所以你瞭解了吧？在發生這些怪事後，溫思敦會認為『高腳仔』想要伺機報復，毫不奇怪。」

「原來如此，那你們見到『高腳仔』的臉了？他長什麼樣子？」

「不，那時是晚上，我們也沒看清楚。唯一知道的是，他也沒特別高，之所以叫『高腳仔』，就只是腳上穿著那個裝置造成的。」

「後來你們有繼續追查『高腳仔』的下落嗎？」

「這個，溫思敦拿到這戰利品後就滿足了。我想他也只是玩玩，沒想將對方逼上絕路吧！不然他的調查報告應該是能協助警察抓到『高腳仔』的。」

「那麼，為何高思宓先生要在過世後把這個裝置給你？」

加賀巡查邊檢查箱子邊發問。

「這是我們說好的。溫思敦對機械有興趣，所以蒐藏這個裝置，研究其構造，但我們終究是一起追查『高腳仔』。所以他死後，會將這個送給我作紀念。」

子爵撐著下巴，不知在想什麼。

「原來如此。不過，萬先生，這些也是高思宓先生要送給您的？包括這些洋服？」

加賀從箱子裡拿出皺巴巴的布料。原來那些看似蕾絲布料襯墊的東西，竟是女性洋裝，箱中放了兩件。

萬馬堂說：「那是他要送給我家眷的東西，先前我委託他買的。總之，諸位理解了嗎？這個箱子裡裝的東西，確實只是溫思敦要送給我的禮物，無論你們要找什麼，都跟箱裡的東西沒半點關係。希望你們立刻把東西放回箱子裡。」

「請等我檢查完。」

加賀巡查仔細檢查箱子各處，沒發現其他東西。跟子爵報告後，子爵點了點頭。

「那就將箱子收拾好吧。恭喜！萬先生，這下警察就沒必要懷疑你了。」

面對子爵皮笑肉不笑的態度，萬馬堂翻了個白眼。

「所以我不是說了？真是浪費時間！」

「不，絲毫沒有浪費。」子爵微微笑著：「剛才你說的『高腳仔』的故事……非常有啟發性。沒有強行撬開數字鎖，而是求助於你，我認為非常有價值。」

萬馬堂看著子爵片刻，露出厭惡的表情。他說：「如果已經不需要我的『協助』，可以離開了嗎？希望你們好好還原箱子，要是我發現少了什麼，一定追究到底。」

子爵做了「請」的手勢，萬馬堂便離開了。這位臺灣老丈一走出客廳，柯佬得立刻著急地問：「杉上先生，剛剛萬先生說了什麼？『高腳仔』是怎麼回事？」

「很有趣的事喔。」子爵愉快地笑，以英語將剛剛萬馬堂說的故事重述一次。不知為何，柯佬得剛開始很緊張，但在子爵轉述的過程中，神色竟平和下來，像是安心了。最後子爵問：「柯佬得，你怎麼想？令尊這麼多年一直在調查『高腳仔』，你卻不知道，甚至不知道他已經得到『高腳仔』跳躍用的工具，這有可能嗎？」

「嗯？唔，我只能說，家父生前確實沒告訴我這些事。不過，這很有他的風格，不是不可能。」

「我就知道你會這麼說。不過，真話是什麼？」子爵笑著，緊盯著柯佬得。

「什麼真話？」柯佬得皺起眉。

「柯佬得，我說過，希望下次見面你能做出睿智的抉擇。」

柯佬得臉色鐵青。

「我不可能在警察面前談這個話題。」

「哈哈，有道理。抱歉啦，柯佬得，請你容許我跟加賀談些事情，或是你要離開去做自己的事也行。」

沒等柯佬得回答，子爵換成日語。柯佬得雖有些尷尬，但還是留在椅子上。

「巡查，聽了剛剛的話，你覺得如何？」

「我認為是謊言。」

「同意。嘿，老實說，萬先生的演技還算是不錯。他八成沒料到我們會打開這個箱子吧？所以只能臨時擠出一番充滿矛盾、邏輯不通的話。不過你覺得他說謊，根據是什麼？」

「嗯……首先我感到疑惑的是，若萬先生所言是真，他到底是何時知道高思宓先生會將這個箱子留給他的？」

「賓果。」子爵得意地笑：「他對箱子裡裝什麼未免太清楚了。尤其是送給家眷的衣服，如果真是他託溫思敦買的，那溫思敦直到自殺前都沒機會給他，不是也有很高機率根本還沒買嗎？他卻知道箱子裡有。如果他是在溫思敦自殺後才知道箱子存在，不該這麼清楚箱子裡裝了什麼。」

「是的。要是遺囑中有說，倒是另當別論，但遺囑也沒寫，那麼只剩下兩種可能。第一，高思宓先生死後，另外有留一個訊息給萬先生，裡面提到箱子內容。第二，高思宓先生生前提過。但這兩種可能都有奇妙之處。如果高思宓先生另外留了給萬先生的訊息，萬先生到底有何機會得知？高思宓先生自殺後，到萬先生聞訊而來這段期間內，要是真有這訊息，其他家人應該會先看到吧？但柯佬得先生看起來就不知道箱子裡有什麼。

如果是高思宓先生事前跟萬先生說會偷偷把訊息藏在什麼地方，就等於暗示自己會自殺，那萬先生可能不阻止嗎？這與第二個可能是同一回事，要是轉交裝置當真是生前約定，那就是在暗示自己的死，但萬先生真的可能事前就知道高思宓先生要自殺嗎？」

「很好的觀察，加賀巡查。其實萬先生說跟溫思敦約好，他會在死後將那個裝置留給萬先生，這事本就不合常理。萬先生比溫思敦還年長，從常理看，萬先生早死的機率可是高得多了。還有嗎？」

「還有一點。萬先生說高思宓先生相信『高腳仔』會找他算帳，是因為高思宓先生追查『高腳仔』的下落，還奪走裝置。不過，『高腳仔』真的知道奪走裝置的是高思宓先生嗎？既然在黑暗中，他們都沒機會看到『高腳仔』的臉，『高腳仔』也沒道理認出與他搏鬥的是高思宓先生吧？所以，高思宓先生擔心對方尋仇，我認為沒道理。」

「是啊，所以他說的這整段故事，八成都是胡說八道。」

加賀巡查點點頭。

「問題是，萬先生為何說謊？」

「很簡單，只要無視謊言就可以了。看看我們所知的事實吧！『高腳仔』的裝置在溫思敦手上，而且在他死後，他希望有人帶走這個裝置。同時，萬先生試圖隱藏這個裝置在溫思敦手上的真正原因。說到這，要是有人還沒注意到這種可能性，他一定是白痴。」

「您是說，高思宓先生就是『高腳仔』本人嗎？」

加賀巡查講出這個會讓全滬尾震驚的可能性。

旁邊的柯佬得看來百般無聊。要是他聽得懂日文，這時會做何反應呢？他會震驚嗎？還是他早就知道這件事？子爵無從得知。但無論柯佬得知不知道，也不管溫思敦與「高腳仔」表面上有恩怨，其實是同一人，光憑橫行滬尾三十年的義俠竟是洋人，就夠嚇人了。

「我認為這個推論相當合理。」子爵說：「『高腳仔』這個名字，是臺灣人的稱呼法，但洋人卻用『彈簧腳傑克』來稱呼。現在我們看到這個裝置，證實洋人的說法是正確的。這不是不可思議嗎？明明臺灣人應該更熟悉『高腳仔』啊！但要是最初採用『彈簧腳傑克』這個說法的人，確實知道『高腳仔』就是使用這樣的裝置，那就另當別論了。」

「子爵大人認為那個人就是高思宓先生？」

「是的話毫不奇怪。說到底，這種螺旋彈簧，臺灣真的有人製作嗎？我就有些懷疑。考慮到溫思敦跟『高腳仔』表面上敵對，要是他真的在去年秋天得到這個戰利品，有可能不公諸於世、炫耀勝利嗎？我可不這麼想。但只要溫思敦本人就是『高腳仔』，就能完美說明這一切。」

「很有道理。」

加賀點點頭，安靜下來。

「不過，即使這是真相，看來也跟金魅作祟事件或走私無關。」

「或許有關，或許無關，誰知道呢。不過這不是很有趣嗎？都到這種時候了，竟忽然殺出『高腳仔的真面目』！啊，不過對你們警察來說就遺憾了。你們將『高腳仔』視為亂賊，卻無法在他生前逮捕他，而且對期待找到走私證據的你來說，大概也很讓人失望吧！」

他雖這麼說，表情卻看不出半點遺憾。原來如此，他之所以會暢談「溫思敦與『高腳仔』是同一人物」，就是因為溫思敦已經過世，無法逮捕了。不只如此，現在揭露這一點，還能嘲笑警方。但加賀不為所動，只是緩緩點頭。

「是啊。是有些失望。」

這時，庭院忽然傳來騷動。

三人同時看向庭院，加賀巡查與柯佬得站起來。柯佬得像被嚇到了，他緊張地說：「發生什麼事了？難道又是金魅……？」

「我出去看看。」加賀迅速走出客廳。子爵也走到落地窗邊，將窗簾盡可能拉開，只見庭園裡人們聚成一個大圈，像在圍觀什麼，驚恐不安。加賀巡查快步走向人群，立刻有警察上前向他解釋。他們一起走進人群的大圈。

不遠處，鐵賀野風被警察圍住，手上拿著純黑的武士刀——這人竟帶著凶器！他拿著武士刀做什麼？他看來不像要打，也不像要逃，仍是漫不經心的態度。忽然，圍著的人群往兩邊讓出通道，警察們抬著一名男子衝進大宅。柯佬得跟子爵透過落地窗看到，站到離客廳大門一段距離的位置，男子被警察抬進來，衣服上都是血，看來怵目心驚。馬偕牧師和他女婿跟在後面，前者大聲喊：「急救箱！這裡有急救箱嗎？」

「我去拿。」不知何時出現的呂尚源應了一聲。

這人受傷了？為什麼？難道是拿著凶器的鐵賀野風——

「我沒事。」

受傷的男人喘著氣用日語說：「不是致命傷，要不是剛剛那蠢蛋試圖拔出刀子，根本不用在意。比起這個，快把犯人給找出來……」

「阿求先生！」柯佬得這才認出受傷的男人。他震驚地說：「你受傷了？」

阿求臉色慘白，對著柯佬得笑：「沒想到有這麼致命的喪禮，差點就死了，看來我不受歡迎啊。」

呂尚源將急救箱拿來，子爵問跟著警察一起進來的加賀：「這是怎麼回事？發生什麼事了？」

「有人暗殺阿求先生。」

「是誰？犯人呢？」

「沒人看到犯人，也還來不及調查。據說坂澄會社的那個男人用武士刀幫阿求先生擋掉了兇器，第一刀來不及，只是從武士刀邊緣擦過，幸好撞擊改變了軌跡，所以不是致命傷。但第二刀已有防備，就擋住了，之後犯人也沒再出手。」

「要是鐵賀不在的話，我已經死了。」阿求冷汗佈滿額頭。

「你說擋下一刀，兇器是什麼？」子爵問，他只看到阿求肩頭的傷口，看來兇器已經被拔出來了。馬偕牧師拿出繃帶準備急救，他女婿在一旁幫忙，這時曹懷芝從門口鑽進來。

「子爵大人！」他拿著一個東西：「剛剛被擋下的東西，我去撿來了，這是要殺害阿求先生的犯人留下的另一隻武器！」

他跑到子爵面前。

那金屬製的武器，看來與普通的小刀不同，像短劍一樣，長約四寸，柄呈棒狀，尖端約一寸五分，兩面開鋒，像是矛的尖端，顯然是投擲型的武器。

子爵看著懷芝，用臺灣語發音：「**瞬息百發**？」

「不會錯的。」懷芝點頭：「他的弟子給我看過，跟這個一模一樣。」

「加賀巡查！」子爵大聲說：「傳令下去，立刻搜所有客人的身，既然這武器是複數的，說不定他身上還有！我給一個建議：優先搜查年齡約五、六十歲左右的臺灣男性。」

「是。」加賀還是忍不住問了：「為何是這個條件。」

「我自有情報來源。快，別讓犯人逃了！」

二十二、媽祖娘娘化身的隱情

畢翠兒的屍體在棺材底下？

怎會這樣！到底是誰殺了畢翠兒，又是什麼時候、有什麼機會能殺人？不，比起那個，剛剛順妹轉述大宅裡的變故更使我震驚不已；要是那個華族跟警察的推理不錯，高思宓老爺跟滬尾義俠「高腳仔」竟是同一個人。

那個暗中幫助邵家，讓我們不至於流離失所的高思宓老爺。

那個一年一殺，將陷害邵家的壞人給剷除掉的「高腳仔」。

他們竟是同一個人？

難以置信。

我一直感謝高思宓老爺，也感謝「高腳仔」除掉那個壞人。當年我年紀小，還不清楚，但長大後，知道高思宓老爺曾出資圍捕「高腳仔」，心情難免有些複雜，因為兩位都算是我的恩人。現在知道他們其實是同一個人，我應該慶幸、放心才對，但不知為何，我完全沒有這種心情。

也許是因為高思宓老爺隱藏著這種秘密，讓我感覺害怕吧！

仔細想想，高思宓老爺當年為何要出資圍捕「高腳仔」？這不難猜想，那年他一度失手，讓對方有所防備，但若是出資跟衙門合作，就能夠利用衙門去控制那個在衙門當差的壞人，而且作為出資者，他理應知道自己的錢是怎麼被運用，就能掌握圍捕計畫的細節。從一開始，這個計畫就已經直接暴露給要圍捕的對象。

結果也如他所料，圍捕計畫失敗，「高腳仔」——也就是高思宓老爺本人再度脫逃。而且因為這次失敗，他也有很好的理由不再跟衙門合作。一切都在他的掌控之中。

唉，今天才從懷芝那邊聽到這種推想事件真相的思考方式，我現在已能運用了。看來我前途無量啊！真要說的話，這確實有高思宓老爺的風格。但只要意識到這背後的心機盤算，我就毛骨悚然，我尊敬的那位高思宓老爺，真的是如我所想像的人嗎？在我不知道的地方，他是否還隱藏著可怕的秘密？

這讓我滿口苦澀，講不出話。

曹仔也沉默不語。不，他緊緊皺著眉，像在思考什麼，接著張大雙眼。

「啊！原來是這樣，難道『高腳仔』會一年一殺是這樣……」

他話沒講完。順妹追問：「曹仔，你講什麼？你知道什麼了？」

「抱歉，阿姊，我也還沒完全理清。請……給我一點時間。我甚至希望自己猜錯了。若是這樣，兇手到底是懷著怎樣的心情，策劃了所有的慘劇？」曹仔臉色鐵青，聲音微微發顫：「我們……至少我們應該跟子爵講畢翠兒的屍體在哪裡。當然，這要秘密進行，不能公開，畢竟不能讓那些日本的鬼怪知道有另一具屍體——」

忽然，一個奇妙的金屬撞擊聲響起。

我們同時轉過頭，被眼前的景色嚇到，只見鐵賀野風威風凜凜，手上拿著武器——那是把黑色的武士刀，高舉著朝向空中——他是從哪裡變出來的？明明喪禮上不可能帶著武器啊！不，比起這個，人們正從他身邊逃開，這男人打算在這裡行兇？

因為找不到畢翠兒，所以急著殺人？是有這麼急嗎！

正這麼想時，鐵賀再度動作。他手中的黑色武士刀以極為俐落的角度下切，接著「噹」的一聲，有什麼東西被刀子彈開，直直往這方向飛來，我連忙將順妹往反方向推開，這東西就這樣從我們眼前晃過去，我心臟慢一拍地猛烈跳動起來，意識到我們似乎跟死亡擦身而過。

我回過頭，那東西直直地插進樹裡，如此鋒利！

「阿求先生，你沒事吧！」是夏目的聲音。只見人們圍成一個大圈，阿求跪坐在地，肩膀到胸口之間插著什麼東西，跟剛剛彈飛到樹上的細長物體一樣。馬偕牧師在他旁邊察看傷勢。

警察也圍住鐵賀，像在問他武士刀的事。

「警察，這人受傷了，可以把他移動到安全的地方嗎？像是客廳。」馬偕牧師高聲說。原來如此，阿求被暗器傷到了，鐵賀是為了擋住暗器才拔出武士刀。但那把武士刀是怎麼來的？用妖術變出來嗎？

「殺人者，有膽子露面！」受了傷的阿求大聲說，看來傷勢不重。

這時加賀巡查也從大宅走出。一陣混亂中，警察似乎有了共識，決定讓阿求進去，而且不知道誰拔出暗器，大概是哪個警察吧，讓阿求忍不住罵出聲。人們讓出一條道路，也有人嚷嚷「都有人殺人了，警察還把我們留下？」。過了這麼久，大家似乎容忍到了極限，再這樣下去也許就要暴動。

但我只想到曹仔說過的「瞬息百發」。

「瞬息百發」要殺阿求？為什麼？

我想到第一下金屬撞擊聲，那應該是鐵賀擋到第一把暗器，即使如此，它還是插進阿求體內。我都不知道該說鐵賀厲害還是瞬息百發強悍了。要是沒有鐵賀，第一把暗器肯定是致命的，鐵賀擋下了傳奇人物「瞬息百發」的致命一招；然而，瞬息百發面對的絕非常人，而是超乎想像的鬼怪！以凡人之身，居然一度穿過妖怪的防禦，差點殺死阿求，真不愧是傳奇人物。

曹仔像是想到什麼，衝到樹旁將暗器拔出。他跑向大宅前還跟我們說：「二少爺，盧家阿姊，我要把兇器拿給子爵。畢翠兒的事就交給我吧，要是盧家阿姊聽到什麼不尋常的事，還請跟我講。」

他說著跑進大宅，無人攔阻。

但事到如今，事情還能怎麼發展？怎麼看都到盡頭了！大多數的人認為自己無罪，只是無辜被連累進來，所以全都擠在大宅旁質問警察何時放人，警察卻沒安撫他們，反而說什麼「早點把犯人找出來大家就可以回去啦！」

這當然無法說服賓客，果然人們越來越暴躁。看這情形下去，恐怕難以完成聖母的委託，畢竟，連在眾人面前消失的畢翠兒都不是被金魅所吃，前面的事件大概也是某位犯人所為吧？這麼一來，金魅就當真不在此處。此處的作祟與金魅無關。

但這麼一來，為何大道公會派陳國安來？我就不明白了。不過，或許大道公也只是以防萬一，無論金魅祖是否還在祂手上，此地發生的事情都十分可疑。陳國安可能只是來探探情況而已。

要是那位華族能證明這是人類犯案就好了，至少還能對聖母有些許交代，但我怕我連聽到解答的機會都沒有。眼見暴動在即，我只能希望至少不要捲入紛爭，便稍微將順妹拉離人群。

這時加賀巡查出來，用臺灣話說：「各位鄉親，別緊張，大家不會有危險。」

「你怎知道！」

「犯人可能還將那個暗器放身上，我們警察現在要搜大家的身，只要找出暗器，犯人自然就無法傷害大家，就算沒搜到，至少也能確定犯人身上沒武器。因此，還請各位配合我們，抱歉啊。」

加賀客氣的態度，居然跟臺灣人有些神似，讓我有些意外。他說的有理，大家也在意自己的安全，但還是有些人不滿，或許是壓抑太久了。這時順妹忽然抓住我的衣服。

「順妹，別擔心，沒事。」

我安慰她。

但她沒說話，仍是抓著我。我看向她，這才發現不對，她臉色鐵青，手還微微發抖。我連忙問：「怎麼了？」

「哥哥，我……現在不能被搜身……」

「怎麼了？」我大感意外。一瞬間，我腦中閃過極為荒謬的答案——難道你是瞬息百發——但當然不可能！既然如此，她有什麼好怕的？警察只是在找兇器罷了。順妹沒說話，只是悄悄打開隨身攜帶的小包給我看，露出裡面的東西給我看，這動作很小，小到我要微微低頭才能看見裡面的東西。

我倒吸一口涼氣，差點驚叫出聲。

裡面有一隻手槍。

順妹為何會有手槍？她將聲音壓得極低，恐懼卻清清楚楚：「這不是我的，是表兄的……」

「為什麼？」我只能這麼問。

這一刻，我感到庭院裡所有人都是敵人！他們都可能看到手槍、可能指證順妹、也可能出賣我們；我頭皮發麻，害怕世界下一刻就要崩塌。順妹聲音又小又急促。

「哥哥，真的對不起，我知道表兄在偷偷摸摸做些什麼，是用順風耳聽到的。他們是簡大獅的人，雖然簡大獅已經死了，但他們早就準備好槍枝，要對付日本人，我一直想阻止表兄，但他否認有這件事，甚至避不見面，我想他今天會來，心想可以拿槍當證據，說服他不要繼續這麼做……但我沒想到會有警察來！本來我只是……覺得要是能簡單講兩句話就好了，希望他不要一直裝傻，避不見面，但是……」

我的思考幾乎跟不上她說的事情，思緒亂成一團。

陳國安是簡大獅的同夥？他在抗日？我意識到自己的處境比想像中更糟。要是警察搜到這隻手槍，會不會順藤摸瓜找到陳國安？要是這樣，順妹不是也變成了抗日份子？最糟的情況，是連福佑宮也被捲入。媽祖娘娘化身是抗日份子，那信徒是不是也有份？這會是震撼整個滬尾的大事！

「為什麼現在才跟我說？」我無力地問。難道我不值得信任嗎？順妹低著頭，沒回答。不，現在根本不是追問這件事的時候。其實我也知道，順妹對於順風耳聽到的事向來謹慎對待，也許就是這樣才沒告訴我。但茲事體大，我可以跟她一起承擔啊！

我握住她的手，緊張地觀察四周。我們有沒有可能偷偷將槍藏起來？不能把整個隨身小包丟掉，因為已經有人看過她帶著這個小包了。必須找機會，不動聲色地將槍丟掉。我將手伸進順妹的隨身小包裡面——

「好啦，請大家別動。」加賀巡查開口，看來他跟抗議的賓客協調好了：「我們的人會一個一個搜身，還請女客忍耐一下。要是大家配合，很快就可以結束了。」

他眼神銳利地環顧我們，我連忙將手拿出來。完了。

「喂！你這小偷！」

忽然有人用臺灣話怒吼，像被激怒的獅子。我雖焦急不堪，還是忍不住轉頭，只見陳國安怒瞪著我，氣沖沖的樣子。怎麼了？還是他看著我身後的誰？這時陳國安不管警察，狂風般地朝我衝過來，用力把我推開。

我像被猛獸撞倒一樣飛了出去，倒坐在地。他口中飆出一連串髒話。

「你、你幹嘛！」我嚇呆了。但陳國安瞪著我，擠眉弄眼，我猛然醒悟，從地上彈起來，推了他一把：「你幹什麼！啊？我偷了什麼？我什麼都沒做啊！」

我撲上去。理論上，我根本不可能是陳國安的對手。但正如我所料，我們看似「勢均力敵」地糾纏在一起。

「喂！你們做什麼！」

「給我分開，聽到沒有！」

果然，警察的注意力都被引到我們身上。他們衝過來要分開我們，但陳國安粗暴地推開他們，同時分神跟我纏鬥。我們看著彼此，沒人看向順妹，但我們都知道這是怎麼回事，只希望順妹也能察覺。

陳國安知道那把槍在順妹身上。

他當然知道！現在想想，今天稍早時，他會打順妹巴掌，一定是因為順妹去跟他講這件事，甚至把手槍給他看。如果只是聖母跟大道公都想找金魅，他就這樣搧自己表妹巴掌，那實在太過分。但若是切身的秘密被挖出來，有這樣的反應就不難想像。

這瞬間，我們雖惡狠狠地瞪著彼此，我卻完全明白了。他當時威脅我，之所以問我是不是因為聖母而來，是因不想洩密，甚至有袒護順妹的意思吧！沒將槍拿回去，或許是因為身上沒有能藏槍的地方。再想深一點，他之所以疏遠順妹，難道不是避免順妹被捲入危險嗎？畢竟他在做的事這麼危險，連簡大獅都死了。

我喜歡順妹，願意跟她在一起一生一世。但這件事若真如我所想，我認為順妹錯了。陳國安已經盡可能不將其他人捲進來。即使如此，他也有想做的事。

大道公的徒弟「碰」的一下，一拳打在我臉上，我有些暈眩，也用力朝他臉上打一拳。他閃也不閃，吃下這軟弱無力的一擊。我們糾纏著，但最後還是被警察拉開。警察大喊著「混帳東西，又是你們」，用力敲我的頭，讓我眼冒金星。

他將我推倒，搜我的身。但我身上當然沒什麼不得了的東西，所以他「呸」的一聲，踢了我一腳。

幹你娘。我怒火中燒。

「請住手！」順妹趕過來用日語說：「這是誤會，他沒有想引起紛爭的意思，一定是有什麼原因，請大人您務必原諒！」

她楚楚可憐的樣子讓警察呆住，我也沒想到順妹姿態這麼靈活。她握住我的手，我也握著她的，這時她輕輕捏了我手心兩下。

我放心了，她把手槍處理掉了。

「哼，打起來就是不對。對了，你還沒被搜身吧？那個包包給我看看。」

警察裝出兇狠的樣子，但我看得出他不好意思兇女孩子。順妹順從地將小包給他，他翻了翻，把小包還給順妹。

「你叫他給我自重點！」

他威脅完就走了。我看向陳國安，他掙扎的動作比我更大，兩、三個警察才把他壓制住，轉眼間已經銬上手銬了。那些警察痛罵他、打他頭，我跟順妹握著手，心裡緊張，卻無能為力。幸好，他們搜完身後沒繼續揍他，只留下一個警察看守。

我們引起這麼大的騷動，賓客們受到驚嚇，都不怎麼講話。

我一時間也說不出話，剛剛被打的地方逐漸疼痛起來。

不知為何，我對陳國安起了些許尊敬之心。

他看起來一副壞人的樣子，但心地並不壞吧？只是，各種盤算造成的結果，讓他看起來像個壞人。回想起方才意外的合作，我心底有股奇妙的感動。本來我以為聖母跟大道公的使者一定會起衝突，誰知竟以這種形式秘密地聯合在一起；雖然我不瞭解他，但他應該是能溝通的男人，等這裡的事結束，我想跟他好好談談。現在的他應該會跟我們談才對。

仔細一想，既然要抗日，要是有了順妹的順風耳，豈不是得心應手？他卻疏遠順妹，甚至沒打算攏絡。他是真心希望順妹能遠離這一切。

我衷心感謝這點。

事態平和下來，賓客們陸續被搜身。我在心裡反芻著，忽然想到一事。

「順妹，我問你，你是因為那件事才一直注意你表兄吧？」

順妹有些尷尬，點了點頭。

「那你聽到畢翠兒的事，也是因為你表兄？你表兄知道畢翠兒現在在哪裡？」

「是啊，應該說，表兄當時在跟另一個人講話，是那個人知道。」

「那另一人是誰？」

順妹說了某個名字，並將那個人跟陳國安的對話完整地告訴我。我瞪大眼睛，怎麼也沒想到是那個人。我難以置信：「等等，難道那個人也是簡大獅的人？」

「有這個可能。」

那個人也在抗日？不，更重要的是，他為何知道畢翠兒的屍體在棺材裡？不管我怎麼想，都覺得就是他殺了畢翠兒，不然還有誰知道屍體所在？但是，為什麼？他為什麼要這麼做？

我猛然站起。

「哥哥？」順妹也跟著我站起來。我沒回應，連忙看向大宅。透過落地窗，只見客廳裡有受傷的阿求、柯佬得、馬偕牧師、他女婿、還有不知何時跟進去的夏目，曹仔跟那個華族都不在。再一看，連加賀巡查都不在庭院裡。完了，太遲了嗎？

「哥哥，怎麼了？」

或許是看我表情不對，順妹也擔心起來。我握住順妹的手，卻什麼話都說不出來，因為已經來不及阻止曹仔。

——**不能讓那個華族找到畢翠兒的屍體。**

但太遲了。我只希望那個華族不會注意到背後的意義。

二十三、揭露

「原來如此。棺材這一側的下半部有個小門，要仔細看才會發現。」

高思宓大宅後院，杉上子爵、曹懷芝、加賀巡查圍在棺材邊。加賀巡查跪著，手指沿著小門邊緣，找到可以扳開的施力處，用力打開小門。才剛打開，便有些許的血腥味滲出，混在棺材周圍的花香中。

果然如曹懷芝所說。

加賀巡查看向懷芝：「這消息誰說的？他怎麼知道棺材有古怪？」

「我有個朋友不小心聽到別人講的。因為在混亂中聽到，沒注意是誰說的。」懷芝說。當時盧順汝確實是這樣告訴他。加賀巡查搖搖頭，嘆道：「真可惜，知道這個小門的人，很可能是犯人。」

他站起身，子爵跟懷芝湊上前看。棺材的暗格中躺著一名清秀的男子，他脖子上插了把武器，就跟射中阿求的武器一樣。

男子瞪大眼，像是不敢相信被人所害。

「這空間非常有限……這男人一定是自願躺進去。不然要將失去意識的屍體塞進來，太花時間了。」子爵摸著暗格邊緣說。

「同意，他應該是躺進來後才被殺害。」加賀說。

「呵，果然如此啊。畢翠兒是自願消失的，有一個共犯協助他，但不知為何，他被共犯所殺。只要確定共犯存在，這場失蹤秀可說一點都不難！說到這個，加賀巡查，我要你搜賓客的身，有照我的建議去做嗎？」

「有，我的人正在搜，但還沒人回報。不過，客人名單中符合您說的條件的，只有大稻埕的李春生，我有優先搜他身，他身上沒有武器。」

「是嗎……不過，看來已經沒有搜客人的必要了。」

「我也這麼想。」加賀點了點頭。

懷芝瞭解他們的意思。

協助畢翠兒失蹤的共犯，一定是準備棺材的人。這理所當然，不然高思宓老爺的棺材怎麼會有暗格？那麼，殺死畢翠兒的人也是那位共犯嗎？可能性很高。畢竟畢翠兒是自願進入棺材後才被殺，所以殺死畢翠兒的人，必須知道棺材有暗格存在。而除了棺材店裡改造棺材的人與準備棺材的人，其他人實在沒道理知道這件事。

而殺死畢翠兒的人，與要殺阿求先生的人用相同武器——瞬息百發的武器——這自然而然會得到一個結論：瞬息百發就是準備棺材的人。那麼，即使不搜客人的身，也能夠找到這號人物，只需要知道棺材是誰準備的即可。

現在，高思宓家的處境非常惡劣。

能在棺材上動手腳，當然只有高思宓家的人做得到！當然，在儲藏室發現屍體時，高思宓家的內部人士就注定脫不了關係。但加賀巡查沒見到儲藏室的屍體，無法肯定這件事，現在他看到畢翠兒的屍體了，高思宓家內部人士的嫌疑已是板上釘釘。

說到這個，為何子爵讓加賀巡查檢查這個屍體呢？雖然沒有積極防範，但他似乎不打算讓警察知道儲藏室裡有屍體，至少他沒主動跟警察說。但當懷芝說棺材裡有畢翠兒的屍體時，子爵卻要他將加賀巡查找來。

他不確定子爵究竟有何打算。

「子爵大人，接著要搜高思宓家的成員嗎？若發現武器，就是人贓俱獲。」加賀問。

「不，別打草驚蛇。」子爵舉起手：「據我所知，這人可是傳說中的高手！反正他已是甕中之鱉，刺激他反而不好。況且，無論他有沒有把武器放身上，只要畢翠兒的屍體在此，就夠他澄清了。走吧，我們去問柯佬得，他自然知道棺材是誰經手，不然，也可以問棺材店。這不可能是現成的，一定要訂做。棺材店的人居然同意這種安排，也真是匪夷所思。」

「子爵大人，您認為不可能是柯佬得先生安排的？」

「你認為柯佬得會在喪禮上製造金魅假象？我不這麼想。利用金魅的另有其人。」

「看來子爵大人對犯人身份已經心裡有數？」加賀刺探子爵。

「或許是，或許不是，我還沒驗證過呢！加賀巡查，別盲目順從你的好奇心了，就算繼續追問，我也不會回答你。讓我們從證詞開始，走，去客廳。」

◈

客廳裡，柯佬得、馬偕牧師與其女婿、阿求渡、夏目海未等人都在。被搜完身後，鐵賀野風也來到客廳。大家有一搭沒一搭地聊，柯佬得尤其心不在焉；其實他不想與坂澄會社的人共處一室，但身為主人，不可能對受傷的客人不聞不問，加上發生這麼多事，他也累了，雖然擔心警察的搜索進度，但他還是決定在客廳擺出大方的態度，盡高思宓家主人的義務，順便就近監視坂澄會社的人。

子爵等人走進客廳。

「馬偕牧師，阿求先生沒大礙？」子爵問。

「是的，杉上先生，我們已經做過應急處理。這不是很嚴重的傷，但阿求先生大概要好好休養一、兩個月。」

「我運氣好。有這麼值得信賴的保鏢。」阿求居然還笑得出來，真是硬氣。

「是啊，真令人羨慕。」子爵心不在焉地說。

「柯佬得，既然這裡已不需要我們，我們就先出去了。」馬偕牧師說。

「牧師，你們應該待在這裡，外頭這麼悶熱。」

「沒關係。阿求先生有傷在身，旁邊二位也是在保護他，我們可沒理由待在這裡。群眾都在外面，我與大家同在，不能獨自在輕鬆的地方。」

確實如他所說，現在警察還在大宅裡搜索，雖不到完全封鎖的程度，但也不能隨意進出。就連柯佬得本人，都是在子爵的示意下才能在大宅裡自由行動，除他以外，要不就是像白頌被限制在客房，要不就是像呂尚源那樣臨時被子爵叫進來泡茶，大宅已在權力控制下，成為半禁忌空間，現在能進來的人都是權力允許的，馬偕牧師或許就是不滿這種情況吧？不過，大家也看得出馬偕牧師臉色不好，他畢竟年紀大，還有病在身，偶爾會咳個幾聲。即使如此，他還是對自己期許的立場展現堅強的意志。

「好吧，牧師。但請別勉強自己。」

柯佬得只能這麼說。馬偕牧師與女婿緩緩站起來，走出客廳。子爵找了張椅子坐下。

「柯佬得，問個不相關的問題，溫思敦的喪禮是誰籌備的？」

柯佬得有些意外。

「自然是家裡所有人，連回舊家的妻子都回來幫忙了。」

「但那些雜務，應該與你無關吧？像棺材旁擺這麼多花，很難想像是你去摘的。」

「雜務當然是管家跟僕人處理。這段期間這麼忙亂，也辛苦他們了。」

「挑選棺材的也是管家嗎？」

「是啊。他建議特製大型棺材，看起來更崇高，還去找了他認識的朋友訂做。怎麼了？為何杉上先生對這些有興趣？」

「只是好奇，我也蠻喜歡那個棺材的大小。說到管家，我之前從溫思敦那裡聽說過，管家已經為你們家服務數十年，柯佬得，你對他瞭解到什麼程度？」

「瞭解到什麼程度……我能說什麼？他是看著我長大的，現在也住在大宅裡，他就像家人一樣。就算是之前的宅子，他也跟我們住在一起。我自認為很瞭解他。」

「是嗎？聽起來，管家把他的生活都投注在管理高思宓家上，難道他沒有私生活？沒有自己的交友圈，或是休閒娛樂？他沒有家人嗎？」

「他沒有其他家人。我小時候問過他，他是這麼說的。說起來，他確實很少談自己的私生活。不過他當然有朋友，有時他會請假跟他們聚會，雖然不知道是怎樣的朋友，應該是以前就認識的吧？只知道是臺灣人，其他就不太清楚了。」

「難道你們就不好奇？」

「為什麼？我也不會把我的行程全都跟家人公開啊。他的私生活屬於自己，對我們來說一點都不重要，只要他對高思宓家忠心耿耿就夠了。」

「你說的對。」子爵笑了笑：「不過你確定嗎？管家真的對高思宓家忠心耿耿？」

「我確定。」柯佬得斬釘截鐵地說：「若要我列張清單，列出世上最不可能發生的事，管家不忠絕對可以排在前五名。」

「好吧，且不論他忠不忠心，你覺得管家容易動殺機嗎？或者說，你認為什麼事才能讓管家動殺機？」

這問題實在太奇怪，柯佬得大惑不解，同時帶著警戒。他也注意到阿求聽得興致勃勃，有些惱火。

「杉上先生，這樣的假設毫無意義，我都比管家容易動殺機。他是個沉穩的人。我可以請教這些問題背後的用意嗎？」

子爵還沒回答，忽然有警察闖進客廳，神色匆忙。

「加賀巡查！我們發現了這個。」

柯佬得緊張地站起身，他怕有什麼不該被發現的東西。但意外的是，警察拿進來的東西，他竟沒見過。那是兩個小小的信封。

「怎麼了，這是搜查客人身體發現的嗎？」

「餐廳，我們在櫥櫃抽屜後面發現的，是被黏在單獨抽屜的後方外側，藏得非常好，我們也差點錯過。」警察說。這確實是平時幾乎不可能看到的位置，一般來說，使用抽屜時不可能全部抽出，既然這信封藏在抽屜的後方，還黏在外側，就不可能被發現。

究竟是什麼東西，藏在這麼隱秘的地方？加賀接過信封，接著臉色微變，只見其中一個信封下側寫著一行小小的毛筆字：

致翠兒，舅筆。

這東西是留給畢翠兒的？而且，這個舅舅是——

「哈哈，原來在那種地方啊。」

忽然有人用日語哈哈大笑，是阿求渡。他愉快地用未受傷的手拍著大腿。眾人看向他。

「加賀巡查，恭喜你。其中一個信封，應該是高思宓家走私的證據。至於另一個……不介意的話，我可以看看嗎？」

他得意的樣子，彷彿就在等這一刻；聽得懂日語的人大為震驚，柯佬得還在狀況外，忍不住用問子爵：

「杉上先生，怎麼回事？這是什麼東西，在哪裡發現的？」

子爵還沒回答，加賀巡查已抽出信中的東西。那是幾份文件。也不用子爵回答，柯佬得光看到這些文件就倒抽一口涼氣。他顯然知道那是什麼。阿求高興地用英語說：「高思宓先生，現在你一定很好奇，為何這些東西會出現在這裡，對不對？」

「你……」

柯佬得臉色鐵青。

「也難怪你這麼驚訝，這些東西，步泰承應該幫你銷毀了才對。」

「加賀巡查，這是阿求給我栽贓，你別被他騙了！」柯佬得用臺灣話對著加賀大聲說，幾乎是用吼的。

但加賀知道肯定不是這樣。如果是栽贓，柯佬得應該一無所知，多少有些茫然。但他顯然知道這些東西的意義。

子爵冷眼看著阿求。

他知道這個男人的計畫已經得逞，不過，這沒什麼，他早就預想到加賀巡查會發現不利於高思宓家的證據，這件事大可之後壓下。同為日本人，他並不討厭阿求，但阿求的詭計連他一起騙，他就沒打算讓阿求好過。他用英語說：「柯佬得，別緊張。阿求先生，我想你應該對現況十分滿意吧？既然如此，何不坦白說出你的目的呢？」

「請見諒，子爵大人，我本來也想在事情結束後向您說明一切的。」阿求用日語說。

「現在就是機會。」子爵用日語回應。

「那請容我僭越了。」阿求改回英語：「高思宓先生，接下來我要向加賀巡查說明一切，不得不用日語，請你見諒。但有件事，我想先澄清一下，這些事，與其說是我的安排，不如說是步泰承的安排，我只是把握機會罷了。說到底，走私什麼的，也不是多大的罪，請不要再做了。接下來，我們就在商場上憑真本事見真章吧。」

雖然不知道他說什麼，但懷芝並未感覺到他的誠意，顯然只是講場面話。柯佬得也清楚這點，他氣到想衝上去揍阿求，但他忍住了，再度開口時，聲音還帶著尚未馴服怒氣的顫抖：「就隨你巧舌如簧吧。阿求先生，這次是你贏了。但你說憑真本事，我只想說，世上也沒什麼假本事。」

「那倒是沒錯，就像我現在做的事，希望你也別認為這只是卑鄙手段喔。」

阿求切換成日語。

「各位，請坐。接下來敝人阿求將知無不言。雖然可能有人懷疑我與高思宓大宅裡的怪事有關，但只要各位聽我說，相信就會明白敝人清白無辜。」

他不客氣地坐在客廳的椅子上。雖受了傷，看來卻無大礙，身後站著副社長夏目海未與保鏢鐵賀鐵風，有如左右護法，不像客人，反有種主人的氣勢。

「子爵大人，加賀巡查，我先向兩位道歉。那封高思宓先生的信是我偽造的，之所以這麼做，是希望警察能搜索大宅。也許兩位會生氣，但請原諒我，我會這麼做實在是有不得不如此的理由。」

「這你不用擔心，我們早就識破那是偽造的了。」子爵坐下：「但你『不得不如此』的理由，我倒是很好奇。」

「我要是從頭說起，兩位就能明白了。兩位應該都知道，步先生是高思宓洋行的重要人物，不過，今年一月，步先生主動來找我。因為他知道滬尾的洋行已是強弩之末，撐不了多久，所以他打算出賣高思宓洋行的情報，交換一些利益。」

「原來如此，難怪有人看到步泰承去坂澄會社。這件事，你們倒是否認到底。」

「巡查先生，請你見諒，因為直到前一段時間，我都還懷疑步先生向我們投誠是不是某種詭計，因此我不打算承認與步先生私下見面之事，直到步先生消失一段時間，我才開始覺得或許他真的是投誠。」

「為什麼？」

「因為我們準備好他要的東西，就沒下文了。如果是陷阱，應該會引誘我慢慢深入吧？他說過，等他從英國回來就會跟我們聯繫，誰知就在高思宓大宅裡失蹤，這到底是怎麼回事？是因為背叛的事被知道了，所以才被私下處理掉嗎？但他失蹤的結果，對高思宓家沒半點好處。他被捲入什麼事，與我無關，但我不喜歡未完成的交易。這一點，就是我執著於此，最後不得不耍這種小手段的原因。」

「請恕我問個問題，步泰承想跟阿求先生交換什麼利益？高思宓洋行倒了，對他也沒好處。或他是要求金錢？但金錢說穿了，也非長遠之道，阿求先生也不像能提供什麼政治上的好處。」加賀問。

「他想要的東西很簡單。他希望我們幫他在日本準備好住所，讓他跟外甥到日本去住，並由我們幫他外甥申請在日本的學校。坦白說，這些事也沒這麼容易，尤其這臺灣人根本不瞭解日本的學制。不過，這代價已比我想的輕鬆，而且卑微，我確實看到了某種窮途末路的孤注一擲，就答應了他。他的外甥，就是今天被金魅所吃的畢翠兒。」

子爵心中一驚，原來畢翠兒是步泰承的外甥！這麼說起來，那個信封就是步泰承留下的。但為何會放在那個地方？

懷芝也感到震驚。確實如阿求所說，步泰承的要求堪稱「卑微」，他甚至沒要求金錢！或許他對自己有自信，相信即使到了日本也能活得很好。在他眼中，高思宓洋行已經這麼不值得仰賴了嗎？

「不過步泰承既然消失了，交易理應就落空……如果這麼單純的話，你也就不會在這裡了。發生什麼事了？」子爵問。

「子爵大人，請先容我為自己說句話，我還是想完成交易喔！無論如何，我在大阪為他找了房子，讓畢先生就學的事也打通關節了，就算交易對象消失，只要交易本身能完成，我還是會兌現。」

「交易對象都消失了，你要怎麼繼續交易？」

「步先生曾說過，他準備了兩份對付高思宓家的文件，一個是高思宓家要他銷毀的文件，能證明高思宓家的走私事實，另一份文件的價值在那之上。只要善用，甚至能徹底摧毀高思宓家。其實我不怎麼在意，因為不知道是什麼，就不確定是否真的有這麼大的價值。不過，步先生這麼老練的人，他提出有這東西，卻不願具體說明，讓我感到那份文件算是茲事體大；簡單來說，那一定是『光知道有這東西存在就很嚴重』的文件，才讓他忍不住拿來引誘我，卻不能告訴我那是什麼。」

「光知道存在就很嚴重……到底是什麼文件?」

「等一下巡查大人打開另一個信封就知道了吧?我也很期待。現在請容我繼續說。正因為他暗示那份文件非常重要,但他即將要前往英國,所以他警告我說,別想要去他家把文件搜出來,這麼重要的東西,他不會放在家裡。」

「他當然也不會說放在哪裡。」

「是的。但他失蹤後,我卻得到了線索:說來也不奇怪,是畢先生跟我說的。簡單來說,畢先生還是希望完成交易,所以來問我住處跟學校的事。我向他說明情況,但也說了在步先生不在,交易無法繼續,畢先生就是這時說他知道東西在哪裡的——說到這裡,各位應該也猜到了吧?」

「放在高思宓大宅裡?」加賀巡查意外地問,阿求點點頭。

為何是在高思宓大宅裡?懷芝感到奇怪。步泰承要背叛高思宓家,卻把東西放在高思宓大宅,要是被發現了,不是很危險嗎?明明一定有更好的選擇!

「我聽到時也難以置信。不過畢先生說,步先生真的很怕那份文件被我直接拿走。他也想過放在朋友家,但他怕以我的人脈,也可能找上他的朋友,奪走文件。但只有一個地方我無法出手,就是這個高思宓大宅。唉,他也把我想得太離譜了,我做的可是正正當當的生意,哪會做犯法的事?」

原來如此。

雖然阿求主張自己正當,但與坂澄會社打過交道的步泰承做出這種判斷,或許不算是杞人憂天。其實無需犯法,要是真的找到他朋友,大可威脅利誘,讓對方出賣步泰承。相較之下,高思宓大宅確實算防備周延。

「我明白了。所以步泰承將東西藏在高思宓大宅,而且只有畢翠兒知道在哪裡。但這樣一來,何需勞煩阿求社長出場？只要畢翠兒來取走就好啦。」子爵說。

「說來諷刺，高思宓大宅確實是我無法出手的地方……但不只是我，連畢先生都無法出入，畢竟他身份比步先生差太多了，不可能在大宅裡自由行動。雖然畢先生比步先生天真許多，竟把藏在此地的事告訴我，但具體藏在哪裡，他也沒笨到說出來。不過，事情在高思宓先生過世後出現轉機，他說他可以藉出席喪禮來高思宓大宅，而且已經找到能幫他潛入大宅的人。我當然問過他做法，但他只說會設法製造騷動，讓他能溜進大宅，並要我在騷動後半小時到後院找他。」

「所以今天策劃出金魅吃人騷動的，果然就是畢翠兒本人。」加賀說。

「是不是他本人策劃，我不知道。在我看來，他沒那個頭腦，我想是他的共犯策劃的吧？事實上，直到事情發生前，我都還不知道他說的騷動就是假裝金魅吃人。」

「我大致明白了。」子爵淡淡地說：「但這關你什麼事？畢翠兒要潛進大宅拿文件，他跟共犯就能做到，你不來也沒關係啊？」

「畢先生說，他製造騷動後，有一定機率被發現，要是從他身上找出文件就糟了，但如果東西直接交給我，主人比較不方便搜客人的身，跟身為工人的他情況不同。雖然我有些疑慮，但仔細想想，我承擔風險還算低，而且事情在我眼前發生，我也比較安心，就同意他的做法。早知道他是要假裝被金魅所吃，我就會阻止他，你看，現在情況變成警察包圍大宅，我還差點被殺，要不是鐵賀先生，我早就沒命了！」

「阿求先生，辦務署收到一封指名給我的信，是你寄的嗎？」加賀問。

「正是。」

「你打算在喪禮上揭發高思宓家的秘密。」子爵冷冷地說。

「我是打算交出文件沒錯，不過請讓我解釋一下，我可不是打算在喪禮上讓高思宓先生難堪喔。我只是很謹慎。雖然今天帶了保鏢，但我還是不夠安心，畢竟誰也不知道現場會發生什麼事啊！所以我希望有警察在場，但如果只是請警察保護我，未免說不過去，我得有個好的理由，所以才那樣寫。」

這話並非真心誠意，懷芝看得出來。他說得漂亮，恐怕只是考量到子爵的心情才這麼說吧？他寫那封信，當然就是要現場將證據交給警察，如果警察在喪禮上逮捕柯佬得先生，當然最好，要是沒這麼發展，也於他無損。

「就當成是你說的那樣吧。不過畢翠兒消失後，你在約好的時間前往後院，然後呢？」子爵問。

當他們在棺材底下找到畢翠兒時，畢翠兒已經死了。但他死前有跟阿求見到面嗎？或他就是被阿求所殺……不，阿求沒道理在拿到文件前殺死畢翠兒。而且殺死畢翠兒的凶器，跟射傷阿求的武器一樣。果然殺死畢翠兒的還是「瞬息百發」。

「什麼都沒有，畢翠兒不在那裡。」阿求搖搖頭，沉默片刻：「我意識到事情沒有照計畫進行。子爵大人，巡查大人，這正是我不得不偽造那封信的原因。如果事情沒有照計畫進行，最差的情況，就是文件被高思宓家的人回收，從此湮滅，所以我才要立刻製造讓警察能夠搜查大宅的理由。」

「雖然你講得義無反顧，但事實上，你就是為了自己的目的，以偽造的證物驅使警察為你辦事。」

「子爵大人，我本就決定在最後坦白一切。如果當初我說出真話，搜查會這麼有效率地進行嗎？畢竟，警察顧慮到高思宓家的人脈，一直給予關照，再說了，我要是一開始就說真相，對誰有好處？我可能還會被當成嫌疑人士，關在某處審問呢！」

「阿求先生，我有件事想問。」加賀巡查問：「畢翠兒有說協助他的共犯是誰嗎？」

「沒有，他也不肯透露。說到這，為何畢翠兒臨陣脫逃，我也是百思不解。但發現事情已經脫離原先計畫後，我就決定照自己的步調辦事。幸好警察找到文件了，這麼一來，我也能履行承諾，讓畢先生到日本求學了。」

「這倒不必了，畢翠兒已經死了。」

「什麼?」阿求臉色微變，他站起身：「誰殺了他?」

「我們也還在調查。」加賀巡查說。

「是嗎……他死了?太可惜了，只要活過今天，他追求的東西就到手了啊!這下就算想履行承諾也不行了……到底是誰做出這種事?」阿求重新坐下，喃喃自語。意外的是，他露出悔恨的表情，看來竟是真心誠意。

懷芝忍不住想，這人確實手段卑劣，但在兌現承諾這件事上，他並未騙人。說不定，他其實是照著自己信念行動的人，今天做的這些，都只是他實現承諾的手段，跟對付高思宓家的目的重合，不過是偶然。

「那麼，另外這個信封的內容……我就請在場的人確認了。」加賀改用臺灣話說：「柯佬得，我要開下一個信封。阿求社長說這裡頭的東西，可能會毀了高思宓家，請你也過來看。」

「毀了我們家?」柯佬得諷刺地說：「你還真好心，要是我什麼都不知，你不是更能利用裡面的東西殺得我措手不及?」

「請放心，無論這裡面裝著什麼，我會公正看待。」

他從信封裡抽出幾張折疊過的紙。跟剛剛不同，看起來不像商業文件，紙質還有點粗糙，光從紙背就能看到另一面寫著毛筆字。客廳裡的人都圍過去，只有夏目與鐵賀事不關己地站在一旁。

「這是什麼？好像是……很多人的簽名？」

確實如柯佬得所說，加賀把最上面的紙攤開，全都是簽名，筆跡各自不同，顯然是不同人簽的，一張紙大概有六到八個名字。懷芝從裡面看到「陳國安」三個字，心中一凜。他馬上指著名字說：「這裡有陳國安。」

「陳國安？」子爵問。

「他在外面，我也只是聽過這個名字，知道他是高思宓洋行的工人。」懷芝說。像三屆爐主這種事，看來沒提起的必要，他就沒說了。加賀打開下一張紙。

「這裡有步泰承的名字。」加賀喃喃說。

「還有畢翠兒。」懷芝補充。

「這不會是高思宓洋行的工人名冊吧？」阿求說。

「不，不是，這個叫黃有得的人我知道，是在新店街開店鋪的，這個人則是……」加賀還沒說完，柯佬得忽然神情微變。

「等一下，為何這裡……」

他伸出手，卻又縮回來，但大家已注意到他本來想指的名字。

呂尚源。

「這到底是什麼名單？」阿求揚起眉，像是感到好笑，其實他也有些緊張，才用開玩笑的語氣說話。這是什麼名單？對步泰承來說，是嚴重到連「到底跟什麼有關」都不能被察覺的文件。現在他們一頭霧水，卻還是不知不覺中感到背後的嚴重性。尤其是柯佬得，在看到自己管家的名字時，他心裡升起強烈的不好預感，但懷芝看到那個名字時，心裡想的卻是——

一切都聯繫起來了。他感到些微苦澀。

加賀攤平下一張紙說：「這好像才是第一張。」

確實如他所說，這看起來是第一張，因為簽名前還寫了一段字。這段字是漢語，柯佬得默讀了幾句，臉色大變，懷芝看了也心跳加快，加賀巡查則臉色沉重。雖然是漢字，但阿求無法完全看懂，他抬起頭：「這段文字，加賀巡查看得懂嗎？能否為我們說明一下？」

加賀沉默幾秒，開始翻譯。

我等在此立誓，定將除盡日寇，如有背叛，殺無赦。

接著他指著名單上的第一個名字。這時柯佬得已說不出話來，他當然清楚這份名單的嚴重性！事實上，當加賀指出那個簽名時，就連子爵跟阿求都不知該說什麼，因為他們認得這個名字。這人不只是在滬尾赫赫有名，整個臺灣島都知道他。

簡大獅。

今年三月，被總督府處死的逆賊。

為何會有這樣一張紙？懷芝只能猜想。恐怕，是滬尾這邊想要對抗日本的人們團結起來，彼此認識對方，知道有事該向誰求援。這些人，雖然是簡大獅起頭，但可能並未組織武裝起來，而是以各種形式進行援助，因此立約絕不背叛。光這麼想，他就感到這薄薄的三張紙後面帶著何等的肅殺之氣。

而步泰承背叛了。

但這還不夠。為何他說這份名單若能好好利用就能摧毀高思宓家？一定還有些什麼。

「信封裡還有一張紙。」加賀巡查從信封裡拿出一張紙，它被折得更小，所以剛剛沒一起拿出來。他打開一看，用日文翻譯：「泰承，如果一切順利，就是再度採取行動的時機。在此之前，武器就像老樣子，放在高思宓洋行的倉庫即可。」

署名是「大獅」。

在他翻譯出來前，柯佬得就已讀懂這些漢文，他難以置信地搖頭，阿求則是撫掌大笑，他用英語說：「真令人驚訝！看來這些逆賊是用高思宓洋行的倉庫藏匿軍火，這麼嚴重的事情，要是洋行主人不知道，那就說不過去了。」

「不，我真的不知道！」柯佬得惡狠狠地說。他知道阿求是故意這麼說，但他束手無策。阿求的指控是合理的。

「真的嗎？反正都走私了，順手走私一些軍火，像是從廈門那邊，可是輕而易舉吧？」

「有機會這麼做，不表示我非得這麼做。這些是步泰承背著我偷偷摸摸做的。你是商人的話也很清楚吧？協助這些人對付日本政府，那可是血本無歸的事情，我怎麼可能協助簡大獅他們？」

「這也未必不可能，大家都知道，洋行對『命令航路』的施行恨得牙癢癢的，這裡本來是洋人的天下，現在卻可能不得不放棄數十年的基業，這種憤怒，難道不是充分的動機嗎？且不論其他的，光是大宅管家的名字出現在上面，就夠可疑了……」

「夠了。」子爵冷冷地用日語說：「這些指控空口無憑，名單上有其他高思宓家的人嗎？」

「敝人只是指出可能性罷了。」阿求渡立刻擺出謙卑的態度，但他說的話，卻沒有表現出來的這麼謙卑：「還有一種可能，高思宓家確實涉入協助逆賊的事，但派管家出面，這就是只有出現管家名字的原因。」

「這點，我們會好好審問名單上的相關人士，不用你擔心。加賀巡查，現在立刻拘捕呂尚源、陳國安二人。」

「子爵大人，您確定嗎？」加賀巡查有些猶豫。

雖然他沒明講，但懷芝也知道他為何感到不妥。既然有名單，就不需要急著行動，要是現在拘捕，消息傳出去，最壞的情況就是相關人士逃走，而且高思宓家也會從金魅事件受害者的身份轉為犯罪相關嫌疑人。

雖然加賀確實在調查走私，但走私軍火是另一回事。如果高思宓家真的跟走私軍火無關，這樣的流言會是毀滅性的，這不是加賀希望的結果。反過來說，事後暗中逮捕，對各方面來說風險都最低。

「照我說的做。但別急著帶走，我有事要在這裡就解決。」子爵毫不猶豫地說。為何他如此堅持？懷芝有些不安。子爵接著轉向柯佬得，用英語說：「柯佬得，我剛下了命令，現在就要將你的管家抓起來，你做好心理準備。」

「等等，杉上先生，」柯佬得慌了手腳：「這消息傳出去，大家會怎麼說我們？」

「管家參與了簡大獅的行動，消息無論如何都會傳出去，將來情況難道會好轉嗎？柯佬得，我問你，你說管家值得信賴，真的嗎？該不會你們有私怨，一有機會，他就會陷害你們吧？」

柯佬得悲傷地說：「我本來認為他可信。他看著我長大，也不只一次感謝父親對他的幫助，我根本想不到有什麼理由他會背叛我們。但如果他真的參與簡大獅的行動，我不知道該怎麼想了。」

「那麼，你現在唯一能做的，就是把事情交給我處理。」子爵在柯佬得耳邊小聲說：「無論如何，管家害了高思宓家，這是事實。他到底做了什麼事情，我大概知道，也知道原因。一切都太明顯了。現在拯救高思宓家的唯一辦法，就是相信我。無論我說什麼、做什麼，你都盡量附和我，知道了嗎？」

柯佬得看著他，無奈地嘆了口氣：「我還有選擇嗎？」

「沒有。」子爵回過身，向加賀下令：「傳令下去，拘捕陳國安與呂尚源。」

二十四、真相（前篇）

賓客們騷動了。

加賀巡查出來後不久，其他警察陸陸續續離開大宅，接著忽然動員起來，他們一邊吆喝一邊抓住呂阿伯，已被銬上的陳國安也被帶到離大宅較近的地方。呂阿伯沒有掙扎。我心跳加快，順妹抓住我的袖子，我也握著她的手。

呂阿伯跟陳國安都被抓住了，難道——

曹仔像泥鰍般，鑽過人群到我們身邊，順妹連忙問：「曹仔，你知道是怎麼回事嗎？」

「剛剛警察發現一份名單，知道陳國安跟呂尚源有參加抗日的活動，所以把他們抓起來。我也不知道接下來會如何發展，只覺得應該跟盧家阿姊講一聲。」

我跟順妹臉色大變。曹仔察覺到什麼。

「難道你們已經知道了？抗日的事。」

他也未免太敏銳了。我苦笑：「我是剛剛才知道。」

「曹仔，那個華族跟警察有說什麼嗎？難道警察會現場開槍將他們給……」

順妹的聲音發顫。曹仔搖搖頭。

「要是他們沒想逃走，我想不至於。不過，是子爵下令要現場逮捕，我不明白他為什麼這麼做，也很難判斷接下來會怎樣。盧家阿姊，事情未必往最壞的情況發展，但我們大概什麼都做不了。」

「很難判斷……什麼意思？」

「二少爺，既然有名單，就不用著急，可以等萬事俱備，同時出手將人逮補。不然要是一人被捕，風聲傳開，其他人就會逃走。若這邊的賓客離開，事情就會傳出去，打草驚蛇，除非警察在賓客離開前就採取行動，但還是太趕了。我不認為子爵沒想到，只能認為他別有用心。考慮到這點，接下來發生的事，也許會超出我們的想像。」

超出想像，那會是怎樣的情況？

「曹仔，說起來，那名單可靠嗎？該不會是別人栽贓吧！」

我這麼講當然是垂死掙扎，果然曹仔也搖搖頭：「當然有可能是偽造，但可能性很低，我剛剛聽相關的人講話，都不像說謊。而且，重點不是那是不是偽造，而是警察怎麼想，若他們認為是真，就是真的了。」

果然如此。順妹一臉絕望的樣子，我也只能握住她的手。

那個華族——杉上子爵走出大宅，柯佬得少爺也跟在後面，居然連坂澄會社的人都出來了。阿求不是受傷嗎？但他臉上的表情，就像不想錯過接下來發生的事。加賀巡查要大家安靜。

「開始了。」曹仔喃喃自語。

「什麼開始了？」

我忍不住問。是要開始解謎嗎？我心想。但曹仔搖搖頭。他看著子爵，卻不像只看著他，而是在看……某個不在場的東西。他像是在從一團混亂中找出什麼。他說：「也許是什麼難以想像的事要開始了。」

呂阿伯和陳國安都已被警察控制，抓到大門階梯下來不遠處。其他賓客跟他們保持距離，議論紛紛，最外圍則是警察。現在，所有的警察都來到庭院裡控制現場了吧？呂阿伯看來毫不驚慌，他看著巡查，高聲說話，中氣十足，彷彿是會場的司儀。

「警察大人，為何將我與陳國安抓住，可以請教理由嗎？」

加賀巡查小聲跟子爵交談。子爵不知說了什麼，巡查表情有些為難，但還是說：「接下來，你們若是有什麼要抗辯的，我會為你們翻譯。不過，我們現在已有證據，顯示你們二人與逆賊簡大獅是同夥。」

他這話一出，全場騷然，大家自然聽過簡大獅！陳國安立刻彈起來，但被警察壓制住，呂阿伯用壓過全場的音量說：「那麼，請讓我抗辯。」

子爵忽然用英語問了一句話。

他說了什麼？在場或許只有那些洋商知道，但為何特地用英語？呂阿伯露出意外的表情，猶豫片刻，點了點頭。子爵轉頭對加賀巡查說了些話。接下來，巡查跟呂阿伯的對話，幾乎都有子爵介入，彷彿子爵控制他。

「呂尚源，簡大獅的事先放一旁，我們有事要問你。聽說，高思宓先生的棺材，是你安排的，對吧？」

「對。」

「我們剛才在棺材底下發現一個暗格，表示棺材是特別訂製的，既然棺材是你安排，那能提出這種特殊規格的，只可能是你。而這個暗格，我們發現了畢翠兒死在裡面。所以你就是殺害畢翠兒的兇手，沒不對吧？」

他的話再度引起騷動。畢翠兒？他不是被吃了嗎？難道不是金魅作祟？人們竊竊私語，又引頸傾聽。唉，事情果然變這樣了！我深深後悔沒來得及阻止曹仔將事情告訴子爵。不過，就算棺材是特殊設計，也不表示人是呂阿伯殺的啊！就算只是狡辯，應該也可以拖個一時半刻……

「對，畢翠兒是我殺的。」

他居然完全沒抗辯！我不敢相信。而且他坦蕩蕩的樣子，看來根本不像殺了人，雖然他向來穩重，但也太穩重了吧！陳國安發出呻吟：「呂老爺，您……」

「國安，鎮定點，這裡由我回答就好了。」呂阿伯說。

「呂尚源，你為什麼這麼做？」

「各位大人，既然你們已經知道我們跟簡大獅的關係，那我也沒隱瞞的必要了。其實死去的畢翠兒跟我們同樣，都是幫助簡大獅的人，但他打算將我們組織的名單出賣給日本人，我無法原諒。畢翠兒知道出賣名單後，大家一定不會放過他，我就建議他假裝被金魅吃掉，躲過我們的追殺，並趁機將他殺掉。」

「但你是怎麼做的？畢竟畢翠兒他是轉眼就失蹤。」

「很簡單，我要他穿著醒目的衣衫來，並將偽裝用的衣服、頭髮放在餐車底下，然後站到棺材對面，對各位大聲說話，讓大家注意我。畢翠兒就趁機將衣服、頭髮丟到地上，躲進棺材夾層。之後，我再率人把棺材搬到後院，打開暗格殺了他，一切就是這麼簡單。」

人群震驚不已，討論的聲音越來越大，就像煮水沸騰起來。我初次從曹仔那裡聽說「人為犯案」的可能時，也感到這種思考的衝擊。不過，這就是說，呂阿伯是為了殺死背叛者，徹底利用了高思宓家……？總覺得難以想像。

曹仔看著呂阿伯，表情凝重，以我聽不到的音量喃喃自語。他似乎有什麼疑慮。

我正要問，加賀巡查忽然用日文喊「什麼！」，音量極大。子爵似乎對他說了什麼驚人的話，讓巡查心情難以平復，他神情複雜地抗議：「子爵大人，我沒聽說過這些事。」

「之後會讓你調查，先轉達我的話。」子爵命令。

巡查臉色有些難看，但還是用臺灣話說：「呂尚源，不只是畢翠兒，先前被金魅吃掉的失蹤者，也是被你所殺吧？」

什麼！我跟順妹驚訝地抬起頭，其他賓客也發出驚呼。

「什麼？」

「是在說步泰承他們？」

「那不是金魅做的？」

加賀巡查提高聲音，壓住吵雜的賓客：「剛才，有人在大宅裡發現了屍體，就是前面幾個失蹤者……」

這下他又壓不住眾人了。我也大為震驚。雖然我也想過可能不是金魅所為，但那些人居然都被殺了，屍體還放在大宅裡？太可怕了，我忍不住反胃。到底是誰做出這種可怕的事？真的是呂阿伯？為什麼？畢翠兒背叛了他，那還情有可原，但其他人又是為什麼？

加賀巡查等賓客們安靜才繼續說話：「……呂尚源，那些人也是你殺的？」

呂阿伯面無表情地看著他片刻，接著像是開悟般，緩緩露出微笑。

「對。」

不敢相信。

呂阿伯為何要這樣做？他不知道這會害到高思宓家嗎？

「等等！這是胡說八道，這不可能！」

萬馬堂又驚又怒地在人群中說：「兇手不可能是尚源！他根本沒機會，也沒理由做這些事啊！別的不說，艾嬷失蹤那天，尚源根本不在滬尾，在大科崁，你們警察也調查過才對，他怎麼可能犯案？」

「確實，我們有求證過呂尚源的行蹤，他確實在大科崁。」加賀巡查似乎也覺得有可疑之處，他向子爵翻譯萬馬堂的話，子爵直接向萬馬堂丟出一句英語，萬馬堂呆了呆，還來不及回應，呂阿伯已大聲說：「這一點也不難，那天，我是奉老爺之命去辦事，警察是向對方詢問我有沒有去對吧？不過，那人之前根本沒見過我，所以我只要找人替我露臉就行了。」

他環顧四周，以驚人的平穩態度說：「在大宅裡假裝金魅吃人的事情，全都是我一人所為。不過，子爵大人是否知道我是怎麼做的，又是為何做這些事呢？」

巡查翻譯後，子爵面無表情地點了點頭，接下來的話，是他讓巡察翻譯的。

「在發現呂尚源犯案的可能後，事情就很簡單。本來這座大宅的鑰匙都是呂尚源保管，這也表示他要複製鑰匙輕而易舉。發現步泰承失蹤時，客房鑰匙放在房間裡，只要有複製鑰匙就毫無問題。韓莘的情況也一樣，唯一不同的，就是多出鏈條鎖。不過我告訴各位，鏈條鎖看來困難，其實非常簡單，嚴格地說，鏈條鎖根本不足以將房間密閉，這表示有可能在門外操作鏈條鎖。一般人會感到不可思議，是因為掛上鏈條鎖時，門縫太窄，只能讓手掌通過。不過，韓莘失蹤當天，呂尚源就是從門外用鉗子折彎鏈條，打開封閉的門。請各位想想，既然能在門外解開鏈條解，那有道理不能在門外將鏈條合起來嗎？

「呂尚源曾解開過鏈條，如果那不是他第一次解開鏈條呢？事實上，前一天晚上，他就已經將鏈條解開過了。這兩段鏈條，一段掛在鎖頭上，一段連在門上，接著只要在門外還原，就能偽裝成在門內掛上鏈條。問題是，在手掌寬的門縫間，真的有辦法施力還原鏈條嗎？其實方法很簡單，只要拿另一條線，將鏈條被分開的兩端拉近，就很好施力了。先前也說過，在門外能解開，就能在門外還原。

「同樣，最後的艾嬷事件中，只要有備用鑰匙，餐廳的鎖就不是問題。呂尚源沒有去大科崁，而是潛伏在大宅裡，之所以故意讓艾嬷的衣服留在餐廳，就是希望大家馬上發現，不然只要仔細搜查大宅，就會發現呂尚源躲在某處。

「他之所以能將屍體藏在大宅裡，也是利用管家的身份。這個家貫徹了英式大宅的禮俗，主人的空間跟僕人的空間是嚴格區隔的，所以將屍體藏在只有僕人會去的地方，主人就不會發現。他能調動僕人，自然就可以保證屍體不被發現。屍體就藏在平常根本不會有人去的馬達室，他利用高思宓老爺購入的大量鹽巴給屍體進行防腐，家裡的物資都是管家掌管的，換言之，除了他以外，沒人能辦到這件事。」

眾人驚訝地聽著子爵解開全部謎團，雖然有些手法聽不太懂。以鏈條鎖為例，有些人連鏈條鎖都沒見過，是加賀巡查用手指模擬鏈條講解給他們聽，他們才理解的。

「了不起的推論。」呂阿伯露出微笑：「一切如您所說。」

「但我不明白你為何殺人。選擇金魅吃人來掩護，這不是對高思宓家不利嗎？」

「對高思宓家不利又如何？我在高思宓家當管家，本來就是想著能不能利用這些洋人，事實上，我們就是利用高思宓家來運送反抗日本人用的軍火，東西就放在高思宓洋行的倉庫裡，他們卻一無所知，真是愚蠢可笑。」

我一陣暈眩，原來呂阿伯對高思宓老爺是這麼想的嗎？就算高思宓老爺是洋人，難道就沒有一些人情義理嗎？

「源伯，我是真正相信你。」柯佬得悲傷地說。

「這就是你蠢的地方，太容易相信別人。」呂阿伯仍是坦然的樣子，問心無愧：「事到如今，我也沒什麼好隱瞞的。為何殺步泰承，是因為他也想將我們的事告訴日本人，其實，當初就是他提出用金魅吃人來消失的點子，畢竟他也害怕背叛的下場。我假裝同意他，要跟他一起投靠日本，還協助他消失，但他怎麼也沒想到我會殺了他吧！至於韓莘，是因為她發現我做的事，艾嬷則是發現我們在偷運軍火。既然步泰承是被金魅所吃，後來幾人也該是同樣下場，這樣才不會有人追究背後的真相。子爵，還真想不到你能看穿這一切啊。」

「這都只是簡單至極的詭計，要看穿輕而易舉。」子爵笑著說。他讓巡查翻譯：「呂尚源，既然你承認了，高思宓大宅的金魅吃人事件也就真相大白。我們在此昭告，沒有金魅這種妖怪，一切都是呂尚源一人所為。」

是這樣嗎？

真相就是這樣？不知為何，我總覺得難以接受。但看其他賓客——不只恍然大悟，他們甚至有些興奮！明明死了這麼多人……但解開不可思議的謎，或許真是能讓人歡欣鼓舞的事吧？高思宓家只是受害者，是管家做了這一切，金魅不過是幻影、假象……多讓人心酸的真相啊？死了這麼多人、捲起這麼大的風波，不過是對抗日本政權的人為了遮掩秘密所為。

但曹仔並未坦然。他緊皺眉頭，絲毫沒放鬆。

「高思宓大宅的連續失蹤事件到此告一段落，再給我們一些時間，就可以讓大家回去了。在那之前——」

「我還有一件事。」呂阿伯昂首打斷巡查的話。

眾人安靜下來。巡查正要翻譯給子爵聽，呂阿伯已再度開口：「國安，你要好好活下去，知道嗎？」

「呂老爺！等一下，你比我還有資格……」陳國安臉色大變。他話還沒說完，剛剛明明還被手銬困住的呂阿伯，竟像施了幻術一樣，不知何時已經脫困。他一轉身，什麼東西從他身邊飛出，像是彈起來的蛇，精準地咬住陳國安身後的兩名警察！

轉眼間，兩人掙扎著倒地，他們咽喉上插著凶器，雖未即死，看來也沒救了。那凶器跟阿求社長身上的凶器一樣。

我脊椎發涼，是「瞬息百發」！

「走！」呂阿伯喝道。

陳國安轉身就跑。他奔跑的方向，警察們紛紛衝過去，想排出人牆，但呂阿伯手中的飛刀陸續飛竄而出，不過一眨眼，又是三名警察倒地，速度快到令人反應不過來。客人們發出驚呼，全都退到一旁。陳國安明明被銬著，竟用蠻力應是將警察撞開，剩下的警察一時不知該攔住陳國安，還是先阻止呂阿伯，呆在當地。

「碰」。

有人開槍了。

加賀巡查手上的槍冒著煙。這一槍直接打爆呂阿伯的腦袋，半邊臉被炸爛。他身體軟癱倒地，最近的客人發出驚叫。我也轉過頭，不知該作何感想。

呂阿伯是將高思宓家害成這樣的人。但是，天公伯啊，他可不是陌生人，就這樣死在我眼前！我渾身發顫，順妹也是。

陳國安已不見蹤影，這大概是唯一能慶幸的事。但轉念一想，這只是一時，他能逃到什麼時候？我心裡滿佈陰霾。

「等一下。」萬馬堂從人群中鑽出，走到呂阿伯的屍體旁：「你們警察居然殺了他，明明他不可能是兇手！」

「萬先生，他已經承認了。」巡查說。

「誰知道你們是不是找到什麼方法，威脅他不得不在大庭廣眾下承認？你們說發現四具屍體，誰知道是不是真有這回事？要在大宅裡藏屍體長達兩個月，怎麼想都不切實際吧！」

巡查沉默片刻，顯然他心中也還有些無法釋懷的疑點，所以沒馬上反駁。

「我可以保證呂尚源不是犯人。」萬馬堂對著全場賓客說：「就算管家能複製鑰匙又如何？在第一起事件中，如果兩人是共犯，就表示步泰承按下呼叫鈴後，是利用尚源給的複製鑰匙離開客房，但在僕人上來這麼短的時間內，他能躲在哪裡？別忘了，後來溫思敦跟尚源可是調查過整個二樓，確定所有房間都是上鎖的喔。」

「這倒不難，只要呂尚源再給步泰承韓小姐房間的複製鑰匙就好了，他可以暫時躲在那裡。」

「那呂尚源又有什麼時間殺他？從步泰承的角度看，他直接從韓莘房間的窗戶脫身就好，根本沒道理留在大宅。待越久，風險越大。別忘了，雖然當時檢查了二樓的房間門鎖，卻沒機會檢查窗戶，他有機會直接離開。如果沒離開，他要等到什麼時候？難道要等到其他人回來嗎？這根本說不過去！」

加賀巡查沉默不語。被他這麼一說，我也開始感到奇怪。

「艾孋事件也很奇怪。如果尚源沒去大科崁，那天人這麼多，真的會沒人發現他偷偷留在大宅嗎？而且從艾孋發出尖叫，到有人趕到大宅，不過轉眼之間，這麼短的時間內，要脫下衣服、剃掉頭髮，還要重新把餐廳鎖上，再帶走屍體，根本不可能！」

「關於這點……」

「當然，我知道還有一種可能。要是在殺艾孋前，尚源就已鎖上餐廳的門，當人們趕到大宅，不一定馬上調查餐廳，這會讓他有時間處理屍體。接著，不必從餐廳大門離開，而是躲進備餐間，再將備餐間上鎖，人們打開餐廳，看到頭髮跟衣服，就不會特別檢查備餐間。不過請各位想看看，這方法不是太不妥當了？要是有人剛好看了一眼餐廳，那就完了，這可不是什麼很難發生的事，更別說，脫掉沒有意識的人的衣服，是很花時間的。而且事發後，大宅裡總會有人活動，他要何時才能處理屍體？這根本異想天開！」

確實，如果呂阿伯是用這樣的詭計，也太容易被發現了。其他客人似乎也興起同樣的想法，他們起了疑心。

「手法的部分，我們會再檢討，但呂尚源承認自己犯罪，你認為是為什麼？」

「我說了，是你們用某種卑鄙的手段逼他！因為你們只想結案，但金魅吃人結不了案。」萬馬堂轉向眾人：「各位聽好了，別相信剛剛聽到的，他們逼尚源承認罪行，再殺了他，以求死無對證！他們不能承認金魅，所以栽贓嫁禍，這些日本人只是想便宜行事。」

「老丈，這種毫無根據的講法對事情沒有幫助。」巡查聲音也大了起來。

「是啊，可惜我無法提出根據。唉，要是我能證明金魅真的存在的話，你們就無話可說了，只可惜我不知怎麼請金魅現身，不然……」

他聲音消失了。

一片寂靜。

不只聲音，他整個人都消失了。

我不敢相信自己所見。在場的人恐怕也同樣吧？剛剛發生的事，絕對沒有任何手法、詭計存在的空間；萬馬堂這個人，就在眾目睽睽、毫無視線死角的情況下消失無蹤！銀白色的辮子與衣服落在地上，這全是轉眼間的事。

金魅真的存在！

因為不是金魅的話，不可能做到啊！不，等一下，萬馬堂不是陰神嗎？難道說，金魅已經強大到連陰神都吃得掉?我毛骨悚然。

也不知是誰先尖叫,賓客馬上暴動起來,他們紛紛往出口衝去,警察明明看著,卻無力阻止,不如說,他們也很想逃吧!轉眼間,庭院裡除了警察,居然只剩下子爵、柯佬得、黃斗蓬怪人、坂澄會社的人、曹仔、我、順妹,還有幾名僕人。

阿求社長呆在當地,似乎還沒反應過來。子爵瞥向他,揚起眉。

「阿求先生,你不離開嗎?留在這裡,或許會成為金魅的下一個目標喔。」

他對剛剛的事竟毫無反應!彷彿這都在他意料之中。但這不可能吧?他不可能料到金魅吃人啊!

「剛剛的,是什麼?」阿求抬起頭,難以置信:「剛剛那個,絕不是人類做得到的!」

「確實。」

「怎麼可能?難道說,金魅這種妖怪真的存在?」

看他慌亂的樣子,子爵笑了出來。

「這話由你來說,在我看來最為可笑。走吧,阿求社長,這裡沒你的事了。我現在只想處理自己的問題,根本不想理你。你如果真想瞭解妖怪的事,何不問問身邊的副社長跟保鏢先生呢?」

夏目副社長瞪了子爵一眼,跟阿求說:「社長,走吧。我們能做的都做了,沒必要留在這裡。」

或許是還沒恢復過來,阿求被夏目這麼一勸,當真乖乖走了。子爵轉向巡查。

「加賀巡查,接下來你有什麼打算?事情變成這樣,無法收尾吧?」

巡查無法回答。這鐵證如山的作祟,根本就不可能由警察處理,該請道士吧!當然,我跟順妹也可以,但他無從得知。子爵見他沒說話,微微冷笑:「巡查,想知道真相嗎?」

「剛剛的事，還有使用手法的可能嗎？」

「哈，你就別糾結於手法了。接下來我要說的，可是完美無缺的真相，可以解釋一切怪事，你只要選擇聽或不聽就好。不過，你要聽的話，我有個條件：這個事件必須用我希望的方式來報告。」

巡查面有難色。

「你還在想警察的立場嗎？聽好了，巡查，這世上有不解之謎，有人類完全無法處理的事件，你就身在其中。現在你眼前只有兩條路，要不就是什麼都不懂，也無法結案，只能被上級懲處。要不就是明白真相，也能在我的指示下好好結案。兩者相較，該選哪一條不是理所當然？」

加賀巡查沉默不語，看來有些淒涼。他片刻後開口。

「看來，一切都在子爵大人您的計畫之中吧？」

「也不盡然，有賭博的成分。但這些就不管了。你的決定是？」

「我還是要重申——子爵大人，我會遵守警察的立場。我當然想知道真相，但要怎麼面對真相，由我自己決定。要是您強迫我，那我寧願不聽。」

這樣是談判破裂了吧？誰知子爵露出邪惡的笑：「無所謂。我會向你證明，從你想知道真相起，你就只有一種選擇。進來吧，讓其他警察留在外面，我可不想讓太多人知道。最後的解謎要開始了。」

他轉向曹仔。

「懷芝，過來吧，開始推理了。」

他雖這麼說，曹仔卻一動也不動。他抬起頭：「子爵大人，請您自行開始吧，我想先跟朋友說說話。」

「跟朋友說話，什麼時候都可以說吧？知道真相的機會只有一次喔！」

「沒關係的，子爵大人，我可以之後再聽您說。」

子爵揚起眉，不懂為何曹仔要堅持。事實上我也不懂。就像感到掃興，子爵聳了聳肩，用英語對柯佬得少爺說些什麼，接著就轉身走進大宅客廳。加賀巡查跟警察囑咐幾句，把什麼交給其中一位警察，就跟著進去了。柯佬得對黃斗蓬怪人招手，兩人也跟進去，僕人走在最後。剩下的警察，有些留著，有些則幫忙將被呂阿伯所殺傷的同僚搬走，還有人走上前朝呂阿伯的屍體吐口水。我無法阻止他們。

一切看來塵埃落定。

「曹仔，你為什麼不跟著子爵一起去？」順妹問。

「因為我若是進去，盧家姐姐跟二少爺就會被排除在真相外了。」曹仔露出有些哀傷的表情：「我終於想通了。這大宅裡發生的一切到底是怎麼回事，雖然還有些細節不清楚，但整體的樣貌已經明明白白。子爵大人的想法，我也明白了。剛剛發生的一切，不過是強行收尾的鬧劇，在子爵大人的控制下，真相恐怕永遠不會水落石出。」

「什麼！」

剛剛那個華族說的並不是真相嗎？不，不是真相才說得通吧！萬老爺消失時，子爵絲毫不感到意外，他還藏著些什麼。難道他已看破萬老爺失蹤背後的手法？其實那依然不是金魅吃人，而是某種詭計？

「盧家姐姐，子爵應該就要開始說明了，能請你用順風耳聽客廳裡對話嗎？」

「可以，不過為什麼……」

「為了迎接真相。」

曹仔說。

「要是我猜的不錯，金魅就要現身了。金魅是存在的。這一切都與金魅有關，從頭到尾都是……在子爵開場前，請容我聊聊自己的推測。」

二十五、真相（後篇）

除了部分僕人在僕人準備室，剩下的人齊聚客廳之內。子爵說：「雖然管家已經不在，其他僕人還在吧？麻煩找個人將客房裡的白先生請下來，這麼一來，適當的人選就到齊了。」

站在客廳裡的何添孫點點頭，離開客廳。

「杉上先生，您還想做什麼？事情不是結束了嗎？」柯佬得疲倦地問。

「我是要收取代價啊，柯佬得。」子爵坐在椅子上說。

「收取代價？」

「事情在掌控之中的代價。」子爵輕鬆地說：「事情不是發展得很順利嗎？對來此的客人來說，高思宓家要不是被邪惡管家利用的可憐受害者，就是被金魅作祟所困擾的受害者。人心就是這麼奇妙，高思宓家是受害者的形象，完全是管家自白塑造出來的，但金魅再度作祟的瞬間，他的告白便形同無效，即使如此，受害者的形象還是留了下來。」

「事實上，我們家的確是受害了。」柯佬得與黃斗蓬怪人各自坐下。加賀站在角落，沉默不語。

「即使有這樣的成分，也不完全，不是嗎？柯佬得，你戲演得挺不錯的啊，擺出一副真的被管家欺騙的樣子，其實你很清楚吧？除了畢翠兒事件，其他事情根本就跟管家無關。」

「請不要污辱我，杉上先生，是您讓我別無選擇的。」柯佬得有些狼狽，也有些憤怒，但他眼角閃著淚光，那才是他最真誠的情緒：「要是可以的話，我願意付出高思宓家的一切來保護他，但當他當眾跟我們家族撕破臉，我就明白了。那是他最後的忠義，我不能讓這一切白費。」

「確實如此。呂尚源跟步泰承利用高思宓洋行運送軍火，我想確是事實。為了對抗總督府，這或許是不得不為吧？不過呂尚源大概確實對高思宓家於心有愧，因此，當他決心要殺畢翠兒時，就已決定要將金魅作祟事件全都攬在自己身上，洗刷高思宓家的汙名了。這不是我信口開河。還記得我推測畢翠兒失蹤是人為犯案時，他立刻提醒沒有親眼見到的我，指出畢翠兒穿著鮮豔的衣服可能就是詭計的一環嗎？他希望我抓出他。事實上，他不只是要替高思宓家背罪，還要替高思宓家除掉最危險的敵人阿求渡——在喪禮上以飛刀殺人，要全身而退，幾乎不可能。他的計畫，恐怕是以殺害阿求的邪惡狂徒身份被逮捕，再招供畢翠兒屍體所在與犯案手法，證明自己與金魅作祟事件的關係，再將前三件事件也攬到自己身上。如果不是警察發現了名單，事情確實很有可能以這種樣貌收尾。」

「我們何德何能，讓他貢獻到這種地步呢？」柯佬得搖頭喟嘆，搥著大腿。

這時，白頌走進客廳。柯佬得站起身：「阿舅。」

他語氣中已經沒有半點敵意，甚至帶著尊敬。

「柯佬得，回到正題吧。」子爵對白頌點了點頭，繼續說：「除了畢翠兒事件以外，犯人都不是呂尚源。我知道真正的犯人。柯佬得，你知道，恐怕魯道敷也知道吧！那麼，我所收取的代價，就是得知我的推測是否正確。接下來，我會以日語說明自己的推測，畢竟要讓加賀巡查認命結案啊！有必要的問題，我會問你，還請你回答。」

「我不懂。這樣我要怎麼證明你的推測是否正確？我可聽不懂日語。而且，我對真相其實也只是一知半解。」

「沒關係，有其他懂日語的人知道。」子爵看著客廳無人之處，露出意味深長的微笑：「你就在那裡，對吧？這起事件的共犯，不，應該說協助者。」

眾人跟著他的視線看過去，不可思議的事發生了。只見虛空中，萬馬堂的身影緩緩出現，他看來跟先前沒有不同，除了銀白色的辮子已被剪掉，看來有些披頭散髮，除此之外相當完整，至少不像被怪物給吃了。

加賀巡查臉色大變，忍不住讓開好幾步，這魔法般的現象是怎麼回事？子爵看他滑稽的樣子，哈哈大笑。

「巡查，我跟你說過了，有人類完全無法處理的事件，這就是！因為妖魔鬼怪真的存在，怎麼樣，你要怎麼交代萬先生憑空消失又出現的事？」子爵說完，也不管巡查的反應便看向萬馬堂：「那麼，你可以告訴我事情真相吧？犯人、手法、動機……你可以證明我的推論是否正確吧？」

萬馬堂緩緩點頭。

「我沒有拒絕的理由。多虧了你，高思宓家的損失降到最低。最重要的是，感謝你給我機會讓金魅作祟的形象成立，這個事件真正的構造終於得以完成。你問吧，我知無不言。」

◆

「我會察覺到這個事件真正的犯人，是因為子爵的反應。」曹仔在庭院緩緩開口：「雖然他沒說出口，但我馬上就意識到關鍵手法。」

「等等，曹仔，我不明白。你剛剛講金魅存在吧？但你又說犯人……這是怎麼回事？」

「是啊，確實有金魅。不過，這些事不是金魅所為。這是兩回事。但這不表示兩者毫無關係。就我猜測，這些模仿金魅的案件，事實上就是為了金魅做的。」

「什麼！」

「我講下去，兩位就明白了。首先讓我意識到犯人身份，是子爵在客房的反應。當時，警察在客房床上發現鹽粒，加賀巡察真厲害，發現這麼小的線索就算了，他還馬上意識到這可能是線索，可惜，他沒有從中看出真相……」

「鹽怎麼了嗎？」

「在步泰承事件後，客房就一直空著，直到柯佬得老爺的阿舅住進去。但他阿舅說沒有帶鹽，問題就來了，為了客房床上會出現鹽粒？我當時想，是有人曾把某個沾了鹽的東西放在床上。當時子爵看向客房對面——也就是高思宓老爺的房間，忽然臉色大變，我知道他一定想到了什麼，但到底是什麼？接下來我想到的東西，都只是靈機一動。說到鹽，首先我想到高思宓老爺進了大量的鹽，據說是為了驅邪，所以我想到把鹽放到床上的會不會是高思宓老爺？如果是為了驅邪的，也不是不可能這樣做，但是，那為何不把整張床灑滿呢？於是我開始想，要是有其他理由的話又會如何？」

不知為何，我心裡浮現不好的預感。

「當然，放鹽的不一定是高思宓老爺。這點先不管。我又想到，艾嬤消失前曾呼喊『死神』或『死人』，如果她是看到死人呢？講到死人，我就想到，如果先前的失蹤者不是用詭計逃離，而是被殺，最大的問題就是屍體難以處理。光是運到大宅外就很不容易，只要被誰看到，就會意識到不是金魅吃人。然而，屍體放在大宅內，一定會腐爛發臭，不可能不被發現，那該怎麼辦？」

我想起剛剛子爵說呂阿伯藏屍的方法，毛骨悚然：「……用鹽？」

「沒錯，我們本來就會用鹽來保存食物，鹽可以防腐、除臭，但吸收了屍水，鹽一定會變色。我這就想到了，這難道就是鹽變色的原因？高思宓老爺用來驅邪的鹽變色了，正是因為這種怪現象，他才認為大宅裡真的有妖怪；但若想到這點，一個奇妙的點出現了，那就是，宅裡進大量的鹽，其實是這個事件的前提，要是沒有鹽，因為屍體保存的困難，就無法施行這樣的詭計，但那些鹽完全是高思宓老爺的心血來潮……」

「等一下！」我忍不住打斷他：「你在懷疑高思宓老爺嗎？高思宓老爺可是因此十分困擾，最後不得不自殺耶！」

「自殺是結果，沒法用來否定先前犯案的可能。」

「但高思宓老爺有什麼道理這樣做？對了，也有可能是有人利用了高思宓老爺心血來潮進的鹽啊！」

「沒道理，因為高思宓老爺調進大量的鹽，是發生在步泰承事件後。而且仔細想想，這樣做也有些不自然，用來驅邪的鹽，哪會一次進這麼大量？」

被他這麼一說，我也感到有些怪異。但高思宓老爺就是犯人？太難想像了！

曹仔繼續說：「所以我忍不住想，這些鹽，難道表示高思宓老爺知道事件會發生，也知道有保存屍體的必要？意識到『屍體』跟『鹽』可能有某種聯繫，我就想到，如果艾嬷死前說的『死人』是真的看到屍體，那屍體出現的地方，就可能是二樓客房，而不是餐廳。那才是艾嬷真正遇害的地點。」

「等一下！我聽人講，艾嬷發出尖叫聲時，高思宓老爺可是站在二樓走廊啊！所有人都看到，他不可能犯案吧！」

「二少爺，艾嬷確實尖叫了，但那聲尖叫，是看到屍體的尖叫，而不是遇害的尖叫；當高思宓老爺聽到尖叫聲，轉身進入大宅時，艾嬷還活著。這就是子爵當時發現的事——客房就在高思宓老爺臥房對面，當時在走廊的高思宓老爺，只要穿過落地窗，就可以直線走到客房，轉眼之間就能做到。艾嬤死於頸椎斷裂，這不是一般人能做到的，對於這點，大概有賴於高思宓老爺擁有的殺人技巧。二少爺也曉得吧？如果高思宓老爺就是高腳仔，那他就有充分的殺人經驗，也只有身懷這種絕技，才能在這麼短的時間內殺人。艾嬤死後，高思宓老爺將她留在客房，下樓與大家會合，這段時間可能短到連將客房上鎖都沒有餘裕，接著，只要等大家在餐廳發現艾嬤的衣服即可。」

「太莫名其妙了，為何艾嬤要到客房去？如果只是去借廁所，根本不用上樓。」

「八成是高思宓老爺在宴會開始後跟她說了什麼。用什麼理由我不太清楚，但他是主人，只要有理由，艾嬤也不會拒絕吧？高思宓老爺回到大宅，到他現身於二樓走廊，大概有十幾分鐘的時間，他就是在這段時間布置好一切，包括將某人的屍體移到客房床上，引誘艾嬤發出尖叫，還有事前將她的衣服、頭髮鎖在餐廳。」

「等等，這也很奇怪啊！要是如你所說，艾嬤是在客房遇害，那她的頭髮跟衣服怎麼會留在餐廳？那些東西總要等她被殺後才能準備吧？」

「雖然沒有證據，但有事前準備的可能。艾嬤的頭髮，只要髮色相同，我們就會自然想到是她，至於衣服，其實也已經有線索了。」

「什麼線索？啊，難不成是——」我倒吸一口涼氣，講不出話，順妹醒悟過來，發出驚呼。

「高思宓老爺幫萬老爺的家眷買的洋裝！」

「正是如此。我想，高思宓老爺是準備了幾組完全相同的兩套禮服，並將其中一套送給艾嬤，邀請她穿禮服過來。現在想想，這可能就是他委託步泰承在英國買的東西。這計劃早在五月前就開始了。」

「送禮服給別人，那個人就會穿嗎？這也太看運氣了！」

「確實看運氣，但這推測很合理。步泰承事件中，除了衣服，他還留下鞋子與家當，但艾嬤的鞋子不見了，恐怕是因為比禮服還難準備。鞋子關係到腳的尺寸，這不是能隨隨便便知道的。雖然看運氣，高思宓老爺也試著提高發生的可能，所謂送給萬老爺家眷的禮服，可能意味著還有兩人收到禮服。如果那天沒有任何人穿禮服來，也沒關係，那天就會變成『什麼事都沒發生』。」

「我不相信！照你這樣講，高思宓老爺要成功殺死艾嬤也太依靠運氣了吧！而且，高思宓老爺為什麼殺艾嬤？人會殺人，總是有原因，如果真的恨到要殺人，怎麼會容許那天什麼都沒發生？這樣簡直就像……殺不殺她都沒關係。要真是這種大不了的怨恨，高思宓老爺不會選擇殺人吧！」

「不，事實上就是如此吧？」曹仔嚴肅地說：「剛剛就講了，穿禮服來的人也可能不是艾嬤，他們都是**可能的被害者**。高思宓老爺大概跟艾嬤沒有私人恩怨吧，這場金魅作祟的演出，死的是誰都可以。」

我有些暈眩。不可能！連恩怨都沒有，高思宓老爺不就只是個熱衷於殺人的瘋子嗎？曹仔繼續說。

「其實這就是這起事件最不可思議的地方。消失的是誰都可以。他們之所以消失，只是運氣不好。從動機找犯人，不適用這件事，甚至看起來事件中最大的受害人，正是事件的施行者。不過，二少爺，這是可能的。只要高思宓老爺是犯人，很多事情都會被放在正確的位置上，在前三起事件中，高思宓老爺都有充分的機會實行犯罪。」

◆

「等一下。」我感到喉間有些苦澀：「步泰承事件就不可能吧？」

「事實上，比起艾嬤事件，步泰承事件十分簡單。」子爵說：「簡單到讓人意外！只是我被蒙蔽了雙眼，選擇相信溫思敦，不然早就識破了。」

「是嗎？老夫倒認為此案手法是所有事件中最有趣的，子爵大人是怎麼識破的？」

「有個關鍵線索，是阿求告訴我的。」子爵嘆了口氣：「本來，我以為那表示阿求說謊。他說溫思敦與他見面那天，是從洗手間穿過書房進來，我馬上就覺得不可能，因為這表示他是從僕人用樓梯下來，這違反這座大宅的生活常識；但在意識到溫思敦可能是犯人後，我被迫重新省思這件事，並得到完全不同的結論——阿求沒有說謊，而且溫思敦之所以從洗手間進來，就是因為他剛剛佈置好詭計。

「步泰承事件最大的疑問，就是當步泰承按呼叫鈴時，沒人有充分的時間單獨行動。坂澄會社的人在客廳裡，溫思敦在書房裡，僕人們也聚在一起，也就是說，如果步泰承是在那之後被殺，沒有人有足夠的時間、機會施行詭計，但步泰承真的是在那之後被殺嗎？」

「子爵大人的意思是，高思宓先生早在呼叫鈴響起前就殺了步泰承？但這麼一來，是誰在客房按下呼叫鈴？」加賀巡查問。剛剛聽子爵講解艾嬤事件時，他就已鎮定下來。

「沒有人。」

「沒有人？那是僕人說謊嗎？但坂澄會社的人也有聽到呼叫鈴。」

「不。這些事件中，溫思敦應該都是獨立犯案，因為能理解他犯案動機的人太少了。他只是在呼叫鈴總機動手腳而已。這能完美解釋為何他要經過僕人用樓梯。如果從主樓梯下來，再繞到總機旁，未免有些可疑，多餘的動作太多。選在會客前動手腳，大概是怕太早佈置，會有其他人發現他設置在總機上的詭計吧？我的想法是，步泰承遇害的時間是在兩點前，在那之後，他將客房佈置成上鎖的狀態……」

「請等一下，子爵大人。那高思宓先生是怎麼將客房上鎖的？畢竟鑰匙留在客房裡，直到現在，這都是尚未解開的謎團。」

「那是因為鑰匙並沒有留在房間裡。」

「您是說呂尚源是共犯嗎？據前任調查者的報告，呂尚源曾親眼看見高思宓老爺從步泰承的衣服底下搜出客房鑰匙。」

「不不，我剛剛說過了，溫思敦是獨自犯案。那不是客房鑰匙。唉，我從頭說起吧！溫思敦進入房間後，不是馬上要管家去檢查浴室嗎？那就是要爭取自己去檢查衣服的時間。要是他什麼也不說，管家立刻就會去檢查衣服了，所以他必須支開管家。而且正因檢查浴室的時間很短，根本不用進去，馬上就會回頭報告，溫思敦就能讓呂尚源親眼看到自己從衣服下拿出鑰匙，證明鑰匙之前確實留在客房中。之所以不能讓呂尚源檢查，是因為這樣才能調包。」

「調包？但其他鑰匙——」

「恐怕是用自己房間的鑰匙調包吧？這邊的鑰匙造型上並無差別，即使匙鍵形狀不同，不近看也看不出來。簡單說，無論溫思敦是何時殺死步泰承，只要在兩點下樓前，將自己房門鎖上，再到客房交換鑰匙，就足以製造客房鑰匙在房內的錯覺。之後他當著呂尚源的面翻出鑰匙，轉身測試那是不是客房鑰匙時，已趁機將鑰匙對調了。整個過程中，能碰到鑰匙的他是唯一有機會施行這個詭計的。我說的沒錯吧？萬先生。」

萬馬堂苦笑。

「想不到您竟能想到這個程度，連要求管家檢查浴室的理由都如您所說。確實，我雖然理解溫思敦的犯案動機，但不住在宅邸裡的我，是不能實際協助犯案的。因此就連這種只要拉攏管家作偽證就能成立的小小詭計，他仍是獨力完成。」

「高思宓先生的動機究竟是什麼？」加賀巡查忍不住問：「身為高思宓家的主人，只要他拉攏任何一個人，都會讓犯案變得容易許多。難道他的動機是連身為兒子的柯佬得先生都無法理解的？」

但子爵搖搖頭。

「這稍後再說。我心中有底，但無法完全確定。先回到呼叫鈴吧。兩點後，步泰承已經被殺，屍體移到別處，客房裡沒人，所以不可能有人從客房裡按呼叫鈴。這裡要解決的問題只有一個：怎麼從其他房間按呼叫鈴，卻讓客房的木牌落下，同時按呼叫鈴的房間的木牌不會落下？加賀巡查，你怎麼看？」

「交換木牌——不，這不可能。因為僕人在撿起木牌後，會把木牌掛回總機上，這樣就會發現木牌順序改變了。」

「能察覺這點很好，可惜想得還不夠多。交換這點是沒錯的，但如果沒完全交換，只交換了一半呢？」

「什麼意思？」

「很簡單，讓客房的木牌落下，跟原本房間的木牌位置，是兩件事。我就直說了，溫思敦是利用書房的呼叫鈴。只要拿糯米之類的東西，黏住書房的木牌，讓它在按下呼叫鈴後也不會落下。接著，將客房木牌從原本的金屬桿上拿起，掛在書房的金屬桿上，也就是同一個金屬桿上有兩個木牌，這時要是按下書房呼叫鈴，就只有客房的木牌會掉下來，順序也不會改變，就算僕人馬上放回去，也什麼都不會發現。」

「原來如此。」加賀巡查喃喃說：「案發時正在端午節前夕，是不可能缺糯米的時節。這果然是人類犯案就能解釋的事件。」

「當然啦，我一開始就說過，意圖性太強了！真正的妖怪才不會刻意製造上鎖假象呢。韓的事更簡單，身為雇主，要將她騙到什麼地方下手都很容易。鏈條鎖的手法，雖然現在沒有證據，但剛剛陷害管家時，我已講過可能的手法。至於鑰匙，則是用簡單的機關。我猜溫思敦在孫女旁邊悄悄佈置外金魅吃人的假象後，來到門外，在將門鎖上前，用一條線穿過鎖孔和門縫，還有外套口袋裡的破洞，形成三個支點。從門外上鎖後，在線上綁一個凹形的工具，卡住鑰匙，再從門下將凹形工具與鑰匙穿過去。之後從鎖孔拉線，鑰匙就會被拉進去，並慢慢拉向另一個支點，也就是口袋。進入口袋後，因為口袋的破洞只能讓線通過，鑰匙會因此停下，這時再將線剪斷，回收用線綁住的凹形工具，鑰匙之謎就完成了。這個詭計就算失敗，至少鑰匙也會落在衣服底下，那也是從門口推進鑰匙很難抵達的位置。」

「我得聲明一下。」萬馬堂說：「殺韓小姐這件事，溫思敦也是掙扎過的。在柯佬得知道真相後，他最不能諒解的也是父親殺害韓小姐這件事。」

他看了柯佬得一眼，但柯佬得正低聲跟黃斗篷怪人交談。聽不懂日語的他們不得不置身事外。

「我看得出來。前幾個事件的屍體中，只有韓的屍體被善待，而且看不出外傷。大概是以比較溫和的方式殺害吧？」

「是過度麻醉。」萬馬堂說：「但殺害就是殺害，不管手法再溫柔也一樣。但這一點，溫思敦自己也瞭解。」

「我倒覺得殺害韓理所當然。這些事件中，最麻煩的就是處理屍體。大量進鹽是在步泰承事件後，最初步泰承的屍體怎麼保存，我無從想像，在韓的事件前，溫思敦之所以失眠，可能就是在夜裡處理屍體。最後屍體在放了大量鹽巴的儲藏室被發現，那大概是溫思敦一開始就瞄準的藏屍處。為了有效除臭，必須換掉已經發臭的鹽，再以乾淨的鹽補充，溫思敦把驅邪用的鹽換成發臭的鹽，不只是要營造出作祟的恐怖，也是有實際需求。不過，為了處理屍體，減少二樓的活動人數是必要的，不然綁手綁腳、容易曝露。這就是溫思敦必須殺韓的原因。」

萬馬堂默默點頭。

「就這樣？」加賀巡查忍不住說：「減少二樓的活動人數，就只是為此殺人？」

高思宓大宅二樓，除了溫斯敦外，還住了柯佬得夫婦、他們的女兒吉悉嘉、褓母韓莘。韓莘失蹤事件最戲劇性的地方，就是韓莘消失的同時，吉悉嘉仍留在房內。若這是金魅吃人，就是當著小女孩的面吃人。其結果，就是柯佬得夫人帶著女兒回娘家去。如果這個事件的目的是要減少二樓的活動人數，效用無庸置疑，可是——

「溫思敦很瞭解宅邸裡眾人的性格，知道柯佬得夫人帶小孩回娘家的機會很高，就算她沒馬上這麼做，溫思敦也會煽動她。要不是處在這種十拿九穩的位置，溫思敦也不會下殺手吧？他在向我訴說犯罪計畫時，這是令他最難受的地方。」萬馬堂說。

「我明白。韓死後，二樓只剩柯佬得，他還要去洋行，有大把的時間可供溫思敦處理屍體。加賀巡查，你說『就只是為此殺人』，但要是不這麼做，屍體的處置將變得極為困難！長時間將屍體藏在自己房間太不實際了，僕人打掃時可能會發現，但若不允許僕人打掃，又太過可疑。平時很少人出入的二樓儲藏室是最好的位置。要是柯佬得夫人不回娘家，平常不用出門工作的她會是最大的阻礙，難道要殺她嗎？這是兩相權衡的結果。」

「也不用殺她，只要邀請她共謀不就可以了嗎？韓小姐說不定也是這樣的立場。」

「韓終究是外人，要是她心理無法承受，不小心漏了口風呢？確實，如果只是要偽裝金魅吃人，也未必要殺人，但以共謀形式偽裝的失蹤，無論如何都會留下痕跡，只要失蹤者不小心被人看到就完了，殺人則不然，只要解決屍體問題，就不必為了後續提心吊膽。」

「就為了偽裝金魅吃人，將與家族關係親密的無辜褓母殺掉？不，不只是她，步泰承、艾嬷也是，全都只是無辜的犧牲者。本來他們都不該死。」

「艾嬷確實無辜，但你別忘了，步泰承可是要背叛高思宓洋行，他準備出賣給坂澄會社的證據，可是毀滅性的。他並不算無辜。」

「殺人不是解決此事的唯一辦法。我不明白的就是這點，難道子爵大人可以理解嗎？到底為什麼高思宓先生要模仿金魅吃人，為何嚴密執行到非殺人不可！」

態度始終沉穩的加賀，居然罕見地顯露情緒；但這也難怪，為愛殺人、為恨殺人、為財產殺人，為復仇殺人，為滅口殺人，這些理由就算通俗，也算好理解。但溫思敦．高思宓甚至不憎恨他的被害者。作為殺人的理由，這太過異常！

子爵沉默片刻。

「是啊，為何溫思敦非這麼做不可？即使要殺死不願殺死的人，也要偽裝成金魅吃人，其結果，甚至以自己自殺作結。一般人是絕對無法了解的吧！即使是我，到現在也仍感到不可思議，這個人到底是要多瘋狂，才會想出這麼荒唐的計畫，並堅持執行？」

他看向天花板，緩緩開口。

「萬先生，有些事我想不透，可能還賴你解答。不過，我相信自己已經明白溫思敦最基本的動機。」

「這個嘛，老夫不想潑你冷水。雖然你比我預料的更能接受鬼神妖怪這樣的存在，但要理解溫思敦的動機，不理解鬼神妖怪世界運作的原理，是不可能的。」

子爵「嘿」的一聲。

「不巧的是，我正是這樣的人啊！萬先生，這事溫思敦也知道——其實我是陰陽師喔！要說陰陽師是什麼，你就當成是臺灣的『道士』之流就好了。而且正是因為這樣的身份，我們家族才獲得如今的地位。」

「什麼？」加賀巡查驚訝地看著子爵。

萬馬堂恍然大悟。

「原來如此，今天你的種種發言都有這樣的前提啊！那我瞭解了。」

「對吧，我是有**理解這一切的能力**的。加賀巡查，你對溫思敦為何做到這種程度感到難以置信，不過，其實他也只是把事物放在天秤上衡量，並做出決定罷了。也許你會覺得他瘋了，但我會這麼說——他瘋狂地很理性。他最初的動機簡單明瞭，是你我都能瞭解的。」

杉上華紋子爵看向柯佬得。

「他是為了拯救柯佬得。是這樣沒錯吧？萬先生。」

加賀巡查驚訝地看向萬馬堂。這位臺灣老丈苦笑，點了點頭。

「是的。柯佬得已經知道真相了。唉，『愛』真是可怕啊！能讓人不顧一切，甚至不顧倫常；溫思敦的愛尤其如此。打從他遇上可憐的白翠思開始，就沒人能阻止他了，他的愛持續了這麼久，直到白翠思死去，甚至他要自殺時，也妄想自己的愛能持續到死後；這份愛簡直像是詛咒，是過分成熟的果實——這顆毒果實，正是發展至今的『金魅殺人魔術』。」

「果然如此啊。」

子爵微微苦笑。

「白翠思——其實就是『金魅』吧。」

◆

「你是在講什麼！」

聽曹仔說高思宓老夫人是金魅，我難以置信。

「這也太亂來，這種講法豈不是跟坂澄會社的那些胡扯差不多？」

「但是二少爺，夏目的主張並不全是胡言亂語，盧家阿姊不是聽見子爵跟夏目提及此事嗎？作為理解鬼怪世界的人，他已保證夏目的講法合乎理論。而且我這樣講不只是猜測，我有證據，至少算合理的解釋。」

「什麼證據？」

「我認為，那位穿著黃斗篷的人，之所以會用這麼奇怪的姿態來憑弔，就是因為老夫人是鬼怪。」

這算什麼證據？亂七八糟！但這話是曹仔說的，我只能表現出最大程度的疑惑，連斥責他都不行。曹仔看著我說：「二少爺，子爵講過，那位黃斗篷怪人是柯佬得老爺的兄弟魯道敷老爺，這若是真的，不是很奇怪？魯道敷老爺憑弔父親是天經地義，為何戴著面具？」

「不是，順妹不是有聽到萬老爺跟黃斗蓬怪人對話嗎？他不是魯道敷啊！」

「我知道，但柯佬得老爺保證他是魯道敷。我不是講柯佬得老爺不會說謊，只是請二少爺假設一下。若柯佬得老爺沒說謊，而且他對自己的保證有自信，那有沒有可能解釋萬老爺跟黃斗蓬怪人的那段對話？」

「不可能啊！萬老爺就說他不是魯道敷，他也承認了。他怎麼可能是魯道敷？」

「不，有可能。戴面具最大的功能，就是隱藏面具底下的身份，這表示同一個面具底下的未必是同一個人。這兩者要同時為真，只要柯佬得向子爵介紹時，面具底下的人真的是魯道敷，而當萬馬堂跟黃斗篷怪人講話時，面具跟斗篷下的人已不是魯道敷，那就可以了。」

他這樣說我更混亂了，為何要做這麼離奇的假設？我說：「不，不可能，照你這樣說，這裡豈不是會多出一人？當魯道敷沒穿著面具跟斗篷時，他躲在哪裡？而且，他到底有什麼理由將面具跟斗篷給別人穿？」

「乍聽之下很怪，但請記住這個假設。現在，讓我們回到夏目那段荒謬的講法，她說柯佬得老爺會長得跟他父親一模一樣，就證明老夫人是鬼怪。其實這不可思議的理論，子爵向我保證過是真的，那麼，如果柯佬得老爺因為他的母親是鬼怪，不得不跟父親長得一樣，他的弟弟魯道敷呢？」

我想了想，心中一涼。

「啊……他應該也會跟他父親長得一樣，也就是，跟柯佬得少爺像雙胞胎……」

我猛然瞭解曹仔的意思。

「正是。這樣一來，魯道敷戴面具來也很合理，因為兩張相同的臉會造成混亂。但我想不只如此，柯佬得老爺跟魯道敷老爺兩位恐怕有著什麼盤算。盧家阿姊不是說黃斗蓬怪人跟阿求接觸過嗎？而且阿求對面具下的長相很驚訝。這想必是兩位老爺的計畫。」

「什麼計劃？」

「我無法肯定，可能是想利用相同的面孔欺騙阿求吧。為何長得一模一樣的人會來到這裡，還遮掩本來面目？可以聯想之處太多了，像爭家產、甚至取而代之。如果他們將『不為人知的相同臉孔』當成用來誘騙阿求先生的陷阱，那隱藏真面目的面具也是必要的。」

「但萬老爺說他不是魯道敷，又是怎麼回事？」

「很簡單，因為那時的黃斗蓬怪人真的不是魯道敷老爺，而是柯佬得老爺。」

「什麼！」

「魯道敷老爺畢竟是從國外來的，不怎麼清楚高思宓洋行的局勢，那麼，還有誰能比柯佬得老爺本人更適合去跟阿求先生談判？從這角度想，黃斗蓬的意義也清楚了。如果他們要交換身份，只要罩上斗蓬、戴上面具就完成了，相當快速，當我們把視線放在醒目的黃斗蓬時，就不會注意到他們底下穿著相同的衣服跟鞋子。」

難以置信。但這麼一來，確實說得通！如果當時跟萬老爺說話的是柯佬得少爺，那萬老爺交出的信，一定是本來就打算給柯佬得少爺的。面具下的人若是意料外的人，就不可能事前準備那封信，但要是本就打算給一定在場的柯佬得少爺，那封信存在就毫不奇怪。

但這一切要合情合理，老夫人就非得是妖魔……

我感到某種恐怖的關聯。

老夫人是金魅。她死後才發生金魅吃人的怪事。高思宓老爺執行的殺人計畫。這一切一定有關。但為什麼？為何事情會變這樣？

◈

「難以置信。人與妖怪能成親？生下的孩子長得跟人類那方一樣？這未免……太不可思議了……」

加賀巡查啞口無言。子爵的話不只跨越他常識的界線，還高速奔向遠方的地平線。

「你要是不相信，就請魯道敷脫下面具啊，要是他們長相相同就可以證明了。」子爵笑著說。這時魯道敷已將黃斗篷掛在衣帽架上。斗篷下，他穿著跟柯佬得同樣的西裝。他並未拿下面具。

但巡查沒有提出這種請求，與其說他沒興趣，不如說這些話太超現實，他還不能消化。

「說到這個，我有事要問柯佬得跟魯道敷。」萬馬堂改用英語：「柯佬得，魯道敷，今天你們到底有何打算，以這種方式登場，一定有所圖吧？」

兩兄弟對看一眼，柯佬得苦笑。

「現在說來，當真不值一提。坦白說，本來我以為金魅作祟是阿求先生的陰謀。我請魯道敷穿著醒目的黃斗蓬登場，是想製造出有怪異訪客的流言，讓阿求先生有所耳聞，得知有這號人物。之後再找機會，讓魯道敷假冒成我，我則在阿求看得到魯道敷的場合露臉，裝成回來謀奪家產的人，以此為基礎探聽消息。畢竟，魯道敷不認識阿求，恐怕無法應付那個狡猾的傢伙。」

「原來如此，所以今天的計畫，對你們來說也是意料之外？」子爵說。

「沒錯，我沒料到阿求先生會來參加喪禮。本來魯道敷說不用急於一時，但我被憤怒沖昏頭，想說以後未必能找到這麼好的機會，就強勢照計畫進行。」

魯道敷接口說：「說實話，我完全沒有冒充成柯佬得的自信，所以杉上先生將那封偽造信給我看時，我嚇都嚇死了。畢竟我對大宅的情況不熟，連機密文件在哪都不清楚。不過，我長年跟父親與柯佬得通信，知道父親不會連哥哥都不相信。」

「原來如此。」萬馬堂沉思：「但你們會想出這樣的計畫，表示你們早知彼此長相相同。我跟溫思敦本來沒有讓你們知道的打算，你們怎麼知道的？」

「有一年我偷偷來臺灣，直接到洋行找柯佬得，是那時知道的。也是在那時，我們意識到父母將我送到英國，就是為了隱藏此事。我們身上一定有某種秘密。」

「萬先生又是怎麼知道的？我今天聽你懷疑戴著面具的人是魯道敷，就猜到你八成知情。」

「從一開始就知道。最初，溫思敦跟白翠思沒意識到問題，但要是隔幾年出生的兩個孩子長得一模一樣，未免太醒目，最壞的情況，就是被神盯上，二話不說來斬妖除魔，所以不得不將魯道敷送到國外。身為半妖，魯道敷在英國無法從起源的金魅——也就是從母親那裡補充妖氣，才體弱多病。我們唯一能做的，只有請乳母教你臺灣話，不至於完全斷絕與臺灣的聯繫。作為補償，溫思敦在魯道敷身上投注了許多資源。」

「……這樣啊。不過，自從得到這面具後，我已健康許多。」

「那確實不是尋常的面具，我感覺得出來。魯道敷，要是我猜得沒錯，你跟柯佬得不同，已不是半金魅了。那面具有不可思議的力量，始終缺乏部分妖氣的你，下意識選擇這個面具彌補自己的缺失。白翠思若是活著，大概很感慨吧？你活著是她的幸福，但從妖異的角度看，你已不是她的子嗣。你的根已經不在臺灣。」

「我也隱約察覺到了。」

「萬先生，你自己呢？」子爵說：「你也有自己的故事吧。我很好奇像你這樣的『陰神』為何會與這起事件有關。對了，麻煩換回日語，別冷落無知的加賀巡查。雖然我們說的，他也未必能懂。」

「好吧。」萬馬堂依言換成日語：「其實我生前就認識溫思敦，但溫思敦跟白翠思成親時，我還不知道白翠思的真面目，直到中法戰爭——我們臺灣人稱為『西仔反』——那時我還年輕，雖不是士兵，卻一頭熱地投入戰場，最後死了。那時我被砲彈打中，身體四分五裂，家人都找不回來，溫思敦將所有無名屍骨蒐集起來，建了一間廟祭拜，我也在其中，因此成為『陰神』。」

「原來如此。那你為何死不瞑目，不好好當『陰神』，還繼續跟高思宓家來往？」

「也算是孽緣吧。成為『陰神』後，我想跟溫思敦道謝，但已不是人身的我，就在那時發現白翠思是妖怪；我當然立刻警告溫思敦，誰知他早已知情。」

「他早已知情？」

「難以想像吧？他明知白翠思是『金魅』，還與她成親。我跟他說，人跟妖怪相戀不可能長久，因為人根本無法承受妖氣。溫思敦說他知道，而且已有對策。呵，區區一個凡人，居然說有與妖怪長久相戀的對策，我那時的震撼，到現在還清清楚楚。」

「這就是溫思敦啊！但一介凡人要怎麼做，我也真的很好奇。」

「其實不是他自己想到的。當時我看到溫思敦身邊裹著一團妖氣，還以為那在侵蝕他生命，實則不然。那層妖氣反而是保護他不受白翠思的妖氣損傷——是另一位『金魅』的妖氣。」

「果然是這樣。」子爵緩緩點頭。若不是同屬「金魅」，無法抵抗白翠思身上的妖氣，因為不同的妖怪之理可能使氣相互滲透。但妖氣本就會害人，這理應無效，除非那個人被指定為妖氣之主。換言之，就是欺騙天理。要是有強悍的咒術，確實能做到這種事。他說：「我有個問題。這份妖氣，是從其他『金魅』那裡掠奪而來的嗎？是的話，溫思敦是從哪裡找來這麼強的咒術師，將死去『金魅』的氣附著在他身上？」

「不，這妖氣不是掠奪而來，也不是透過咒術師來附著。」

這回答在子爵意料之中。但這樣一來，就會有一件事難以理解：「這會有個問題，若不是掠奪來的，妖氣既然轉移，原先的『金魅』就缺乏構成實體的氣，僅有妖怪之理，與死無異。而沒有妖氣支撐，妖怪之理也無法存續，只要妖怪之理消滅，妖氣就會消散，根本無法持續。要是沒有咒術師，真的能做到這種事嗎？」

「子爵大人，我從頭說起吧。」萬馬堂說：「溫思敦身上的妖氣屬於另一位『金魅』，他與白翠思情同兄妹。當時，溫思敦跟白翠思雖已成親，但他們都認為這段愛情不會長久，畢竟在妖氣侵蝕下，溫思敦數年內就會去世。可是這位『金魅』決定幫他們一把。子爵大人也許不清楚，但『金魅』是可悲的妖怪，身為妖怪，卻不得不幫人做事，過去、未來都毫無希望，所以這位『金魅』說，只要有任何一個『金魅』能得到幸福，就算是向諸神與人類復仇了。本來『金魅』就是透過祭祀來建立關係的妖怪，所以他透過祭祀——由溫思敦祭拜他——再越過平常祭祀者與被祭祀者的關係，自願將自己的妖氣指定到溫思敦身上。作為代價，他的意識消失，改由溫思敦去利用他的妖氣。正因有著祭祀關係，這妖氣不會傷害到溫思敦。」

「原來如此，妖怪之理是透過祭祀來延續，這就是我在溫思敦身上所見妖氣的真相。這也吻合我的想像，既然溫思敦已死，妖氣就物歸原主，這就是白頌為何直到溫思敦死後才出現的原因吧？」

萬馬堂苦笑：「想不到您連這點都料到了。」

他們同時看向白頌。

即使被注視，看似青年的「金魅」也沒有反應。他的表情，就像肖像畫上的白翠思那麼遙遠。他究竟在想什麼？明明如此淡漠，數十年前，他卻是說出要透過得到幸福向諸神與人類復仇的妖怪。

「這很好猜想，既然意識到白翠思不是人，白頌自然也不可能是。你提到白翠思跟白頌不可能存在的舊家，暗示你知道他們的過去。他一定是一連串事件的關係人。」

「也對。不過子爵大人啊，有件事您弄錯了。溫思敦身上妖氣的妖怪之理，可不只是透過祭祀來維持。

妖氣固然能維持妖怪之理，但『金魅』這種妖怪有更多限制，您知道我在說什麼嗎？」

子爵想了想，抬起頭：「是『一年吃一人』？確實，如果這是妖怪之理的一環，就無可抗拒。但要是白頌沒有意識，只存妖怪之理，那也沒辦……」

他忽然說不出話，深深吸了口氣。

「原來如此，這就是為何『高腳仔』必須存在嗎！」

一年一殺，這是「高腳仔」犯案的最大特色。在猜出溫思敦就是「高腳仔」時，子爵雖感意外，卻沒深思，現在一想，竟跟「金魅吃人」是聯繫在一起的嗎！他忍不住站起身，喃喃自語。

「金魅要是不每年吃人，妖怪之理難以維持，這麼一來，保護溫思敦的妖氣也會消失。既然白頌已經無法吃人，就只好由溫思敦來——不，那恐怕跟一般人想像的吃人不同，金魅吃人，大概是啃食人體的物質組成，也就是『氣』，溫思敦則是借用白頌的力量，吞食被害者的『氣』，以此維持妖怪之理……」

「請等一下，子爵大人。您的意思是，高思宓先生之所以成為『高腳仔』，並不是為了正義，而是自己的私慾？」加賀巡查雖不明瞭妖怪世界，但還是很快理解子爵的意思。

子爵斥責他。

「什麼為了私慾，是為了『愛』啊！」他激昂起來：「若是遵循常理，溫思敦與白翠思大概只能相守三到五年吧！但為了長相廝守，像現在這樣延長到三十年，他選擇了如此極端的手段——這也不是能輕鬆決定的啊！殺人的成本多高，從這起大宅的事件就看得出來了。原來如此，那時他就已經在天平上做出選擇了啊？是犯下大量殺人的罪行，每殺一人就延長一年時光；還是遵從命運，在白頌的仁慈底下，度過最後的時光……」

「白頌也意想不到吧？」萬馬堂苦笑：「他本來的想法，也只是為白翠思換到短短三到五年的幸福時光罷了。但溫思敦的決意遠遠超過他的想像。」

「不，這怎麼看都只是私慾吧！」加賀巡查站起來說：「如果高思宓先生是逼不得已，那就算了，但他有這麼多選擇。他可以放棄愛情以選擇長生，或是放棄生命，在愛人的懷中早逝。但他既想要性命，也想要愛情，而代價就是連續殺人！」

「那也是一種選擇啊！況且他殺的都是罪無可恕之徒。」子爵揮手。

「子爵大人，難道罪無可恕之徒就不該由法律處置嗎？」

子爵笑了出來。

「還真是模範警察的說法呢。明明『法治』這種觀念，對我國來說也算是新玩意！聽好了，那時臺灣可是清國政府統治喔，清國的地方官難道值得信賴嗎？要是百姓無法信賴地方官，那誰能為百姓伸冤呢？你說的不過是漂亮話。」

「雖然老夫可能沒立場說這些，不過，」萬馬堂說：「老夫身為『陰神』，知道滬尾這裡的大小事，也包括人們的各種私慾。在老夫看來，『高腳仔』所殺的人確實罪有應得。」

「那步泰承、韓莘、艾嬷也是？」

萬馬堂苦笑。

「老夫無話可說。這確實是罪惡。步泰承就算可恨，也罪不致死，其他兩位就更不用說了。溫思敦自己也知道這點。」

「是啊，我認為事情變成如此是理所當然。人只要殺過人，就會習慣用殺人來解決問題。所有罪行都是如此，身為『高腳仔』的高思宓先生當然也是。我無法認同這種行為。」

「不，大宅裡的事件，殺人的是溫思敦，不是『高腳仔』。」

「這有什麼差別？」加賀巡查質問。

「有差別。『高腳仔』是老夫與溫思敦——雖然是溫思敦執行，但由老夫選擇被害者。既然知道他決定殺人，老夫就不能裝作沒看到，因此，至少老夫要與他一同承擔罪業。但以金魅之名策畫的連續事件，是溫思敦自己選擇被害者，這與『高腳仔』無關。溫思敦也是逼不得已，畢竟時間不多，要是再拖下去，或許就趕不上，他才這麼急著動手……」

「時間確實不足。」子爵喃喃說：「柯佬得若是普通人就算了，但他是半妖。從他身上的妖氣來看，絕不可能再撐個幾年。他說母親死後身體一直不好，不過是開端罷了。」

「這與高思宓老夫人有何關係？」

「關係可大了。」子爵說：「我從懷芝那邊聽說過『金魅』這種妖怪的特質，所以知道，白翠思夫人的死，正是溫思敦採取行動的原因。」

◈

「說起來，老夫人會死，本就不可思議。」曹仔說。

「為什麼？既然是生病……欸？等等。」我忽然想到了，既然老夫人是鬼怪，自然不可能病死。我說：

「難不成，病死是偽裝的，其實根本沒死？」

「也可能是要隱藏死因。因生病而火化，是完全沒辦法知道死因的。我認為老夫人應該是去世了，畢竟高思宓老爺長期以『高腳仔』之名殺人，就是為了與老夫人在一起，若老夫人還活著，高思宓老爺萬萬沒道理做出現在這些事情。之所以假裝生病，可能是鬼怪死後狀況比較特別，不方便傳出去。問題是，老夫人為何會死？而且高思宓老爺跟她一起去噶瑪蘭，彷彿早知她會死，才跑這麼一趟偽造死因。老夫人的死或許是一件可以預期的事。」

「預期……這有可能嗎？就算不是意外，也沒人能知道死期——啊！」我用力拍自己的頭。我在想什麼，當然可能知道啊！我提高音量：「是因為大道公嗎！因為金魅祖被降服了，其他金魅總有死絕的一日，而那一天終於來了！」

曹仔點點頭。

「就算不知道特定的日期，我想也有預感吧？那是他們最後一同度過的時光。但我想到，若是金魅這種鬼怪會因失去源頭而衰亡，那金魅的子嗣呢？他們最後會如何？」

我呆住了。

他說的當然是柯佬得少爺跟他的女兒吉悉嘉小姐。如果大道公真的成功滅絕金魅，是不是柯佬得少爺跟吉悉嘉小姐也會相繼死去？我恍然大悟，原來是這麼回事，這就是高思宓老爺的犯罪動機！但他為何這麼做，我還是模模糊糊。有什麼沒拼湊在一起。不，答案應該已經呼之欲出了，只差一點！

「我想，既然老夫人是金魅，她一定很清楚金魅的處境。包括金魅總有一天死盡、金魅祖是怎樣的存在、大道公滅絕金魅的手段。這些，高思宓老爺恐怕也是明白的。老夫人既然死了，他的兒孫恐怕也會相繼死去吧？但高思宓老爺能怎麼辦？一介凡人，他到底能做什麼？照一般情況來想，要救他的後代，恐怕只能請大道公釋放金魅祖——」

「不可能！大道公就是要滅絕金魅啊，怎麼可能為了高思宓老爺而破例？」我說。說到底，高思宓老爺的所作所為，對神明來說是能夠原諒的嗎？人類與鬼怪成親，這又是能原諒的嗎？別說請求，若大道公知道這些事，會先嚴懲高思宓老爺吧！

但不知為何，我可以體會高思宓老爺的心情。愛一個人，想跟她一直在一起，這不是再自然不過嗎？我看向專心聽著客廳動靜的順妹。

她也看著我，卻沒說話。

「大道公不會停手，那該怎麼辦？難道要跟大道公正面衝突，設法從他手下救出金魅祖？但高思宓老爺只是凡人，根本沒有對抗大道公的手段。我想，就是在這樣的絕境中，高思宓老爺選擇了極端的手段。這可說是背水一戰、破釜沉舟。二少爺，您應該也明白了吧？」

曹仔抬起頭，看向大宅。我隨著他的視線，看著沉默穩重的紅磚宅邸，忽然呆住了。

——**妖怪生成裝置**。

我難以置信，顫聲說：「曹仔，你的意思是，高思宓老爺之所以殺人，偽裝出『金魅吃人』的假象，都只是為了『製造金魅』？」

難道這一切都在高思宓老爺的計畫中？照那個華族的說法，事情自然發展下去，大宅就會生出「金魅」；原來這不是偶然，而是計畫的結果嗎！

「正確地說，是『製造金魅祖』。現在想想，子爵一開始就跟我說過金魅傳說具有事件性，實在是真知灼見。我不確定高思宓老爺是怎麼想到這個方法的，但長年與高思宓家來往的萬先生是陰神，恐怕十分清楚這方法的可行性，這就是萬先生積極主張金魅存在的原因吧。」

我總算明白了。明白的瞬間，我實在不知該說是興奮，還是毛骨悚然。

無視被大道公囚禁的金魅祖，直接創造出新的金魅祖，這是何等的妄想啊！為了達成這個目的，他甚至不惜賠上高思宓家的名聲，甚至殺人！一手策劃了高思宓家的悲劇，以自己的死收尾，竟是要從中尋求生機……？

「那……高思宓老爺為何要自殺呢？為了贖罪嗎？」

我雖這麼問，卻不相信。

要贖罪的話，活著才有機會吧？無辜被殺的人，一定也不稀罕他老人家的命。而且策劃這一切，高思宓老爺的目的不就是為了子孫？賠上自己的命，他的子孫真的會幸福嗎？為何他非得結束自己的生命不可？

「關於這點，」一直靜靜沒說話的順妹開口了：「剛剛客廳裡說了答案。」

◈

「如您所說，這計劃還沒完成。光大宅成為『妖怪生成裝置』，那是不夠的。」萬馬堂說。

「像我這樣的陰陽師，當然知道是怎麼回事。即使『金魅之理』成立，要凝聚成新的金魅，也需要時間，但柯佬得他們能不能活這麼久就難說了。我知道的案例中，要形成妖怪，就算花個十幾年也不奇怪。如果剛剛說的就是溫思敦計劃的全貌，那我會說——他已經失敗了。不過，既然有知道妖怪原理的『陰神』萬馬堂在，你們絕不可能策劃這種半吊子的計畫。」

「確實，『時間』是最大的難關。那麼子爵大人，您知道這個計畫的最後一步嗎？」

子爵來回踱步，緩緩說：「我本來不確定，但聽了剛剛這些，我大概有知道了。白頌或許是當今最後的金魅，好不容易甦醒的他，說不定真的是為了憑弔溫思敦而來。但這不是有點危險？這裡的金魅傳聞，有可能把起疑的臺灣神明引來吧，剛剛萬先生也說過，那些神明很喜歡斬妖除魔。這麼一想，我不禁覺得白頌不只是來憑弔，而是計畫的一部份。事實也是如此吧！他就是最後一塊拼圖，是這計畫成立的關鍵。」

「如您所說。」萬馬堂微微點頭。子爵繼續說。

「仔細想想，這真是再簡單不過！『金魅之理』無法馬上形成『金魅』，是因為『氣』的性質需要時間來適應『理』。但如果是早已成型的『金魅』，就能成為最佳媒介，完全不需要適應的時間。」

「不錯，我們做的並不是『創造金魅』這麼困難的事，而是創造出『金魅祖』的寶座，再讓理、氣完全吻合的『金魅』坐上去。無中生有需花好幾年的時間，但將『金魅祖』的地位奪過來，只需幾天。白頌只要在這裡，什麼都不必做，等時機成熟就能成為『金魅祖』了。」

「但為了讓白頌出場，溫思敦非自殺不可。」

「是啊。」萬馬堂感慨地說：「如您所說，白頌是計畫最後的拼圖。但他妖氣轉移給溫思敦，無法以溫思敦本人的意志歸還。說到底，白頌本來就不認為溫思敦會活這麼久。既然如此，要讓最後的『金魅』登場，溫思敦必須以死歸還妖氣。他從最初就知道事情一定以自己的死亡作結。」

不如說，溫思敦的死，其實是整起事件的前提。

策劃整起事件，獨力實行，將後續處理交給萬馬堂。寫遺書的那晚上，他連自己的兒子都要欺騙，默默服毒。他是希望兒子一無所知地活下去吧？若不是柯佬得邀請子爵調查、聯合魯道敷積極行動，萬馬堂也沒有必要讓他知道真相——畢竟不知道真相的柯佬得，或許會不小心做出錯誤判斷。

溫思敦打算背負一切，一個人下地獄。

「果然如此啊……他是做好覺悟了。」子爵看向天花板，露出苦笑：「那我沒有疑問了。看來我真是不瞭解溫思敦啊！不過，他的動機倒是十分明確。無論是以『高腳仔』之名殺人的數十年，或是模仿金魅而演出的殺人魔術，都是頑固地為了自己的愛，即使犧牲生命也在所不惜。對於這樣的他，我感到敬重。」

他看向加賀巡查。

「巡查，你瞭解了吧？這樣的真相你要怎麼報告上去？這種怪力亂神的東西，上頭根本不可能接受。所以你唯一的選擇，就是讓呂尚源成為一切的兇手。」

加賀巡查看著子爵，緩緩點頭，沒顯露任何情緒。

「似乎是這樣。不過子爵大人，即使不談那些怪力亂神的東西，犯人依然是高思宓先生，也有指向他的證據。不如說，呂尚源是兇手，反而有些無法解釋的事。譬如，您剛剛將呂尚源視為犯人的理論，指出裝屍體的鹽箱在馬達室，但事實上鹽箱在二樓儲藏室。這個位置，犯人若不是平常住在二樓的家族成員，未免說不過去。」

「所以我剛剛在公開場合就說了，鹽箱是在馬達室被發現的。」

「但以警察的立場，不能扭曲證據——」

「加賀巡查，」子爵粗暴地打斷他：「我想你是誤會了。你覺得自己有其他選擇？你說不談怪力亂神的事也行，不，不可能。世人都愛好『真相』，無論那個『真相』是不是『真實』！你報告上去後，警察會對外公布，報社也會積極報導，全臺灣都在關注！在這個過程中，你要對犯案動機絕口不提？哈哈，怎麼可能。相較之下，潛藏在洋人宅邸裡的陰謀抗日份子可是合理多了，而且還能趁機打壓抗日份子，說他們忘恩負義，哪個版本比較受上級歡迎，還需要我說嗎？」

加賀吸了口氣。

「如果要偽造的話，我也可以為高思宓先生編造出合理的動機。譬如他罹患絕症，身為偵探小說愛好者，臨死前無論如何都想試看看各種詭計——」

「即使把自己一手打造起來的基業毀掉也在所不惜？」子爵呵呵笑道：「而且聽聽你自己在說什麼吧，加賀巡查。同樣是偽造，難道一個會比另一個有價值？反正都不是事實！說到底，你也不是真實的傳道人，只是意氣用事罷了。告訴你吧，無論你怎麼想，你的上級都會更喜歡我的版本，你從一開始就已經輸了。」

加賀巡查臉上表情漫長而複雜地變化著，反映著他的心思。他什麼都沒說，陷入沉思。

太陽快下山了。

加賀抬起頭，站挺身子，直視杉上子爵。

「子爵大人，就如您說的一樣。這非我所願，但我束手無策。可是，我想請教您一件事。」

「什麼？」

「今天這些事，是在您的主導下變成這樣的。為了將情況扭轉成您希望的樣子，您甚至讓逮捕抗日份子變得困難；呂尚源跟陳國安的事，現在想必已經流傳出去，雖然我囑咐警察將名單拿回辦務署，但已無法收到最好的效果。光憑您的權力與地位，您就做到這些事，但這其實並不公正。」

「你想說什麼？」子爵冷笑。

「如您所說，『法治』對我國來說，還算是新鮮。但現在終究是文明開化的時代，帝國正在前進，航向更文明的方向。臺灣這塊殖民地，難道不是跟在大船後的小船嗎？我們將文明帶到這裡——不，是示範了何謂文明。警察制度雖是便於管理的手段，但若我們不能展示適當的公正，也不足以產生信用。難道我們不是已經度過粗暴野蠻的統治態度，實施現代化的制度了嗎？您的作法並沒有現代應有的公正。那麼，您認為您的作法對殖民地是良好的示範嗎？身為高貴之人，難道您不該將您的聰明才智用在揭發真相、公正對待所有事物上面嗎？」

子爵揚起眉，像是聽到很好笑的事。他走到落地窗邊，笑著搖搖頭。

「還真是模範警察啊，加賀巡查。但對你的問題，我的回答如下：自古以來，陰陽師就是掌管天文、曆法、咒術的人，換言之，是理解世界運作原理之人。理解世界的人有特權，這是天經地義的。人們活在公正中——不過是因為他們沒有理解世界的能力。」

加賀露出短暫的扭曲笑容，帶著心酸、疲倦。

「我明白了。請放心，子爵大人，我會照您希望地撰寫報告。這邊已不需要我了吧？請容我先帶著同僚回去。」

子爵揮了揮手，加賀便退出客廳。

庭院的警察撤退了。

從落地窗往外看，夕陽浮在淡水河彼端，火紅、巨大而絢爛，正朝著水平線墜下。要是時間停下來，也許沒人能分辨究竟是日出還是日落吧。

或許日出跟日落是同一回事。

「萬馬堂。」一直沒說話的白頌忽然開口，他用臺灣話問：「結束了嗎？」

「是啊，結束了。」

「那從今天開始，我就是『金魅祖』了。」白頌平靜地說。

他看向白翠思的肖像畫，像在懷念什麼。忽然間，整個大宅的妖氣就像被漩渦捲進去一樣，猛烈地凝聚到客廳來。那氣流有如猛獸，像要撕裂獵物般地襲向白頌，但轉眼間，一切又雲淡風輕。

大宅的「金魅之理」依舊，但「妖氣」凝聚起來了。剛剛還是「金魅」的妖怪，現已成為「金魅祖」。

陰陽師默默看著妖怪的再生。

「抱歉，白頌。」萬馬堂懷著歉意：「從今天起，你也許要面對大道公追殺——」

「沒關係。我當初就講過了，只要一個金魅幸福，就是對神明和人的復仇。溫思敦能做到這種程度，我要是不接續他的決心，『復仇』二字就只是空口白話。我會盡其所能地活下去。」

他站起身。

「阿舅。」柯佬得叫住他：「如果你想跟我們一起住的話……」

「那我就會把危險帶給你們家。」金魅祖淡淡一笑：「好好活下去吧，這裡已經沒有我的事。我們不會再見面了。」

二十六、歸順

我繞著大宅，朝後院的方向跑去。

剛剛聽到的「真相」，我的心情難以言喻；我向來尊敬高思宓老爺，覺得他既聰明又仁慈，將他當成楷模。但他在這些事件中殺了無辜的人，只能說心狠手辣。聽說他親手扭斷別人的脖子，這實在很難跟我熟悉的和藹面孔聯想在一起。

但我有評斷高思宓老爺的資格嗎？

我不知道。

他的動機是如此嚇人，但我不是不瞭解。雖然大概無法懷著原先那樣的心情尊敬高思宓老爺了，但要說厭惡他、覺得他是偽君子，也不至於。不過，有一件事是確定的。

一定要讓金魅歸順聖母。

不只是因為聖母的委託，遠遠不只如此。雖然聖母的委託很重要，但在聽到這些事情後，我已無法只想著自己的事情。萬老爺說了，金魅在走出這裡後，或許就會被大道公追殺吧？這也不難想像，畢竟大道公盤算了這麼久消滅金魅的計畫，很可能就毀在高思宓老爺的手上，或許祂會趁金魅尚未復興，再度斬草除根。

但好不容易有了一線生機的金魅，是高思宓老爺懷著如此強烈的覺悟復甦的啊！

我心中有個小小的聲音：這樣真的好嗎？設法保護那個連續殺人犯創造出來的東西，這樣真的好嗎？我也不知道啊！但要是金魅再度滅絕，柯佬得少爺會怎麼辦？要是我什麼都不做，是不是就成了讓高思宓老爺絕後的幫凶？我無法心安理得地讓金魅離開。

我要保護金魅。

歸順聖母，是讓金魅逃離大道公之手最好的辦法，這樣一來，也不用再吃人了。

剛才順妹講，新生的金魅祖要出來，我們全都聚到大宅前。太陽將近落海，光線昏昏暗暗，看不見大宅裡面的景色。但我們沒看到金魅祖沒走出大宅。怎麼會這樣，難道金魅就像雲霧一樣消失了？

「哥哥，該不會是去了後院？」順妹忽然說。

「啊，有可能！」

聽說高思宓老爺的棺材在後院，說不定金魅離開前會向他做最後的致意。這樣的話，他就會從大宅後面出去。雖然大宅後半部是僕人的活動區域，但僕役之身的金魅不會在乎吧！我說：「順妹，我去後面，你跟曹仔留在這裡，要是金魅祖出來就攔住他。」

我說完就跑出去。如果金魅真的是去向高思宓老爺致意，那他可能已經到後院了！要是不快點的話——

我連跑帶爬，以極難看的姿勢趕到後院。

一位高瘦、還留著辮子的男子正低頭看著棺材。

大宅的陰影籠罩著他，令他的表情隱藏在黑暗中，但不知為何，他散發著平靜而哀傷的氣氛。雖然乍看來與普通人無異。但大宅妖氣一空後，他身上的妖氣濃烈到簡直像燃燒我的雙眼。不知是激烈運動或緊張，我心臟用力跳著。我終於找到了。

「抱歉，打擾一下。」

男子抬起頭，朝我看過來。我慢慢朝他走去。

「請你聽我講，我沒什麼惡意，我想幫助你。你是金魅對不？我是——」

男子忽然退了一步，看起來有些驚恐。糟了，我還是嚇到他了嗎？我連忙加快腳步：「等一下，你別走，我是真正想要幫……」

「唷，前輩。」

後方忽然傳來日語，語氣愉快，距離近到就在耳後。

「死吧。」

◆

「死吧。」

順汝被嚇到魂飛天外。她認得這聲音，是鐵賀野風！她忍不住發出嗚咽，雙手掩口，好不容易才忍住了，幾乎要跌倒般虛弱地跑向後院。幸好，她馬上聽見哥哥的聲音。

「你做什麼！」

謝天謝地，哥哥沒事！但鐵賀隨即響起的笑聲令她發寒，彷彿笑聲就有某種暴力。鐵賀說：「有趣，看來是這裡土著神的力量在保護前輩啊。真遺憾，要是前輩死在這把刀下，連疼痛都不會有喔。」

聽到這，順汝對聖母真是充滿了感激！曹仔跟上來，急急地問：「盧家阿姊，怎麼了？」但順汝沒力氣理會，她用力搖頭，繼續跑向後院，不快到哥哥身邊的話——

「金魅，你快走！」哥哥說。

「嘿，那邊的前輩逃得了嗎？轉身瞬間會發生什麼事，要不要賭賭看呢？」

「鐵賀，讓他走。」

是夏目的聲音。順汝差點腳軟，那兩個日本妖怪都在？怎麼辦，就算有聖母守護，到了那邊，她也不知道怎麼跟哥哥一起逃走啊！順汝腳步慢下來，滿頭大汗，好像要將胃裡東西吐出來了。

「前輩，你意見很多耶，用庭院的屍體妳不要，這裡還要救人嗎？」

「用了庭院的屍體會得罪子爵吧？那可是他的功績喔。至於這位又沒有人身，殺了也沒用，而且我剛剛已經用原形潛進大宅，聽到所有真相。我瞭解犯人的心情，這是我表現敬意的方式。金魅先生，請離開，這也是為了你自己好。」

沒有人身，殺了也沒用？

順汝猛然瞭解他們為何在這裡。

夏目說過，要殺害人類，作為妖怪理、氣的附著體；現在大宅妖氣雖已匯集到金魅祖身上，但正因如此，言語道斷的妖氣才能滲透進來，他們還是想將高思宓老爺策劃的妖怪之理扭曲，創造出日本妖怪，而且，還打算用哥哥的身體！順汝又悲又怒，明明畢翠兒的屍體就在旁邊，為何牠們非殺人不可？

她聽到哥哥對著虛空竊竊私語。

「順妹，別過來，快去找那個華族，請他來救我！」

順汝醒悟，連忙轉身，不理會身旁的懷芝，開始奔跑。

◆

我跌坐在地，連忙爬起，勉強閃過鐵賀的妖刀。

沒想到變成這樣！幸好金魅已經逃走了。我退到樹下，鐵賀朝我走來，以戲耍般的速度揮刀。刀在我身旁三寸之處，就被某種看不見的力道擋下，但他的蠻力沒有停，我不由自主地被推走。看到我這樣，鐵賀像是感到滑稽，哈哈大笑。

剛剛還以為死定了。當鐵賀出現在我身後，我根本忘了聖母講過會保護我不受妖術傷害，差點嚇死。真是感謝聖母，要是死在這裡就太不值得了。

「鐵賀，別玩了。」夏目抱著手臂站在一旁，有些不耐。

「很有趣嘛！我聽說英吉利還是米利堅有種用棒子把球打出去的運動，該不會跟這個很像吧？」他再度揮刀，我被他巨大的力量推到飛出去，踉蹌跌倒。但我已經不怕了。有聖母的守護，區區日本妖怪算什麼？

「鐵賀先生，請別這樣做了！既然你無法傷害我，為何不罷手呢？你再玩下去，那個子爵就要來了喔。」

「喔？」鐵賀意味深長地笑，朝我走來。我忍不住後退。他悠哉地說：「看來你知道那位前輩的身份嘛！不過好奇怪，為何杉上前輩會來呢？」

「他不是陰陽師嗎？既然你們是妖怪，那當然——」

「喂喂喂，前輩這可誤會大了喔？」鐵賀搖搖手指：「杉上前輩是提出臺北結界概念的人，我們日本妖怪會出現在臺灣，可說是他的計畫。他可是我們的共犯，為何會來救你？」

我心中一震，竟然是這樣嗎？我可不知道啊！鐵賀越走越近：「而且前輩好像誤會了，小弟只是想跟前輩多玩一會兒，你以為我沒辦法碰你？別忘了，前輩昏倒時，可是小弟將你抱到樹下的啊。」

他舉起雙手，妖刀像變戲法般消失。我本能地推開他，但他粗暴地抓住我的手，毫無障礙。我毛骨悚然。聖母確實說過，這股保護的力量不會主動驅除鬼怪，若是不用那把妖術形成的刀，他就能碰到我？可是，只是能碰到，他又能拿我怎麼樣？

「前輩，」鐵賀笑得燦爛：「來跳舞吧。」

「啪」的一聲，他忽然長出黑色的巨大翅膀。我大吃一驚，用力掙扎，鐵賀卻已帶著我一飛沖天；霎時間天地旋轉，遠山、天空、雲彩、黑幕中隱隱透出的星、淡水河、街道、高思宓大宅，這些景色像被拋出去，在我眼裡旋轉變幻，成為醉人而異常的圖畫。我忍不住尖叫。在我身邊，鐵賀暢快地笑著。哈哈哈、哈哈哈哈哈，嗡嗡嗡地，我耳邊只剩這種聲音。

什麼都不能思考，腦中一片空白，只有眩目的風景。

地面旋轉著接近，像要吃掉我的猛獸。

鐵賀放手了。我本能地揮舞全身。明明只是瞬間的事，我卻覺得好久好久，腦中閃過了許多東西，全都是令人懷念的東西，像是灶裡燒著柴火的味道、飯的味道、振文社裡舊書的觸感、廟裡的煙、餐桌前的笑臉。

順妹。

某種難以形容的聲音響起。我徐徐恢復神智，身體動彈不得，連逃走都做不到。奇妙的是，我竟不覺得痛；都這樣了，還不覺得痛，不就表示我不會死嗎？不，我當然不會死，聖母答應過，等這件事結束，就給我跟順妹說媒的。

鐵賀降落地面，收起巨大的翅膀，朝我走來，緩緩抬起腳。他木屐踩在我咽喉上。

「住……手。」

「為什麼？」

視線模模糊糊的，我甚至看不太清楚鐵賀的臉。

「我……還有很多事想做，還有……」

「前輩，」鐵賀彎下腰，打斷我的話：「你知道我最討厭你哪裡嗎？」

我沒有回答的力氣。

「明明言語道斷大人已經來了，你卻一無所知，還以為那個土著神能保護你。嘿，搞不清楚狀況，區區南方小島的人類，別小看日本妖怪了。笨蛋就該像笨蛋一樣死去。而且殺了你這個土著神的信徒，那些傢伙也該知道不該小覷言語道斷大人了吧？曾經的信徒成為日本妖怪，沒有比這更羞辱人的挑戰書了。所以讓前輩活著的理由，可是一個也沒有。」

他開始用力。

不要，我不想死！是錯覺嗎？我彷彿聽到順妹的聲音。我用盡全身的力氣，沒斷掉的左手好不容易握著他腳踝，卻毫無力氣。我不要死在這裡，我不能死在這裡！我想發出聲音，但咽喉被鐵賀踩著，痛到整張臉都扭曲。至少要把最後的話傳達給順妹，她一定還在聽著。順妹，我想告訴你——

要是我們一起離開這裡，聖母祂會——

福佑宮那個夢如在眼前，溫暖又閃閃發光。

我——

◆

當邵年堯再度醒過來，他只覺得這個夢荒唐又可笑。他是堂堂正正的日本妖怪，忠誠於言語道斷大人，怎麼可能信仰臺灣神明呢？雖然有點想睡回去，但差不多是醒來的時候，妖怪前輩們正等著他，要帶他去見言語道斷大人呢！

他被牽著往前，只覺輕飄飄的，如在風中，感到無比的自由；剛剛的夢有如海潮，打在岸上，化為浪花，隨風而散。邵年堯已不記得夢境了，只記得大夢初醒時的些許印象——

啊，還真是無比真實的黃粱一夢啊！

◆

「子爵大人！求求您，求您救命！」

盧順汝喘著氣跑進大宅客廳，滿臉漲紅。子爵正在跟柯佬得、魯道敷討論後續事宜，忽然見一個女人跑進來，令他皺起眉。他本想問警察怎麼放人進來，接著才想起加賀已帶著警察撤退。女人跑到他腳前跪下。

「拜託您、拜託您，在後院，請您趕快救人！」

柯佬得、魯道敷面面相覷。他們不懂日語，不知道盧順汝是在急什麼。子爵說：「你話講清楚點，這樣的日語誰聽得懂啊？」

順汝強忍著就奪眶而出的淚水，顫抖著，用盡全身的力氣控制自己的聲音：「子爵大人，真是非常抱歉，那兩個日本妖怪並沒有放棄製造髮切，現在我非常重要的人就在後院，我一個人救不了他，但是子爵大人的話，一定救得了，所以，拜託、拜託您……」

「為何你知道髮切的事情？」子爵湊上前，雖壓低聲音，態度卻極其嚴厲。

「這個我稍後一定向您說明，拜託，要來不及了……」

她握住子爵的手，恨不得立刻就將他帶到後院。子爵撥開她的手，冷笑著：「哼，這樣啊，在後院。不過小姐，我想你誤會了什麼，妖怪什麼的，不過是某些好事者的胡言亂語，這裡的一切都已得到合理、現實的解釋。而且就算有那種東西存在，我不過是區區華族，有什麼能力對抗他們？」

他冷眼看著她。

順汝猛然抬頭。這人在說什麼？他明明是陰陽師，她親耳聽到的！他不是說過，在事情結束前，只要誰殺人，他一定會追究嗎？她聽見鐵賀說——

杉上前輩是提出臺北結界概念的人，我們日本妖怪會出現在這裡，可說是他的計畫。他可是我們的共犯，為何會來救你？

順汝對上子爵的眼神，子爵冷酷中帶著點輕蔑的視線穿透她的靈魂，她忽然瞭解了。

這人不會救哥哥。

不只是臺北結界的共犯，也因為事情已經結束，如今他根本不在乎誰被殺。這令順汝顫抖起來，她該怎麼辦？如果這個人不幫忙，她該如何是好？她想盡所有可能，卻找不到半點幫助哥哥的方法，腦中一片空白。後院的聲音傳進她耳中，全都是不祥的訊息，接著她聽到「碰」的一聲。

她知道這聲響的意義。

「啊——」

誰也想不到，媽祖娘娘化身竟尖叫起來。她遮住耳朵，有如筋攣般顫抖著，看來簡直像是瘋了。順風耳聽到的聲響將她推進絕望的深淵，她在深淵裡用全身的力量吶喊，瘋狂的尖叫有如海濤，一聲接著一聲。在場的人震驚地看著她，連僕人也從準備室跑出來看，想著她到底是有什麼病？

懷芝衝進客廳。他看到順汝的樣子，臉色慘白，跑到子爵旁邊。

「子爵大人，請跟我來。」他抓住子爵的手。子爵沒撥開，但也沒站起。

「懷芝，怎麼了？」

「有件事只有子爵才能處理，請您過來，拜託了！」懷芝毫不退縮，用力拉住子爵的手，希望他離開椅子。他知道這是怎麼回事。剛剛他看順汝反應怪異，就沒跟著她，先偷偷溜到後院，看見妖怪們圍著二少爺。震驚之餘，他連忙繞回前面。他知道子爵是唯一的希望！

子爵只好站起。

「好吧，就去看看吧。」

他拉著子爵跑進大宅後半段。子爵雖然怎麼都不願走進僕人的空間，但他知道放手的話，懷芝會先跑過去。要是他遇上妖怪，或許會被殺死。他可不允許這種事。懷芝拉開門閂，推開通往後院的大門。

咿呀——

昏昏暗暗的後院裡，誰都不在。

連屍體都沒有，只有夏天黃昏的蟲鳴。

剛剛看到的爭鬥有如夢境。

子爵踏進後院，四處張望。妖怪們的行動這麼快，倒是在他意料之外。地上雖留著雜亂的壓痕，卻沒血跡。鐵賀造成的都是內傷，就連致命一擊都不見血，但他們無從得知。子爵若無其事地說：「什麼都沒有嘛。」

「不，子爵大人，我剛剛看到了！夏目副社長跟鐵賀先生在這裡攻擊我的朋友，他們一定是想製造髮切！」

「你說的你朋友？」子爵露出古怪的神色。

「對，他們剛剛就在這裡，千真萬確！」懷芝著急地到處看，尋找那些日本妖怪。子爵努了努嘴，回過頭，看見盧順汝站在僕人用的通道中，一言不發地看著他，有如鬼魅。懷芝跑回來：「子爵大人——」

「懷芝，這女人也是你朋友？」子爵突然說。

「是。」

「你有跟她說我是陰陽師嗎？」

懷芝有些不解。在他看來，現在最重要的事應該是找出那些日本妖怪，為何問這個？但他還是說：「不……不過先前跟子爵大人說過，本島的神明媽祖娘娘、大道公都關切這次的金魅事件，所以派了人來，盧小姐就是媽祖娘娘的使者。媽祖娘娘賜給她能夠聽見遠方聲音的能力，我想是她自己聽見的。」

「這樣啊。」子爵沈默片刻：「懷芝，看在她是你朋友的份上，我什麼都不會做。但我是陰陽師的事，你最好警告她別跟任何人說。」

他說著就離開，不願再走進僕人通道。懷芝感到不對勁，連忙走進去扶住順汝：「阿姊，你有聽見什麼？有二少爺的消息嗎？」

順汝抓住懷芝的手，在他的攙扶下默默地走到大宅外，坐在地上，忽然顫抖起來。

「他已經死了。」

懷芝倒吸一口氣。他震驚地在少女旁邊坐下，不知該說什麼。他跟邵年堯是朋友，但比起悲傷，朋友忽然就這樣消失，他只感到錯愕。他還沒有邵年堯真的死去的實感，那太遙遠了。因此，他更擔心順汝。

他從未看過媽祖娘娘的化身如此失態。

邵年堯的事到底對她造成多大的傷害，他想都不敢想。更讓他恐懼的是，盧順汝聽見了一切。親耳聽見關於戀人死去的一切，到底是多可怕的事？

他怕她走上絕路。

順汝像是怕冷般緊抱著自己，微微顫抖，滿臉涕淚，汗水將她的頭髮粘在臉上。

蟲鳴無止盡地覆蓋所有聲音。

懷芝默默陪著她。然後，他看見她在黑暗中的表情。那是個淡漠慘白的微笑。

「懷芝，」她忽然開口，聲音乾澀：「還記得我先前跟你說過臺北結界的事嗎？」

為何現在提這件事？但他還是說：「記得。就是透過日本妖怪，試圖控制臺灣人的結界。」

「嗯。」順汝靠近他，聲音低沈沙啞，像要訴說什麼秘密：「但有件事我沒告訴你。那個提議建立臺北結界的人……要用日本妖怪控制我們臺灣人的人……」

少女盯著少年。

「就是杉上華紋子爵。」

她眼中光輝有如鬼火。順汝緊緊握住懷芝手臂，幾乎掐進去，彷彿要將渾身的怨毒傳達出去。

蟲聲越來越吵了

曲終

二十七、人散

入夜後，高思宓家因為諸多混亂，無法準備晚餐，便派僕人帶著碗盤，簡單買些東西回來。柯佬得夫人因為疲倦與身體不適，在臥房裡睡著，竟避開所有麻煩事；但她下來後，柯佬得也只簡單說明，並說詳細情況以後再說，恐怕他也很頭痛該講到什麼程度吧？

在這之前，懷芝一直陪著順汝。

順汝沒道理在大宅用晚膳，她也沒這打算，便告別了。離開時，她異常安份。懷芝看著她走進夜色之中。還有太多事要處理，大家也無心好好用餐。過了不久，僕人通告杉上家的馬車來了，子爵便告辭柯佬得等人，帶著懷芝走下山路。馬車上，懷芝往外看，看得見淡水河上的星星。明明下午還是一片陰霾的。

「真是個有趣的事件啊！」子爵神情爽朗地感慨著：「懷芝，怎麼樣，沒聽我解說，你個人對這起事件理解到什麼程度呢？」

懷芝沒馬上回答。他端坐著，隨著馬車搖搖晃晃，看來有點像人偶。

「子爵大人，這輛馬車會駛去哪裡？」少年抬頭問。

「到北投。像昨天一樣，我們在天狗庵過夜。」

「可以直接把我送去艋舺嗎？」

「怎麼，你想回去？」

「如果子爵大人允許的話。」

馬車忽然顛簸了一下。「咔啦咔啦」的，車輪在路面上發出不和諧的聲響。

兩人相顧無言。子爵吸了口氣，臉色不怎麼好看地說：「對你朋友的事，我很遺憾。但有件事我說在前頭，我有救人的能力，不表示我有救人的責任與義務。那兩個妖怪在遇上你朋友的瞬間，你朋友就等於死了。來不及救他，這事不能怪在我頭上。」

懷芝低著頭。

「我知道。我也好好想過了。雖然很難過，但我該怨恨的是那兩位日本妖怪，不是子爵大人。」

確實如子爵所說。事實上，不論子爵前往後院時有沒有刻意拖延，這件事都不能怪他。子爵有著連後院都不去的權利。當時執意拉著子爵去，是懷芝自己太依賴他了。

「那你到底有什麼不滿？」

「子爵大人，臺北結界是您提議設立的，這事是真的嗎？」

瞬間，子爵露出狼狽的神色。他說：「你怎麼知道臺北結界——喔，原來如此，是那個女人說的吧？有那種能力，她知道太多了，看來得防備一下。」

「嗯。子爵說不會對她做什麼，讓我沒有憎恨子爵的必要，我很感謝。」

子爵冷笑。

「懷芝倒是開始會討價還價了。確實，是我提議要建立臺北結界。那可是極其偉大的工程，真虧我想得到。」

「臺北結界的作用，是利用日本妖怪來控制臺灣人，這是真的嗎？」

「也可以用這種說法吧。不過懷芝，你別誤會了，早從住民去就決定日起，你們就已經決定成為日本帝國的子民才對。所以臺灣人跟日本人，根本是沒有分別的。所謂的『臺北結界』，不過是加速這個無分別的過程，這不是壞事吧？」

「即使這個加速的過程與本人意願完全無關？」

「理論上，在住民去就決定日後，就可以視為同意了吧。」

子爵焦躁地看向窗外。

懷芝看著他，聲音如月色般清涼。

「子爵大人，這番話連您自己也不相信吧？」

「我不明白你在埋怨什麼。這跟你我沒有任何關係吧？就建立臺北結界這件事來說，我問心無愧。無論是陰陽師、日本華族，以我的立場來說，提供這樣的建議與技術，都是理所當然的！」

「那麼以我的立場，抗議您的做法，不也是理所當然嗎？」

子爵啞口無言。

「子爵大人，其實我對您沒有憎恨。您說以您的立場來說理所當然，那是正確的。」

「那你是在不滿什麼？」

「我沒有不滿。只是，以您的立場來說理所當然的事，不表示那就是可以做的。在您給我看的福爾摩斯故事中，犯人犯下殺人的罪行，以他們的立場來說都是理所當然的，但這不表示殺人是被允許的。」

子爵張開口，彷彿有滿腹的話要抗辯，但他只是深深吸了口氣，神情複雜地看向窗外。他喃喃說：「把我比作犯人嗎？真有你的啊，懷芝。不過坦白說，『臺北結界』也不是我喜歡才提出的，它只是個跳板。我的家族有個古老的使命，這個使命……因為某些原因，必須在臺灣達成。所以我必須在臺灣握有相當的權力。

沒有『臺北結界』的話，我做不到。我能瞭解你不滿，但我也是不得已的啊！」

懷芝知道他沒說謊，但仍搖搖頭：「子爵大人，您說的仍是以您的立場來說理所當然的事。」

「但我知道這麼做不對。我道歉。」

懷芝沒說話。

子爵焦躁起來：「為何你不說話？我都已經道歉了！」

「並不是什麼事都能在道歉後獲得原諒。」

子爵呻吟一聲，把手放在臉上，深深嘆了口氣：「懷芝，為何把這件事弄得這麼複雜呢？我跟你的事，難道就不能只跟你我有關嗎？這關臺灣、日本什麼事！我從來沒把你當成臺灣人啊！」

懷芝表情複雜。

「子爵大人，您這麼說，不就表示在您心中，臺灣人與日本人確實存在差別嗎？」

「好，我的錯，我不該這麼說，你不要追究我的無心之言。但我是真的這麼想的。不管你是臺灣人也好，日本人也好，僕役也好，華族也好，你就是你。我想要交流的是你這個人，與你是何身份沒半點關係啊！難道你對我不是這麼想的嗎？」

「子爵大人，我相信您是真的這麼想的。但您之所以能這麼想，正是因為您擁有權力。我是沒有這麼想的資格的。當然，我知道您的想法，盡可能以自然的態度與您相處，但我不可能僭越，誰知您何時會忽然主張我們身份上的差距呢？當您那麼主張時，不管我怎麼想，都無法改變身份的差距。這就是您擁有的權力。只有當您允許後，我才被賦予對等交流的資格，但我無法主動這麼做。」

「這無聊的權力真是不要也罷！」子爵表情有些受傷：「所以你跟我在一起時從來沒有放鬆過？你一直

戰戰兢兢的？」

懷芝勉強笑了一下，短暫顯露出感情：「子爵大人，我很感謝您。雖然我不可能僭越，但您確實對我很好，很多時候，我也感到快樂。您給了我接觸各種文明的機會，要是沒有您的話，我絕對沒有辦法靠自己接觸那些事，是我萬死無法報恩的。但關於『臺北結界』的事，我依然不能原諒您。」

「為什麼？」子爵苦笑。

懷芝沒有馬上回答，彷彿在思考措辭。

「因為，要是您道歉我就原諒您，您就會認為這樣的事是被允許的吧？我不能這麼做。事實上，我也沒有原諒您的資格，因為我不是唯一的受害者，無法代表所有人。希望您瞭解，我並非因為憎恨或憤怒才不原諒您，而是無法這麼做。」

子爵搖了搖頭，表情苦澀。

「真是的，在我爽快破解這個奇案，本該是心曠神怡的一天時，竟發生這種事。懷芝，要是道歉也不能使你原諒的話，那你要我怎麼做？」

「請您將『臺北結界』的事公諸於世，並追究相關人士責任，糾正已造成的傷害。」

懷芝沈穩地提出要求。

「不可能。即使我是提出『臺北結界』這個概念的人，這也已經不是我一人之事了。我沒有決定權，更沒有追究、糾正的權力。即使我有，我也不會這麼做，因為涉及此事的人已經太多，要是我這麼做，我就完蛋了。你希望我完蛋嗎？懷芝。」

「不，我並未這麼希望。」

懷芝率直地說。子爵看著他，瞭解他的意思了。其實懷芝提出的並不是要求，而是絕交的請求；這少年實在太誠實了。不知為何，這明明是讓子爵心痛的事，他卻因懷芝的那份率直而有些心滿意足。他撐著頭，凝視眼前的少年，少年就在觸手可及的位置，看來也依舊熟悉，彷彿明天、後天，他們依舊會是朋友。

子爵口中盡是苦澀的滋味，他緩緩說：「看來，我們的友情只能到此為止了？」

「只要您允許的話。」

子爵幾乎聽不出這句話背後的情緒。直到此時，他才領會懷芝確實將自己藏得很深。懷芝對自己應該是有感情的，但他將心情隱藏起來。這或許對兩人都好。子爵苦笑。

「別這麼說話了，懷芝。我都說那權力很無聊了。唉，真想不到我會這麼說，明明今天事情能如我所願，就是因為我擁有權力。不過，就算權力也無法改變一個人的意志，我束手無策了。」

在束手無策的同時，他釋懷了。

兩人看著彼此，誰都沒說話。

馬車一成不變地前進著。

「要是有一天我們能盡釋前嫌就好了。」子爵說。

「我也衷心希望有這麼一天。」懷芝回應。

接著他們就再也沒說話了。

有件事是明白的。接下來只要其中一人離開馬車，他們就不會再見面了。即使在某些場合意外見面，他們也不會有所交流，將回復到彼此的身份中。但他們並不怨恨，只有著認清現實的覺悟。

也許他們都對對方的坦承心滿意足吧？

接下來的事，誰也不知會變成怎樣。

淡水河對面，觀音山頂在月光下閃耀著銀光，彷彿積著薄薄的雪，星光沉在河裡，有如無數銀白色的魚在水面跳躍。馬車依舊前行，但方向已有些微不同；不是往北投，而是朝著更遙遠的艋舺。

後記

最後請允許我（瀟湘神）以作者的身分，說一下這部作品的緣起。

《金魅殺人魔術》起源於遊戲——二〇一三年，臺北地方異聞工作室尚未成立，我們這些奇幻社員一邊思考著要如何推廣「實境角色扮演遊戲」，一邊還想要推廣「臺北地方異聞」世界觀，便在臺大活動中心苦思要用什麼故事。這時W忽然說：「何不用金魅殺人魔術？」

W所說的「金魅殺人魔術」，最早其實是愚人節玩笑。

我在《民俗臺灣》裡看到「金魅」這篇文章後，意識到這種鬼怪深具推理謎團的潛力，就在愚人節宣稱要舉辦名為「金魅殺人魔術」的實境遊戲。當時雖對詭計毫無概念，反正是愚人節，就做了介紹網頁，恬不知恥地說會用上各種華麗推理元素，甚至效法西村京太郎的《殺人雙曲線》，事先向玩家揭露會使用何種詭計（當然只是信口雌黃，愚人節哪需要想什麼詭計）。

但這樣的愚人節玩笑，經W重新提起，我們竟覺得頗為可行，便著手設計遊戲。二〇一三年，我們在同人場推出《金魅殺人魔術短篇故事集》，性質類似角色前傳，同時也為遊戲的諸多情節埋下伏筆。二〇一四年，遊戲正式推出，當時參與者多半是朋友的朋友互相牽線，一年還辦不到十場。後來，因為本書預計出版，便於二〇一七年推出複刻版，配合故事背景在淡水牧師樓舉辦——感謝牧師樓老闆願意出租場地。

《臺北城裡妖魔跋扈》、《帝國大學赤雨騷亂》裡，曾提到臺北結界利用言語道斷的妖氣，在臺灣的土地上創造日本妖怪。這次的《金魅殺人魔術》，可說是鉅細彌遺地說明這個設定的原理。故事中，杉上子爵提出的「理氣論」解釋，其實早在世界觀形成初期便已存在，至少能追溯到二〇一〇年。之所以用理氣論，一方面關係到我的專業（主攻東方哲學），一方面也跟我長期思考的儒學現代化有關；若「氣」是物質基礎，「理」是設計原理，用當代的觀念來說，跟基因不是有可類比之處？故事中之所以有「人與妖怪生下的孩子，長相必然與人類相同」這樣違反直覺的設定，就是因為我認為半妖只能繼承到人類基因，在結論上說，就是複製人。當然這些原初概念，我不會直接在故事中說出。

雖然用了理氣論的框架，但背後的思考方式，也揉合了我個人的民俗觀察：神怪並非傳統奇幻世界的「生物」，而是無法獨立於人類建構的社會體系外，具高度可塑性、動態的抽象存在。這個故事的核心，也是圍繞著這主題——如果神怪產生自社會的動態，那要是動態被消解，是否就不會形成神怪？如果此一動態被另一種解釋體系介入，是否會產生不同的神怪？正因神怪的存在與「解釋」有關，在此就與「推理」有了交集。

推理向來背負揭露真相的想像，並以此作為重要價值。但推理的有效性，其實很早就受到質疑。一九一三年的《褚蘭特最後一案》，將同一件案子偵破三次，每次都是有效、合乎邏輯的推理，但隨著找到更多證據，犯人竟完全不同；這指出「合乎邏輯的推理」與「真相」間的連結無法被保證。到了一九二九年，《毒巧克力命案》甚至將同一件案子偵破六次，就連蓄意栽贓也合乎邏輯，更進一步去質疑推理與真相的關係。「徹底檢查所有證據」之所以越來越重要，就是被這些質疑挑戰出來的。

推理只是解釋，這與神怪類似；《金魅殺人魔術》的主軸之一，就是透過推理去爭奪詮釋權。就像同一案件可以有不同解，同一種作祟，也可以有多種解釋。

二〇一五年，我接觸到城平京的《虛構推理》。雖然我很喜歡這部作品，但也心驚膽顫，因為這部作品的核心與《金魅殺人魔術》有雷同之處。如前所說，《金魅殺人魔術》的原始構想起於二〇一三年，而《虛構推理》在日本的出版時間是二〇一一年，毫無疑問是城平先生在前，我只能感慨被前輩搶先了。

不過這或許是大勢所趨。正因《褚蘭特最後一案》尚未窮盡對推理的質疑，後續作品才能不斷重新挑戰此一議題。依我之見，《虛構推理》可說是這條脈絡下走到最遠的作品——作者甚至否定真相的價值。對這個議題，我們還有很多可談的。

推理與真相脫鉤，是否會使真相虛無化？不無可能。但要徹底否定推理與真相的關係，未免矯枉過正，畢竟解釋力就是有強弱之分。人們能被操弄，但只要保持理智，盡可能檢討所有證據，還是能拉近與真相的距離。

雖然，不管多努力，都無法保證推理能抵達真相。畢竟現實世界不具備公平性，也沒有「作者」能給予保證。真相屬於神的世界，偵探只能詮釋證據，無法抵達。但在這種絕對無望的處境下，人們依然追求真相，才顯現出人類的美與可貴。

人類的可貴——這也是《金魅殺人魔術》的主軸之一。

過去我曾企圖用「臺北地方異聞」的世界觀設計紙上角色扮演遊戲的規則，卻遇到一個重大難題：在這個神魔亂舞的世界觀下，平凡人到底該如何自處？畢竟，要是起衝突，他們絕對不是那些神怪的對手。這個規則化的難題，我至今尚未解決，但對問題本身，我已有答案。在《金魅殺人魔術》中，犯人透過詭計，連神都能欺騙！就像伊底帕斯解答謎題，能以凡人之身打敗司芬克斯。人類有智力，能夠規劃、預測，只要加上貫徹實行的決心，就算是欺騙，我也認為是人類了不起的地方，足以讓群魔諸神低頭。

最後我想記一些瑣事。

寫《金魅殺人魔術》時，我考察淡水英國領事官邸好幾次，仔細觀察房間的門窗構造，確認個別的門鎖構造跟門縫大小，務求犯人設計的詭計，確實可以在英國領事官邸內施行，這是我個人的興趣。但就結果來說，仍有兩處並不吻合宅邸內的情況。

現在的英國領事官邸是博物館性質的展示空間，而為了展示，展板會遮住原本構造，因為這個原因，我無法親眼調查客房浴室的鎖。因此客房浴室的鎖如何裝設，是我虛構出來的。這與案件無關，因為犯人的詭計並未使用那扇門，但不確定門鎖真實的情況，無法排除英國領事官邸裡有另一種創造密室的可能。

另一個則是我的失誤——高思宓大宅的呼叫鈴總機構造與英國領事官邸不同。我一開始沒弄懂總機是如何運作的，等好不容易弄懂，已經想好詭計，而我自己頑固的那一面，讓我不太想更改，只好在故事中指出呼叫鈴總機與英國領事官邸的構造不同。雖然是自己作出的決定，依舊感到十分可惜。

《金魅殺人魔術》有不少致敬的對象，像呂尚源用的暗器描述，其實出自金關丈夫的《入船莊事件》。這系列的主角曹老人正是曹懷芝的原形。我在小說接龍《華麗島軼聞：鍵》裡，還刻意讓林熊生提到龍山寺的曹老人，彷彿真有這號人物。在《金魅殺人魔術》後，懷芝或許會回艋舺學飛刀絕技吧，與金關丈夫所寫的曹老人接軌吧？魯道敷的裝扮則是像羅伯特．錢伯斯的黃衣之王致敬，這位後來被納入克蘇魯神話的角色，向來是我最喜歡的舊日支配者。

另一個明顯致敬的對象，則是令我深切著迷的作品，龍騎士07製作的同人遊戲《海貓鳴泣之時》。熟悉這部作品的讀者，想必能發現高思宓大宅裡的一些元素，是在《海貓鳴泣之時》的向右代宮一族致敬。當然，人物性格是完全無關的。《海貓鳴泣之時》中有個關鍵設定，作者援引了臺灣元素，自己身為臺灣讀者，看見那些元素當真是手舞足蹈。這本《金魅殺人魔術》，也算是向龍騎士07送上一點小小敬意。

附錄

「金魅」考

「金魅」的紀錄，最早見於日本時代的雜誌《民俗臺灣》。據日本人宮山智淵記載，「金魅」這種魔怪會幫人工作，但作為代價，每年要給牠吃一個人。臺灣竟曾有吃人魔物，前所未聞！我見到這紀錄時，忍不住為其離奇的作祟方式著迷。這種與人類生活密切相關的恐怖與不祥，反帶著魅惑感。

其實，「金魅」的「魅」不是鬼魅的「魅」。原文同樣是鬼字邊，右邊卻不是「未」，而是「采」，旁邊也以日文標音——キンツアイ。換言之，發音接近「金采」。《民俗臺灣》譯成中文時，或許是字典無此字，竟直接以「魅」取代；後來《戲說台灣》改編「金魅」的故事，也採中文版發音，唸成「金魅」。無論如何，打不出這個字是事實，本書也依例以「魅」字取代。

在宮山智淵的紀錄裡，「金魅」雖是吃人魔物，來歷卻頗為悲慘；金魅本是名為「金䌷」的查某嫺——也就是婢女——在那個時代，查某嫺不被當成人，而是可以交易的貨物。換言之，即使殺害了，也只是毀損物品。這低賤的身份，就是金䌷悲劇的源頭。

金䌷被某戶富人買下後，一直被女主人挑毛病。這邊沒掃乾淨啦，那邊沒做好啦，找到理由就虐待她。最後，這個少女竟被活活生虐死。雖然殺了人，女主人卻毫不在意，派人把金䌷的屍體扔掉，準備買下一位查某嫺。說也奇怪，金䌷死後，家裡竟還是打掃得乾乾淨淨，彷佛依然有人在家裡工作。女主人感到害怕，心想難道是金綢死後陰魂不散?為了心安,她很快買了下一個查某嫺,讓她住到之前金綢住的房間。

隔天,新的查某嫺就消失了。

房間裡只剩下她的頭髮與一副耳環。

女主人嚇壞了,認為新的查某嫺是被金綢吃了。於是她擲筊問:「金綢啊,這些怪事是你做的嗎?」半月形的兩個筊掉在地上,是聖筊,死去的金綢承認一切是她所為。女主人雖然害怕,但不知是怎麼想的,她竟有了不可思議的僥倖之心,跟金綢討價還價起來。

「這樣好了,從現在開始,你繼續幫我做事。做為代價,我每年給你吃一個人。」

尋常來說,金綢應該向女主人復仇吧!但她是孤魂野鬼,無人祭祀,女主人提出的交易,至少能解決她無人祭祀的困境。答應這場交易的金綢,說不定相當理性精明。

女主人在家裡立了牌位,將「金綢」改名為「金魅」,並每年買一個人(通常是消失了也沒人在意的人),讓他住到金魅的房間。隔天,那人就會被吃掉,只剩頭髮。有什麼工作,只要示範一次,金魅就會照辦,不過金魅似乎不聰明,要是示範有誤,牠就會照著錯誤的方法辦事。有個經典的例子,據說有人示範插秧,被人惡作劇,把秧倒過來插,結果隔天整個田都是倒著插的秧。農夫雖然生氣,也無可奈何。

宮山智淵說,他寫這篇文章時,已沒多少人記得金魅。筆者過去也完全沒聽過金魅,作家吳瀛濤的著作裡雖提到金魅,卻只是照抄宮山智淵的記載,或許他也不知金魅到底是什麼。那麼,金魅真的是已經失傳的鬼怪,再也無人知其來歷嗎?

本來我是這麼想的,後來卻在意想不到的地方得到線索。

一九六五年,《臺灣風物》收錄了林本元先生所寫的〈金蠶〉。他說臺灣人也養金蠶,流行於北部與中部的農村，文中引述的金蠶傳說，赫然也有「倒插秧」的故事——難道金魅就是金蠶？最初看到這故事，我有些難以置信，畢竟要說蠶能幫人工作，甚至打掃、插秧，也太匪夷所思，何況小小的蠶怎麼吃人？所以當時筆者想，或許金魅與金蠶是不同的東西，只是發音相近，林本元先生才誤會了。

這個推測，當時我覺得頗為合理，但不久後我又發現一份不可思議的資料。苗栗有個叫「瓜鬼坑」的地方，據說叫這名字，是因為過去那裡有人養「瓜鬼」，還流傳著「瓜鬼保護人唔會，犯人就會」的俗諺。奇妙的是，瓜鬼竟也有「倒插秧」的故事！

「瓜鬼」跟「金魅」有何關係？兩者發音完全不同，傳說有可能混在一起嗎？當然，可能性並不是零，但傳說會轉移，通常表示兩者有某種可供聯想的空間。我看不出「瓜鬼」跟「金魅」的聯繫。

為了解開這個謎，我開始調查「瓜鬼」，發現「瓜鬼」至少在福建客家地區流傳，又稱為「家鬼」。但「家鬼」是什麼呢？在《客家舊禮俗》這本書裡，就有個叫「家鬼」的章節，後面標註「金蠶蠱毒」。

調查至此，已能知道為何林本元先生列舉金蠶傳說時會出現近似金魅的版本，「金魅」、「金蠶」、「家鬼」、「瓜鬼」，這四者毫無疑問屬於同一系統！不只是「金蠶」，「金魅」與「瓜鬼」流傳相同傳說，也毫不奇怪。但我百思不得其解。我們想像的蠱毒，不是把毒物放在同一個皿中讓牠們廝殺，存活到最後的成為最強劇毒嗎？像這樣的蟲，怎會以吃人、代人做工的方式表現出來？

於是我繼續調查蠱毒，才發現一般人所知的蠱毒，不過是冰山之一角。古人對蠱毒的想像可說是千變萬化，而且各種蠱毒的傳說彼此影響、混淆，十分豐富，遠遠不止下毒害人而已。以金蠶為例，其特色是將受害者家裡的財富潛移到施蠱者家裡，因此養金蠶者害的人越多，家裡越有錢。到底為何金蠶有能力轉移財富，似乎是不能外傳的重大機密，所以哪裡都沒寫。總之，所謂的「蠱」絕不只是「毒」而已。拋開繁複的調查，在此只說重點：在蠱的諸多傳說中，有個傳說是這樣的——被蠱害死的人，魂魄不得超生，反而像是被老虎吃掉化為倀鬼那般，會來到下蠱者家裡，受下蠱者驅使，不得不幫他工作。

這就是「代人做工」的原型！原來工作的不是金蠶，而是被金蠶吃掉的人，這可比金蠶親自去插秧、掃地合理多了。那「吃人」又是怎麼回事？畢竟，小小的蠶要怎麼將人吃到只剩頭髮，實在難以想像。其實，只要意識到「金魅」傳說來自蠱的系統，吃人就根本不是問題。本來蠱毒被人吃下去後，就會從內部慢慢啃食內臟，致人於死。所謂吃人其實是這麼回事！宮山智淵描繪的吃人場景，已失去原傳說的樣貌。事實上，他後面也提到要讓金魅吃人，可以餵人吃金魅的口水。如果金魅真的是死去的查某嫺，這描述反而不可思議，但要是蠶的口水，就合理多了。

至此，《民俗臺灣》所記載的「金魅」傳說跟「金蠶」有何關係，可說完全明朗。吃人的是金蠶，工作的卻是金蠶的受害者。不知為何，在臺灣竟出現這樣的變體：吃人者與工作者變成同一存在。從這個角度看，也不能貿然說「金魅」就是「金蠶」，筆者更偏向一種保守的說法——所謂的「金魅」，是「金蠶」傳說在臺灣產生的變體。是不明瞭金蠶為何物的人，為了合理化整個作祟流程，重新創造出來的故事。要不，也可能是「金綢」另有故事，基於某些原因跟「金蠶」混在一起。

這就是傳說的有趣之處。看似無關的東西，其實互相影響；像前面提到金蠶有潛移財富的能力，但這樣的力量，最早真的屬於「金蠶」嗎？《隋書》裡曾記載「貓鬼事件」，說獨孤陀家裡有名婢女畜養貓鬼，詛咒獨孤皇后，並提到貓鬼這種東西「每以子日夜祀之。言子者鼠也。其貓鬼每殺人者，所死家財物潛移於畜貓鬼家。」

透過畜養鬼怪來轉移財富，這不正是金蠶傳說的元素？可見貓鬼與金蠶必有某種聯繫。客家人養家鬼，只說是被害者魂魄到家裡來工作，可說是對怎麼「蓄財」進行合理的詮釋。

甚至讓我意識到這些傳說彼此聯繫的「倒插秧」，這真的只屬於金蠶嗎？日本時代，石坂莊作曾紀錄一則叫〈逆稻〉的故事，說有名老翁在溫泉附近的樹頭上吊，此後那塊地插下的稻，隔天早上必定全部顛倒過來。這是金魅傳說的一環，還是另有一條傳說的血脈？

民間傳說裡，還有許多謎團等著我們去解開。

（本文原刊登於《人本教育札記》三四八期，僅略作修改）

國家圖書館出版品預行編目(CIP)資料

金魅殺人魔術 / 瀟湘神著. -- 初版. -- 臺北市 : 奇異果文創, 2018.06
面 ; 公分. --(北地異 ; 5)
ISBN 978-986-95387-7-0(平裝)

857.7 107009497

北地異 005

金魅殺人魔術

作者：新日嵯峨子(瀟湘神)
封面插畫：Kan
美術設計：Benben

總編輯：廖之韻
創意總監：劉定綱
企劃編輯：許書容
編輯助理：周愛華

法律顧問：林傳哲律師 / 昱昌律師事務所

出版：奇異果文創事業有限公司
地址：臺北市大安區羅斯福路三段 193 號 7 樓
電話：(02) 23684068
傳真：(02) 23685303
網址： https://www.facebook.com/kiwifruitstudio
電子信箱：yun2305@ms61.hinet.net

總經銷：紅螞蟻圖書有限公司
地址：臺北市內湖區舊宗路二段 121 巷 19 號
電話：(02) 27953656
傳真：(02) 27954100
網址：http://www.e-redant.com

印刷：永光彩色印刷股份有限公司
地址：新北市中和區建三路 9 號
電話：(02) 22237072

初版：2018 年 6 月 30 日
ISBN：978-986-95387-7-0
定價：新台幣 420 元

本作品由財團法人國家文化藝術基金會贊助創作

國家文化藝術基金會
National Culture and Arts Foundation